TARA MOSS
DIE JÄGERIN

atb aufbau taschenbuch

TARA MOSS arbeitete als Journalistin und Model; sie setzt sich für Feminismus und Diversität ein und gilt in Australien als Bestsellerautorin. Zurzeit lebt sie mit ihrer Familie in Vancouver. Tara Moss besitzt die kanadische und australische Staatsbürgerschaft.
Mehr zur Autorin unter www.taramoss.com

WOLFGANG THON studierte Sprachwissenschaft, Germanistik und Philosophie in Berlin und Hamburg. Er arbeitet als Übersetzer und Autor und hat bereits etliche Thriller u. a. von Brad Meltzer, Steve Berry und Paul Grossman ins Deutsche übertragen.

1946: Der Krieg ist zu Ende. Die Journalistin Billie Walker kehrt nach Sydney zurück, nachdem ihr Mann Jake in Europa als verschollen gilt. Sie entschließt sich, die Detektei ihres verstorbenen Vaters wiederzueröffnen, obwohl sie weiß, dass sie es als Frau in diesem Beruf schwer haben wird. Kurz darauf taucht eine Frau aus Deutschland in ihrem Büro auf und bittet Billie um Hilfe bei der Suche nach ihrem verschwundenen Sohn. Eine Spur führt sie zu einem berühmten Nachtclub, aber was hätte ein Teenager hier zu suchen? Billie gerät bei ihren Ermittlungen nicht nur mit den höchsten Kreisen Sydneys sondern auch mit der Unterwelt der Stadt in Konflikt, und schon bald muss sie selbst um ihr Leben kämpfen ...

TARA MOSS

DIE
JÄGERIN

KRIMINALROMAN

AUS DEM ENGLISCHEN
VON WOLFGANG THON

aufbau taschenbuch

Die Originalausgabe unter dem Titel
The War Widow. A Billie Walker Mystery
erschien 2019 bei HarperCollins Publishers, Australia.

ISBN 978-3-7466-3745-7

Aufbau Taschenbuch ist eine Marke
der Aufbau Verlag GmbH & Co. KG

1. Auflage 2021
© Aufbau Verlag GmbH & Co. KG, Berlin 2021
Copyright © 2019 by Tara Moss
Umschlaggestaltung www.buerosued.de, München
unter Verwendung eines Bildes von © Maja Topcagic / Trevillion Images
Gesetzt aus der Whitman durch Greiner & Reichel, Köln
Druck und Binden CPI books GmbH, Leck, Germany
Printed in Germany

www.aufbau-verlag.de

FÜR OMA UND OPA

PROLOG

Die sternenlose, schwarze Nacht umhüllte ihn wie die gefiederten Schwingen eines gigantischen Raben.

Alles tat weh – sein Körper, sein Kopf und die bedrückende Dunkelheit selbst. Dass sich diese Dunkelheit sonderbar drehte, sich unberechenbar bewegte, verursachte ihm Übelkeit. Seine Augen fühlten sich warm und feucht an, er öffnete sie, riss sie weit auf, konnte aber immer noch nichts erkennen. Er war alles andere als ein geborener Kämpfer, aber seine Überlebensinstinkte waren geweckt worden, und der Junge schlug zu – einmal, zweimal, doch er traf nur Luft. Aus der unberechenbaren und undurchdringlichen Schwärze kamen scharfe Schläge, die seine blinden Hiebe gnadenlos und hart erwiderten. Schmerz durchzuckte ihn wie weißglühende Blitze, in seinen Wangenknochen, seinen Rippen, seinem Magen – und plötzlich hörten die Schläge auf. Er rollte sich erneut zu einem Ball zusammen, schützte mit den Armen seinen Kopf und atmete angestrengt, während es in seinen Ohren klingelte. Sein Gesicht glühte. Etwas Warmes, Salziges tropfte ihm in den Mund.

Mit knapp siebzehn hatte er bereits Ozeane überquert, Ungerechtigkeit und Brutalität erlebt, aber noch nie zuvor hatte er so viel Angst empfunden wie in diesem Augenblick, in dieser

Dunkelheit, zusammengekauert und blind. Ja, er fühlte sich wie eine Fliege in einem Spinnennetz. Jetzt gab es nur Raum für ein einziges Gefühl.

Furcht.

»Hat dir nie jemand die Geschichte von der neugierigen Katze erzählt?« Er hörte eine Stimme, und im nächsten Moment bewegte sich die Erde unter ihm erneut; jemand zog an seinen Armen, sein Gesicht und seine Schulter kratzten über den Boden. Er wurde wie eine Puppe in die Luft gehoben und fallen gelassen. Der Boden unter ihm gab schwankend nach – doch es war gar kein Boden, es war Wolle. Eine Decke. Sie stank muffig und metallisch nach Blut.

Er versuchte erneut, etwas zu sagen. »Aber …«

Ein Schlag. Irgendwo in der Nähe, durch das Klingeln in seinen Ohren, hörte er, wie ein Kofferraum geschlossen und ein Motor angelassen wurde. Dann umhüllte der schwarze Vogel des Vergessens ihn erneut, und er war verschwunden.

KAPITEL EINS

Billie Walker durchlebte jenen Moment erneut.

Die Sonne wärmte ihr Gesicht, und hinter ihren Lidern existierte eine Welt aus abstraktem Technicolor, als sie die Augen vor dem Windstoß schloss und um die Ecke auf den Stephansplatz bog. Jedes Detail war so klar, so präsent, selbst jetzt noch. In der Luft hing das Aroma von etwas Gebackenem. Ein Laden bot seine tagesfrischen Köstlichkeiten an, Sachertorte und Apfelstrudel. Sie hatte über etwas gelacht, was Jack gesagt hatte, und spürte seine große, beruhigende Hand in ihrer, als sie über die Straße gingen. Ihre Welt bestand aus einer Blase aus frischer Liebe, der Erregung, in einem fremden Land zu sein, und der Begeisterung über eine Geschichte. Keine Spur von Vorsicht. Keine Furcht. Ihre Lederschuhe klickten auf den Pflastersteinen, sie hörte Stimmen, dann einen Schrei, der sie aus ihrer Träumerei riss. Sofort hatte sie ihren Reporter-Notizblock in der Hand, löste sich von Jack und blickte hinunter, um den Bleistift aufzufangen, der auf den Boden zu fallen drohte.

Als sie den Kopf wieder hob, sah sie es. Sie blieb ebenso unvermittelt stehen wie Jack. Die Welt kollidierte mit ihrer Blase, zerschmetterte die Illusion von Sicherheit. Ein Dutzend Frauen knieten auf dem großen Platz, umzingelt von uniformierten Männern. Sie weinten leise, während ihnen die Köpfe rasiert wurden. Billie sah Blut und Haar, nackte Haut und Tränen. Ein Mann in Unterwäsche stand zusammengekauert neben ihnen, sein Rücken war blutig und sein Bart abrasiert, seine Jarmulke lag zertrampelt auf dem Boden neben ihm. Eine kleine Menschenmenge kam dazu. Einige Zuschauer schrien und schwangen die Fäuste. Billie konnte nicht hören, was sie sagten, weil ihr das Blut in den Ohren rauschte. Gerade als sie den Drang verspürte, loszurennen und sich einzumischen, drehte sich einer der Soldaten um und fing ihren Blick auf. Sie sah sofort zur Seite, als würde er sie verbrennen.

Sie schloss die Augen.

Was sie damals in Wien gesehen hatte, war immer da, schien nur darauf zu warten, dass sie unaufmerksam war. Eines Tages im Jahre 1938 hatte sie die Augen geöffnet und es war da, und jetzt tauchte es immer wieder hinter ihren geschlossenen Lidern auf – eine Art Umkehrung. Warum ausgerechnet diese Erinnerungen? Warum dieses Wochenende? Es hing alles mit Jack zusammen, mit dem Krieg, mit allem, was sie irgendwie jetzt hinter sich lassen musste, wie ihr Kopf ihr sagte, aber ihr Herz klammerte sich immer noch daran.

Billie schüttelte sich sanft und packte ihre Sachen zusammen. Es war sinnlos, in diesen Erinnerungen zu verharren, selbst wenn sie Billie einfach nicht loslassen wollten. Sie war nicht mehr in Europa, sie war wieder in Australien. Es war 1946, eine neue Welt, und in dieser musste sie sich ein Leben einrichten. Sie musste es, und sie würde es auch.

Die Straßenbahn wurde langsamer und hielt neben der Central Station. Sie nahm eine kleine, vergoldete Puderdose und einen Lippenstift aus ihrer Handtasche und legte einen Hauch von Tussys *Fighting Red* auf. Das war ihre Haltestelle. Es wurde Zeit, aufzustehen.

====

»Guten Morgen, John!«, rief Billie, als sie in das Foyer des Daking House trat. Sie machte schnelle, große Schritte mit ihren langen, schlanken Beinen, und trotzdem ging sie so leise wie eine Katze. Ihre Oxfords hatten Kreppsohlen und waren auf dem Hartholzboden annähernd lautlos.

Als der Fahrstuhlführer Billies Stimme hörte, nahm er Haltung an, aufgescheucht vom Eintreffen seines, wie er oft betonte, »Lieblingsfahrgastes«. Es gab keinen Grund, ihm das nicht zu glauben. Billie kam morgens stets nach zehn Uhr an, lange nachdem die Lieferanten die Geschäfte im Erdgeschoss versorgt hatten und mit ihren Lastwagen wieder abgezogen waren, nachdem die grauhaarigen Geschäftsleute durch die Lobby geströmt und in ihren jeweiligen Büros verschwunden waren, stirnrunzelnd und schlurfend. Etliche von ihnen stanken bereits um neun nach Zigarre. Billie schlurfte nie und zog den Duft von französischem Parfüm vor. Wenn sie auch nur einen Funken von der Körpersprache zurückhaltender Menschen verstand, ging das dem Fahrstuhlführer auch so. Andere Mieter hier im Haus, wie Roberts Dancing School oder die Spieler, die das Billardzimmer im Untergeschoss besuchten, und dergleichen, nun, sie kamen und gingen zu sonderbaren Zeiten, wie Billie selbst auch häufig. Aber die Buchhalter und Anwaltstypen hielten sich penibel an ihre Arbeitszeiten, hockten jetzt bereits an ihren Schreibtischen in ihren jeweiligen Kanzleien und widmeten sich der Art von Arbeit,

11

die Billie einfach nicht im Blut lag. Allerdings klopften in ihrem Gewerbe auch nur sehr wenige Klienten um neun Uhr vormittags an ihre Tür. Mitternacht dagegen – das war durchaus schon vorgekommen. Ihr Metier mochte vielleicht keinen schillernden Ruf haben, aber die Welt verlangte nun einmal danach. Ebenso wie ihre Geldbörse.

»Guten Morgen, Ms Walker. Ist wie immer ein Vergnügen, Sie zu sehen«, begrüßte sie der Fahrstuhlführer.

Als er im August seine Arbeit im Gebäude aufgenommen hatte, als Ersatz für eine freundliche, grauhaarige Frau, die die Position während der Kriegsjahre innegehabt hatte, hatte der neue Fahrstuhlführer darauf bestanden, dass sie ihn beim Vornamen nannte: John. Wie er Billie ansprechen sollte, war dagegen in dieser Zeit keine einfache Frage. Die Leute in seinem Beruf benutzten für gewöhnlich formelle Titel, und John Wilson war neu in seinem Job. Also zögerte er noch, ihre Einladung anzunehmen und sie einfach »Billie« zu nennen, wie seine Vorgängerin es irgendwann getan hatte. Jedes Mal jedoch, wenn jemand Billie mit »Mrs« ansprach, erinnerte sie das an die Unsicherheit ihres Privatlebens und an ihren Verlust. »Miss« fühlte sich irgendwie auch nicht richtig an, und außerdem konnte man sie kaum so nennen, nach allem, was sie in den letzten Jahren durchgemacht hatte – einschließlich einer Kriegshochzeit, wenn auch einer improvisierten, ohne Ring und mit sehr wenigen Zeugen. Am Ende hatte sie sich für ein »Ms« entschieden. Soweit Billie es verstand, hatte er seine Wurzeln in den alten Titeln und war etwa um die Jahrhundertwende als neutralere Anredeform für Frauen geprägt worden, wurde jedoch nur wenig benutzt. Ihr war diese höfliche Anrede vor einigen Jahren in einem Artikel der *New York Times* aufgefallen. Als sie ihn damals las, hatte sie nicht geahnt, wie gut er einmal zu ihr passen würde. John Wilson hatte ihren Wunsch kommentarlos akzeptiert, so dass Billie jetzt an jedem Arbeitstag der Woche ein »Ms Walker« zu hören bekam. In der Welt da draußen stolperten die Leute natürlich nach wie vor über Miss, Mrs, Madam oder Mademoiselle – über die ganze komplizierte Angelegenheit einer Frau im heiratsfähigen Alter mit unklarem Status. Sonderbarerweise schienen solche Details ungeachtet all dessen, was der Krieg die Menschheit über die dem Leben innewohnende Unsicherheit gelehrt hatte, mehr und nicht weniger an Bedeutung zu gewinnen. Als wenn die Jahre der Finsternis von einem Titel, einer Frau, verursacht worden wären, nicht vom Nationalsozialismus und den dunklen Seiten des Strebens nach Macht. Es gehörte, wie Billie annahm, zu dem Versuch, nach Stabilität zu greifen, eine nostalgische Rückkehr zu etwas Simplerem, etwas Rigidem und leicht Verständlichem. Aber Billie wollte nicht umkehren, das war nicht ihr Stil. Und außerdem konnte man nicht ungeschehen machen, was der Krieg verursacht hatte.

Wilson trat pflichtbewusst zurück, um sie zum nächsten der vier Aufzüge des Gebäudes zu geleiten. Zwei waren für Passagiere gedacht, die zwei anderen waren Lastenaufzüge. Momentan war nur einer der Passagierlifte in Betrieb, und sie hatten erst in den letzten Monaten wieder angefangen, ihn vom Erdgeschoss aus zu betreiben. Davor hatten die Mieter zu den ersten Stockwerken die Treppen nehmen müssen, um Energie zu sparen. Es fühlte sich noch immer luxuriös an, direkt von der Lobby hinaufzufahren. Billie trat in die Fahrstuhlkabine, und Wilson schloss die äußeren und inneren Metalltüren mit seiner kräftigen linken Hand. Das Gitter entfaltete sich wie eine Wand von sich öffnenden Scheren. Seine rechte Hand, einst seine Führungshand, hatte den Krieg nicht überlebt, ebenso wenig der Arm. Sein Anzugärmel war an der Seite mit Sicherheitsnadeln befestigt – das war im Sydney dieser Tage kein besonders ungewöhnlicher Anblick. Sein Haar war fein säuberlich kurz geschnitten, aber der Haaransatz an einer Seite uneben. Sein Gesicht, Billie vermutete, dass es früher einmal durchschnittlich gut ausgesehen hatte, war von Verbrennungsnarben entstellt. Seine Augen, seine Nase und der größte Teil des Mundes waren jedoch unversehrt. Seit über einem Jahr hatte sich die Stadt jetzt mit gebrochenen Männern gefüllt, die aus Übersee zurückkehrten. Viele wurden wegen der Entstellungen, die sie nicht verstecken konnten, gemieden, und der australische Busch füllte sich mit ihnen, genauso wie es nach dem Großen Krieg gewesen war. Es waren Männer, die Einsamkeit den Blicken vorzogen, die man ihnen auf den Straßen der Stadt zuwarf, den auf sie zeigenden Händen der Kinder, den unablässigen Erinnerungen. Aber John war zu einer erleichterten Familie zurückgekehrt, und die Mieter von Daking House mochten ihn bereits. Er hatte die Rückkehr geschafft, im Gegensatz zu vielen Anderen.

Sie fuhren mit dem klappernden Aufzug hinauf.

»Wie geht es June?«, erkundigte sich Billie wie so häufig nach Wilsons Frau. »Und den Kindern?«

»Sehr gut, danke der Nachfrage«, erwiderte er und lächelte schief. Um seine Augen bildeten sich Fältchen. Er bremste den Aufzug im sechsten Stock ab und tippte den Hebel ein paarmal hoch und runter, um den Boden mit dem Flur davor auf eine Ebene zu bringen. Dann ließ er den Griff jedoch etwas zu ruckartig los, und der Aufzug machte einen Satz, als der Totmannschalter ansprang. »Entschuldigen Sie, Ms. Walker. Wie gut, dass wir diesen Schalter haben, der uns … anhält, wenn meine Hand mal abrutscht«, sagte er und errötete unter seinen Narben ein wenig. Wenn man die Hände nicht ständig auf dem Aufzugshebel hielt, aktivierte man den Mechanismus – der Fahrstuhlführer musste nicht wirklich tot sein, damit diese Sicherung auslöste. Wilson war noch neu in diesem Job, aber das war auch schon Anderen mit mehr Erfahrung passiert. Er zog die Gittertür auf. »Vorsicht, Stufe.«

»Ich passe immer auf«, antwortete Billie und schenkte ihm ein Lächeln.

Dann ging sie über den Flur an Büros vorbei, in denen es bereits vor Betriebsamkeit brummte, bis sie an eine Holztür mit einem Milchglasfenster kam, auf der in einfachen schwarzen Buchstaben stand:

B. WALKER,

PRIVATERMITTLUNGEN

Hier hatte ihr verstorbener Vater so viel Lebenszeit verbracht, hier waren so viele von den Geschichten, die er ihr am Abendbrottisch erzählt hatte, entstanden. Sie hatte das Büro kaum verändert, seit sie es übernommen hatte; die Einrichtung, die Möbel und die Bilder waren geblieben, aber sie hatte zwei Büroräume, in denen seine Angestellten gearbeitet hatten, untervermieten müssen. Ihre Agentur war kleiner, und das gefiel ihr auch sehr gut. Büroräume waren sehr gefragt, kosteten mehr als sieben australische Pfund pro Woche. Abgesehen von den zusätzlichen Einnahmen herrschte auch allgemein eine beträchtliche Feindseligkeit gegen jene, die nicht ihr Bestes taten, um Platz für die zurückgekehrten Männer und ihre Bedürfnisse zu schaffen. Mehr Büroraum zu behalten, als sie unbedingt brauchte, hätte ihr weder gesellschaftlich noch beruflich genützt. Billie und ihre Tätigkeit wurden auch so schon nur zögernd akzeptiert. Nach dem Sieg im Pazifik erwartete man von den Frauen, dass sie ihre Plätze in den Flugzeugfirmen, Munitionsfabriken, neuen Büros und Krankenhäusern, die sie während des Krieges so erfolgreich geführt hatten, räumten, ihre Unabhängigkeit, die ihnen das eigene Gehalt schenkte, aufgaben und wieder in ihre Küchen zurückkehrten. Aber so eine Frau war Billie noch nie gewesen. So war sie nicht erzogen worden, und sie würde sich diesem Druck ganz bestimmt auch jetzt nicht beugen.

Die Tür war unverschlossen, und ihr Sekretär saß bereits im Vorzimmer, in dem manchmal Klienten warteten. Billie löste den Gürtel ihres doppelreihigen Trenchcoats und warf einen kurzen Blick auf die Reihe der vier Stühle aus Walnussholz, die ordentlich vor dem niedrigen Couchtisch aufgereiht waren. Darauf präsentierte sie eine Sammlung von höchst angesehenen, wenn auch ein wenig langweiligen Magazinen und mehrere modische Frauenzeitschriften. Die Stühle waren unübersehbar leer, die Magazine lagen sortiert und unberührt da. Heute wartete niemand hier, und es gab auch keine Termine. Das war schon seit einer Woche so. Ein weiterer Grund, die beiden Extrabüros unterzuvermieten.

»Guten Morgen, Ms. Walker. Die Post liegt auf Ihrem Schreibtisch«, informierte Samuel Baker sie. Er war aufgestanden, als wollte er Haltung annehmen.

Sie streifte ihren Mantel ab, er nahm ihn und hängte ihn an die Garderobe. Dann setzte sie die runde Sonnenbrille ab, steckte die Hutnadel des kleinen grünen Toppers um, der schräg über ihrem linken Ohr saß, glättete ihr tailliertes leichtes Sommerkostüm, dankte ihrem Assistenten und betrat ihr Büro. Dort setzte sie sich hinter den Tisch und ließ die Verbindungstür offen. Der Raum war mit einem rostroten Teppich ausgelegt, hatte zwei Aktenschränke, deren jägergrüne Farbe allmählich verblasste, einen Globus und einen breiten Holzschreibtisch mit Tintenlöscher sowie einem Telefon. All das hatte ihrem Vater gehört und schmückte dieses Büro schon seit zwei Jahrzehnten. An der Wand war eine große Karte von Sydney in einem etwas zerschrammten Holzrahmen angebracht. Sie hing dort schon, so lange sie das Büro kannte, und sie vermutete, dass auf der Wand dahinter eine auffallend andere Farbe zum Vorschein käme, sollte man sie jemals abnehmen. Es war kein besonders eleganter Raum, doch das musste er auch nicht sein. Ihre Klienten kamen nicht hierher, um sich Einrichtungstipps zu holen.

Der Aschenbecher ihres Vaters stand am Rand von Billies Schreibtisch für ihre Kunden bereit. Die meisten Frauen rauchten heutzutage, aber Billie hatte das als tägliche Gewohnheit noch nie gemocht. Es gab Tage, an denen sie rauchte, das schon, aber heute nicht. Der Aschenbecher war geleert und sauber, die Tageszeitungen lagen auf ihrem Schreibtisch – der *Sydney Morning Herald,* das Revolverblatt *Truth* und die erst seit Kurzem erhältliche *Paris Herald Tribune.* Sie waren alle noch ordentlich gefaltet. Es zahlte sich aus, wenn man wusste, was in der Welt so los war. An der Wand gegenüber hingen zwei gerahmte Fotografien. Das eine war ein formelles Porträt ihrer Eltern an ihrem Hochzeitstag: Ihr Vater trug einen Frack mit weißer Fliege und hatte einen schwarzen glänzenden Zylinder unter den Arm geklemmt – das war wahrscheinlich die einzige Gelegenheit, bei der er jemals einen berührt hatte. Ihre Mutter hatte eine glitzernde Kopfbedeckung auf ihrem gewellten Bob, eine Frisur, die sie seit dieser Zeit nicht verändert hatte, und trug ein skandalös kurzes Kleid. Es entblößte ihre Knöchel über den flachen Schuhen, die mit glänzenden Bändern verschnürt waren. Das Grinsen ihrer dunklen Lippen ließ an eine Katze denken, die an der Sahne gewesen war. Der andere Rahmen war kleiner und zeigte ein neueres Foto von Jack Rake. Billie hatte es selbst in Wien aufgenommen. Es war ziemlich scharf und zeigte einen lächelnden Jack an dem Wochenende, kurz bevor die Welt um sie herum eingestürzt war. Es war das Wochenende, an dem sie sich verliebt hatten.

Billie stockte der Atem. Jack sah genauso aus wie in den kurzen Erinnerungsfetzen, die sie jedes Mal verfolgten, wenn sie die Augen schloss. Dieses Lächeln und der Ernst, der ihm folgte. Diese forschenden, braunen Augen.

»Verdammt!«, murmelte sie und wandte den Blick ab. Sie brauchte dringend Arbeit, um sich zu beschäftigen.

Ihre elfenbeinfarbene Bluse war am Hals mit einer Schleife zusammengebunden, die sich allmählich löste. Mit Fingern, deren unlackierte Nägel makellos manikürt waren, band Billie den Knoten neu und nahm dann den ersten Umschlag von ihrem Schreibtisch. Ihre Augen verengten sich. Der Brief war an Mr B. Walker adressiert. Das passierte nicht zum ersten Mal. Natürlich hätte der Brief an ihren verstorbenen Vater gerichtet sein können, aber länger als ein Jahr nach seinem Tod war das ziemlich unwahrscheinlich. Billie Walker entsprach in vielem nicht dem, was sich die Leute vorstellten – vor allem aber war Billie kein »Mister«. Und, ganz ehrlich, wie viel Spaß machte es schon, zu sein, was andere erwarteten? Sie öffnete den Umschlag und überflog rasch den langweiligen Schrieb eines Anwalts über einen früheren Fall, bei dem es um Ehestreitigkeiten ging. Auch der Rest der morgendlichen Post war alles andere als erbaulich, und Billie wandte sich bald den Zeitungen zu. Sie blätterte sie einmal flüchtig durch, bevor sie sich mit einer frischen Tasse Tee an eine gründliche Lektüre machte. Die Aussperrung auf einer Werft sorgte für große Unruhen im Hafen von Sydney. Einige Fotos zeigten Chifley mit dem Generalgouverneur Prince Henry, dem Duke of Gloucester, bei einem offiziellen Anlass. Die Auktionshäuser in Sydney setzten geschäftig große Werte um, von denen einige größere Anwesen zu sein schienen. Die Welt-Nachrichten zeigten Fotos von der Präsentation zweiteiliger Badeanzüge in Paris. Die Russen zogen ihre Truppen in großer Zahl aus Deutschland zurück. Belgien, die Niederlande und Luxemburg einigten sich darauf, deutsche Kriegsgefangene so bald wie möglich zurückzuführen. Frankreich hatte bis jetzt noch keinen einzigen Vertrag unterzeichnet.

Billie blickte von den Zeitungen auf, als Samuel mit dem Teetablett hereinkam – eine morgendliche Routine und immer willkommene Abwechslung. Sam war breitschultrig, aber schlank, trug einen sommerlichen Nadelstreifenanzug und eine hübsche, burgunderrot und himmelblau gestreifte Krawatte nach der aktuellen Mode. Er setzte sich auf einen der beiden Stühle vor Billies Schreibtisch. Als er einen Zuckerwürfel in ihren Tee gab, verschwand seine professionelle Formalität, wie immer, wenn er das Vorzimmer, seinen Wachposten, verließ. Er verstand sich überraschend gut auf die Zubereitung von Tee. Entweder hatte er diese Fähigkeit in der Army erworben – oder aber auf das Drängen einer Mutter mit viel englischem Feingefühl. Er schob ihr die Tasse über die Schreibtischplatte zu.

»Was läuft?«, fragte er und rieb zerstreut an einer Hautreizung unter dem Handschuh an seiner linken Hand.

»Sehr wenig, Sam, muss ich leider zugeben«, antwortete Billie. Sie schob sich ihre dunkelbraunen Locken hinter das Ohr und nippte an ihrem Tee.

Sam war einer dieser ernsten australischen Burschen, die sehr jung zur Armee gegangen waren und eine Weile in den Schreibstuben gearbeitet hatten, bevor der Krieg ausbrach. Dann hatte man ihn für aufregendere Tätigkeiten im 2/23 Bataillon gebraucht. »Aufregend« bedeutete im Krieg, dass man als Kanonenfutter verheizt wurde, wenn man nicht die richtigen Verbindungen besaß. Sam konnte keine Strippen ziehen, und wäre er reich gewesen, würde er jetzt wahrscheinlich auch nicht als Sekretär und Assistent in Personalunion für eine Privatermittlerin arbeiten. Er besaß viele Fähigkeiten als Sekretär, nur als Schreibkraft ließ er zu wünschen übrig. Jeder konnte sehen, warum, und die Klienten rissen häufig gutmütige Witze darüber. In Tobruk hatte eine italienische Brandbombe die meisten seiner Kameraden getötet, er selbst war mit ein paar Fingern weniger und schrecklichen Narben auf seinen Händen davongekommen. Wahrscheinlich Abwehrverletzungen, vermutete Billie. An seiner linken Hand trug er einen Lederhandschuh, in dem hölzerne Prothesenfinger die Lücken füllten. Seine rechte Hand war zwar vernarbt, aber ansonsten unversehrt und so ruhig, wie man es sich von einer Schusshand nur wünschen konnte.

Abgesehen vom Tippen hatte Sam eine Vielzahl von Aufgaben. Manchmal zahlte es sich für Billie aus, einen kräftigen Arm an ihrer Seite zu haben, und manchmal war es auch ganz nützlich, dass ein kräftiger Bursche im Vorzimmer saß, der dazwischenging, wenn ein verdrossener Ehemann hereinkam, der wütend auf sie war, weil sie seiner Frau bei der Scheidung geholfen hatte. Und dann gab es noch die Gelegenheiten, wo es sich einfach lohnte, einen Mann als Verstärkung bei sich zu haben. Zum Beispiel, wenn Billie im Einsatz war, oder um zu kompensieren, dass sie als Frau in einem von Männern dominierten Beruf arbeitete. Es half, dass Sam eine flüchtige Ähnlichkeit mit Allan Ladd hatte, obwohl er viel größer war. Dadurch war er ein angenehmer Anblick und konnte als Billies Partner fungieren, wenn eine solche Tarnung während einer Ermittlung erforderlich war. Die meisten grauhaarigen Gentlemen in ihrem Berufsstand wären als Partner für sie kaum glaubwürdig gewesen, aber Sam und sie gaben ein attraktives Paar ab. Das war unter bestimmten Umständen sehr hilfreich. Er wusste zwar noch nicht viel über Ermittlungsarbeit, weil er erst seit ein paar Monaten in diesem Beruf arbeitete, aber er konnte ausgezeichnet Befehle ausführen – im Gegensatz zu vielen anderen Männern machte es ihm auch nichts aus, sie von einer Frau entgegenzunehmen. Anständige Arbeit war selbst für unversehrte Männer Mangelware, und bis zu einem gewissen Grad war es wahrscheinlich aufregender, als Sekretär für Billie zu arbeiten, als bei den Streitkräften zu dienen. Jedenfalls behauptete Sam das. Immerhin ging es nicht nur darum, Akten abzulegen und Papiere auszufüllen. Er lernte allmählich alle Bars, Hotels, Absteigen und finsteren Seitengassen der ganzen Stadt kennen. Das war zwar nicht besonders schick, aber auch nicht langweilig. Und dass er nicht mit zehn Fingern tippen konnte, war letztlich kein großes Problem.

»Wie war *The Overlanders* gestern Abend?«, fragte Billie. Sie hatte in letzter Zeit nicht viele Filme gesehen, aber Sam liebte das Kino und investierte seine Gehaltsschecks in dieses Hobby. »Hat er Eunice gefallen?«, fügte sie hinzu. Er hatte Eunice erst vor Kurzem kennengelernt, redete aber nicht viel über sie.

Sam erläuterte gerade ausführlich Chips Raffertys Darstellung eines westaustralischen Viehtreibers, als das Telefon klingelte. Er stellte die Tasse ab, räusperte sich und nahm den Hörer ab.

»B. Walker, Privatermittlungen, wie kann ich Ihnen …?«

Sam verstummte, und Billie sah ihn mit fragend erhobener Braue an.

»Aufgelegt«, sagte er verwirrt und legte den Hörer wieder auf die Gabel. »Oder der Anruf wurde unterbrochen.«

»Sie haben nichts gehört?«

Er schüttelte den Kopf. »Straßengeräusche, vielleicht.«

—

Es war kurz nach fünfzehn Uhr, nur wenige Minuten, nachdem Billie Sam vorgeschlagen hatte, früher nach Hause zu gehen, als jemand zurückhaltend an der Tür des Vorzimmers klopfte. Dann hörte sie, wie Sam jemanden einließ.

»Ich … Ich bin davon ausgegangen, dass es eine weibliche Ermittlerin wäre«, sagte die leise, fast panische Stimme im Nebenraum. Sie betonte das Wort »weiblich«, als wäre es schrecklich wichtig. Es klopfte eigentlich kaum jemand, die meisten Leute fielen mit ihren Schwierigkeiten und Bedürfnissen gleich mit der Tür ins Haus, also folgerte Billie, dass diese Person entweder besonders höflich oder besonders nervös war. Sie stand schnell auf und ging zu der offenen Verbindungstür, bevor Sam zu einer Erklärung ansetzen konnte. Es war nicht nötig, einen Kunden zu verlieren, weil der vielleicht wegen seiner Nervosität flüchtete, vor allem, da die Geschäfte im Moment beklemmend schlecht liefen.

Eine angespannt wirkende Frau stand im Vorzimmer. Sie war Ende dreißig oder Anfang vierzig und vermittelte den Eindruck eines scheuen Rehs. Ihre Füße waren leicht gespreizt, als wollte sie jeden Moment davonlaufen. Billie überflog ihre Erscheinung rasch. Sie war knapp eins sechzig groß und trug eine beeindruckende schokoladenbraune Pelzstola, die über der Brust zusammengehalten wurde. Vermutlich Nerz, und von ausgezeichneter Qualität, darunter ein braunes Sommerkostüm, dessen Schnitt allerdings ziemlich konservativ war. Es war wahrscheinlich maßgeschneidert, wenn auch schon vor etwas längerer Zeit. Ihr kleiner Hut war vor dem Krieg modern gewesen, von einem etwas helleren Braun als das Kostüm und mit einer schokoladenbraunen Feder verziert. Die Frau trug nur sehr wenig Make-up, ihre runde, einfache Brille vergrößerte ihre Augen und verstärkte den Eindruck eines verängstigten Rehs. Das Haar der Frau war braun wie ihre Kleidung. Ihre Schuhe aus Krokodilleder waren von guter Qualität und aus demselben Leder wie ihre Handtasche, aber nicht protzig. Die Absätze waren praktisch flach, etwas abgetragen, aber gut gepflegt. Die Frau umklammerte mit ihren behandschuhten Händen die Bügel einer kleinen Handtasche, die ebenso versiegelt zu sein schien wie ihr Mund. Der sah aus, als hätte sie gerade in eine Zitrone gebissen.

Billie stellte sich vor, dass sie ein dunkleres, schweres Kostüm mit so einem praktischen Schnitt und einer ähnlichen Farbe im Herbst und im Winter trug, und dieses im Frühling und Sommer. Aber der Pelz ... der war etwas Besonderes und wirkte an ihrer Person ziemlich deplatziert. Für einen australischen November war es in Sydney noch nicht zu heiß, aber dieses Kleidungsstück sollte ohnehin nicht die Kälte abwehren. Die Stola glänzte und war fein säuberlich gebürstet. Sie wirkte neu, und Billie fragte sich, welche Geschichte wohl dahintersteckte.

»Ich bin Ms Walker, die Inhaberin. Das ist mein Sekretär und Assistent, Mr Baker«, erklärte Billie und deutete mit der Hand auf Sam. Die Augen der Frau weiteten sich kurz. »Möchten Sie vielleicht in mein Büro kommen, Mrs …?« Die Frau antwortete nicht auf diese Frage, trotzdem ging Billie zurück in ihr Büro und zog einen Stuhl heraus, bevor sie um den breiten Schreibtisch trat und wartete.

Es dauerte einen Moment, bis die Frau ihr aus dem Vorzimmer folgte. Sam bot an, ihr die Stola abzunehmen, aber sie lehnte das Angebot mit einem gemurmelten Dank ab. Nach einem verlegenen Schweigen, bei dem es auf der Kippe zu stehen schien, ob die Frau sich setzen oder davonlaufen würde, trat sie schließlich ein und setzte sich auf den angebotenen Stuhl Billie gegenüber.

»Bitte machen Sie es sich bequem«, sagte Billie freundlich. »Samuel, würden Sie uns Tee bringen?« Billie hoffte, dass das half, ihren nervösen Gast zu beruhigen.

Sam schloss taktvoll die Zwischentür.

»Was kann ich für Sie tun?« Billie beobachtete die Frau. Deren Blick zuckte zum Boden, dann zum Globus auf dem Aktenschrank, bevor er schließlich auf dem großen Stadtplan an der Wand hängen blieb. Die ganze Zeit presste sie dabei die Lippen fest zusammen.

Billie war daran gewöhnt, dass dieser anfängliche Prozess eine Weile dauerte. Sie war geduldig und bohrte nicht nach Namen oder persönlichen Informationen, bevor es notwendig war. Viele Leute, die zu ihr kamen, waren von den Umständen aufgewühlt, die sie hierhergeführt hatten, und für einige war es schon bestürzend genug, überhaupt mit einem Privatermittler sprechen zu müssen. Billie wusste sehr genau, dass ihr Berufsstand einen sehr ambivalenten Ruf hatte – schließlich war sie mit einem Vater aufgewachsen, der ebenfalls Privatermittler gewesen war. Sie vermutete, dass die amerikanischen Detektivfilme, die gerade sehr beliebt waren, auch nicht gerade hilfreich waren, denn in ihnen wimmelte es von ultra-maskulinen, zwielichtigen Typen, die sich auf ihre Fäuste verließen und alle Frauen »Sweetheart« nannten, obwohl ihre Augen etwas ganz anderes sagten. Einige Klientinnen suchten aus diesem Grund wohl instinktiv Ermittler ihres eigenen Geschlechts auf, vor allem, wenn ihr Problem häuslicher Natur war. Solche Fälle waren für Billie jedoch längst nicht mehr skandalös, und sie fragte sich, welche Geschichte diese mögliche Klientin wohl erzählen würde. Die vom untreuen Ehemann?

Die Bakelit-Wanduhr tickte die Minuten herunter, bis Sam schließlich mit einem Tablett wieder auftauchte. Darauf befanden sich eine Teekanne, ein Milchkännchen, zwei Tassen, Zucker und Löffel. Er stellte es ab und verschwand wortlos. Die Tür schloss sich mit einem leisen Klicken hinter ihm. Für einen so großen Mann verstand er sich ausgezeichnet auf strategische Unsichtbarkeit. Nach einigen weiteren Minuten sprach die Fremde schließlich, ohne ihren Tee angerührt zu haben.

»Ich wollte zu Ihnen, weil …« Offensichtlich fiel es ihr schwer, es auszusprechen. »Ich brauche … die Intuition einer Frau.«

Billie ging nicht darauf ein. Sie glaubte nicht an die sogenannte »weibliche Intuition«, obwohl genau das der Grund war, warum einige Klienten zu ihr kamen. Männliche Intuition nannte man Wissen, zumindest aber eine begründete und rationale Vermutung. Wenn ihr Bauch ihr jedoch mitteilte, dass irgendetwas nicht stimmte, war das ebenfalls begründet, und zwar durch tausend winzige Signale und Beobachtungen des menschlichen Verhaltens. Hier funktionierten Schlussfolgerungen, einige bewusst, andere unbewusst, die kein bisschen weniger rational waren als die Argumentation eines Mannes. Diese Instinkte beruhten auf Achtsamkeit, auf der Fähigkeit, zuzuhören, kurz gesagt etwas, das viele Frauen sehr gut konnten. Billie glaubte fest daran, dass es sich lohnte, dem Wissen in ihrer lebensrettenden Magengrube Beachtung zu schenken, und zwar nicht, weil sie es für irgendeine mystische weibliche Fähigkeit hielt. Dass sie auf ihr Bauchgefühl gehört hatte, hatte ihr geholfen, den Krieg zu überstehen, und in ihrem Beruf war es ebenfalls sehr nützlich. Das hatte schon ihr Vater vor ihr getan. Aber es war nicht sinnvoll, das alles jetzt auszuführen. Genau genommen war es besser, gar nichts zu sagen. Die Fremde in ihrem Büro rang gerade die Hände. Billie beobachtete sie und wartete darauf, dass sie sich öffnete.

»Mein Sohn ist … verschwunden«, begann die Frau schließlich. Die Worte klangen bedeutungsvoll und schienen ihr nur schwer über die Lippen zu kommen. Billie fiel ein schwacher Akzent auf – europäisch?

Also keine Scheidungssache, dachte sie. Gerade erst hatte sie einen ziemlich unangenehmen Fall abgeschlossen, der von ihr verlangt hatte, über vier Zäune zu springen, um einen Mann einzuholen. Dabei hatte sie sich eine teure Seidenhose zerrissen. Sie war versucht, Scheidungsfälle so lange zu vermeiden, wie sie nur konnte – was wahrscheinlich nicht allzu lange sein würde, wenn sie noch irgendwelche Einnahmen verbuchen wollte, bevor das Jahr 1947 an die Tür klopfte.

»Verstehe«, antwortete Billie gelassen. »Wie alt ist Ihr Junge?«

»Er ist im August siebzehn geworden.«

Billie war sich nicht sicher, ob sein Alter für oder gegen ihn sprach, aber insgeheim war sie erleichtert, dass sie nicht nach einem Kleinkind suchen musste. »Ist das schon einmal passiert?«

»Nein.« Die Frau schüttelte nachdrücklich den Kopf. »Adin ist ein guter Junge. Er ist einfach … verschwunden. Wir haben zu Abend gegessen, dann ist er wie üblich in sein Zimmer gegangen, und dann war er weg. Sein Bett war unberührt.«

Niemand verschwand einfach so. Es gab immer eine Geschichte dazu. Er war schlafen gegangen, aber sein Bett war unberührt. Das sprach nicht gerade für eine Entführung, obwohl so etwas natürlich nicht gänzlich außer Frage stand. War er aus seinem Fenster geklettert, hatte die Stadt verlassen und sich entschlossen, nie wieder zurückzukehren? Oder konnte er vielleicht auch einfach aus der Haustür herausspaziert sein, ohne dass jemand es bemerkt hatte?

»Wie lange ist das her?«, erkundigte sich Billie.

»Zwei Tage. Ich habe am Donnerstagmorgen festgestellt, dass er verschwunden ist.«

Billie nickte. Jetzt war es Freitag, wenn er also am Mittwoch nach dem Abendessen verschwunden war, dann war das fast zwei Tage her. In der Zeit konnte sehr viel passiert sein, aber die Chancen standen nicht so schlecht. »Haben Sie mit irgendjemandem darüber gesprochen? Vielleicht mit der Polizei?«

Die Frau nickte und zog die Mundwinkel nach unten. »Ja. Ich habe bei seinen Freunden nachgefragt, und als die mir mitteilten, dass sie ihn auch nicht gesehen hätten, bin ich zur Polizei gegangen. Sie waren nicht sonderlich hilfreich …« In ihre Stimme mischte sich erneut ein angespannter Unterton. Irgendetwas verschwieg sie. »Ich war gestern auf der Polizeiwache, und als ich gegangen bin, hat mir eine Miss Primrose empfohlen, mich an Sie zu wenden.«

Constable Primrose. Billie hatte überall in Sydney freundschaftliche Verbindungen. Sie reichte der Frau, die jetzt leise weinte, ein Taschentuch, auf das die Initialen B. W. eingestickt waren. Die nahm es mit einem gemurmelten Dank entgegen und tupfte sich die Augenwinkel. Dann zog sie die Handschuhe aus, legte sie auf ihren Schoß und rang wieder ihre blassen Hände. Billie fiel der goldene Ring an der linken Hand auf. Die fremde Frau wirkte immer noch etwas eingeschüchtert, aber sie öffnete sich langsam, schöpfte offenbar Vertrauen. Billie ließ ihr Zeit. Schließlich trank die Frau einen Schluck Tee, und die Tasse zitterte ein wenig in ihrer Hand. Sie gab einen Zuckerwürfel hinein und trank erneut. Nach einer Minute nahm ihr Gesicht wieder etwas Farbe an, und ihre Schultern sanken ein Stück herunter, als sie sich entspannte.

»Sie würden also diese Situation als ungewöhnlich charakterisieren?«, erkundigte sich Billie. Immerhin neigten Teenager dazu, wegzulaufen.

Die Frau nickte erneut nachdrücklich. Ihr standen immer noch Tränen in den Augen. »Ja, auf jeden Fall!« Ihr Tonfall verriet, dass sie sich persönlich angegriffen fühlte.

»Es tut mir leid, dass ich Ihnen diese Fragen stellen muss«, beschwichtigte Billie, »aber es ist wichtig, möglichst viel in Erfahrung zu bringen. Wenn wir Ihren Sohn rasch finden wollen, dann brauche ich Informationen.« Sie hatte keine Ahnung, wie es war, Mutter zu sein, aber sie stellte es sich nahezu unerträglich vor, ein Kind zu verlieren oder nicht zu wissen, wo es war. Es war schon schlimm genug, wenn ein Erwachsener vermisst wurde, das wusste sie nur zu gut. »Wenn Sie raten müssten, wo, glauben Sie, könnte Ihr Sohn sein? Hat er vielleicht eine Freundin?« Billies Miene war ein Musterbeispiel von Sorge und

Zurückhaltung. Ein guter, mitfühlender Ausdruck, aber gleichzeitig strahlte es auch eine Art professionelle Fassung aus. Immerhin hatte sie vom Besten gelernt.

»Es gibt keine Freundin. Er ist ein guter Junge. Keiner seiner Freunde hat ihn gesehen.«

Jedenfalls nicht, wenn die Mutter nachfragt, dachte Billie. Sie überlegte kurz. »Wenn ich Ihren Fall übernehme«, sagte sie, »sollten Sie mir vielleicht trotzdem ihre Namen und Adressen aufschreiben. Ich würde gern selbst mit ihnen reden.«

Das »Wenn« hing schwer in der Luft. »Oh, selbstverständlich.« Die Frau machte sich am Verschluss ihre Krokodillederhandtasche zu schaffen, öffnete dann eine kleine Stoffbörse und schob Billie eine Zehn-Pfund-Note über den Tisch zu. »Genügt das als Anzahlung?«

»Wenn Sie wollen, kann ich heute mit den Ermittlungen beginnen. Die Anzahlung ist angemessen. Ich berechne zehn Pfund pro Tag plus Spesen.«

Die Frau schien nicht zu wissen, was sie davon halten sollte. Ihre Miene verzog sich wieder säuerlich. Sie saß regungslos da und presste die Knie zusammen. »Das ist ziemlich viel«, protestierte sie.

Natürlich hörte Billie so etwas öfter. Sie lehnte sich auf ihrem Stuhl zurück, schlug ein Bein über das andere und ließ die Spannung im Büro eine Weile schweben, bevor sie reagierte. Als die Luft so dick war, dass man sie fast hätte schneiden können, lächelte sie humorlos. »Eigentlich ist das nicht besonders viel«, gab sie dann zurück. »Ich widme meine gesamte Aufmerksamkeit und meine ganze Zeit meinen Fällen, und zwar zu jeder Tageszeit. Ich muss meinem Assistenten ein anständiges Gehalt zahlen, und er ist jeden Shilling wert, das kann ich Ihnen versichern. Ich genieße keine geregelte Arbeitszeit von neun bis siebzehn Uhr. Genau genommen erreiche ich am meisten in der Zeit von einundzwanzig Uhr bis Tagesanbruch. Und manchmal ist die Arbeit auch gefährlich.« Die Frau öffnete den Mund, um zu protestieren, doch Billie redete einfach weiter. Sie war noch nicht fertig. »Ich weiß nicht, wie sich Fälle entwickeln, bis ich meine Ermittlungen aufgenommen habe, und meine Klienten können es ebenfalls nicht vorhersagen. Ich bekomme es häufig mit missmutigen Ehemännern, sitzengelassenen Liebhabern, betrogenen Freunden oder Geschäftspartnern zu tun – und manchmal auch mit erheblich unangenehmeren Personen. Vielleicht haben Sie ja in der letzten Zeit keine Agentur für Privatermittlungen in Anspruch genommen, aber Sie werden sehr viele Leute finden, die Ihnen mit Vergnügen hundert Pfund oder mehr berechnen, wenn sie glauben, das aus Ihnen herausquetschen zu können. Und das selbst für einen einfachen Fall, der in nur zwei Tagen gelöst werden könnte.« Sie schlug die Beine andersherum übereinander und warf der Frau einen gelassenen Blick zu. »Nein, zehn Pfund pro Tag sind dagegen nicht viel«, schloss sie und wartete.

Billie hatte von einem Privatermittler gehört, der einem Klienten schwindelerregende fünfhundert Pfund abgeknöpft hatte – pro Tag. Aber so viel Geld konnte man nicht aus vielen Klienten herauspressen, und Billie hatte ohnehin nicht die Absicht, so zu arbeiten. Alle Versuche, diesen Berufszweig zu regulieren, waren bis jetzt erfolglos geblieben. Dennoch stand Billie der Idee einer Kontrolle nicht gänzlich abgeneigt gegenüber, trotz des ganzen Papierkrams, den das zweifellos mit sich bringen würde. Denn für jeden ihrer Kollegen, der einen Klienten unzufrieden und ohne einen Schilling in der Tasche zurückließ, traf anschließend zwei Ermittler dieselbe Verarmung. Es war wie ein Virus. Halbseidene Privatermittler waren schlecht für den Berufsstand, also auch schlecht für Billie. Und obwohl sie selbst nicht gerade ein Engel war, wurde Billie bei dem Gedanken geradezu übel, Leute in ihren hilflosesten Momenten auszunehmen.

Jedenfalls diejenigen, die es nicht verdient hatten.

Das Gesicht der Frau war weicher geworden, und ihr säuerlicher Ausdruck verschwand. Die Hände auf der Krokodilledertasche lösten ihren Klammergriff um die Henkel. Billies kleiner Monolog zeigte offenbar Wirkung. »Welche Spesen?«, erkundigte sie sich. Jetzt versuchte sie sogar etwas zu lächeln, als wollte sie die Ermittlerin auf der anderen Seite des Schreibtischs beschwichtigen.

»Alles Zusätzliche, was sich ergibt, Reisen zum Beispiel, falls sie nötig sind. Natürlich werde ich Sie über solche Situationen vorher informieren.« Billie hatte die zehn Pfund immer noch nicht angefasst. Sie lagen jetzt zwischen ihnen auf der Schreibtischplatte, ein Symbol der Unsicherheit. »Haben Sie ein gutes Foto von Ihrem Sohn dabei? Wenn ich weitermache, dann brauche ich ein aktuelles Bild und seinen vollen Namen.«

Die Frau nahm einen Umschlag aus ihrer Handtasche und schob ihn ebenfalls über den Schreibtisch. Sie schien damit die Bedingungen akzeptiert zu haben. In dem Umschlag befand sich eine Fotografie, die an einer Ecke ein Eselsohr hatte. »Sein Name ist Adin Brown. Dieses Bild wurde vor einem Jahr aufgenommen.«

Billie betrachtete das Foto. Adin war ein gut aussehender Junge und ganz sicher attraktiv genug, um in Schwierigkeiten zu geraten. Sein dichtes Haar war gelockt und stand an der Stirn etwas hoch. Sein Baumwollhemd war am Hals geöffnet, gerade weit genug, dass ein paar Brusthaare herauslugen konnten, mit denen er offenbar angeben wollte.

Die Frau hatte ihren Namen immer noch nicht genannt. Jetzt seufzte sie, offenbar ohne es zu merken. »Ich hätte nie gedacht, dass ich mal eine Privatdetektivin engagieren würde«, bemerkte sie.

Billie beugte sich auf ihrem Stuhl vor. »Also … Mrs Brown, nehme ich an?« Ihre Besucherin nickte. »Mrs Brown, das Leben führt uns an interessante Orte. Sie haben ganz richtig gehandelt, wenn die Polizei kein Interesse zeigt. Wenn eine Person verschwindet, zählt jede Stunde. Aber ich muss betonen, dass ich keine Detektivin bin.«

Sofort schien die Frau wieder panisch zu werden. Sie zog die Schultern hoch und presste die Lippen zusammen. »Was meinen Sie …?«

»Keine Sorge, Sie sind bei mir schon richtig«, versicherte Billie ihr. »Aber in diesem Land ist es Privatermittlern von Gesetzes wegen verboten, das Wort ›Detektiv‹ in Bezug auf ihre Arbeit zu benutzen.« Es war genau genommen das einzige Gesetz, das speziell für ihren Berufsstand galt. Die australische Polizei schützte diesen Titel ganz offenkundig erheblich strenger als ihre nordamerikanischen Kollegen. »Wenn Sie mir eine Liste seiner Freunde geben könnten, wäre das ein guter Anfang. Darf ich fragen, ob Adin eine Arbeitsstelle hat?«

»Er arbeitet für unsere Pelzfirma, ja.« Sie schob eine Visitenkarte über den Tisch. Billie beugte sich vor und nahm sie an sich.

Mrs Netanya Brown
Brown & Co. Edle Pelze
Strand Arcade, Sydney

Billie drehte die Karte ein paarmal zwischen den Fingern. Das erklärte den Pelz. Strand Arcade lag nördlich von Billies Büro, aber nicht allzu weit entfernt. Sie kannte den Namen der Firma, obwohl sie das Geschäft noch nie betreten hatte. In Sydney gab es eine Handvoll erfolgreicher Pelzgeschäfte, von denen das größte eine Firma auf der George Street war.

»Es ist ein Familienunternehmen«, fügte Mrs Brown hinzu. »Adin arbeitet in allen Abteilungen, manchmal macht er auch Inventur, und er erledigt alle anfallenden Dinge.«

»Haben Sie um diese Jahreszeit viele Angestellte?« Obwohl der Verkauf von Pelzwaren im Winter sicher lohnender war, hatten sie wahrscheinlich auch jetzt viel zu tun.

»Rund um Weihnachten beschäftigen wir manchmal ein oder zwei Aushilfen als Verkäufer, aber wir können uns im Moment keine zusätzlichen Angestellten leisten. Es gibt nur mich, meinen Ehemann und Adin.«

»Wo ist Ihr Mann heute?«

»Im Geschäft.« Sie warf einen Blick auf die schmale Uhr an ihrem Handgelenk. »Er wird bald schließen. Oh, die beiden letzten Tage waren so schwer für uns.«

»Das verstehe ich, Mrs Brown. Ich würde gerne am Wochenende in Ihrem Geschäft vorbeikommen, wenn das für Sie in Ordnung ist. Vielleicht morgen Vormittag? Ich bin sehr diskret.«

Sie nickte, und Billie bat sie, das Äußere ihres Sohnes in allen Einzelheiten zu beschreiben, seine Gewohnheiten sowie die Namen und Adressen seiner engsten Freunde zu notieren.

»Kann ich auch mit Ihrem Ehemann sprechen?«

Mrs Brown zögerte kurz, nickte dann aber.

»Besitzt Ihr Sohn einen Reisepass?«

Mrs Browns Augenbrauen schossen nach oben. »Nein. Wollen Sie andeuten, dass er das Land verlassen haben könnte?«

»Ich deute gar nichts an, sondern ich versuche, unsere Suche einzugrenzen. Hat er Zugang zu Geldmitteln, Mrs Brown? Eigenes Geld oder das Geld von irgendjemand anderem, das er verwenden könnte?«

»Also ... Nein. Er ist ein guter Junge, das sagte ich Ihnen ja schon.« Billie bemerkte, dass sie die Tasche in ihrem Schoß wieder umklammerte, als wäre es die Sicherungsstange in einer Achterbahn. Was diese ersten Begegnungen anging, teilten sich die Klienten Billies Erfahrung nach in zwei etwa gleich große Gruppen – die Hälfte von ihnen liebte es, jedes noch so miese Detail ihres Lebens und ihrer Traumata auszubreiten, und die andere Hälfte verhielt sich so wie Mrs Brown. Diese Menschen fanden jede Einzelheit zu schmerzhaft oder peinlich, um sie einer völlig Fremden mitzuteilen, ganz gleich, ob sie sie bezahlten oder nicht. Mrs Brown jedenfalls gefiel dieses Gespräch überhaupt nicht.

Billie ignorierte die ständige Betonung von Adin Browns hohem moralischen Standard. Es gab nicht nur zwei Sorten von Menschen, die Guten und die Schlechten, und abgesehen davon hütete Billie sich, darüber zu urteilen. »Wie viel Geld hat er für gewöhnlich bei sich?«, erkundigte sie sich.

»Nur ein paar Pfund, um etwas essen zu können und für die Straßenbahn.«

Damit kam man nicht weit. Billie lehnte sich wieder auf ihrem Stuhl zurück.

»Gibt es noch etwas, das ich Ihrer Meinung nach wissen sollte?«, fragte sie.

»Was meinen Sie damit?« Der Tonfall war fast anklagend.

»Ich meine gar nichts. Aber je mehr ich weiß, desto besser«, erklärte sie.

»Er ist ein guter Junge, Ms Walker. Ich …« Sie verstummte und senkte den Blick. Ihre Stirn legte sich in Falten, und die großen braunen Augen wurden wieder feucht.

»Ich werde mein Bestes tun, um Ihren Sohn schnell zu finden, Mrs Brown. Wir fangen sofort damit an.«

»Noch heute Abend?« Es war schon nach sechzehn Uhr.

Billie nickte. »Ja. Wie gesagt, normale Geschäftszeiten lassen sich mit meiner Arbeit nicht vereinbaren. Wir arbeiten auch am Wochenende.«

Mrs Browns Gesichtszüge hellten sich ein bisschen auf, ihr Mund entspannte sich, und die Atmosphäre von Engagement, die Billie verbreitete, schien sie zu beruhigen. Vielleicht lag es auch einfach nur daran, dass Billie die Anzahlung akzeptiert hatte und irgendetwas unternommen wurde. Billie stand auf und hielt ihrer neuen Klientin die Zwischentür auf, als sie sich von ihr verabschiedete. Sam saß an seinem Schreibtisch und tat so, als hätte er nicht versucht, an der Tür zu lauschen. Er öffnete die Bürotür und machte einen Schritt zur Seite, damit Mrs Brown in den Flur treten konnte.

»Danke, Ms Walker«, sagte Netanya Brown erneut und verschwand in Richtung des Aufzugs. Die beiden sahen ihr nach. Die Pelzstola hatte sie die ganze Zeit nicht abgelegt.

Sam schloss behutsam die Tür. »Sie war ziemlich nervös«, bemerkte er.

Billie nickte nachdenklich und fragte sich, ob sie die Person gewesen sein konnte, die am Morgen angerufen hatte. Sie wäre zweifellos nervös genug gewesen, um wieder aufzulegen, als sie Sams Stimme gehört hatte.

»Sie ist ziemlich ängstlich. Vielleicht auch nicht ganz grundlos«, meinte sie. »Wie viel von dem Gespräch haben Sie nicht mitbekommen?«

Er lächelte. »Nur die Höhe der Anzahlung.«

Billie lachte. »Zehn Pfund, Sam. Zehn. Also brauchen wir den Laden nicht sofort dichtzumachen. Ich hätte auch noch mehr aus ihr herausholen können, aber das dürfte fürs Erste reichen. Immerhin rennt man uns im Moment ja nicht gerade die Tür ein.«

Nach einer kleinen Pause sprach sie weiter: »Ich möchte, dass Sie die Krankenhäuser abklappern, so schnell Sie können.« Er konnte gut mit Krankenschwestern umgehen, und es war unnötig, ihn bei dieser Aufgabe zu begleiten. Er kannte die Prozedur mittlerweile gut genug. »Nehmen Sie dieses Foto mit. Wir suchen nach einem Adin Brown, siebzehn Jahre alt. Etwa eins siebenundsiebzig groß, schlank, keine Tätowierungen oder auffälligen Narben.« Sie gab ihm das Foto. »Überprüfen Sie zuerst die größten Krankenhäuser in der Stadt. Plaudern Sie mit den Schwestern und erkundigen Sie sich nach jedem männlichen Patienten, der in den letzten zwei Tagen, seit Mittwochnacht, eingeliefert wurde und auf den auch nur im Entferntesten die Beschreibung des Jungen zutrifft. Sie brauchen jetzt noch nicht über die Brücke, aber vielleicht schicke ich Sie morgen hinüber in die kleineren Krankenhäuser, wenn es sein muss. Obwohl ein Anruf bei den meisten wohl genügt. Und ich fahre heute Nacht ...«

»... im Leichenschauhaus vorbei«, beendete er ihren Satz.

Sie nickte. »Ja. Hoffen wir, dass das nichts bringt.«

Die ersten Anlaufstellen auf der Suche nach verschwundenen Personen waren immer die Orte, an denen man sie nicht zu

finden hoffte. Billie würde einen Besuch im städtischen Leichenschauhaus machen, aber erst nach Einbruch der Dunkelheit.
Dann, das wusste sie, würde der Mann an der Pforte sie einlas-
sen. Ob sie hineinkam, hing immer davon ab, wer Dienst hatte,
und grundsätzlich war der beste Moment nach dreiundzwanzig Uhr, wenn alle Anderen dort nach Hause gegangen waren.
Falls Adin Glück hatte, war er jedoch bei einem seiner Freunde,
oder vielleicht bei einer Geliebten, von der seine Mutter nichts
wusste. Wenn Netanya Brown recht hatte, es also keine Freundin
gab, seine Freunde ihn nicht gesehen hatten und er wirklich nur
ein paar Pfund bei sich gehabt hatte, dann deutete das allerdings
auf Schwierigkeiten hin.

»Sind Sie sicher, dass ich nicht mitkommen soll?«, erkundigte
sich Sam.

Billie warf einen Blick auf die Liste mit den Namen der
Freunde. »Mit diesen Jungen komme ich klar«, sagte sie. »So
gern ich auch einen Fall hätte, der unsere Miete sichert, ist der
Zeitfaktor bei solchen Angelegenheiten von größter Wichtig-
keit.« Die Sache in die Länge zu ziehen war nicht gut. Billie
schaute erneut zur Uhr. »Wenn Sie mit den Krankenhäusern fertig sind, genehmigen Sie sich eine anständige Mahlzeit, aber rufen Sie mich um Punkt zwanzig Uhr an – erst im Büro und dann
in meiner Wohnung. Berichten Sie mir, was Sie herausgefunden
haben. Ich hoffe, Sie können dann Feierabend machen, aber ich
kann Ihnen nicht versprechen, dass Sie am Wochenende viel
Freizeit haben werden. Wenn wir heute kein Glück haben, stat-
ten wir der Pelzfirma morgen einen Besuch ab.«

Sie nahm ihren Trenchcoat vom Haken. »Haben Sie genug
Benzincoupons für Ihren Wagen?«, fragte sie. Die Zuteilungs-
menge für Benzin betrug etwa siebzig Liter pro Monat. Norma-

lerweise konnten sie sich die Coupons teilen, aber in diesem Monat hatte Billie ihre bereits alle verbraucht.

Er nickte, offenbar nicht allzu enttäuscht darüber, dass sein Arbeitstag noch nicht zu Ende war und er am Wochenende womöglich ebenfalls arbeiten musste. Ein Stundenlohn war schließlich ein Stundenlohn. Sie schlossen ab und machten sich auf den Weg.

KAPITEL ZWEI

Billie verließ die Tram an der Parramatta Road in Stanmore und lauschte einen Moment dem Klang des Sommerabends – zirpende Zikaden, kläffende Hunde und spielende Kinder.

Den Trenchcoat hatte sie sich über den Arm gehängt. Der sanfte Wind war erfrischend, und sie blieb kurz stehen, als er in ihr welliges Haar fuhr und es von ihrem Nacken wehte. Sie fragte sich, ob Sam diesen verschwundenen Jungen, Adin Brown, bereits irgendwo aufgebahrt in einem der Krankenhäuser der Stadt gefunden hatte. Dies hier war ihr letzter Halt vor einem aufgewärmten Abendessen und einer Verabredung mit ihrem leeren Haus. Das klang vielleicht ein wenig bitter, aber eigentlich stimmte sie die Aussicht, dieses neue Rätsel lösen zu können, zuversichtlich. Sie mochte Rätsel. Vor allem die, für die sie bezahlt wurde.

Seit Netanya Brown vor einigen Stunden ihr Büro verlassen hatte, hatte sich Billie durch die Liste mit Adins engsten Freunden gearbeitet. Bis jetzt war die Suche ausgesprochen ereignislos verlaufen, aber Billie war nur selten glücklicher als zu Anfang einer neuen Ermittlung, wenn sie den Antworten auf ein Mysterium oder den verborgenen Einzelheiten irgendeiner Geschichte nachjagte, die sie, wie sie wusste, irgendwann ans Licht zerren würde. Es stimmte, dass ihre Fälle sehr häufig frustrierend belanglos waren. Zumeist drehten sie sich um deprimierende häusliche Angelegenheiten, aber sie war ihre eigene Chefin, und das bedeutete ihr viel. Die übliche Banalität ihrer Arbeit konnte ihren Schwung nicht dämpfen. Und was die Möglichkeit anging, ihre Arbeit als Reporterin wieder aufzunehmen – darüber hatte sie sehr lange nachgedacht, bevor sie schließlich die Privatermittlungs-Agentur ihres Vaters übernommen hatte. Die Zeitungen von Sydney hatten die meisten ihrer Reporterinnen entlassen, als die Männer nach und nach wieder aus dem Krieg zurückgekehrt waren – die wenigen verbliebenen hatten sie zu den Gesellschaftsspalten verbannt. Diese Herabstufung wäre für Billie einfach unerträglich gewesen. Immerhin hatte sie Naziaktivitäten in ganz Europa verfolgt, ein gutes Portfolio aus veröffentlichten Artikeln angesammelt und neben Größen wie Lee Miller und Clare Hollingworth-Earth gearbeitet. Nein, in so einem Job würde sie es nicht lange aushalten. Es war eine ungerechte Welt, und ihr gewählter Beruf war ganz entschieden unvollkommen, aber vorläufig spürte sie wieder diesen zarten Funken, das Gefühl, etwas zu tun, das für irgendjemanden wichtig war. In solchen Momenten fühlte sie, dass Antworten einfach hinter der nächsten Ecke liegen konnten. Das war zutreffend gewesen, wann immer sie einer neuen Geschichte in Europa nachgejagt war, und es stimmte auch jetzt, als sie diese Fähigkeiten in ihre Arbeit als private Ermittlerin in ihrer Geburtsstadt einfließen ließ. Vielleicht lag es ihr im Blut, aber einen Fall aufzunehmen begeisterte sie mehr als alles andere. In dieser Hinsicht war sie wahrlich die Tochter ihres Vaters.

Hoffen wir, dass dieser Junge etwas weiß.

In den letzten zwei Stunden hatte Billie die ersten beiden Freunde auf der Liste abgehakt, die Mrs Brown ihr gegeben hatte. Ein Junge hatte überzeugend beteuert, dass er Adin seit über einer Woche nicht gesehen hatte, und der andere Freund hatte ihn am Samstag das letzte Mal zu Gesicht bekommen. Keiner von ihnen hatte in irgendeiner Weise Verdacht geschöpft, bis Adins Mutter bei ihnen angerufen hatte und wissen wollte, ob sie ihn gesehen hatten. Als Billie dann auftauchte, schienen sie wirklich besorgt zu sein. Dass eine private Ermittlerin in diesem Fall nachfragte, machte die Angelegenheit realer, dringlicher. Bis jetzt jedoch hatte alles, was sie in Erfahrung gebracht hatte, nur Mrs Browns Schilderungen bestätigt. Also setzte sie ihre Hoffnungen auf diesen dritten Freund, Maurice. Vielleicht konnte er etwas Hilfreiches erzählen.

Sie bog um eine Ecke und warf einen kurzen Blick in das in Leder gebundene Notizbuch in ihrer Hand. Ja, die Adresse stimmte – ein schmales, zweigeschossiges Reihenhaus nur ein paar Blocks von der Straßenbahn-Linie der Hauptstraße entfernt. Die Häuser auf diesem Abschnitt der Corunna Road standen dicht an dicht gedrängt, als wären sie im Herzen des beengten Londons errichtet worden. Trotzdem strahlten sie einen gewissen Charme aus. Als Billie sich dem Haus näherte, in dem Adins Freund Maurice wohnte, fiel ihr der sorgfältig gepflegte Vorgarten ins Auge. Die Stufen waren gefegt, die Topfpflanzen neben der Tür wirkten gesund, aber die Fassade brauchte dringend einen neuen Anstrich, und das Balkongeländer war marode. Sie ging langsam über den kleinen Pfad zum Haus und klopfte mit ihrer behandschuhten Rechten an die Haustür. Irgendwo drinnen bellte ein Hund, und Billie rückte ihre Haarnadel zurecht, während sie auf Bewegungen im Haus lauschte.

Nach einem Moment hörte sie Schritte. Ein junger Mann öffnete die Tür. Er war höchstens zwanzig Jahre alt, hatte lange Wimpern und war sehr schlank, fast dürr. Die Hosenbeine hatte er aufgerollt, um seine weißen Socken in seinen Turnschuhen zu zeigen. Die obersten Knöpfe seines Hemdes standen offen. Billie vermutete, dass er ziemlich viel Zeit auf sein Haar verwendete, das zwar den üblichen Scheitel hatte, aber oben wellig und lang sowie hinten und an den Seiten kurz geschnitten war. Das war der neueste Schrei für modebewusste Jungen in Sydney. Bei einigen war das Haar oben noch höher frisiert. Dieser Stil eignete sich nicht besonders gut für Hüte, und Billie vermutete, dass er nur selten einen aufsetzte. Dafür hatte er zweifellos immer einen Kamm in der Gesäßtasche.

»Maurice?«

Er musterte sie von Kopf bis Fuß, sichtlich überrascht, dass sie zu ihm wollte. »Ich bin Billie Walker.« Sie hielt ihm ihre Visitenkarte vor die Nase. »Schön, Sie anzutreffen. Ich würde gerne mit Ihnen über Ihren Freund Adin Brown sprechen.«

Einen Moment wirkte er panisch und riss die dunkelbraunen Augen auf. Er trat ein Stück von der Tür zurück, sah auf ihre Karte und nickte dann, als hätte er eine Entscheidung getroffen. »Mum, ich gehe kurz zum Laden. Bin bald wieder da!«, rief er laut ins Haus. Dann trat er hinaus und schloss die Haustür hinter sich.

»Ich will keinen Ärger. Meine Mutter ist zwar etwas schwerhörig, aber nicht schwer von Begriff.«

Billie folgte ihm interessiert. Sie hielt Schritt, als er sie zu einer Straßenecke an der Northumberland führte. Hier waren sie von den Häusern aus nicht mehr zu sehen. Die Sonne schien noch, aber die Schatten wurden länger, und sie spürte, dass diese

Schatten Augen hatten. Eine Gruppe von Jungen neben einem der Reihenhäuser auf der gegenüberliegenden Straßenseite beobachtete sie. Billie konzentrierte sich wieder auf ihre Zielperson, aber gleichzeitig wünschte sie, dass sie Sam mitgebracht hätte. Sein kräftiger Arm fehlte ihr hier, in einem Viertel, das sich irgendwie weniger friedlich anfühlte, als sie es aus der Zeit vor dem Krieg erinnerte. Alle diese abwesenden Väter und die Geschichten über den Krieg schienen den einheimischen Jungen nicht gut bekommen zu sein. Deshalb war sie froh darüber, dass sie sich in letzter Sekunde entschieden hatte, ihren kleinen Colt 1908 Halbautomatik in ihr Strumpfhalfter zu stecken. Die Waffe war etwa handtellergroß, vernickelt, hatte glänzende Perlmuttgriffe und wurde in einem Wildledertäschchen geliefert. Das war zwar hübsch, aber umständlich zu handhaben, wenn man es eilig hatte. Das Schenkelhalfter, das sie sich selbst genäht hatte, um die winzige, knapp vierhundert Gramm schwere Pistole aufzunehmen, funktionierte dagegen ausgezeichnet. Außerdem konnte sie es unter fast all ihren Kleidern tragen, so wie heute. Die Waffe war ein Geschenk von ihrer Mutter gewesen. Innerhalb von ein paar Sekunden konnte sie ihre Waffe sicher in der Hand haben.

»Ich mache Ihnen keinen Ärger«, beruhigte sie den Jungen, als sie sich der Ecke näherten. Sie versuchte, seine Angespanntheit zu lösen, oder vielleicht auch ihre eigene, obwohl diese Bemerkung nicht ganz der Wahrheit entsprach, wenn sie der Geschichte glauben konnte. Sie und Ärger standen auf gutem Fuß. »Ich weiß, dass Sie Mrs Brown gesagt haben, Sie hätten Adin nicht gesehen, aber ich wollte Sie gerne persönlich befragen, um Ihre Seite der Geschichte zu hören.«

»Und warum muss ich eine Seite haben?«

»Sie schnappen doch sicher Informationen auf und bilden sich eine Meinung, wie jeder andere einigermaßen schlaue junge Mann in diesem Land«, gab sie zurück.

Ihr Gesprächspartner verengte die Augen. »Sie sind kein Cop?« Er klang anklagend und ging langsamer, während seine Augen hin und her zuckten, um zu überprüfen, ob sie beobachtet wurden. Billie war nicht sicher, ob er mit ihr gesehen werden wollte oder nicht; irgendwie schien sich das die Waage zu halten.

»Sehe ich etwa so aus?«, fragte sie ihn. Daraufhin musterte er sie von Kopf bis Fuß und ließ sich Zeit dabei. Ja, er wusste, dass er hübsch war. Dieser Junge war anders als die beiden anderen. Er war älter und gewitzter.

»Nein, Lady, das kann ich nicht gerade behaupten«, erwiderte er schließlich, als er seine Musterung an ihren roten Lippen beendete. Er verstummte, den Blick immer noch auf ihren Mund gerichtet. »Aber in letzter Zeit sind auch Frauen rekrutiert worden. Das habe ich in der Zeitung gelesen.«

Billie musste sich zusammennehmen, um bei seinen Worten nicht die Augen zu verdrehen. Als 1941 die Panik wegen des Mangels an fähigen Männern um sich griff, hatte die Polizei von New South Wales sechs weibliche Officer rekrutiert, so dass es im ganzen Staat insgesamt gerade mal vierzehn Frauen bei der Polizei gab. Und nun hatte Premierminister McKell genehmigt, die Zahl der weiblichen Officer auf sechsunddreißig zu erhöhen, und die Zeitungen flippten fast aus bei dieser Vorstellung. Als übernähme das schönere Geschlecht plötzlich die gesamte Polizei, so dass die Männer keine Arbeit mehr fanden oder, was der Himmel verhüten möge, möglicherweise sogar auf ihr Abendessen warten müssten. Und das, obwohl verheiratete Frauen bei der Polizei gar nicht akzeptiert wurden. Billie war mit der berühmten Special Sergeant (First Class) Lillian Armfield per Du. Die war 1915 zur Polizei gegangen, und durch sie war sie ziemlich gut über die Schwierigkeiten der Frauen im Bilde. Die weiblichen Rekrutinnen besaßen nicht mal Uniformen, bekamen keine Überstunden bezahlt wie die Männer und hatten auch kein Recht auf eine Alterszulage oder eine Pension. Sie mussten Verträge unterzeichnen, in denen sie auf jede Entschädigung für Verletzungen verzichteten, die sie während ihres Dienstes erlitten, sie durften dem Polizeiverband nicht beitreten und mussten den Dienst quittieren, wenn sie heirateten. Das war einer der Gründe, warum Lillian selbst nie geheiratet hatte. Angesichts all dieser Umstände war es erstaunlich, dass dennoch so viele Frauen unbedingt zur Polizei wollten. Die Beziehungen zwischen der Polizei und den privaten Ermittlern waren oft angespannt, aber Billie hatte gute Kontakte, so wie zuvor bereits ihr Vater. Ein Cop war sie jedoch ganz sicher nicht.

»Ich versichere Ihnen, dass ich keine frisch rekrutierte Gesetzeshüterin bin«, sagte Billie und stemmte eine Hand auf die Hüfte. Sein Blick folgte ihrer Bewegung. »Und wenn Sie ein braver Junge sind, dann werden Sie vermutlich auch niemals eine dieser Frauen kennenlernen.« Falls er wirklich ein braver Junge war – er wollte zumindest unbedingt wie ein böser wirken, so viel war klar.

»Sie sehen auch eher aus wie ein Filmstar«, gab er zurück.

»Na ja, wir drehen heute keine Hollywood-Filme mehr in Stanmore«, erwiderte sie gleichgültig. Seine Schmeichelei wirkte bei ihr nicht.

Sie gingen noch ein paar Minuten weiter und beschrieben

dabei fast eine Schleife. Die Vorhänge am Fenster eines Hauses auf der anderen Straßenseite bewegten sich, und eine grauhaarige Frau beobachtete sie, die Nase an die Fensterscheibe gedrückt. Nach einem weiteren Block blieb Maurice plötzlich stehen. Billie bemerkte eine Milchbar etwas weiter vor ihnen auf der Straße. Sie lag in der Nähe der Haltestelle, an der sie die Straßenbahn verlassen hatte. Dort stand eine kleine Gruppe von Kindern, die sich offenbar irgendwelche Süßigkeiten teilten. Wieder bewegten sich Vorhänge, und diesmal schob ein dunkelhaariger Junge den Kopf aus einem Fenster und starrte sie an. Sie mochten weit weg von Maurices Haus sein, wo seine Mutter sie hätte sehen können, aber dafür starrten ihnen jetzt viele andere hinterher. Billie vermutete, dass Maurice diese neugierigen Blicke genoss, und das strapazierte ihre Geduld ziemlich. Wenn sie aus diesem Burschen hier irgendetwas herauskriegen wollte, musste sie jedoch geschickt vorgehen.

»Wann haben Sie Adin das letzte Mal gesehen, Maurice? Können Sie sich daran erinnern, was er gesagt, was er gemacht hat und wie Sie sich getrennt haben?« Sie blieb stehen und lächelte ihn auf ihre professionelle Art an. Das schien ihm zu gefallen. »Es ist wichtig.«

Er dachte eine Weile nach, die Hände in den Hosentaschen vergraben. Seine braunen Augen zuckten unstet hin und her. »Ich weiß nicht genau …«, murmelte er schließlich.

Billie ließ das verlegene Schweigen eine Minute andauern, und der Junge starrte jetzt auf seine Schuhspitzen. Sie unterdrückte einen Seufzer und steckte ihm einen Shilling zu, so geschickt wie ein Magier. Er erkannte die Münze in seiner Hand sofort, und sie schien seine Erinnerung anzuspornen. Sehr komisch.

»Hören Sie, Lady, ich habe Adin nicht gesehen, wie ich es schon Mrs Brown gesagt habe, aber ich weiß vielleicht, wo er gewesen ist.«

»Und?«, ermunterte sie ihn mit erneutem Lächeln.

»Als ich ihn das letzte Mal gesehen habe, hing er am *The Dancers* herum.«

The Dancers? Das war ein Club in der George Street, in der Nähe vom *Trocadero*. Er war kleiner und erheblich exklusiver als der *Troc*, hier traf sich die Oberschicht der Gesellschaft von Sydney, um fürstlich zu speisen und die ständig wechselnden Shows zu genießen. Dort gastierten etliche internationale Künstler, und sie hatten eine kleine Tanzfläche. Dieser Laden hatte recht viel Glamour. Die Tische hatten weiße Decken, die Kellner trugen Fliegen, und man konnte dort Richter und Gangster im selben Raum antreffen. Er war strikt für die Oberschicht reserviert. Wenn sich seit ihrem letzten Besuch nicht sehr viel geändert hatte, dann war das kein Laden für Jugendliche mit Baby-Schmalzlocken und der Attitüde von harten Jungs.

Billie ahnte, warum Maurice zögerte, den Club zu erwähnen. »Ich bin nicht hier, weil Adin vielleicht Alkohol getrunken hat, Maurice. Und was du trinkst, geht mich nichts an.«

Er ließ die Schultern sinken. »Seine Mutter weiß nichts davon. Und es würde ihr auch nicht gefallen.« Er schüttelte den Kopf, als er das sagte.

Billie war sich ziemlich sicher, dass er in diesem Punkt recht hatte. Es fiel ihr nicht einmal schwer, sich vorzustellen, dass Adin in seinem Alter Schnaps trank. Viele Jungen, die kaum älter waren als er, waren in der Normandie in Fetzen geschossen worden oder hatten sich beim Bau der Burma-Eisenbahn zu Tode geschuftet, aber ein Schluck Schnaps war ihnen immer noch verboten. Nur fiel es ihr schwer, sich vorzustellen, woher ein Junge seines Alters das Geld haben sollte, um einen Club wie *The Dancers* zu besuchen. Selbst wenn er ein Dinnerjackett gehabt hätte, und zwar ein ziemlich schickes, wäre er damit nicht weit gekommen.

»Hören Sie, ich gehe nicht in solche Läden, aber Adin war scharf wie Senf darauf. Wir haben es einmal sogar durch die Tür geschafft und sind paar Minuten später an den Ohren wieder herausgezogen worden. Dabei sind wir nur die Treppe hochgekommen. Aber er war wie besessen, ich weiß nicht warum. Er wollte immer wieder dorthin. Die Türsteher wussten, dass wir keine Kohle hatten. Die waren ja nicht blöd.« Er machte eine kleine Pause. »Na ja, es gab einen, der Mitleid mit uns zu haben schien, aber es war trotzdem sinnlos.« Er scharrte mit seinem Turnschuh auf der Erde herum. »Wie ich schon sagte, es war nicht meine Art von Schuppen.«

»Einer war mitleidig?«, hakte Billie nach.

»Ja, einer der Türsteher. Adin hat mit ihm gesprochen.«

»Wie hat er ausgesehen?«

»Na ja … Er hatte so ein langes Pferdegesicht.« Maurice zog an seinem Kinn. »Ein sehr dünner junger Bursche«, betonte er. »Etwa Ihre Größe.«

»Verstehe.« Billie gab nicht auf. »Wissen Sie, warum Adin sich so für den Club interessierte? Steckte vielleicht ein Mädchen dahinter?«

»Vielleicht, aber wie ich schon sagte, ich weiß es nicht.« Er zuckte mit den Schultern, und Billie ärgerte sich.

»Wie lange ist das her?«, wollte sie dann wissen.

»Das war vergangenes Wochenende. Aber ich habe ihn dann stehen lassen. Ehrlich gesagt habe ich mich deshalb mit ihm auch gestritten. Ich wollte nicht ständig da draußen herumstehen und mich wie Abschaum behandeln lassen, wenn wir doch ohne Probleme ins *Troc* hätten gehen können. Seitdem habe ich ihn nicht mehr gesehen.«

Dasselbe wie bei seinen anderen Freunden, dachte Billie. Aber er wurde erst seit zwei Tagen vermisst, nicht seit sechs, war also in der Zwischenzeit noch zu Hause gewesen. »Ist das häufiger vorgekommen, dass ihr beiden euch gestritten habt, wie Sie es nennen?«

»So schlimm war das gar nicht. Es hat mir einfach nur nicht gefallen, am Ohr hinausgeworfen zu werden. Wer braucht so was? Warum ausgerechnet *The Dancers*?«

»Ja, warum?« Sie musste ihm zustimmen und überlegte, wer oder was an diesem Ort so besonders war, dass es das Interesse eines Jungen wie Adin Brown weckte. »Maurice, können Sie sich vorstellen, wo Adin jetzt sein könnte?«

Er schüttelte nachdrücklich den Kopf. »Miss, das weiß ich wirklich nicht.«

»Und wenn Sie raten müssten, was würden Sie dann vermuten?«

Er zuckte wieder mit den Schultern. »Ich möchte nur ungern herumspekulieren, Lady.« Sein Blick war besorgt, und sie war geneigt, ihm zu glauben. Etwas von seiner Großspurigkeit war abgeblättert. Darunter kam ein junger Mann zum Vorschein, der sich Sorgen um einen Freund machte. Wieder bewegte sich ein Vorhang, und er schien die neugierigen Blicke zu spüren. Er straffte sich, weil er nicht für einen Schwächling gehalten werden wollte. »Nein, ich weiß gar nichts!«, behauptete er.

»Fällt Ihnen vielleicht noch irgendetwas anderes ein? Irgendetwas Ungewöhnliches, was in den letzten Wochen passiert ist?«

Sie beobachtete ihn scharf, während er die Stirn runzelte. »Hat er vielleicht über ein Mädchen gesprochen? Oder über etwas anderes? Hat er sich irgendwann sonderbar verhalten?« Sie stocherte aufs Geratewohl herum.

»Na ja …«

Ah, da gibt es also etwas.

»Alles könnte hilfreich sein«, betonte sie und drückte ihm noch einen Shilling in die Hand. Seine finstere Miene hellte sich etwas auf, wenn auch nur geringfügig.

»Hören Sie, wahrscheinlich hat das nichts zu bedeuten, aber da war so eine Sache im *Olympia*«, sagte er. »In dieser Milchbar. Irgendetwas in der Zeitung. Er ist richtig ausgeflippt, als er es gesehen hat.«

Wie sonderbar, dachte sie. »Was genau war das?«

Maurice zuckte mit den Schultern. »Das weiß ich nicht, weder genau noch sonst irgendwie. Es bedeutet vielleicht gar nichts, aber auf jeden Fall hat ihn irgendetwas in der Zeitung aufgeregt.« Er schüttelte den Kopf.

»Wenn er sich so aufgeregt hat, hat er Ihnen doch sicher erzählt, was los war?« Versuchte der Junge vielleicht, noch mehr Geld aus ihr herauszuholen? »Wissen Sie es nicht oder wollen Sie es nicht sagen?«

»Hören Sie zu, Lady, ich weiß es wirklich nicht. Er ist einfach nur wütend geworden, hat die Seite aus der Zeitung gerissen und sie sich in die Tasche gesteckt. Er hat mir nicht gezeigt, was es war. Er war wirklich außer sich. Damals fand ich das ziemlich seltsam.«

Das könnte tatsächlich etwas sein, dachte Billie. »Was hat er gesagt? Ich will alles wissen, jedes Wort, woran Sie sich noch erinnern können.«

»Das möchte ich Ihnen gegenüber lieber nicht wiederholen.«

»Ich werde es überleben«, sagte sie und lächelte ihn an. Wenn dieser Junge glaubte, er wäre welterfahrener als sie, war er auf dem Holzweg.

Maurice zögerte, dann fiel sein Blick auf ihren lächelnden Mund, und er starrte ihn eine Weile an. »Also gut, Lady«, sagte er schließlich. Dann stieß er eine Reihe von Schimpfwörtern hervor. »So in dieser Art, mehr oder weniger.«

»Ich verstehe. Was für ein Wochentag war das? Denken Sie scharf nach, Junge. Sie haben schon jede Menge meiner Münzen in Ihrer Tasche.«

»Vielleicht Donnerstag letzter Woche, aber beschwören könnte ich das nicht.« Er kniff einen Moment nachdenklich die Augen zusammen. »Ja, wahrscheinlich Donnerstag letzter Woche.«

»Erinnern Sie sich noch daran, um welche Zeitung es sich gehandelt hat?«

»Die *Truth*, glaube ich. Vielleicht auch der *Sydney Morning Herald*. Ich bin mir nicht sicher.«

»Und es war hier im *Olympia*?« Sie deutete in Richtung der Milchbar am Ende der Straße.

Maurice nickte. Billie dankte ihm, obwohl er eigentlich ihr für das Geld danken sollte, das er ihr abgeluchst hatte. Sie erinnerte ihn daran, dass er ihre Karte hatte und sich mit ihr in Verbindung setzen sollte, wenn ihm noch etwas einfiel. Dann schenkte sie ihm wieder ihr Lächeln. Er musterte sie noch einmal ausführlich von Kopf bis Fuß, grüßte dann cool mit einer kurzen Bewegung des Kopfes in ihre Richtung, drehte sich um, zog einen Kamm aus der Tasche und fuhr sich damit durchs Haar, als er zum Haus zurückging, in dem er mit seiner Mutter wohnte.

Billie drehte sich auf dem Absatz herum und ging den nächsten Häuserblock über die Northumberland Avenue zur Parramatta Road, wo das *Olympia* lag. Sie hatte immerhin etwas herausgefunden.

Sie trat an den Bordstein und blieb stehen. An der Ecke Corunna Lane fuhr ein schwarz gekleideter Mann mit einem steifen, weißen Kollar lächelnd auf einem Fahrrad an ihr vorbei. Er nickte ihr zu, und sie erwiderte die Geste. Sie sah dem Pfarrer nach und trat dann auf die Hauptstraße. Es war nicht allzu schwer, die Milchbar zu finden. Die einheimischen Jugendlichen wurden davon angezogen wie die Fliegen von Honig. Etliche Kinder, von denen einige noch die Schulkleidung trugen, aufgescheuerte Knie hatten und ungekämmt waren, spielten unter der Markise auf dem Fußweg. Das *Olympia* war für seine Milkshakes berühmt, wie Billie gehört hatte. Zweifellos war es ein sehr beliebter Treffpunkt, vor allem im Sommer.

Ein Mann trat heraus, als sie sich ihr näherte, und verscheuchte die Kinder vom Eingang. Sein dunkles Haar war glatt zurückgekämmt, er trug eine etwas schäbige, aber elegante Hose und ein Hemd, darüber eine weiße Schürze. »Zeit, nach Hause zu gehen!«, befahl er den Kindern entschlossen, aber freundlich. »Los mit euch!«

»Kinder!«, sagte er dann in ihre Richtung. Der Mann hatte einen angenehmen Akzent, griechisch, wie Billie vermutete, und sie folgte ihm durch die Ziehharmonikatür ins Innere der Milchbar. Eine Glocke bimmelte, als sie über die Schwelle traten. »Schlüsselkinder«, erläuterte er. »Die Fabriken lassen ihre Eltern viel zu spät nach Hause gehen. Nach der Schule kommen sie alle hierher.« Er hob die Hände, eine vielsagende Geste, die eine weitverbreitete Frustration über den Lauf der Welt auszudrücken schien.

Das *Olympia* war ein kleiner Laden. Sein Name war stolz in gefärbtem Terrazzo auf dem Boden unmittelbar hinter dem Eingang eingelassen. Billie bemerkte, dass die Decke reichlich mit Stuck verziert war. An den Wänden hingen ein paar Neonschilder, und vor der Wand gegenüber den Holztischen und Holzstühlen auf dem grün, rot und gelb gefliesten Boden befand sich ein verglaster Edelstahltresen. Der Laden war ansprechend, bunt und stylish, obwohl er ein bisschen heruntergekommen zu sein schien, so wie der Rest des Viertels. Einige Spiegel und die grünen Vinylpolster der Stühle waren bereits rissig. An ein paar Stellen war das Chrom matt geworden, wenn auch bestimmt nicht aus Mangel an Pflege, wenn man den fleißigen Besitzer beobachtete. Er polierte bereits wieder den Stein, fuhr mit dem Tuch in seinen schwieligen Händen über Oberflächen und schien sie automatisch zu polieren, während sein ruheloser Blick sein Reich im Auge behielt. Er braucht auch Adleraugen, wenn so viele unbeaufsichtigte Kinder hier hereinschneien, dachte Billie. Freche Blicke und schnelle Finger waren die Initiationsriten der Kindheit.

Auf den spärlich gefüllten Regalen standen Blechbüchsen mit Schokolade, bunten Kaugummis und ein paar Süßigkeiten. Die Rationierung hatte auch hier ihre Spuren hinterlassen. Dann musterte Billie wieder den Besitzer. Er arbeitete allein und entsprach nicht gerade dem Bild eines jugendlichen Limonadenverkäufers. Sein glänzendes Haar hatte die Farbe von Rabenfedern, aber im Licht des Geschäfts wirkte er älter, als sie ihn zunächst geschätzt hatte.

»Was kann ich für Sie tun, Miss?«, fragte er.

»Eine Limonade, bitte«, gab sie zurück und setzte sich auf einen der Hocker an den Tresen. Sie spürte, wie das gerissene

Vinyl mit dem gewebten Stoff ihres Rockes kämpfte. »Behalten Sie das Wechselgeld«, setzte sie hinzu, als sie ihr Geld über den Tresen schob.

»Limonade kommt sofort«, antwortete der Mann und machte sich an die Arbeit.

»Sie sind nicht von hier, stimmt's, Miss?«, bemerkte er, und sie reagierte nicht auf die Frage, weil sie einen Stapel von Hollywood-Zeitschriften und anderen Schundblättern sowie eine einzelne Zeitung am Ende der Bar entdeckte. Es war die heutige Ausgabe der *Truth*. Sie erkannte die Titelseite. Ihr sank der Mut, als sie keine anderen Zeitungen bis auf die aktuelle Ausgabe des *Sydney Morning Herald* sehen konnte. Dann fiel ihr auf, dass der Besitzer ihr Glas mit sehr viel Eis füllte, aber das war ihr an diesem warmen Abend nicht unangenehm.

»Kennen Sie diesen Film *Die Killer*?«, erkundigte sich der Besitzer, als er die Limonade vor sie stellte. »Ich habe ihn zwar nicht selbst gesehen, aber über diese Schauspielerin in den ganzen Illustrierten gelesen. Wie heißt sie noch mal? Ava irgendwas. Sie sehen aus wie sie.«

Billie wusste, dass sie keine Ava Gardner war. Denn wenn sie es wäre, dann würde sie ganz sicher nicht eine bescheidene Agentur in Sydney führen und zusehen, wie ihre Mutter alte Erbstücke verscherbeln musste, damit sie die Miete bezahlen konnte. Aber das war eines dieser typischen, unbeholfenen Komplimente, zu denen Männer in letzter Zeit griffen. Sie musste allerdings zugeben, dass es eine gewisse Ähnlichkeit in ihren regelmäßigen Gesichtszügen, ihrem langen Hals und ihren langen Gliedmaßen gab – auch in der Art, wie sie ihr langes Haar an einer Seite gescheitelt trug. Allerdings leuchteten Billies Locken flammend rot, wenn die Sonne darauf fiel. Einen Moment hatte sie gedacht, dass auch Maurice darauf anspielen würde, nach seinen Bemerkungen über das Kino.

»Danke sehr«, antwortete Billie. Aus dem Mund dieses älteren Gentlemans klang dieses Kompliment liebenswürdig.

»Sie ist hübsch, stimmt's? Damals, als ich noch jünger war …«

Billie unterbrach ihn, bevor seine Nostalgie ihn davontragen konnte. »Haben Sie zufällig noch irgendwelche alten Zeitungen aufgehoben? Ich bin gerade dabei, meine Sachen zu packen, wissen Sie. Wenn Sie die Zeitung nicht mehr brauchen, meine ich. Ich wäre Ihnen sehr dankbar.«

Er sah sie forschend an. »Ziehen Sie aufs Land?« Er klang etwas verwirrt. Zugegebenermaßen war sie nicht gerade passend dafür gekleidet, ein Haus auszuräumen.

»Eigentlich helfe ich einer Freundin«, erwiderte sie. Lügen bereiteten ihr keinerlei Probleme. Sie hatte festgestellt, dass sie bei unwichtigen Dingen ohne Probleme lügen konnte. Diese Art von Kreativität war ihre zweite Natur und gut für die Arbeit. Sie trank einen Schluck kühle Limonade und zeigte dem Mann erneut das einnehmende, professionelle Lächeln, das sie sich schon vor Jahren antrainiert hatte.

»Na ja«, antwortete er. »Wir haben noch ein paar Stapel Zeitungen hinter dem Haus. Sie können sie sich gerne mitnehmen, aber es könnte sein, dass sie durch den Regen letzte Nacht etwas feucht geworden sind.« Er trat hinter dem Tresen vor und führte sie zu einer Hintertür. Dahinter befanden sich Kartons, Kisten und ein schmutziger Stapel mit Zeitungen, die Ausgaben von vielleicht zwei Wochen.

»Danke, das hilft mir sehr weiter«, sagte Billie und hoffte sehr, dass dem wirklich so war. All diese Zeitungen durchzusehen war bestimmt kein Zuckerschlecken, aber es war einen Versuch wert,

wenn sich das, was Adin so aufgeregt hatte, als wichtig heraus-
stellte. Und es gab schlimmere Dinge, als feuchte Zeitungen
durchzublättern.

»Okay, bedienen Sie sich.«

Er gab ihr sogar ein paar braune Papiertüten, um sie mitzunehmen, und ließ sie dann allein, als die Türglocke bimmelte und
ein Kunde das Geschäft betrat. Billie suchte in den Zeitungen
nach den Exemplaren, die vom Donnerstag der vorigen Woche
stammten, und schob sie in die Tüten. Sie rief dem Besitzer
einen Dank zu, nickte und ging um die Kinder herum, die immer noch auf dem Bürgersteig spielten. Dann machte sie sich auf
den Weg zur Tram.

KAPITEL DREI

»Wie hast du es rausgekriegt?«

Er öffnete die Augen. Jedenfalls glaubte er, dass sie offen waren. Sie fühlten sich heiß und geschwollen an. Seine Lider bewegten sich nicht, so wie Augenlider das normalerweise taten, obwohl sein schmerzhaft pochendes Hirn es ihnen befahl. Er konnte kaum etwas erkennen, sah nur schwach irgendwelche Bewegungen in der Dunkelheit, aber er erinnerte sich an ein Lächeln, so scharf wie eine Messerklinge. Ein Lächeln, das zu dieser Stimme gehörte.

»Wer weiß davon?«, ertönte die Stimme erneut. Sie hatte einen starken Akzent und klang drohend.

Und sie traf ihn bei jeder Frage wie eine Ohrfeige. »Wer ... weiß ... davon?« Sie wiederholte die Worte mit kalter, nachdrücklicher Entschlossenheit und so dicht an seinem Ohr, dass sein Gehirn bei jeder Silbe zu pochen schien. Er zuckte jedes Mal vor dem Geräusch zurück, drückte sich gegen die Lehne des knackenden Stuhls, an den er gefesselt war, bis er zu kippen begann und unsichtbare Hände ihn wieder auf den Boden stellten. In den Momenten gnädiger Stille, der Pause zwischen den Worten, drang ihm so etwas wie ein Wimmern in die Ohren. Er brauchte einen Moment, bis er begriff, dass es aus seiner eigenen Kehle kam. Sein Magen schmerzte, als hätte ihn jemand getreten, und obwohl er sich daran erinnerte, dass man ihn geschlagen hatte, wusste er nicht mehr genau, wo es passiert oder wie viel Zeit seitdem verstrichen war. Er war im Kofferraum eines Automobils gewesen. Aber wann?

Er wackelte mit dem Kopf vor und zurück und versuchte zu antworten. »Ich habe es nicht erzählt … Ich habe es niemandem …«

»Du langweilst mich«, sagte die Stimme, erneut so dicht an seinem Ohr, dass es sich wie eine schmerzhafte Berührung anfühlte. Unmittelbar danach kam der Druck, als presste sich etwas, ein Finger oder etwas Kälteres, gegen seine Schläfe, dort, wo er verletzt worden war. Härter, immer härter.

Er schrie.

KAPITEL VIER

Billie fuhr mit dem kleinen Aufzug in den zweiten Stock der Cliffside Flats, ihrem Heim in der grünen Vorstadt Edgecliff, lehnte sich oben angekommen an ihre Wohnungstür, um die Taschen mit den Zeitungen nicht absetzen zu müssen, während sie sich mit ihrem Schlüssel abmühte. In ihrer Wohnung ließ sie die Papiertaschen mit einem erleichterten Seufzer fallen und rieb sich die schmerzenden Oberarme. Sie konnte es kaum erwarten, dass diese verfluchte Benzinrationierung endlich aufgehoben wurde. Ihr heiß geliebtes Auto stand ungenutzt in der Garage im Untergeschoss des Gebäudes. Wirklich eine Schande! Sie hängte ihren Trenchcoat an die Garderobe im Flur, streifte die Schuhe ab und registrierte mit einer gewissen Erschöpfung, dass sich am großen Zeh ihres rechten Fußes ein Loch anbahnte.

Verdammt.

Außerdem fiel ihr ein Stück Papier ins Auge, das, sorgfältig in der Mitte gefaltet, auf dem Boden lag. Jemand musste es unter ihrer Tür hindurchgeschoben haben. Sie bückte sich und hob es auf.

ICH MUSS MIT IHNEN SPRECHEN.

Billie erkannte die Handschrift. Sie gehörte einer ihrer hochgeschätzten Informantinnen, Shyla. Sie hatte eine Ahnung, worauf diese Notiz anspielte … Und bis jetzt war sie bei dieser Ermittlung nicht weitergekommen. Instinktiv öffnete sie die Wohnungstür erneut und sah sich in beiden Richtungen im Flur um. Enttäuscht machte sie die Tür wieder zu. Shyla hatte nicht gewartet. Das Problem bei dieser speziellen Informantin war, dass Billie sie nicht telefonisch erreichen konnte. Ebenso wenig hatte sie Billie die Adresse ihrer Arbeitsstelle oder gar ihre private Anschrift mitgeteilt. Billie ging davon aus, dass Shyla sich mit ihr in Verbindung setzen würde, sobald sie dazu bereit war.

Auf bloßen Füßen ging Billie in ihre kleine Küche, füllte den Wasserkessel, riss ein Streichholz an und entzündete die Gasflamme am Herd. Tee würde helfen. Tee half immer.

Also, was hatte Adin so aufgeregt? Und ist das überhaupt von Bedeutung? Wenn tatsächlich eine Seite in irgendeiner Zeitung aus diesem Stapel fehlte, dann würde ihr das hoffentlich eine recht gute Vorstellung davon geben können.

Sie zog ihre Hutnadeln heraus, nahm ihren Pillbox-Hut ab und fuhr sich mit der Hand durch das Haar. In Gedanken bei ihrem neuen Fall, zog Billie zerstreut ihre elfenbeinfarbene Bluse aus und öffnete dann den gleichfarbigen Knopf ihres Rocks sowie die drei kleinen Druckknöpfe, die in der Stofffalte darunter versteckt waren. Sie streifte den Rock herunter und setzte sich auf einen Stuhl, um die Halterungen ihres rechten Strumpfes zu öffnen. Eins. Zwei. Drei. Vier. Fünf. Sechs. So viele verdammte Verschlüsse, ohne die der Strumpf nicht richtig saß. Sorgfältig rollte sie den beschädigten Nylonstrumpf herunter, löste die Bänder des Schenkelhalfters für ihren Colt und legte es vorsichtig auf die Tischplatte. Dann öffnete sie die linken Verschlüsse. Eins. Zwei. Drei …

Mrs Browns Sohn wird vermisst, und sie ist ganz offensichtlich vollkommen außer sich deswegen. So weit scheint das wahr zu sein. Aber warum ist er verschwunden? Gibt es da etwas, das sie mir nicht sagt? Billie spürte, dass Mrs Brown irgendetwas zurückhielt. Wenn das zutraf, wäre es nicht ungewöhnlich. Beim ersten Treffen verschwiegen Klienten häufig Informationen, die sie als heikel oder peinlich empfanden. Aber wenn dieser Fall in irgendeiner Weise den früheren glich, würde die Wahrheit am Ende herauskommen, und häufig wären diese Informationen für Billies Arbeit sehr hilfreich gewesen, wenn sie sie schon von Anfang an gehabt hätte. Aber sie kannte die menschliche Natur, und es entsprach dieser Natur einfach nicht, alle Einzelheiten vor einem Fremden auszubreiten. Es sei denn, man glaubte, dass man ihn nie wiedersah. So war es jedenfalls während des Krieges gewesen. Die Nähe des Todes und dieser ständige Strom von verängstigten, weit von zu Hause entfernten Menschen konnten jedes Treffen zu einer intensiven und intimen Beichte machen. Aber sobald alle wieder an die Orte zurückgekehrt waren, die sie kannten und von denen sie gekommen waren, versuchten sie erneut, sich schweigend durchzuwursteln. Es gab zwar immer noch Klatsch, ihr Leben war immer noch kompliziert, aber jetzt wurden nicht mehr so leichtfertig Details verraten, jedenfalls nicht ohne das Schmiermittel Alkohol. Es konnte sehr gut sein, dass so etwas Einfaches wie ein Streit, der mittlerweile bereut wurde, Adins Verschwinden ausgelöst hatte, oder irgendetwas Anrüchiges, in das der Junge verstrickt war und das unangenehm auf die Familie zurückfallen würde. Vielleicht war es auch etwas innerhalb der Familie selbst, sinnierte Billie. Irgendetwas war da jedenfalls, sagte die kleine Frau in ihrer Magengrube. Irgendeine wichtige Information war zurückgehalten worden. Vielleicht war Mrs Brown bei einem zweiten Treffen ja mitteilungsfreudiger. Oder vielleicht konnte ihr Ehemann etwas mehr Licht in den Fall bringen.

Billie trank ihren Tee stark und schwarz, und während die Teeblätter durchzogen, untersuchte sie kurz ihren anderen Strumpf. Er musste nicht gestopft werden. Mit dem dampfenden Becher in der Hand ging sie ins Wohnzimmer ihrer Wohnung, nur mit ihrem Slip bekleidet, den kaputten Strumpf über der Schulter. Sie setzte sich hinter einen kleinen Tisch in der Ecknische, denn dort war die Stelle mit dem besten Licht. Die Vorhänge waren zwar offen, aber nur die Baumwipfel würden ihren halb bekleideten Zustand und ihre zierliche Gestalt bezeugen können. Es war kurz vor Sonnenuntergang, und die Abendsonne ergoss sich über das Holz, die Spulen, die Nähmaschine und das Nadelkissen und tauchte alles in einen entzückenden Roségold-Ton. Ein ganzer Regenbogen aus Garnrollen stand ordentlich aufgereiht auf den winzigen hölzernen Stäbchen eines Regals hinter ihr an der Wand. Der Verkehrslärm von der Straße schien weit weg zu sein, während zu viele müde Männer von ihrer Arbeit in der City zu ebenso vielen gelangweilten Frauen nach Hause zurückkehrten, die mit einer veränderten Welt zu kämpfen hatten. Nach einem Krieg, der so aggressiv und so offen um ihre Unterstützung geworben hatte, nur um sie jetzt aufzufordern, wieder zu ihren häuslichen Aufgaben hinter geschlossenen Türen zurückzukehren.

Es gibt ganz sicher viele Mrs Browns, dachte Billie, obwohl sie nicht wie eine aussieht – trotz des eindeutig bevorzugten Brauntons der Garderobe ihrer Klientin. Der Name war englisch und weit verbreitet, aber Billies neue Klientin hatte keinen englischen Akzent. Sie fragte sich, warum sie das beschäftigte und ob es eine Rolle spielte.

Billie nahm ihre hölzerne, eiförmige Form aus einer Schublade und strich mit den Fingern darüber, um zu überprüfen, ob sie glatt war. Dann zog sie den Fuß ihres Strumpfs darüber. Diese verdammten Löcher. Sie hatte viel zu lange das Glück gehabt, nicht ohne Strümpfe vor die Tür gehen zu müssen, und auch wenn jetzt Nylonstrümpfe wieder lieferbar waren, würde sie nicht zulassen, dass dieses kleine Loch größer wurde. Strümpfe waren teuer. Verdammt teuer. Und auch wenn viele Männer ihr liebend gerne welche geschenkt hätten, wollte sie den romantischen Preis dafür nicht zahlen. Wie alle anderen Dinge würde sie sich auch Strümpfe lieber selbst kaufen, vielen Dank. Was eine Klientin oder ein Klient für sein Pfund als Gegenwert haben wollte, war in ihrem Geschäft manchmal ziemlich happig, aber was Männer als Gegenleistung für Nylonstrümpfe erwarteten, war etwas vollkommen anderes. Sie fand einen farblich ziemlich gut passenden Faden in Hellbraun, fädelte ihn in ihre Stopfnadel ein und machte sich daran, das kleine Loch zu schließen. Als sie fertig war, stand die Sonne deutlich tiefer. Es wurde Abend, und eigentlich sollte das Telefon klingeln.

Es klingelte um eine Minute nach acht. Das musste Sam sein, der sich pünktlich meldete. Er sollte im Büro anrufen, es dort klingeln lassen, und wenn sie nicht abnahm, sollte er es in ihrer Wohnung versuchen. Sie legte den zufriedenstellend geflickten Strumpf beiseite und ging zu ihrem schwarzen Telefon.

»Ms Walker. Wie läuft es?«

»Sam, wie ist es Ihnen ergangen? Haben Sie unseren Jungen gefunden?«

»Leider habe ich schlechte Nachrichten«, antwortete er. »Ich habe niemanden gefunden, auf den seine Beschreibung passt. Wobei das eigentlich gar keine so schlechten Nachrichten sind, wenn ich an die Kerle denke, die ich gesehen habe. Einige von ihnen waren übel zugerichtet.«

Sie hatte nicht wirklich daran geglaubt, dass es so einfach werden würde, aber es war zumindest einen Versuch wert gewesen. »Ich verstehe. Also gibt es eine Planänderung: Wir gehen heute Abend aus, Sam«, verkündete Billie. »Erlaubt Ihre Tanzkarte das?«

»Das ist gar kein Problem. Ich habe keine«, er räusperte sich, »Tanzkarte, meine ich.«

»Wir treffen uns in zwei Stunden, etwa um zehn«, setzte sie mit einem Blick auf die Uhr hinzu.

»Und wo? Im Leichenschauhaus?«

Sie lachte. »Nein, die Toten müssen warten.« Billie besuchte diesen Ort lieber allein. »Wir haben ein weit interessanteres Ziel und ein viel lebendigeres. Warten Sie im Büro auf mich, einverstanden? Oh, und ziehen Sie Ihr Jackett an.«

Am anderen Ende der Leitung gab es eine kleine Pause. »Das weiße Jackett?«

»Ja, lieber Sam. Das weiße Jackett. Heute ist Abendgarderobe angesagt. Wir mischen uns unter die oberen Zehntausend der Stadt.«

Billie legte auf und wärmte sich den Auflauf vom Vortag auf. Er war im besten Fall unterdurchschnittlich, und der Anblick des schmutzigen Geschirrs hinterher war deprimierend. Es war ein horrender Preis für etwas, das ziemlich mies geschmeckt hatte. Hausarbeit und kulinarische Aktivitäten waren noch nie Billies Stärke gewesen, aber sie hatte sich einigermaßen durchgeschlagen. Da sie weder eine Ehefrau noch ein Dienstmädchen hatte und beides auch nicht in Sicht war, kochte Billie nur, um sich zu ernähren. Sie absolvierte diese Tätigkeit mehr wie eine Pflicht als wie diese Kunstform, die sie sein konnte. Ihre Kunstfertigkeit hob sie sich für andere Gebiete auf, und sie gab sich damit zufrieden, großartiges Essen in Restaurants zu genießen, oder wenn sie mit ihrer aristokratischen Mutter dinierte.

Also schob Billie den leeren Teller und das Besteck in das abgestandene Wasser in der Spüle und nahm sich vor, auf jeden Fall später abzuwaschen. Schließlich musste sie niemanden beeindrucken außer sich selbst, und ihr Fall wirkte erheblich wichtiger. Glücklicherweise hatte sie es geschafft, eine Tafel guter, dunkler Schokolade zu ergattern. Es war entsetzlich schwierig gewesen, so etwas während des Krieges aufzutreiben. Sie verzehrte ein winziges Stück mit kleinen Bissen, während sie in einem Zustand zeitweiliger Ekstase am Küchentresen lehnte. Nachdem sich ihr Gaumen wieder erholt hatte, band sie sich das Haar mit einem Schal hoch und zog ihre restliche Seidenunterwäsche aus. Sie ließ sie auf dem Bett liegen. Da draußen in Stanmore war es drückend schwül gewesen, was vielleicht aber auch an den neugierigen Blicken der Anwohner gelegen haben konnte. In der Stadt erregte sie längst nicht so viel Aufmerksamkeit, jedenfalls nicht, wenn sie einen Kostümrock und Oxfords trug.

Lächelnd duschte Billie mit warmem Wasser und wusch sich den Tag vom Leib. Wie sie diese Duschen in Europa vermisst hatte! Ihre Wohnung hatte wie alle anderen in dem Gebäude recht viel Komfort. Viele der Apartments, in denen sie mit Jack gewesen war, waren erheblich spartanischer eingerichtet gewesen und hatten nicht einmal heißes Wasser, geschweige denn eine Dusche gehabt – einige nicht einmal ein Dach.

Jack.

Billie erinnerte sich an das erste Mal, als sie den britischen Korrespondenten mit seiner stets gegenwärtigen Argus-Kamera gesehen hatte. Ihre Freunde in Paris hatten sich Geschichten über seinen letzten Triumph erzählt, dass er einen Flugzeugabsturz überlebt und Filmmaterial in Zahnpastatuben und Rasier-Cremes an Nazi-Offizieren vorbeigeschmuggelt hatte. Er hatte über die Annexion von Österreich durch Nazideutschland früher in diesem Jahr berichtet, und auch den kürzlichen Einmarsch der Nazis ins Sudetenland, nach Premierminister Chamberlains verheerendem Auftritt beim Münchner Abkommen.

Bei diesem ersten Treffen war er entspannt gewesen, hatte ein Weinglas in der Hand gehabt und war verlegen errötet, als die anderen seine Heldentaten zum Besten gaben. Als Billie sein hageres Gesicht und diese hellbraunen Augen gesehen hatte, war sie wie gebannt gewesen. Selbst jetzt sah sie ihn noch vor sich, wie er dort an dem Kaffeehaustisch saß, sein Hemd oben offen, mit seinem glühenden Gesicht und seiner trotz des kühlen Herbstwetters leicht gebräunten Haut. Die Lippen vom Wein gerötet, den Kopf leicht gesenkt, als er sich sichtlich unter der Wucht ihres Lobs und ihren gutmütigen Neckereien wand. Sie sah ihn so lebhaft in ihren Erinnerungen, dass er fast da war, nah genug, um ihn zu berühren. Er redete von dem, was er gesehen hatte, davon, bald wieder nach Wien zurückzukehren. Als er dorthin reiste, war Billie bei ihm.

Und jetzt erinnerte sie sich an das Gefühl seines Körpers unter ihrem, an die hellen Brusthaare, die Wärme seiner Haut, an ihre Finger, die über ihn strichen, an ihre miteinander verschränkten Körper. Um sie herum war nur kalte Dunkelheit, und in der Ferne heulten Luftalarm-Sirenen. Aber es gab nur sie beide, nur

Jack und Billie, der Rest der Welt schien in diesem Moment nicht zu existieren. Und dann sagte er mit seinem unwiderstehlichen Akzent leise ihren Namen ... »Billie, Billie ...«

Sie schluckte, schloss die Augen und fuhr mit einer Hand über ihren Körper, verlockt, sich selbst zu berühren. Mit ihren Fingern liebkoste sie ihren festen, leicht gerundeten Bauch, ihr samtenes Schamhaar. Wie lange war es her? Weit über ein Jahr. Nein, jetzt waren es sogar schon zwei Jahre, realisierte sie entsetzt. Ihre Brust schmerzte, und sie schüttelte sich sacht, zog die Hand zurück. Wo war er? War er wirklich verschwunden?

Hör auf.

Jetzt war nicht der richtige Moment für Ablenkungen oder Sehnsucht. Billie runzelte die Stirn, stellte den Hahn ab, trocknete sich energisch ab und zog ein tailliertes Abendkleid mit einem langen, fließenden Saum an. Die apricotfarbene Seide fühlte sich auf ihrer nackten, sauberen Haut ganz exquisit an. Das war das sinnliche Vergnügen, das sie zur Verfügung hatte. Einfacher Luxus. Dieses Seidenkleid hatte sie in Europa noch nicht gehabt, und ebenso wenig hatte sie sich mit Savon de Marseille waschen können. Aber sie hatte Jack gehabt.

Bleib in der Spur, Walker. Bleib in der Spur.

Die Wahl ihrer Garderobe an diesem Abend musste strategisch sein. Billie ging mit nackten Füßen in ihr Schlafzimmer und öffnete beide Türen ihres geräumigen Kleiderschranks aus Satin-Ahorn. Sie stand auf dem bunten Perserteppich und ging wie ein Chirurg, der eine Krankenakte studierte, das Angebot vor ihren Augen durch. *The Dancers.* Sie war schon eine ganze Weile nicht mehr dort gewesen, aber erinnerte sich noch an die erlesene Atmosphäre. Billie musste dort hineinpassen, musste angemessen elegant aussehen, ohne aufzufallen. Das war kein

Ort für ihre Kostüme und Trenchcoats, aber etwas zu Gewagtes würde unerwünschte Aufmerksamkeit erregen. Ein smaragdgrünes Kleid mit Perlenstickerei zwinkerte ihr zu, und sie zog den Bügel heraus. Sie drehte das Kleid unter dem Licht hin und her. Nein, die Perlen waren zu viel, und das Dekolleté war zu tief ausgeschnitten, jetzt, nachdem sie ihre Kurven wieder zurückbekommen hatte. Da die Rationierung immer weiter gelockert wurde, würde sie es schon bald wieder sehr dramatisch ausfüllen. Für eine Verabredung mit Jack? Auf jeden Fall. Aber nicht für heute Abend.

Sie hängte das Kleid wieder in den Schrank. Nach einiger Überlegung zog sie ein dunkles, weinrotes Seidenkleid heraus, das im schrägen Fadenlauf geschnitten war. Sie hatte es geändert und Schulterpolster eingenäht, als diese modern wurden. Der Saum des Dekolletés verlief über die Schlüsselbeine, und der Rücken hatte einen hübschen V-Ausschnitt. Es passte auch gut zu flachen Schuhen, aber es war zu körperbetont, als dass sie ihren Colt darunter hätte tragen können. Er würde auf eine Meile Entfernung zu sehen sein. Also musste die Waffe in ihre Handtasche. Ja, das Kleid würde gehen. Sie hängte den Bügel über die Tür, setzte sich vor ihren Frisiertisch und begann, sich in einen überzeugenden Abend-Look zu werfen.

Billie puderte ihr Gesicht, legte Wimperntusche und Lidschatten auf und griff dann nach ihrer kleinen Flasche *Bandit*. Dieses Parfüm war von einer der besten und berühmtesten Parfümeurinnen von Paris geschaffen worden, von Germaine Cellier. Sie hob ihr dunkles Haar an und tupfte den sinnlich-ledrigen Duft auf ihren bloßen Nacken. *Bandit* war vor zwei Jahren auf den Markt gebracht worden, 1944, und zwar von dem Haute Couture-Designer Robert Piguet. Über seinen Laufsteg waren

Mannequins in dunklen Masken und mit rotem Lippenstift stolziert, die Messer und Revolver schwangen. Die ganze Szenerie war mit sexuellen Anspielungen aufgeladen gewesen und hatte eine beträchtliche Kontroverse ausgelöst. Seitdem war Billie den Performances mit Leib und Seele verfallen. Diese Markteinführung war eine ihrer letzten Erinnerungen an Paris, und zudem eine der besseren. Nicht lange danach hatte man sie über den Zustand ihres Vaters informiert, und sie war nach Hause geflogen, um bei ihm zu sein. Sie war zu spät gekommen, um sich von ihm verabschieden zu können. Jack wurde immer noch vermisst, der Krieg hatte alles verändert, und nichts konnte mehr so sein wie früher, rief sie sich ins Gedächtnis.

Sie setzte den Lippenstift *Fighting Red* an ihre Lippen. Irgendein Einstein des Marketings wollte diese Farbe einstellen, hatte sie gehört. Also würde sie eine neue Lieblingsfarbe finden müssen, wenn dieser Lippenstift verbraucht war. *Jeep Red* würde sie nicht einmal in die Nähe ihres Mundes lassen. Jeep? Das löste Erinnerungen an verletzte Soldaten und Bomben in ihr aus. Das Klingeln des Telefons störte ihre Konzentration, und Billie ging zu dem pinkfarbenen Gerät auf ihrem Nachttisch. Sie setzte sich auf den Bettrand, strich ihr Kleid glatt und nahm den Hörer ab. Es konnte Sam sein, der hoffentlich ihre Verabredung heute Abend nicht absagte. Wenn er es nicht war, konnte sie sich denken, wer dann ...

»Darling, ich wusste, dass du zu Hause sein würdest«, sagte die Stimme am anderen Ende der Leitung. »Da gibt es etwas, wobei ich gerne Hilfe hätte.«

Billie holte tief Luft und ließ sich auf das Bett zurücksinken. Ihr Blick zuckte zu der kleinen Uhr auf ihrem pinkfarbenen Schminktisch-Set. Sie war noch nicht fertig für *The Dancers*, aber ein bisschen Zeit hatte sie noch. »Okay, aber ich muss bald weg, zu einem Job«, sagte sie nachdrücklich. »Bis gleich.« Sie legte auf.

Billie trug rasch den Lippenstift auf, tupfte ihre Lippen ab und musterte sich im Spiegel. Zufrieden zog sie ihre Unterwäsche an und schlüpfte dann in das enge rote Kleid. Sie drehte sich einmal vor dem Ganzkörperspiegel und war zufrieden. Allerdings war ihr Hals noch nackt, und ihre Haare brauchten noch ein wenig Arbeit, vor allem hinten, bevor sie sich der Oberschicht Sydneys stellen konnte. Aber ihre erste Aufgabe war ein Gespräch mit Ella. Sie hatte immer noch genug Zeit, ins Büro zu kommen, wenn sie die Dauer dieses Besuchs auf ein Minimum reduzieren konnte.

KAPITEL FÜNF

Billie Walker stieg die Treppe ins nächste Stockwerk des Gebäudes hinauf und ging den Korridor entlang zu der großen Eckwohnung. Die Tür war unverschlossen. Sie klopfte und trat wie üblich fast gleichzeitig ein. Baronin Ella van Hooft saß an ihrem Lieblingsplatz vor dem großen Fenster. Ihre Hausangestellte Alma McGuire schenkte ihr mit ihren kräftigen, ruhigen Händen einen Sherry in einem zierlichen Kristallglas ein.

Alma nickte Billie zu. Ihr lockiges, mit Nadeln festgestecktes rotgraues Haar tanzte, und die wie immer elegante Ella drehte sich herum und erblickte ihre Tochter. »Darling, es ist schon Wochen her, seit ich dich gesehen habe!«, stieß sie hervor.

»Mutter, das letzte Mal war Sonntag«, korrigierte Billie sie. Die Baronin hatte einen Hang zum Dramatischen. »Und außerdem wohnen wir im selben Gebäude!« Sie ging zu dem kleinen Sofa, bückte sich und drückte ihrer Mutter einen Kuss auf die Wange. Wie üblich duftete sie dezent nach Chanel N° 5, ein existenzieller Luxus, den sie ganz offenbar nicht aufgeben wollte, ungeachtet ihrer finanziellen Umstände.

»Nenn mich nicht so.« Ella winkte mit ihrer manikürten Hand. »*Mutter.* Du weißt genau, wie ich das hasse. Ich fühle mich dann so alt.«

Billie seufzte.

Heute Abend trug Ella ein Seidenkleid mit Pailletten. Ihr dunkel gefärbtes, kurz geschnittenes Haar war makellos onduliert, lag eng am Kopf an und schmiegte sich sanft an die porzellanenen Wangenknochen. Man hätte annehmen können, sie wäre so gekleidet, weil sie von einem eleganten Dinner käme, aber Billie wusste sehr gut, dass sie sich jeden Abend ganz selbstverständlich zum Essen so anzog, ob sie Gesellschaft hatte oder nicht. *Wenn du dich selbst nicht mit Stolz behandelst, welchen Sinn hat es dann, zu leben?*, sagte sie oft. Als geschiedene und kürzlich verwitwete holländische Aristokratin, die dritte von fünf Töchtern des Barons van Hooft, eines ehemaligen Bürgermeisters von Arnheim, war Ella in Wohlstand aufgewachsen und hatte ihren Hang zu den schöneren Dingen nie aufgegeben – selbst nachdem ihre Lage finanziell gesehen mehr als angespannt geworden war.

Als Freigeist hatte Ella ein großzügiges Leben geführt. Sie war mit ihrem ersten Ehemann aus Holland nach Australien gekommen, wo er eine etwas zu öffentliche Affäre angefangen hatte. Damals hatte sie Billies Vater kennengelernt, Barry Walker, einen ehemaligen Polizisten, der Privatermittler geworden war. Sie hatte ihn engagiert, um die notwendigen Beweise für den Ehebruch zu sammeln, was angeblich ziemlich einfach gewesen war. Nicht gerechnet jedoch hatte sie mit Barrys Charme. Sie hatten sich verliebt, schnell und heftig, dann Billie unehelich empfangen – etwas, was eine Frau ohne einen Titel nur schwer überlebt hätte. Aber Ella hatte nicht nur den, sondern auch das Geld, um sich und ihre kleine Familie über Wasser zu halten. Sie hatte den Skandal ausgesessen, wie die Oberklasse so etwas gern tat. Sie war eine kluge, entschlossene Frau. Ihre Zeit als braves Mädchen hatte sie hinter sich gebracht, und es hatte sich nicht ausgezahlt, wie sie es sah. Also heiratete sie den Mann, den sie wollte, bekam das Baby und pfiff auf die gesellschaftlichen Erwartungen. Ella hatte auch ihren Namen nicht geändert, ein Punkt, in dem sie vollkommen unnachgiebig gewesen war und der Billies Dad überhaupt nicht interessierte. Barry Walker war auf seine Art ein absolut moderner Mann gewesen. Er war zufrieden damit, Ella ihre Selbstständigkeit zu lassen, eine eigenwillige und leidenschaftliche »Göttin«, wie er sie gern nannte. Sie waren ein gutes Paar gewesen, Barry und Ella. Billie vermisste ihren Dad sehr, und sie wusste, dass es ihrer Mutter auch so ging. Seit seinem Tod hatte ihre Mutter fast apathisch gewirkt, dann auch eine Spur fordernder. Etwas, wofür Billie heute Nacht keine Energie hatte.

»Lass mich dich ansehen«, sagte Ella van Hooft zu ihrer Tochter. »Dreh dich mal für uns im Kreis. Wohin gehst du heute Abend?«

»Ich bin wegen eines Falls unterwegs«, erwiderte Billie kurz. Sie hatte keine Lust zu spielen.

»Auch wenn du bei einem Fall bist, macht dich das nicht unsichtbar, stimmt's? Und schon gar nicht in diesem Kleid.«

Unsichtbarkeit wäre manchmal wirklich sehr praktisch, dachte Billie.

»Trink etwas mit mir.« Ihre Mutter wechselte die Taktik und klopfte auf den Platz neben sich.

Billie setzte sich auf das weiche, smaragdgrüne Sofa. Es war mit schimmernden Kissen aus rubinroter Seide vollgestopft. Alma schenkte ihr einen Sherry ein. Ein Lächeln lag auf ihrem derben, faltigen Gesicht. Neben Ellas aufregender Präsenz wirkte Alma so ruhig und solide wie die Pyramiden von Gizeh. Sie war eine irische Immigrantin und hatte keine eigene Familie, sondern war gekommen, um Ella mit der frischgeborenen Billie zu helfen. Als Billie älter wurde, hatte Alma ihr beigebracht, zu nähen und Sachen zu flicken. Sie war geduldig, hatte eine ruhige Hand und ein scharfes Auge für Details, und schon bald war sie unentbehrlich geworden. Die anderen Angestellten hatte Ella im Laufe der Jahre entlassen müssen, aber Alma war immer da gewesen. Ella würde ihren letzten Shilling opfern, um sie behalten zu können, das wusste Billie. Und im Gegensatz zu den anderen Bewohnern von Cliffside ließ Ella Alma bei sich im selben Apartment wohnen. Die Hausdame hatte einen schönen, großen Raum am Ostende der Wohnung als persönliches Quartier. Soweit Billie wusste, befand sich darin eine nahezu bibliotheksgroße Sammlung von Liebesromanen und Ausgaben von *Talk of the Town* sowie *True Confessions*. Aber der Teil von Alma, der ihnen frönte, war unter ihrer nüchternen Oberfläche gut versteckt.

Im obersten Stockwerk des Gebäudes gab es ein Gemeinschaftsquartier für Dienstmädchen, mit einem Schlafsaal und einer Küche, wo die Angestellten die Mahlzeiten für ihre verschiedenen Arbeitgeberinnen zubereiteten. Aber davon wollte Ella nichts wissen. Sie und Alma waren unzertrennlich, vor allem seit Billies Vater gestorben war. Während Billie und ihre Mutter an ihren Getränken nippten, ging Alma in die Küche, um sich um etwas zu kümmern, das ziemlich verführerisch nach Zucker und Zimt roch. Zusätzlich zu ihren vielen Talenten war die Frau auch noch eine beeindruckend gute Bäckerin.

Ella betrachtete Billie, während sie über etwas nachdachte. »Weißt du, deine Arbeit zeigt dir das Schlimmste von den Menschen. Sie entblößt jeden ekligen Instinkt«, verkündete sie.

»Ist das nicht genau das, was du daran so aufregend fandest?«, schoss Billie zurück. Sie lehnte sich in die Kissen und lächelte.

Dann trank sie einen Schluck Sherry. Dieses Gespräch hatten sie schon mehrfach geführt.

Barry Walker war charmant und hinter seinem manchmal rauen Äußeren unerwartet warmherzig und mitfühlend gewesen. Aber das war wahrscheinlich nicht alles, was Ella van Hooft zu ihm hingezogen hatte. Ganz sicher war er das Gegenteil ihres ersten Ehemannes gewesen, wenn man den Geschichten glauben konnte, aber es war mehr als das. Billies früheste und glücklichste Erinnerungen rührten vom Ende der Goldenen Zwanziger, einer in vielerlei Hinsicht freieren Zeit, mit einer aristokratischen Mutter, die nur zu gern das »primitive Leben«, wie Einige hinter ihrem Rücken tuschelten, mit ihrem Dad genoss. Die Baronin machte jedes Wochenende die Stadt mit ihrem privaten Ermittler unsicher und bestand darauf, extravagante Partys in ihrem zweistöckigen Haus zu feiern. Daran nahmen Intellektuelle, Schauspieler und andere Künstler teil, und zudem hatten sie einen ziemlich großen Stab von Hausangestellten, die den Standard ihrer holländischen Kindheit aufrechterhielten. Die Tatsache, dass die Missbilligung der Anderen Ella niemals behindert hatte, war noch ein Grund mehr, warum Billie sie respektierte. Sie glaubte, dass Alma, ihre loyale Hausdame, das genauso empfand. Ihre Mutter hatte einen Hang zum Draufgängerischen, trotz ihrer gegenteiligen Beteuerungen und ihres glamourösen Äußeren. Sie war wirklich eine Frau voller Kontraste.

»Woran arbeitest du denn im Moment? Ich hoffe, nicht schon wieder als Voyeur«, forschte ihre Mutter, ohne den Köder zu schlucken.

»Eigentlich an einem ziemlich klaren Fall«, antwortete Billie. »Und es ist alles andere als anzüglich. Eine Mutter hat mich engagiert, um ihren verschwundenen Sohn aufzuspüren.«

»Von denen dürfte es im Moment sehr viele geben.«

»Das stimmt, aber das hier ist anders. Er wird nicht im Kampf vermisst.« Billie dachte kurz an Jack und schob den Gedanken rasch beiseite. Eigentlich sollte sie im Kopf ganz bei der Arbeit bleiben. »Er war noch zu jung, um beim Militär zu sein«, setzte Billie als Erklärung hinzu.

»Meine Güte, sag nicht, dass es um so etwas wie die Entführung des Lindbergh-Babys geht!«, rief Ella.

»Nein, es handelt sich wohl eher um einen weggelaufenen Teenager. Er ist siebzehn. Ich hoffe nur, dass ihm nichts passiert ist.«

»Na ja, du wüsstest ja ohnehin nicht, was du mit einem kleinen Kind anfangen solltest.«

Billie stöhnte leise in ihr Glas. »Wenn ich mich recht entsinne, hattest du Alma, die dir bei mir geholfen hat.« Billie sprach laut genug, damit alle in der Wohnung sie hören konnten. Aus dem Augenwinkel sah sie Almas verschmitztes Grinsen durch die Küchentür. Ihre Mutter neckte Billie gern wegen ihrer häuslichen Umstände oder vielmehr des Mangels daran. Aber Billie wusste, dass Ella dieses häusliche Leben selbst nicht besonders gemocht hatte. Es war kein Zufall, dass sie nur ein Kind hatte. Die Baronin glaubte fest daran, dass Frauen so etwas selbst kontrollieren sollten, ganz gleich, was grauhaarige Kleriker zu dieser Angelegenheit beisteuern zu müssen meinten.

Billie stand auf und trat ans Fenster. Die rote Seide umschmeichelte ihre Kurven.

»Das ist ein entzückendes Kleid«, stellte ihre Mutter fest. Billie dankte ihr für das Kompliment. Sie musste zugeben, dass es ihr jetzt besser passte, weil sie nicht mehr so dünn war – Europa hatte sie viel Gewicht gekostet, und noch etliches anderes. Die einzigen Menschen, die im Krieg zunahmen, waren die, die nicht dabei waren. Die weder an der Front noch in den Fabriken arbeiteten oder zu Hause hungerten, sondern Bauern auf einem Schachbrett herumschoben, weit weg vom Blutvergießen.

»Es ist für *The Dancers*«, erklärte Billie ihre Garderobe.

»Ah.« Ella verstand.

Billie sah sich mit dem Glas in der Hand um. Die Baronin hatte aus ihren Fenstern einen weiten Blick über Edgecliff. In der Ferne schimmerte Double Bay, und sie befand sich in einem mit jedem Jahr spärlicher möblierten Apartment. Was noch da war, war beeindruckend und zeugte von makellosem Geschmack, aber die Stücke wurden allmählich weniger, wie ein Gletscher. Dort, wo einst ein Steinway Baby Grand-Piano gestanden hatte, gähnte jetzt eine große Lücke. Nicht, dass noch jemand häufig darauf gespielt hätte, seit sie das herrschaftliche Haus in Potts Point verkauft hatten …

Billie trank noch einen Schluck Sherry. Wenn es in der Agentur nur ein bisschen besser laufen würde, dann könnte sie ihre Mutter unterstützen und sich selbst auch etwas gönnen. Hoffentlich passiert das bald, dachte sie.

Ihre Mutter sah sie scharf an. »Wo bist du heute mit deinen Gedanken? Es sieht aus, als wärst du irgendwo anders.«

»Es geht mir gut.«

Ella ließ nicht locker. »Es tut mir wirklich weh, dich allein sehen zu müssen, mein Mädchen. Die Männer liegen dir zu Füßen. Das siehst du doch hoffentlich? Warum ziehst du nicht einen von ihnen in Betracht?«

Billie stellte das Sherryglas ab, verschränkte die Arme und zog die Brauen zusammen. Dieses Gespräch gefiel ihr nicht. Sie hatte ein Rätsel zu lösen, dafür musste sie sich konzentrieren.

Ella hob ihre Brauen. »Ich sage nur, du solltest dich mal amüsieren, Billie. Du lebst nur einmal, und es gibt da draußen jede Menge netter junger Männer, denen du ganz gewiss auffällst.«

Jetzt dachte Billie wieder an Jack, an dieses Lächeln, den weichen Mund, die warmen, kräftigen Hände. *Billie, warte auf mich. Ich will dich. Ich will der Deine sein.* Sie sehnte sich nach ihm, nach dieser tiefen, beruhigenden Stimme, dieser körperlichen Chemie, diesen Berührungen, an die ihr Körper sich so schmerzlich gut erinnerte.

Ihre Mutter schien ihre Gedanken zu lesen. »Darling, er wird nicht zurückkommen«, sagte sie so liebevoll wie möglich. Aber natürlich konnte man das nicht vorsichtig formulieren. »Er mag ein guter Mann gewesen sein, aber er ist verschwunden.«

Billie überlief eine Gänsehaut, ihr wurde übel, und gleichzeitig spürte sie eine unerträgliche Sehnsucht. Sie hatte schon lange vermutet, dass Jack und seine Argus-Kamera einen Auftrag zu viel angenommen hatten. Selbst wenn sie wirklich so mutig war, wie er oft von ihr behauptet hatte, war er ihr immer einen Schritt voraus gewesen, tollkühn bei seiner Verfolgung der Nazis und ihrer Kriegsverbrechen. Die beiden hatten zwar nur eine kleine Rolle dabei gespielt, das Blatt zu wenden, aber immerhin hatten sie dazu beigetragen. Billies Worte und seine Fotografien hatten geholfen, der Welt von der Grausamkeit gegen Zivilisten zu berichten, gegen Kinder, bei ihrem ganz offenen Versuch eines Genozids. Zusammen waren sie Teil von etwas Größerem gewesen. Sein letzter Auftrag, von dem sie wusste, hatte ihn im Jahre 44 nach Warschau geführt, als die polnische Heimatarmee, eine Widerstandsgruppe im Untergrund, sich gegen die deutsche Besatzungsmacht aufgelehnt hatte. Für einen Pressefotografen war das damals ziemlich riskant gewesen, weit riskanter als noch im

Jahre 1938. Sie hatte noch einen Brief von ihm aus Warschau bekommen – und dann im Radio gehört, dass die Rebellion niedergeschlagen worden war und die Sowjetstreitkräfte nicht eingegriffen hatten. Das Zentrum der Stadt war im Oktober dieses Jahres dem Erdboden gleichgemacht worden. Über einhunderttausend Menschen waren getötet worden. Und sie hatte kein Wort mehr von Jack gehört. Gar nichts. Die britischen Zeitungen, für die er gearbeitet hatte, hatten ebenfalls keinerlei Informationen über seinen Aufenthaltsort.

Er war nur wenige Monate nachdem Billie und er geheiratet hatten, einfach verschwunden. Nach ihrer romantischen, intensiven Kriegsaffäre war Jack plötzlich fort gewesen. Und Billie hatte Paris verlassen, um nach Australien zu ihrem kranken Vater zurückzukehren, doch sie war zu spät gewesen. Innerhalb von kurzer Zeit hatte sie die beiden wichtigsten Männer in ihrem Leben verloren. Es war jetzt mehr als zwei Jahre her, seit sie Jack das letzte Mal gesehen hatte, rief sie sich ins Gedächtnis, aber nach dem Krieg lief die Zeit irgendwie anders.

Billie betrachtete den luxuriösen Stoff ihres Abendkleides. Es wirkte irgendwie surreal neben ihren Gedanken über den Krieg. Alles hatte sich verändert, als der Krieg begann, und jetzt war wieder alles so vollkommen anders. Ihr ganzes Leben davor kam ihr fast wie ein Traum vor. Manchmal schien es ihr, als würde sie ihre Welt durch die Linse von Jacks Argus-Kamera betrachten, distanziert und irgendwie losgelöst, und alles in Schwarz-Weiß.

»Darling, eine alte Jungfer zu werden, passt zu einigen Menschen, aber nicht zu dir. Ich weiß, dass du dich nach etwas anderem sehnst«, sagte ihre Mutter gerade.

»Ich habe Jack etwas geschworen«, presste Billie heraus. Ihre Schwüre hatten etwas mit ihnen beiden zu tun, aber auch mit ihrer gemeinsamen Sache: Sie würden alles tun, was sie konnten, um die Wahrheit über das, was in der Welt passierte, zu enthüllen, vor allem in Amerika. Dort hatte sich die isolationistische Haltung der Öffentlichkeit endlich gewendet und dadurch den Koreakrieg verändert. Hitler hatte mehr als nur Polen und Österreich gewollt, mehr als ganz Europa. Er hatte gewollt, dass die Welt sich in seinem furchteinflößenden Bildnis spiegelte. Und er war dem näher gekommen, als Viele zugeben wollten.

»Das stimmt vielleicht, mein Mädchen.« Billies Mutter riss sie wieder in die Gegenwart zurück. »Du hast vielleicht einem Mann die Treue geschworen, aber das war im Krieg. Jetzt stehen die Dinge anders. Der Krieg ist vorbei, und du hast weder einen Ring, noch Papiere, noch einen Ehemann. Es gab zwei Trauzeugen, die du seitdem nicht mehr gesehen hast. So etwas ist auch schon im Großen Krieg passiert. Niemand würde es dir verübeln, wenn du weitermachst. Er ganz bestimmt nicht.«

»Du hast ihn niemals kennengelernt«, erwiderte Billie leise. Das war zwar kein starkes Argument, aber es war die Wahrheit. Sie wären gut miteinander zurechtgekommen, dachte sie. Beide waren auf ihre Weise Freigeister. Kompliziert. Eigensinnig. Aufregend.

Ihr war klar, dass die Liebe in Zeiten des Krieges oft viel intensiver war. Aber dieses Wissen konnte nichts verändern, befreite sie nicht von ihren Gefühlen gegenüber Jack Rake, wo auch immer er sein mochte und welches Schicksal ihn in Warschau auch ereilt hatte. Es stimmte, dass ihre Hochzeit improvisiert gewesen war. Ein geliehenes Kleid, ein selbst gemachter Kuchen – aber das machte sie für Billie nicht weniger real. Ihre Liebe war echt gewesen. Und das Gefühl in ihrem Herzen war immer noch da.

»Können wir über etwas anderes reden?«, bat Billie ihre Mutter. Sie ging in die Küche, um sich ein Glas Wasser zu holen. Alma war ebenfalls dort, sie beugte sich über den geöffneten Ofen. Die Luft um sie herum war heiß und süß.

Billie trank ein Glas Wasser und kehrte zum Sofa zurück. »Du sagtest, du bräuchtest Hilfe. Und es wäre dringend?« Billie beobachtete ihre Mutter, die genüsslich einen Schluck Sherry trank. »Eigentlich ist aber gar nichts, oder?« Billie warf einen Blick auf die schmale Uhr an ihrem Handgelenk. »Essen am Sonntag? Wie üblich?« Sie stand ungeduldig auf und gab ihrer Mutter einen Kuss auf die Wange. »Ich muss gehen, Ella. Ich bin erst halb angezogen.«

»Dazu wollte ich nichts sagen«, neckte ihre Mutter sie.

»Also wirklich, das ist so gar nicht typisch für dich.« Billie lächelte. Etwas von der Anspannung legte sich. Sie konnte einfach nicht mit ihrer Mutter über Jack reden. Es tat ihr nicht gut.

»Dein Hals ist zu nackt, Mädchen. Alma, könntest du bitte die Saphire holen? Das tropfenförmige Set?«, rief Ella.

»Oh, nein! Ich habe genug passenden Modeschmuck!«, protestierte Billie, aber es nützte nichts. Nach wenigen Augenblicken waren ihr Hals und ihre Ohrlöcher mit einem beeindruckenden Art-déco-Set aus dunkelblauen Saphiren und Diamanten geschmückt. Sie warf einen Blick in den Spiegel an der Garderobe neben der Tür und musste beeindruckt zugeben, dass ihre Mutter die richtige Wahl getroffen hatte. Die tropfenförmigen Ohrringe waren mit zehn kleinen, viereckigen Saphiren in einer vertikalen Linie, umgeben von Diamanten, besetzt. Der passende Anhänger an der Halskette lenkte die Aufmerksamkeit auf ihre schlanken Schlüsselbeine und den langen Hals. Ein runder Diamant hing am Ende jedes Ohrrings. Er schaukelte leicht und fing das Licht ein. Das Blau hob sich vom Kleid und den subtilen Rottönen in ihrem braunen Haar perfekt ab.

Billie lachte. »Du hast recht, es ist perfekt! Ich gebe dir alles am Sonntag zurück, wenn ich dich zum Lunch abhole.«

Sie ging zu ihrer Mutter zurück und gab ihr noch einen Kuss.

Dann ließ Billie die Matriarchin mit ihrem Buch, ihrem Sherry und Almas loyaler Gesellschaft zurück. Als sie durch den Flur zum Treppenhaus ging, hörte sie leise Stimmen aus dem Radio.

KAPITEL SECHS

Elegant gekleidet mit ihrem rubinroten Seidenkleid und den strahlenden blauen Saphiren fuhr Billie mit einem Taxi zu ihrem Büro. Trotz des Abstechers bei ihrer Mutter blieb ihr noch viel Zeit bis zu Sams Auftauchen, also beschäftigte sie sich mit Papierkram, machte es sich auf ihrem Stuhl gemütlich und legte ihre bestrumpften Füße auf den Schreibtisch. Der Schlitz in ihrem Kleid öffnete sich bis unmittelbar über dem Knie. Die Aussicht auf einen interessanten Abend machte die Mühsal der Büroarbeit erträglich.

Zwanzig Minuten später hörte sie, wie sich die Außentür des Büros öffnete und der kleine Summer, der sie über das Eintreffen von Besuchern informierte, ertönte. Ihr Blick fiel auf die Bakelit-Uhr. Sam war sehr pünktlich. Billie klappte die Akte zu, nahm ihre Füße vom Schreibtisch herunter und schlüpfte in ihre Schuhe. Kurz darauf füllten die Umrisse von Samuel Baker die Tür. Er war gebaut wie ein Kleiderschrank, wie man so schön sagte.

»Gehe ich so durch?«, fragte er und drehte sich einmal vor ihr herum.

Sie betrachtete ihn. »Sie halten jeder Prüfung stand, Sam. Das Jackett sitzt perfekt.«

Sam lächelte entspannt, und Billie spürte, dass er diesen Teil seines Jobs besonders mochte. Er trug seine neue Anzugjacke über einem Button-Down-Hemd und einer schwarzen Fliege sowie eine schwarze Smokinghose mit Samtstreifen. Seine Schuhe glänzten. Ja, er sah gut aus, und genau aus diesem Grund hatte Billie diesen Anzug für ihn schon zu Beginn seiner Beschäftigung bei ihr anfertigen lassen. Sie war selbst eine ausgezeichnete Amateurschneiderin und hatte gute Beziehungen zu Schneidern, von denen ihr einige noch einen Gefallen schuldeten. Deshalb hatte sie Sam einen guten Alltagsanzug und einen Abendanzug für formelle Anlässe machen lassen – und das hier war die erste Bewährungsprobe für die Abendgarderobe. Es ging nicht etwa um Luxus, aber Sams Garderobe war bei seiner Arbeit für Billie genauso wichtig wie eine Zange für einen Klempner. Sie mussten überall hineinpassen, ohne die Blicke auf sich zu ziehen, und heute würden sie sich unter die Oberschicht der Stadt mischen. Mit frisch gekämmtem Haar und dem strahlend weißen Jackett entsprach Sam vollkommen seiner Rolle als ihr Partner, wenn auch seine bedeckte Hand ihm einen etwas düsteren Anstrich verlieh. Allerdings war das nicht gänzlich ungewollt angesichts dessen, wohin ihr Beruf sie manchmal führte. Sie schob den Stuhl zurück und stand auf. Er musterte sie kurz und hielt seine Anerkennung ebenso höflich wie professionell. »Ms Walker, ich muss schon sagen, Sie sind so hübsch wie ein Diamant.«

»Sie können wirklich gut mit Worten umgehen, Sam.« Billie glättete ihr Seidenkleid, und dabei fiel ihr Blick im Spiegel auf die Saphire um ihren Hals. Sie hoffte sehr, dass ihre Mutter sie niemals würde verkaufen müssen. Allerdings wusste sie, dass die Juwelensammlung der Baronin ebenso schwand wie ihre Möbel. »Es ist angenehm draußen«, sagte sie. »Gehen wir zu Fuß?«

»In so etwas können Sie laufen?«

»Sehen Sie selbst.« Sie schnappte sich ihre Stola und legte sie sich elegant über ihre Schultern.

Billie opferte nie Mobilität für Stil, und letzten Endes gaben praktische Erwägungen den Ausschlag. Wenn sie nicht entsprechend aussah, würde sie ihren Zielen nicht näher kommen, und konnte sie in ihren Schuhen nicht laufen, würde sie vielleicht einige wichtige Hinweise verpassen. Sie teilte also die Auffassung ihrer Mutter, dass hübsche Schuhe einem nicht die Knöchel brechen mussten. Die Baronin trug tatsächlich noch Schuhe im Stil der zwanziger Jahre, die für Billies Geschmack nun wirklich altmodisch waren. Sie selbst brauchte nicht den ganzen Abend Charleston zu tanzen, sondern nur vier Blocks weit zu gehen. Ihre Schuhe hatten fünf Zentimeter hohe Absätze, eine kleine Seidenschleife über den Zehen und Textilsohlen. Leder war immer noch ziemlich teuer, weil es für die Stiefel der Männer gebraucht worden war, und außerdem waren Textilsohlen leise. Billie hielt nicht viel von diesen lauten Ledersohlen, die ihre Ankunft ebenso unüberhörbar ankündigten wie eine Blaskapelle.

»Worum geht es heute Abend?«, erkundigte sich Sam, als sie auf die Straße traten. Sie würden nicht viel länger als zehn Minuten bis zum Theaterbezirk brauchen.

»Unser Junge hat sich offenbar am *The Dancers* herumgedrückt und dort mit einem Türsteher gesprochen. Ich würde gern wissen, was da genau passiert ist«, erklärte Billie.

»Wirklich? Hat er sich um einen Job als Tellerwäscher beworben?«

»Das war auch mein erster Gedanke, aber nein. Er hat anscheinend versucht, als Gast dort hineinzukommen.«

Sam hob die Brauen. »Also, ich kenne den Jungen ja nicht, aber ich vermute, dass er mehr Erfolg bei dem Versuch gehabt hätte, eine Seifenblase zu tätowieren, als im *The Dancers* bedient zu werden.«

Billie grinste. Sam hatte absolut recht, aber das hielt junge Männer nicht immer davon ab, es trotzdem zu versuchen, vor allem, wenn es um ein Mädchen ging.

Bald hatten sie die George Street im Theaterbezirk erreicht. Hier herrschte reges Treiben, weil die meisten Theater gerade die Vorstellungen beendet hatten. Als sie die Liverpool Street überquerten, hielt Billie Sam ihre Armbeuge hin, und der schob seinen Arm hindurch. Wie zwei Schauspieler auf einer Mission gingen sie Arm in Arm auf den schmalen Art-déco-Straßeneingang von *The Dancers* auf der Victory Lane zu, wie diese Passage an der George Street allgemein genannt wurde. Sie lächelten und sahen aus wie ein Paar, das gerade aus einer Vorstellung kam. Ein Rolls-Royce hielt am Bürgersteig, ein Mann in Livree, dünn wie eine Bohnenstange, öffnete die Tür und begrüßte einen grauhaarigen Gentleman sowie seine deutlich jüngere, platinblonde Begleiterin. »Das könnte unser Türsteher sein«, sagte Billie leise. Sie warteten darauf, dass er sich umdrehte, aber sie bekamen nicht die Chance, mit ihm zu sprechen, weil er das Paar in den Club führte.

Sam nickte, und Billie hielt sich mit gespielter Intimität an seinem Arm fest.

Sie traten durch das Portal in ein mit einer luxuriösen, smaragdgrünen Tapete ausgestattetes Treppenhaus, das zum nächsten Stockwerk hinaufführte. Sam hielt sich dicht an Billies Seite, als sie an den stummen Türstehern vorbeigingen, die den Eingang zum Hauptsaal bewachten. Die beiden Männer verbeugten sich leicht und zogen mit ihren behandschuhten Händen die weiß-goldenen Türen in trainierter Synchronität auf. Vor ihnen öffnete sich der Ballsaal, der nach dem gedämpften Licht auf der Treppe beinah blendend hell war.

Billie spürte Sams Ehrfurcht, als sie hineingingen.

The Dancers war einer dieser Schuppen, die versuchten, international zu wirken, und damit auch durchaus Erfolg hatten. Beleuchtete Bilder von berühmten Städten bedeckten die Wände – Paris, Kairo, Athen, und alles, angefangen von den weißen Fliegen der Kellner bis zu dem Palmenmotiv des Teppichs, dem Geschirr und der Tischdecken, hatte sich verschworen, den Gästen den Eindruck zu vermitteln, dass sie sich auf einem kostspieligen Urlaub befanden.

Irgendwie strahlte dieser Laden ein amerikanisches Flair aus, dachte Billie nicht zum ersten Mal. Wahrscheinlich war er für das Vergnügen der US-Truppen entworfen worden, die mit ihren Dollar nach 41 hierhergekommen waren. Das hier war kein Laden, den sich viele Australier hätten leisten können, und die Gäste dieser Tage schienen meist zu dem Typ zu gehören, der viel zu gute Beziehungen hatte, um eine Front aus der Nähe gesehen zu haben. Es waren Richter, Anwälte, Männer und Frauen, die sich dem Luxus hingaben, und all jene, die sie beeindrucken wollten. *The Dancers* stand in dem Ruf, auch wohlhabende Gentlemen zu seinen Gästen zu zählen, die auf der anderen Seite des Gesetzes standen, einschließlich jener, die trotz ihres berüchtigten Rufs behaupteten, »seriöse Geschäftsleute« zu sein. Der Club machte den Eindruck, als wäre er exklusiv, aber soweit Billie das beurteilen konnte, bedeutete das einfach, dass sie jeden hereinließen, der über genug Bargeld verfügte, berühmt war oder zumindest so wirkte, damit der Laden gut aussah. Wenn man sich gut kleidete, kam man vielleicht hinein, aber wenn man nur zögerlich Drinks kaufte, würde man dort nicht lange bleiben. Es wunderte nicht, dass Adin und Maurice es nicht einmal durch die Tür zum Ballsaal geschafft hatten.

Sie gingen an der kreisförmigen Tanzfläche vorbei, auf der sich ein paar extravagant aufgemachte Gäste zeigten, und erreichten die lange Bar auf der anderen Seite. Es schien, als ob *The Dancers* kein Laden zum Tanzen war, sondern eher ein Ort, wo man herumstolzieren und sich zeigen konnte, folgerte Billie. Sie kehrte der Menge den Rücken zu und schob sich auf einen Hocker vor der glänzenden Bar. Ihr Seidenkleid schmiegte sich um ihre Hüften und langen Beine. Ein Barkeeper im Anzug, mit einem dieser sonderbaren Gesichter, die weder alt noch jung wirkten, sah Sam auffordernd an.

»Einen Champagnercocktail, bitte«, warf Billie ein, bevor Sam etwas sagen konnte. Der Barkeeper legte sichtlich überrascht den Kopf schief, war aber keineswegs verärgert darüber, dass sie ihren Drink selbst bestellte.

»Was die Lady will, bekommt die Lady. Und was kann ich dem Gentleman bringen?«

»Ich nehme einen Planter's Punch«, antwortete Sam.

»Oh, wie abenteuerlich«, neckte Billie ihren Assistenten leise, als der Barkeeper verschwand, um die Drinks zu mixen.

»Ich habe in meinem Leben schon den ein oder anderen Cocktail getrunken, das müsste Ihnen klar sein«, erwiderte Sam ein wenig defensiv.

Sie grinste übermütig. Sam war eigentlich eher der Bier-Typ, aber er spielte seine Rolle heute ziemlich gut. Sie drehten sich auf ihren Hockern herum und kehrten der Bar einen Moment den Rücken zu, um den Saal von diesem neuen Beobachtungspunkt aus zu betrachten. Die runde Tanzfläche von *The Dancers* war ihr Mittelpunkt, darum herum standen die weiß gedeckten, runden Tische. Der größte Teil von ihnen war besetzt. Es gab eine erhöhte Bühne für Livebands an einem Teil der Wand rechts von ihnen, die vielleicht für zwei Reihen von Musikern reichte. Aber der Fokus war der Tanzboden: Wenn eine Künstlerin auftrat, ging sie dort hinaus, beleuchtet von einem Scheinwerfer, um die Gäste im Raum zu bannen. Billie hatte Anfang des Jahres hier eine erstklassige Show gesehen.

Jetzt betrachtete Billie die Tische. Je näher sie zur Mitte platziert waren, desto exklusiver waren sie. Sie erkannte zwei Richter – die Männer waren grauhaarig und wirkten etwas aufgeblasen, wie es bei älteren Gentlemen manchmal vorkam. Zum Glück hatten sie mit keinem ihrer jüngsten Fälle etwas zu tun gehabt.

Der Maître d' scharwenzelte gerade um einen anderen Tisch in der Mitte herum, was Billies Aufmerksamkeit erregte. Dort floss der Champagner in Strömen, und zwar der echte französische, keine billige Nachahmung. Ein wohlgenährter und aalglatter Gast in einem Frack, der erste Frack, den Billie bis jetzt in diesem Laden gesehen hatte, schwang eine kleine, mit Samt überzogene Schachtel. Neben ihm saß ein schlanker Mann in weißem Jackett, so wie Sam. Allerdings fühlte er sich bestimmt in Jeans und Cowboyhut auf einem Pferd wohler – sein Gesicht war gefurcht und wettergegerbt, und er betrachtete die Schachtel mit mildem Interesse. Die Champagnerschale verschwand fast in seiner groben Hand. Neben ihm saß eine blonde Frau mit einer etwas übertriebenen Kombination aus Schleier und Blumen auf dem Kopf. Sie ähnelte der Glasur auf einem Hochzeitskuchen, trug einen Fuchspelz mit Glasaugen über ihrem apricotfarbenen Abendkleid und war eindeutig vom Inhalt der Schachtel in der Hand des korpulenten Mannes begeistert. Billie vermutete, dass es sich um Schmuck handelte. Die Blonde beugte sich zu dem Viehzüchter-Typ hinüber und flüsterte ihm etwas ins Ohr. Er lächelte gelangweilt. Ein großer, funkelnder Ring blitzte an ihrem Finger. Ein wohlhabendes Paar vom Land, das in die Stadt kam, um die Puppen tanzen zu lassen, folgerte Billie.

Dem vermutlichen Viehzüchter gegenüber saß sein absolutes Gegenteil. Ein großer, schlanker, bleicher Mann mit fast transluzenter Haut und schneeweißem Haar, für das sein Körper und sein Hals viel zu jung aussahen. Billie konnte sein Profil sehen, das irgendwie sonderbar aussah, gestrafft. Zweifellos infolge einer Kriegsverletzung – vielleicht eine Hauttransplantation wegen einer typischen Flieger-Brandverletzung, spekulierte sie und dachte an den Fahrstuhlführer John Wilson. Diese verdammten Flugzeuge fingen viel zu schnell Feuer. Vielleicht war er einer der glücklichen Unglücksraben von Doktor Archibald McIndoes Guinea Pig Club in Sussex? Also plastische Chirurgie. Sie hatte sehr viele solcher Leute seit 1945 gesehen. Der Krieg versorgte Chirurgen mit einem ständigen Zustrom von Testpersonen, und seit dem Großen Krieg hatte sich viel geändert. Was Männer heutzutage überlebten, war wirklich bemerkenswert. Der blasse Mann saß steif da und nippte an seinem Glas. Er hielt es vorsichtig am Stiel, wie die Franzosen es taten, damit der Champagner nicht von seiner Hand erwärmt wurde. Neben ihm an dem kleinen Tisch belegte eine fünfte Person den letzten Platz, obwohl sie irgendwie nicht dorthin zu gehören schien. Es war eine junge, brünette Frau in einem violetten Haute-Couture-Kleid. Obwohl das Kleid wunderschön war, wirkte es an ihr ein bisschen zu luxuriös. War es vielleicht für jemand anderen angefertigt worden? Billie fragte sich, was sie wohl für eine Geschichte hatte. Sie saß mitten in diesem interessanten Kreis von Charakteren, sah aber nicht so aus, als gehöre sie dazu, sondern schien sich zu wünschen, sie wäre woanders.

»Wenn Sie versucht haben, sich unauffällig unter das Volk zu mischen, hätten Sie dieses Kleid nicht anziehen sollen«, bemerkte Sam leise und lenkte Billies Aufmerksamkeit wieder auf sich.

Sie drehte sich rasch herum und hob eine Braue. »Ich muss schon sagen, Sie können ein ziemlich unverschämter junger Mann sein«, schalt sie ihn spielerisch. »Nur haben Sie vielleicht recht. Ella hat dasselbe gesagt.« Ein paar Köpfe an den Tischen in ihrer Nähe hatten sich ihnen zugewendet, wahrscheinlich angezogen von dem Rubinrot.

»Ich meinte damit nicht ...«, begann Sam verlegen, aber Billie winkte schnell ab. In dem Moment wurden wie aufs Stichwort ihre Getränke serviert. Sie waren immer noch dabei, einander einzuschätzen, sie und ihr Assistent. Er merkte noch nicht jedes Mal, wann sie ihn nur neckte.

»Cheers«, sagte sie zu dem Barkeeper und drehte sich dann zu ihrem Partner herum. »Auf einen erfolgreichen Fall.«

Sam und sie stießen an. Ihr Champagnerkelch klirrte leise gegen sein schweres, größeres Glas. Sie nippte an ihrem Cocktail, der eine wahre Gaumenfreude war. Schon bald war der größte Teil davon verschwunden, bevor Sam auch nur die Hälfte von seinem Getränk konsumiert hatte. Er sah sie erstaunt an.

»Wo haben Sie gelernt, so zu trinken?«

Billie ignorierte die Frage und schob ihr leeres Glas zurück. »Ich gehe wieder nach unten. Halten Sie die Stellung an der Bar,

Sam. Wenn ich in fünfzehn Minuten nicht zurückgekommen bin, dann kommen Sie und retten mich, okay?«

Er warf ihr einen Blick zu, als wollte er sagen: ›Sie? Als müssten Sie gerettet werden!‹ Aber er blieb sitzen, als sie durch den Ballsaal und die Treppe hinunterging. Sowohl die Blicke der Angestellten als auch die der Gäste folgten ihr, wenige Augenblicke später trat sie auf die Victory Lane hinaus und sog tief die feuchte Abendluft ein. Der Cocktail hatte eine angenehm prickelnde Wirkung. Die Türsteher halfen gerade Gästen aus ihren Wagen und führten sie durch die wunderschönen Art-déco-Türflügel ins Innere des Clubs. Sie lehnte sich an eine Mauer und beobachtete die Neuankömmlinge. Ja, alle, die man hier einließ, sahen extrem wohlhabend aus. Was hatten sich Adin und Maurice wohl gedacht?

»Miss? Kann ich Ihnen helfen?«

»Ich schnappe nur ein bisschen frische Luft«, erwiderte Billie und zog ihr flaches Zigarettenetui aus der Handtasche. Der Türsteher trat vor und hielt ihr sein Feuerzeug hin. Er war tatsächlich so dünn wie ein Windhund und hatte ein auffällig langes Gesicht, genau wie Maurice ihn beschrieben hatte. Sie schob sich eine Zigarette zwischen die roten Lippen. Er entzündete sie mit einer geschmeidigen Bewegung.

»Danke.« Billie hob den Blick, um Augenkontakt herzustellen. Sie war sicher, dass sie den richtigen Mann und auch den richtigen Moment für ihre Zwecke gefunden hatte, denn gerade kamen keine neuen Gäste.

»Gern geschehen«, sagte er und erwiderte den Blick ihrer grünblauen Augen.

Sie streckte ihre behandschuhte Rechte aus und schob ihm ein paar Shilling in die Hand. Er schien die Geste zu schätzen. Das

Trinkgeld im *The Dancers* war zweifellos üppig, und sie hatte offensichtlich genau den richtigen Betrag getroffen. Innerhalb weniger Sekunden waren die Münzen mit einer ebenfalls gut eingeübten Bewegung in seiner Manteltasche verschwunden. Er hatte nicht einmal den Blickkontakt unterbrochen.

»Waren Sie letztes Wochenende auch hier?« Sie stellte die Frage beiläufig und zeigte ihm dabei ihr professionelles entwaffnendes Lächeln.

»Ich bin immer hier, Miss. Sechs Nächte die Woche«, antwortete er heiter.

»Also wirklich immer, wenn der Club geöffnet hat?«

»Allerdings«, bestätigte er. Sein Lächeln erzeugte tiefe Falten in seinem schlanken, jungen Gesicht. »Aber Sie habe ich hier noch nicht gesehen.«

»Erinnern Sie sich an einen jungen Mann, lockiges Haar, vielleicht ein bisschen fehl am Platz? Etwa siebzehn Jahre alt?«, fragte Billie. »Er hat mit Ihnen gesprochen, soweit ich weiß. Sein Name ist Adin.«

Der Türsteher versteifte sich plötzlich, und sein Lächeln verschwand. »Nicht, dass ich wüsste. Ich begegne hier sehr vielen Leuten«, antwortete er misstrauisch.

»Oh, ich glaube, das wissen Sie sehr genau. An ihn würden Sie sich erinnern. Er hat es nicht in den Club geschafft.« Sie lächelte weiter und zog an ihrer Zigarette.

Der Türsteher trat unbehaglich von einem Fuß auf den anderen. »Wir lassen keine Minderjährigen in unseren Club, Miss.«

»Ganz genau.« Sie zog erneut an ihrer Zigarette und ließ den Rauch dann davonschweben. Es war immer noch still in der Gasse. »Er hat mit Ihnen gesprochen. Es würde mich interessieren, worüber«, beharrte sie und gab ihm eine Visitenkarte.

Er überflog sie mit einem kurzen Blick. Es war möglich, dass er leicht errötete, obwohl das im Licht des Eingangs nicht gut zu erkennen war. Sie fragte sich, warum er so zugeknöpft war. Wenn an der Sache nichts weiter dran war, würde er nicht so reagieren. Konnte es sein, dass Maurice sie tatsächlich auf eine gute Spur gebracht hatte?

Sie hatte schon wieder einen Shilling in der Hand, aber diesmal zögerte er. »Ich würde Ihnen gerne helfen, Miss, aber ich kann mich nicht erinnern«, sagte er tonlos und wich ihrem Blick aus. Aber er war nervös. Sie konnte ihn umstimmen.

Und ob du dich erinnerst, dachte sie. Das war jetzt nicht der richtige Augenblick, um ihm das Foto zu zeigen. Darum ging es nicht. Er erinnerte sich offensichtlich sogar sehr gut an den Jungen. »Ich kann vielleicht …«, begann sie, aber plötzlich veränderte sich seine Körperhaltung. Billie folgte seinem Blick. Ein Mann war durch das Hauptportal getreten und sah zu ihm herüber. Es war der korpulente Mann von dem Tisch, den sie beobachtet hatte. Obwohl er nur ganz kurz aufgetaucht war, straffte sich der Türsteher und wurde steif wie ein Brett. Er trat von Billie weg und ging wieder in den Club, aber vorher begegneten sich ihre Blicke noch einmal.

Er wusste etwas. Und sie würde es in Erfahrung bringen, aber nicht heute Nacht.

Billie wusste, wann sie zumindest vorläufig klein beigeben musste, drückte ihre Zigarette aus und ging mit raschen Schritten die Treppe zu dem kleinen Ballsaal nach oben. Wieder spürte sie die Blicke der Anwesenden auf sich. Die Angestellten öffneten ihr erneut die Tür mit ihren weißen Handschuhen, und ihr Blick fiel auf Sam, der immer noch an der Bar saß. Er hatte ein frisch gefülltes Glas in der Hand. Drei Shilling für unterm Strich einen ganzen Haufen Nichts. Sie musste sich steigern, wenn sie liquide bleiben wollte. Trotzdem, irgendetwas war an der Sache dran, das wusste die kleine Frau in ihrem Bauch. Der Türsteher hatte ängstlich ausgesehen, als der Mann aufgetaucht war. Er muss Angst gehabt haben, seinen Job zu verlieren, dachte Billie. Sie würde einen neuen Versuch starten, wenn die Lage sich ein bisschen geändert hatte. Er würde ihr etwas erzählen, davon war sie überzeugt.

»Sam, passt es Ihnen, wenn Sie morgen um zehn ins Büro kommen?« Billie rutschte wieder auf den Hocker neben ihren Assistenten. Sie warf einen Blick auf ihre dünne goldene Uhr mit dem winzigen Perlmutt-Zifferblatt. Es war noch nicht ganz halb zwölf, also nicht spät nach ihren Maßstäben, aber sie musste bald ins Leichenschauhaus, wenn sie überhaupt noch etwas Schlaf bekommen wollte. »Ich habe eine Aufgabe für Sie«, fuhr sie fort. Das war zwar nicht gerade die angenehmste Art, einen Samstagmorgen zu verbringen, aber es war weder schwierig noch gefährlich.

Er nickte. »Selbstverständlich. Aber erlauben Sie mir, Sie nach Hause zu bringen. Es ist schon spät.« Sie zögerte nachdenklich. »Ach, das Leichenschauhaus«, setzte er hinzu, als er sich erinnerte. »Dann lassen Sie mich wenigstens dorthin mitkommen.«

Sie dachte über seinen Vorschlag nach. Sie hatte ein kleines Geschenk für Mr Benny, der heute dort Dienst hatte, aber es lag noch im Büro. Es kümmerte sie nicht, dass sie overdressed war, aber ihr Seidenkleid, ganz zu schweigen von den Saphiren, war vielleicht nicht besonders gut für einen Besuch in Circular Quay West geeignet, dem Bezirk, in dem das städtische Leichenschauhaus lag. Oder vielleicht war es auch der Gedanke an die Textilsohlen ihrer Schuhe und den nicht gerade sauberen Boden dort, der sie abschreckte. Sie musste ins Büro zurückgehen, um das Geschenk zu holen, und dann nach Hause fahren, um sich umzuziehen, bevor sie sich dorthin auf den Weg machen konnte. Oder aber sie konnte Sam bitten, sie zu fahren. Es war alles andere als ideal, das musste sie zugeben.

Sie verzog ihr hübsches Gesicht. »Wir werden hier heute nicht viel weiterkommen, aber ich will noch einmal hierher zurückkehren. Vielleicht hat unser Freund sich bis dahin etwas beruhigt. Ich habe mit ihm gesprochen, aber er ist ein wenig … nervös. Wie wär's, wenn wir morgen etwas früher hierherkommen und ich die Kleidung mitnehme, die ich für einen Besuch im Leichenschauhaus brauche?« Sie drehte sich zum Saal herum. »Ich glaube sowieso nicht, dass wir den Jungen dort finden werden«, murmelte sie leise.

Da war wieder die kleine Frau in ihrer Magengrube. Adin Brown lag nicht irgendwo auf einem Seziertisch. Diese Ermittlung würde erheblich komplizierter werden.

KAPITEL SIEBEN

Er fuhr schlagartig aus dem Schlaf hoch, als ihm eiskaltes Wasser ins Gesicht klatschte.

Hektisch rappelte sich der Junge auf. Er war vollkommen durchnässt, sein ganzer Körper schien sich plötzlich wieder an den Schmerz zu erinnern. Dann taumelte er, als ihn etwas daran hinderte, sich aufzurichten. Er fiel hilflos vornüber und versuchte, sich mit den Händen abzufangen. Aber er konnte die Hände nicht nach vorn ausstrecken. Mit der Schulter und dem Kopf landete er auf einem Teppich, der den Sturz kaum dämpfte. Sein Blick fiel kurz auf die hölzernen Beine eines Bettes und zwei Paar abgewetzte Lederschuhe, bevor ihn Hände grob an den nackten Schultern packten und hochzerrten. Mittlerweile zitternd sah er zu Boden und drehte sich halb geduckt herum. Zu seinem Entsetzen stellte er fest, dass er nackt war. Ein langes Stück Seil verband seine Handgelenke mit seinen Knöcheln. Dieses Seil war der Grund, warum er nicht aufrecht stehen konnte.

Sein Blick klärte sich etwas, ebenso wie seine Erinnerung, und er nutzte die Gelegenheit, um sich umzusehen. Es fühlte sich an, als wäre es bereits sehr spät abends, oder vielleicht noch frühmorgens, aber er konnte den Himmel nicht sehen. Man hatte ihn gezwungen, sich auszuziehen, ihn dann erneut verhört, und er hatte in überraschend eleganter Bettwäsche auf dem knarrenden Bett geschlafen. Der Raum war klein, aber luxuriös eingerichtet. Das Fenster war mit Brettern vernagelt. Unter seinen nackten Füßen lag ein Perserteppich, eine Öllampe brannte auf einem rustikalen Tisch, auf dem hübsche Gegenstände standen. Es war eine sonderbare Anordnung, und er war nicht schlau daraus geworden. Eine Strickdecke hatte seinen frierenden Körper bedeckt und war jetzt zu Boden gerutscht. Er konnte seinen hageren Körper zum ersten Mal ganz betrachten, seit diese Qualen begonnen hatten, und was er sah, war Zerstörung. Sein Bauch hatte dunkelbraune Flecken von den Blutergüssen, wo er, wie er sich jetzt erinnerte, heftig getreten worden war. Die Seile hatten seine Gelenke wundgescheuert. Seine Nacktheit in Gegenwart dieser Männer demütigte ihn, obwohl es diese nicht zu kümmern schien. Sie sahen ihn nicht an, und ihre Mienen waren hart.

Zur Überraschung des Jungen stand eine Badewanne mit Tatzenfüßen in diesem sonderbaren Raum. Sie war mit Wasser gefüllt, Wasser, das er nicht hatte einlaufen hören. Auch wenn er sich nach Linderung seiner Wunden sehnte, wirkte dieses Bad nicht einladend.

»Nein … nein … nein …!«

Seine Proteste wurden ignoriert, als er hochgehoben und dorthin getragen wurde, während er sich verzweifelt zu wehren versuchte. Der Mann mit der sonderbaren, harten Stimme und dem messerscharfen Lächeln war nicht da, und die anderen Männer mit den unbeweglichen Gesichtern redeten nicht mit ihm. Ihre Anzüge waren schäbig, und einer der Männer hatte eine plattgedrückte Nase wie ein Preisboxer. Dann kam ihm der Gedanke, dass es äußerst beunruhigend war, dass er sie ganz klar erkennen konnte und sie das wussten, es ihnen aber nichts auszumachen schien. Mit einem Ruck wurde er in das Wasser getaucht, und er schrie auf, als ihm klar wurde, dass es ebenso kalt war wie das aus dem Eimer, mit dem man ihn geweckt hatte. Man hatte ihm die Handgelenke auf dem Rücken gefesselt, und er saß darauf, die aufgeschlagenen Knie gebeugt, Gesicht und Oberkörper über der Wasserlinie. Er sah zu, wie man das Seil an seinen Knöcheln an einer Stange über der Badewanne befestigte, und dann war er allein, zurückgelassen in diesem kalten Wasser, verwirrt und keuchend.

Die Zeit verstrich. Wie viel, wusste er nicht.

In dem gedämpften Licht sah er, wo sich seine Haut blau marmorierte, jedenfalls da, wo sie nicht bereits durch blaue Flecken verunstaltet war. *So kalt,* dachte er. *So kalt.* Der Raum war sonderbar. Das Bett. Die Badewanne. Er suchte den Boden nach irgendetwas ab, das er versuchen konnte zu erreichen, irgendetwas, mit dem er seine Fesseln lösen könnte. Die Gegenstände auf dem kleinen Tisch, hatten sie vielleicht scharfe Kanten? Dann hörte er Schritte hinter der Tür, verharrte regungslos und lauschte. Er hörte jemanden sprechen. War es die Stimme eines Mädchens? Nein, es waren zwei Mädchen, die miteinander redeten. Er verstand nicht, was gesagt wurde. Dann hörte er schwere Schritte, und die Stimmen verstummten. Sie kamen zurück – die Männer, die ihn hiergelassen hatten. Er spannte sich an, unerträglich verletzlich in dieser Wanne mit kaltem Wasser und Angst vor dem, was ihm bevorstand.

Jetzt war der andere Mann auch dabei. Sein Gesicht war hart und kantig, als wäre es aus Stein gemeißelt, jedenfalls soweit er es im Schatten erkennen konnte. Er zog seinen Mantel aus, als wäre er draußen gewesen. Einer der Männer nahm ihm den

Mantel ehrerbietig ab und verschwand. Der Mann schnappte sich einen Holzstuhl, zog ihn neben die Badewanne und setzte sich hin.

»Du weißt, was du uns sagen musst«, ertönte diese sonderbare, fremdländisch anmutende Stimme.

»Ich weiß nicht …!«, protestierte der Junge.

Plötzlich und unerwartet riss jemand an einer Kette, die an der Stange befestigt war, und mit einem heftigen Ruck wurde er unter Wasser gezogen. Mit geöffneten Augen sah er die Welt wie durch ein furchteinflößendes Prisma. Er schluckte Wasser, und als er sich wieder aufrichten konnte, prustete er geschockt und hustete heftig. Welche Kraft auch immer in ihm gewesen sein mochte, sie schwand schnell. Immer wieder stellte man ihm Fragen, dieselben Fragen, auf die er ganz offensichtlich immer dieselben unzulänglichen Antworten gab, und er wurde unter Wasser gezogen. Erschöpft wollte er schließlich nur noch, dass es aufhörte, und er versuchte, das Wasser einfach zu schlucken und zu ertrinken. Sein Bedürfnis zu leben wurde immer schwächer.

Man hatte ihm keine Augenbinde angelegt. Er kannte ihre Gesichter. Sie würden ihn niemals am Leben lassen.

Aber es schien keine Rolle mehr zu spielen.

Er begrüßte den Tod.

KAPITEL ACHT

Als Billie am Samstagmorgen in ihrem Büro eintraf, beladen mit einem Stapel von Zeitungen, war Sam bereits da. »Guten Morgen«, zwitscherte sie. »Wie fühlen Sie sich nach unseren nächtlichen Abenteuern?«

»So frisch wie Frühlingsgras, Ms Walker«, scherzte er. Sie hatten *The Dancers* kurz nach Mitternacht verlassen, also eigentlich nicht allzu spät nach den Maßstäben ihres Berufs gemessen, aber er hatte einige Cocktails gekippt. Waren es am Ende drei gewesen? Oder sogar vier?

»Also, wie angekündigt habe ich heute Morgen einen ziemlich langweiligen Job für Sie – und ich kann auch nicht behaupten, dass er gegen Kopfschmerzen hilft«, spottete sie und knallte den Beutel mit den Zeitungen auf seinen Schreibtisch. Es stank nach nassem Papier und verfaultem Gemüse. »Sie müssen eine Zeitung finden, aus der eine Seite herausgerissen wurde«, erläuterte sie.

»Welche Zeitung?«

»Das kann ich leider nicht genau sagen, aber die Chancen stehen gut, dass es eine von diesen ist. Ich habe den Zeitraum auf eine Woche eingegrenzt. Ich glaube, es könnte am Donnerstag passiert sein, aber ich möchte, dass Sie alle Zeitungen durchsehen. Irgendetwas auf dieser fehlenden Seite könnte Adin dazu gebracht haben, loszugehen und etwas Unüberlegtes zu tun.«

Sam war ganz Profi und unterdrückte eine Grimasse.

»Tut mir leid, Partner«, meinte Billie. »Ich gehe kurz los und hole die Zeitung von heute. Suchen Sie diese verschwundene Seite.«

Sie betrachtete ihren Assistenten noch einmal prüfend. Er sah einen Hauch weniger robust aus als gewöhnlich, was bedeutete, er war immer noch fünfmal kräftiger als jeder andere Mann, dem sie auf der Straße begegnen würde. »Geht es Ihnen gut? Brauchen Sie einen Auflauf oder irgendetwas, um den Kopfschmerz zu lindern?«

»Hören Sie auf, mich so anzusehen. Sie sollten wissen, dass ich trinken kann wie ein Seemann, Ms Walker. Am Ende hatte ich nur drei Cocktails. Außerdem würde ich einen Kater ganz sicher nicht mit einem Auflauf bekämpfen – selbst wenn ich einen hätte.«

Sie glaubte ihm.

====

Billie kehrte mit den Wochenendzeitungen unter dem Arm von der nahe gelegenen Central Station zurück und erreichte gerade den Rawson Place, als sie eine vertraute Silhouette in der Nähe des Eingangs von Daking House bemerkte. Eine dunkelhäutige, kleine Frau stand neben dem Eingang. Sie trug eine adrette blaue Schleife in ihrem kurzen, gelockten Haar, flache Lederschuhe ohne Strümpfe und einen Marinemantel, der ein bisschen zu dick für das Wetter zu sein schien. Ihre Haltung war tadellos, und sie hielt den Kopf hoch. Ein zierliches goldenes Kreuz hing um ihren Hals. Billie brauchte nicht lange zu überlegen, auf wen sie wohl wartete.

Die junge Frau drehte sich herum, als Billie sich näherte, und sah sie mit ihren für ihr Alter viel zu lebenserfahrenen Augen an. Die Sonne fiel auf ihr Gesicht. »Shyla«, begrüßte Billie sie. Es war schon etliche Wochen her, seit sie sie das letzte Mal gesehen hatte. »Kann ich Ihnen einen Tee anbieten?« Ihre anderen Aufgaben konnten noch eine Stunde warten. Shyla nickte, und sie machten sich auf den Weg zurück zur Central Station.

Sie und Shyla hatten sich rein zufällig vor dem großen Bahnhof getroffen, als Billie 44 aus Europa zurückgekehrt war. Inzwischen hatten sie sich vorsichtig angefreundet und eine Art Handel mit Informationen eingerichtet. Shyla war eine junge Frau der Wiradjuri, des Volkes der drei Flüsse. Das Aborigines Welfare Board hatte sie im Alter von vier Jahren ihrer Familie weggenommen, zusammen mit ihren älteren Geschwistern. Sie waren in ein Kinderheim gesteckt worden, das von christlichen Missionaren geführt wurde. Deren Aufgabe war es, die Kinder an die Gepflogenheiten der untersten Schichten der weißen Gesellschaft anzupassen. Als Shyla alt genug war, hatte man sie für Haushaltsdienste ausgebildet, und mit vierzehn war sie zu einer wohlhabenden Familie im ländlichen New South Wales geschickt worden. Sie zahlten ihr einen Hungerlohn für harte Schufterei. Ihre Brüder waren für die Arbeit bei den Schafen und Rindern eingeteilt worden, sagte Shyla, und das Letzte, was Billie gehört hatte, war, dass sie versuchte, sie aufzuspüren und Kontakt herzustellen. Billie hoffte, dass sie ihr dabei helfen konnte. Shyla war eine kluge junge Frau und hatte gute Beziehungen zu den anderen Mädchen, die zu diesen Diensten verpflichtet worden waren. Reiche Leute übersahen oft, wie viel ihre Haushaltshilfen wussten und wovon sie Zeuginnen wurden, und unter den richtigen Umständen teilten sie diese Informationen. Die Mädchen vertrauten Shyla, die wiederum Billie vertraute, was bedeutete, dass Billie von ihrem Insiderwissen profitierte.

Im Restaurant am Bahnhof führte man Billie und Shyla zu einem Tisch mit einer weißen Decke und fein säuberlich ausgelegtem silbernen Besteck mit dem Eisenbahnabzeichen. In der Mitte des Tisches standen ein Milchkännchen und eine Zuckerschale neben einem frischen Bouquet von weißen Bougainvilleen in einer zierlichen Glasvase. Das angenehme Restaurant hatte eine hohe, von Pfeilern gestützte Decke, und die Plätze waren durch verzierte Holzwände voneinander abgetrennt. Über dem Tisch drehte sich summend ein Metallventilator.

Shyla setzte sich auf einen der Holzstühle, und Billie nahm ihr gegenüber Platz. Die Zeitungen stapelte sie auf einer Seite des Tisches. Sie bestellte für sie beide starken schwarzen Tee.

»Sie haben diese Woche jeden Tag gearbeitet«, bemerkte Shyla. Billie lächelte.

»Manchmal mache ich das«, antwortete sie. »Ich habe einen Fall.«

»Arbeiten Sie wieder für Frauen, deren Männer weggelaufen sind?«, spekulierte Shyla.

»Nein, glücklicherweise nicht. Diesmal ist es kein Scheidungsfall.« Es war zumeist notwendig, einen privaten Ermittler zu engagieren, um stichhaltige Scheidungsgründe zu bekommen, und das war oft eine sehr unangenehme Arbeit. Man hing in Bars und schäbigen Absteigen herum, um Beweise für einen Ehebruch zu sammeln. Wäre ihre finanzielle Lage besser gewesen, hätte Billie solche Fälle grundsätzlich abgelehnt, aber die Depression hatte den van Hoofts und den Walkers übel mitgespielt. Ihre Mutter mochte es noch so sehr leugnen, aber wenn Billie es nicht schaffte, die Agentur zum Laufen zu bringen, und zwar richtig, als funktionierendes, erfolgreiches Unternehmen, dann würde sie irgendwann ihre letzte Perle und ihren letzten Silberlöffel verkaufen müssen. Vielleicht nicht dieses Jahr und auch noch nicht im nächsten, aber in absehbarer Zeit. Und Billie wollte es auf keinen Fall so weit kommen lassen.

Sie schob die Speisekarte über den Tisch und beobachtete ihre ruhige Gefährtin. »Möchten Sie etwas essen?« Sie kannte Shylas Alter nicht, schätzte sie auf etwa achtzehn. Manchmal kam Shyla Billie jedoch auch älter oder jünger vor. Sie zog ihre blauen Handschuhe aus, und Billie fiel die raue Haut ihrer Hände auf. Die Handschuhe, die sie immer trug, waren an etlichen Stellen verschlissen, aber sehr sorgfältig geflickt worden. Sie konnte sehr gut mit Nadel und Faden umgehen.

Shyla informierte Billie mit leiser Stimme, dass sie gern eine frische Frikadelle mit Speck hätte. Es war noch lange hin bis zum Lunch, also bestellte Billie für sich nur ein Scone statt ihres üblichen Nizza-Salats. Eine blonde Kellnerin brachte ihnen den Tee und nahm ihre Bestellung auf. Als sie zu ihrem Posten zurückkehrte, war es offensichtlich, dass sie mit dem anderen Kellner über dieses ungewöhnliche Paar redete, aber Billie konnte nicht verstehen, was sie sagten.

Der Tee dampfte in Shylas Tasse. Nach einem Moment nippte sie vorsichtig daran, offenbar ohne das Aufsehen zu bemerken, das ihre Anwesenheit unter dem Personal des Restaurants auslöste. Vielleicht war es ihr auch gleichgültig.

»Ich habe Ihre Nachricht bekommen«, sagte Billie. »Leider muss ich Ihnen sagen, dass ich noch nichts über Ihre Brüder gehört habe. Allerdings gibt es in Urana eine Viehstation, von der ich bald etwas zu hören hoffe.« Ihre Nachfragen zum Aufenthaltsort von Shylas Brüdern hatten sich als überraschend schwierig und frustrierend herausgestellt. Das System war einfach nicht darauf eingestellt, es voneinander getrennten Eltern, Kindern und Geschwistern von Aborigines leicht zu machen, ihre Familien wiederzufinden – zum Beispiel gab man den Kindern grundsätzlich christliche Namen wie Elisabeth und John anstelle der Namen, die sie von ihren Eltern bekommen hatten.

»Ich bin nicht gekommen, um mit Ihnen über meine Brüder zu reden«, warf Shyla zu Billies Überraschung ein.

Sie richtete sich auf und beugte sich dann verschwörerisch vor. »Erzählen Sie, Shyla«, drängte Billie sie leise.

»Oben in Colo gibt es einen weißen Mann. Ich habe ein schlechtes Gefühl, was ihn angeht. Er hat ein paar von meinen Leuten da oben – vier Mädchen.«

»Mädchen, mit denen Sie in Cootamundra ausgebildet wurden?«

Shyla nickte, und ihre Augen verdunkelten sich.

»Und was für ein schlechtes Gefühl ist das?«, fragte Billie. Sie wusste, dass Colo eine Stadt am nördlichen Rand der Blue Mountains war, aber sie selbst war noch nie dort gewesen. Es war ein ziemlich entlegenes Gebiet aus Buschland mit ein paar Obstplantagen und Bauernhöfen.

»Er ist nach dem Krieg hierhergekommen und lebt jetzt seit einem Jahr dort. Sie sagen, er hätte keine Frau, keine Kinder, aber viel Geld. Vier Mädchen machen die Arbeit für ihn.«

»Was macht er denn? Hat er dort Grundbesitz? Züchtet er Schafe oder Vieh? Oder Getreide?«

»Er hat nur ein Haus. Es arbeiten keine Männer für ihn, er lebt allein mit den Mädchen und fährt mit einem Auto herum, bringt

Sachen nach Sydney.« Shyla trank noch einen Schluck Tee und umklammerte die Tasse, als würde sie Trost suchen. Obwohl sie für gewöhnlich nicht zu Gefühlsausbrüchen neigte, wirkte sie trotz ihrer äußerlichen Zurückhaltung irgendwie aufgebracht. »Seit die Mädchen dorthin zur Arbeit gegangen sind, hat niemand sie gesehen. Das ist nicht gut«, schloss sie.

Ist er vielleicht ein Lieferant?, fragte sich Billie. Shyla kannte sehr viele Mädchen, die bei unterschiedlichen Familien arbeiteten. Sie wäre nicht grundlos wegen dieses Mannes zu Billie gekommen.

»Was transportiert er denn? Wissen Sie das?«

Sie schüttelte den Kopf. »Das hat man mir nicht gesagt.«

»Es wäre gut, das herauszufinden.« Billie sprach leise. »Und was macht Ihnen das schlechte Gefühl seinetwegen? Glauben Sie ... Tut er ihnen weh?«, fragte sie.

»Das weiß ich nicht«, erwiderte Shyla und schüttelte langsam den Kopf. »Ich glaube, er ist kein guter Mensch.«

Billie kniff die Augen zusammen. Ihr Essen kam, und sie lehnte sich auf ihrem Stuhl zurück. Ihr Scone war warm, und sie verteilte etwas Marmelade darauf. Dann sah sie zu Shyla. »Wenn Sie sagen, dass er nach dem Krieg gekommen ist, heißt das, Sie glauben, er ist vielleicht kein Australier?«

»Sie sagen, er wäre ein Ausländer.«

»Wie sieht er denn aus? Hat man Ihnen eine Beschreibung gegeben?«, erkundigte sich Billie.

»Er ist weiß und groß. Das habe ich gehört. Ein sonderbares Gesicht. Ein großer Mann.«

»Verstehe. Und er fährt allein mit seinem Auto herum. Was für eines hat er?«

»Einen Packard. Einen schönen. Schwarz.«

»Und das Kennzeichen?«

Shyla schüttelte den Kopf. Schade, aber es konnte schließlich nicht allzu viele Packards in Colo geben, oder? Billie würde es herausfinden.

»Soll ich ihn überprüfen, Shyla?« Vielleicht war es wirklich Zeit für ein echtes quid pro quo. Shyla hatte Billie schon häufiger gute Informationen geliefert, und jetzt konnte sie vielleicht endlich das Versprechen einlösen, dass ihre Informantin um etwas mehr bitten könnte als nur um Tee und ein paar Shilling hier und da für all ihre Arbeit.

Shyla nickte. »Ich habe versprochen, ich würde tun, was ich kann, und Sie sind eine Person, die ...«

Billie wartete, obwohl sie die nächsten Worte bereits ahnte. »Die ...?«

»Eine Person, die Sachen weiß. Ich weiß, dass Sie gut Dinge herausfinden können.«

»Das können Sie auch«, antwortete Billie wahrheitsgemäß. »Ich werde ein paar Nachforschungen anstellen, Ihnen ein paar Fakten über diesen Mann geben, und dann entscheiden Sie, wie es weitergeht, einverstanden?«

Shyla schwieg eine Weile, während sie überlegte oder vielleicht an jemanden dachte, dann nickte sie und widmete sich ihren Buletten. Sie blieb eine Weile stumm, aber nachdem sie fertig gegessen und sich den Mund mit der weißen Serviette abgewischt hatte, sagte sie einfach nur: »Ich mache mir Sorgen, Billie.«

»Das verstehe ich.« Billie öffnete ihre Handtasche, schob ihr einen Füllfederhalter hin und bat sie, den Namen und die Adresse des Mannes auf den Rand der Serviette zu schreiben. Als sie alles zurückbekam, stand dort einfach nur »Frank« und »Upper Colo«.

Billie blickte enttäuscht auf das Papier. »Keine Adresse?«

»Ein großes Haus.« Shyla hielt ihre Hände auseinander, um die Größe des Hauses zu zeigen. »Bei einer Obstplantage. Es ist leicht zu finden, sagen sie. Und es liegt nicht weit vom Fluss entfernt.«

»Okay.« Das waren zwar weit weniger Informationen, als Billie recht war, aber sie konnte ihn wahrscheinlich irgendwie aufspüren. »Ich werde so viel über diesen Frank herausfinden, wie ich kann. Würden die Mädchen zur Polizei gehen, wenn sie in Gefahr wären? Was glauben Sie?«

»Das weiß ich nicht«, erwiderte Shyla, schüttelte dabei aber den Kopf. Das war keine große Überraschung. Viele Aborigines misstrauten der Polizei, oder den *Gunjies*, wie Shyla sie manchmal nannte. Durch die Gespräche mit Shyla hatte Billie sich ein Bild davon machen können. Es konnte leicht vorkommen, wegen etwas anderem verhaftet zu werden, wenn man sich als Aborigine wegen eines Vorfalls an die Behörden wandte, oder man verlor seinen Mann, oder das Aborigines Welfare Board nahm einem die Kinder weg, natürlich nur »zu ihrem Besten«. Vorfälle, die Vertrauen erzeugten, waren Mangelware. Die lange und schwierige Geschichte war nicht vergessen, und sie hatte eine verständliche Spannung zwischen den Gemeinden der Aborigines und den weißen Behörden erzeugt. So etwas verschwand nicht einfach über Nacht. So sehr Billie die Polizei auch kannte und mochte, konnte sie Shyla und ihren Freunden den Mangel an Vertrauen auch nicht verübeln. Zur Hölle, selbst Billie vertraute den Polizisten ja häufig nicht. Sie hatte durch ihren Vater gelernt, dass die Polizei von New South Wales Probleme mit Korruption hatte. Es gab zwar viele anständige Polizisten, aber ein paar faule Eier verdarben das Ganze. Das war einer der Gründe gewesen, warum Barry aus dem Dienst ausgeschieden war und sich selbstständig gemacht hatte.

»Mal sehen, was ich über ihn herausfinden kann«, wiederholte Billie. »Ich kann auch überprüfen, ob die Polizei ihn wegen irgendetwas sucht.«

»Die werden da draußen keinen Ärger wollen.« Shyla versteifte sich. »Ich kann Ihnen das sagen, aber niemandem sonst. Schon gar nicht der Polizei.«

Billie hatte verstanden. »Ich werde erst einmal versuchen, auf andere Weise herauszufinden, wer dieser Kerl eigentlich ist, und dann melde ich mich bei Ihnen. Wenn die Polizei mit ihm über irgendetwas reden will, dann ist das eben so, aber die Mädchen halte ich da raus.«

»Das ist bestimmt das Beste«, stimmte Shyla ihr zu. »Danke für das Essen, Billie.«

»Gern geschehen. Jederzeit. Wie kann ich Sie erreichen, wenn ich etwas herausgefunden habe?«, wollte sie wissen.

»Ich finde Sie«, erwiderte Shyla wie immer. Sie erhob sich von ihrem Stuhl und ging davon. Eine stolze, wenn auch etwas einsam wirkende Gestalt in einem Raum voller tuschelnder Passagiere und Angestellten.

KAPITEL NEUN

Als Billie mit den Wochenzeitungen ins Büro zurückkehrte, drehten sich ihre Gedanken um diesen geheimnisvollen Frank und die Mädchen, um die Shyla sich Sorgen machte. Sam dagegen wirkte triumphierend und einen Hauch frischer nach den vielen Tassen Tee, die er sich gemacht hatte.

»Sagen Sie es nicht! Sie haben unsere fehlende Seite gefunden?«, spekulierte Billie.

»*Sydney Morning Herald,* Donnerstag, 21. November 1946«, gab er zurück und hielt die Zeitung hoch. Aus einem Blatt auf der rechten Seite war ein Stück herausgerissen worden.

Das engte die Suche noch besser ein, als wenn eine ganze Seite gefehlt hätte. »Ist das die einzige Möglichkeit?«, erkundigte sie sich.

»Zumindest ist es die einzige Seite, aus der etwas herausgerissen wurde.« Seine Miene verdüsterte sich etwas, als ihm klar wurde, dass er sich vielleicht noch einmal durch diese feuchten Zeitungen wühlen musste.

»Ausgezeichnete Arbeit. Das passt zu dem, was mir dieser Maurice über die Verabredung erzählt hat. Gehen Sie bitte in die Bibliothek und finden Sie raus, was auf dieser Seite stand«, bat Billie ihn.

»Schon erledigt«, antwortete er zu ihrer Überraschung. Wieder zeigte sich das triumphierende Grinsen auf seinem Gesicht. Er hob eine zerknitterte Zeitung hoch, und sie sah ihn erstaunt an.

»Gut gemacht, sehr gut. Worum handelt es sich? Sagen Sie schon!« Sie trat hastig an seinen Schreibtisch.

»Es ist eine Werbung für eine Auktion, die dieses Wochenende stattfindet. Diese Ausgabe der Zeitung lag noch hier herum.«

Er schob sie ihr rüber, und sie überflog sie kurz. *Auktionshaus Georges Boucher*. Das hatte sie ganz und gar nicht erwartet.

»Faszinierend. Ich denke, wir müssen morgen daran teilnehmen.« Die Werbung zeigte Fotos von Antiquitäten und Schmuck. Ein verziertes Sideboard, Ringe, eine auffällige Halskette – alles sah ziemlich teuer aus. Warum sollte den Jungen das interessieren, geschweige denn so aufregen?

»Ich glaube, wir sollten uns diesen George und sein Geschäft genauer ansehen«, meinte Sam.

Billie lachte leise. »*Georges*«, sprach sie den französischen Namen korrekt aus. »Wir müssen ohnehin in die Bibliothek«, sagte sie dann. »Gehen Sie bitte sofort dorthin und recherchieren Sie diesen Kerl. Finden Sie alles heraus, wann er nach Australien gekommen ist und welche Geschichte er hat. Außerdem möchte ich eine Personenbeschreibung«, fuhr sie fort. »In der Zwischenzeit statte ich dem Pelzgeschäft einen kleinen Besuch ab. Ich habe das Gefühl, dass in der Geschichte, die Mrs Brown mir erzählt hat, etwas fehlt.«

»Was denn?«

»Das werden wir sehen.« Dabei beließ sie es.

Sie verabschiedete sich von ihrem Assistenten, ging in ihr Büro und trat auf ihren kleinen Eckbalkon. Sie öffnete die Türen; mit dem frischen Wind wehten auch die Geräusche der Stadt von unten herauf. Sie trat hinaus, lehnte sich gegen einen der Pfeiler im römischen Stil und blickte über das Obergeschoss des nahe gelegenen Bahnhofsgebäudes hinweg. Es war mit Daking House durch eine schmale Feuerbrücke verbunden. Dann senkte sie den Blick auf den belebten Rawson Place und die George Street unter ihr. Der Balkon war winzig und bot kaum genug Platz, um sich umzudrehen, aber es war einer von nur drei Balkonen im sechsten Stock und einem etwa halben Dutzend im ganzen Gebäude. Der Rest lag im ersten Stock. Dieser Balkon war der bevorzugte Rückzugsort ihres Vaters gewesen, wenn er nachdenken wollte. Natürlich hatte sie diesen Ort für sich selbst zurückbehalten, als die Notwendigkeit sie zwang, die anderen Büroräume unterzuvermieten.

Sekunden später tauchte Sam unter ihr zwischen den Fußgängern auf. Er schlenderte in seinem Trenchcoat über den Bürgersteig und verschwand bald in der wogenden Menge. In wenigen Minuten würde sie selbst mit dem Lift hinunterfahren und zu *Brown & Co. Edle Pelze* gehen und herausfinden, was ihre Klientin ihr noch erzählen konnte. Jetzt jedoch beobachtete sie die Straße, während sie über Shylas unerwartete Bitte nachdachte – und über den dürren Türsteher und den Ausdruck auf seinem Gesicht, als er gemerkt hatte, dass man ihn im Gespräch mit ihr beobachtet hatte. Diese Miene bereitete ihr Kopfzerbrechen. *Irgendetwas ist da im Busch*, dachte sie. *Irgendetwas.*

Weit unten auf der George Street beobachteten neugierige Augen sie genau. Augen, die diese Frau in ihrem hohen Turm nicht sonderlich schätzten.

Brown & Co. Edle Pelze lag in der großartigen Strand Arcade auf der George Street. Es war die letzte der großen Einkaufsarkaden aus der viktorianischen Ära von Sydney, und selbst nach all den verheerenden Folgen der Kriege, die sie überlebt hatte, übte sie immer noch eine besondere Anziehung aus – jedenfalls nach der Menschenmenge zu urteilen, die sich dort hindurchschob.

Als Billie eintrat, ließ sie das Gewühl der Hauptstraße hinter sich und bemerkte, dass sich seit ihrem letzten Besuch nur wenig geändert hatte. Wie immer war es hier drinnen kühler als auf der Straße. Kunden schlenderten langsam über das Fliesenmuster des Bodens, blickten in die mit Holz gerahmten Schaufenster der Goldschmiede, die mit ihren feinen Werkzeugen arbeiteten, beobachteten Schuhmacher bei ihrer Arbeit, musterten die Regale mit eleganter Kleidung und sahen zu, wie Hutmacher die neuesten Modelle der »Pillendosen« genannten Hüte arrangierten. Der Duft eines Blumengeschäftes stieg ihr in die Nase, noch bevor sie sich umdrehte und die wundervolle Auslage mit Dahlien, Gardenien und schlichten kleinen Gänseblümchen sah. Billie legte den Kopf in den Nacken und hielt ihren Hut fest, während sie zu der Gewölbedecke hochsah. Sie bestand aus gefärbten Glaspaneelen, die hoch über den beiden Stockwerken mit Geschäften hingen. Jede Ebene hatte schmiedeeiserne Balustraden, und die Geschäfte machten Werbung mit ovalen, handgemalten Schildern, die an gebogenen viktorianischen Eisensäulen lehnten.

Billie nahm ihre runde Sonnenbrille ab und musterte ihre Umgebung scharf. Es war ein sonderbar ruhiger Ort. Gut besucht, aber nie wuselig. Es musste etwas mit der Architektur zu tun haben, oder vielleicht auch mit den Geschäften, die hier ihre Zelte aufgeschlagen hatten. *Brown & Co. Edle Pelze* hatten ihre Ladenfläche am Ende einer langen Treppe direkt vor ihr. Das Schild bestand aus geschmackvoll bemaltem Holz und stand auf einem Ständer aus verschlungenem Schmiedeeisen. Aber trotz der Ruhe spürte sie Blicke in ihrem Rücken – ein Gefühl, das sie nur selten täuschte. Sie drehte die Sonnenbrille in den Händen und tat so, als wollte sie sie mit dem Rand eines Schals reinigen, der in ihrer Handtasche steckte. Das Spiegelbild zeigte einen Mann, der hinter ihr das Gebäude betreten hatte. Er hatte den Hut tief in die Stirn gezogen und beobachtete sie. Sie steckte die Sonnenbrille in ihre Handtasche und sah sich gleichzeitig um, aber er hatte ihr bereits den Rücken zugekehrt, und seine Aufmerksamkeit schien sich auf etwas anderes zu richten. Trotzdem prägte sie sich schon aus Gewohnheit den Stoff und die Farbe seines gut geschnittenen grauen Anzugs ein, seinen etwas zerknittert wirkenden Filzhut, seine Größe im Vergleich zu den Ladenfenstern, das schwarze Haar über seinem Kragen, das von grauen Strähnen durchzogen war. Er war groß und massig, und er ging weiter, bevor sie auch nur einen kurzen Blick auf sein Gesicht erhaschen konnte. Im nächsten Moment war er verschwunden, ein weiterer Fremder auf der Straße draußen.

Billie ging zurück und die Treppe hinab zu *Brown & Co. Edle Pelze*. Ihr stieg der vertraute Geruch eines Pelzgeschäfts in die Nase – die Vielfalt von tierischen Aromen und gegerbten Häuten, die für diesen Handel so charakteristisch waren. Ein Pelzmantel allein roch für gewöhnlich nicht stark, es sei denn, man hatte ihn lange weggesperrt und er war muffig oder ranzig geworden. Viele von ihnen zusammen in einem Geschäft erzeugten jedoch diese unverwechselbare Mischung aus Gerüchen, die hier, so wie in anderen vornehmen Pelzgeschäften, nicht unangenehm war. Eine Vase mit stark duftenden wilden Rosen fügte ein anderes, süßliches Aroma hinzu. Eine Türglocke informierte die Geschäftsinhaber von der Ankunft eines neuen Besuches.

»Mrs Brown?«

Billies Klientin war gerade mit einer Vitrine in ihrem Laden beschäftigt, und ihr Kopf fuhr hoch, als hätte sie einen Schlag bekommen. Die erschreckten rehbraunen Augen richteten sich auf Billie. Netanya Brown trug dasselbe Kostüm wie bei ihrem Besuch, dieselbe feine Nerzstola, hatte die glänzenden Haare glatt gebürstet. Aber diesmal trug sie einen Turban aus braunem und grünem Stoff, der vorne verknotet und mit einer runden, diamantenbesetzten Brosche festgesteckt war. Das stand Mrs Brown gut, aber trotz ihres gepflegten Äußeren konnte man deutlich sehen, dass der letzte Tag nicht gut für sie gelaufen war. Dunkle Ringe bildeten sich unter ihren unsicheren, braunen Augen, und die Sorgenfalten in ihrem Gesicht schienen sich vertieft zu haben.

»Oh, Miss Walker«, sagte sie und eilte Billie entgegen. »Gibt es Nachrichten von unserem Jungen?« Der Tonfall war herzzerreißend hoffnungsvoll.

»Noch nicht«, erwiderte Billie mitfühlend. »Wir hoffen, dass wir heute mehr Erfolg haben. Kann ich kurz mit Ihnen und Ihrem Ehemann reden?«

»Selbstverständlich«, erwiderte die Frau. Aber in ihrer Stimme lag eine Spur Unsicherheit.

Billie sah sich um und bemerkte, mit wie viel Abstand zueinander die verschiedenen Pelze in den Regalen hingen. Die Browns einhielten eine stolze Fassade aufrecht, aber es hätte Billie nicht überrascht, wenn sie nicht allzu viel auf Lager hatten. Andererseits wären sie ganz sicher nicht die Einzigen – der Import von Luxusgütern wie Pelzmänteln war im Jahre 1942 in New South Wales verboten worden, ebenso wie die Herstellung von neuen Luxuskleidungsstücken. Aber Billie glaubte, dass das generelle Verbot von Pelzherstellung gelockert worden war, um die Produktion von nützlichen Artikeln zu ermöglichen und Mangel an warmer Kleidung zu verhindern. Nachdem sich Sydneys Kürschner zuvor auf den Import von Luxuspelzen spezialisiert hatten, waren sie jetzt kreativ geworden und verarbeiteten für die Herstellung ihrer Kleidungsstücke die Pelze von Kaninchen, Ziegen, Schafen und sogar Wasserratten, die angeblich entfernt einem Nerz ähnelten. Sie erinnerte sich, dass ihre Mutter einen Kommentar über all diese sonderbaren »neuen« Tiere gemacht hatte, deren Pelze jetzt für die Herstellung benutzt wurden, und mit diesem Gedanken im Hinterkopf betrachtete sie die Jacken und Mäntel in den Vitrinen.

Mrs Brown schien ihre Gedanken lesen zu können. »Wir bekommen nächsten Monat neue Ware für Weihnachten. Wir haben ein Schaufenster vorbereitet, mit dem Weihnachtsmann und seinem Rentier.«

»Wie charmant«, erwiderte Billie.

Ein Mann von etwa fünfzig Jahren betrat durch eine Tür im hinteren Teil des Ladens das Geschäft. »Das ist mein Ehemann Mikhall«, verkündete Mrs Brown. Er kam zu ihnen und schüttelte Billie die Hand. Mr Brown war knapp eins fünfundsiebzig und ziemlich dünn, hatte aber einen Schmerbauch. Sein Haar war lockig, jedenfalls das, was davon übrig war. Er schien mit seinen hängenden Schultern sehr schüchtern zu sein, jedenfalls streifte er Billie nur ganz kurz mit einem Blick. Neben ihm wirkte selbst seine reservierte Ehefrau geradezu kühn.

»Es tut mir leid, ich habe nicht viel Englisch.« Mr Brown sprach mit einem starken Akzent, was ihn augenscheinlich etwas beschämte. »Ich versuche es, aber es ist nicht sehr gut.« Sein Akzent war viel stärker als der seiner Frau, die offenbar hart daran gearbeitet hatte, ihn abzulegen. Für Billie wirkte es wie ein deutscher Akzent.

Sie setzte sich mit den beiden in das Verwaltungsbüro, und schon bald wurde klar, warum Mrs Brown zu Billie gekommen war. Ihr Ehemann war bei einem Gespräch auf Englisch nicht sehr sicher, nicht einmal als seine Frau dabei war, um ihm zu helfen. Mikhall konnte immerhin schildern, dass er Ende 1936 nach Australien gekommen war und wie dankbar sie waren, dass sie Europa und dem, was dort passiert war, hatten entrinnen können. Er unterstützte seine Frau bei ihrer Beschreibung ihres einzigen Kindes und betonte, was für ein »guter Junge« Adin wäre und wie froh sie waren, dass sie ihn nach Australien in Sicherheit hatten bringen können.

Auf ihrem gemeinsamen Schreibtisch stand eine Sammlung von Familienfotos. Viele von ihnen zeigten Angehörige der Familie aus anderen Generationen. Es gab ein verblasstes Schwarz-Weiß-Foto eines pausbäckigen Babys mit Locken, das von Erwachsenen umringt war und den Ehrenplatz in dem großen Rahmen hatte. »Das ist Adin?«, erkundigte sich Billie.

»Ja.« Mrs Brown führte ihre Antwort nicht näher aus, obwohl es aussah, als hätte sie es gern getan. Tränen traten ihr in die Augen, als ihre Aufmerksamkeit sich auf das Foto richtete, und sie wandte sich rasch ab, um ihre Gefühle zu verbergen. »Das war eine glücklichere Zeit«, sagte sie einfach.

»Wo wurde es aufgenommen?«

»In Europa«, antwortete Mrs Brown vorsichtig. Sie tupfte sich die Augen. »Und was ist damit?« Einer der kleineren Silberrahmen auf dem Tisch war leer, wie Billie auffiel. Sie nahm ihn in die Hand. »Was ist mit diesem Foto passiert?«

Die Browns schienen aufrichtig überrascht zu sein. »Ich weiß nicht, wo es hingekommen ist!«, rief Mrs Brown aus. »Ich habe nicht bemerkt, dass irgendetwas fehlte. Mikhall?«

Ihr Ehemann schüttelte den Kopf und sagte leise etwas auf Deutsch zu ihr.

»Es könnte schon eine Weile fort sein, sagt er«, übersetzte Mrs Brown.

»Wo ist mein Junge?«, murmelte Mikhall, wie sie zu hören glaubte. Er hatte jetzt die Fäuste geballt, ganz offenbar aus Anspannung. Als er hochsah, bemerkte sie die glitzernden Tränen in seinen Augenwinkeln. Beschämt wischte er sie weg und senkte den Blick erneut, zusammengesunken und dennoch irgendwie angespannt.

Billie stellte den leeren Rahmen wieder auf den Tisch zurück. »In Friedenszeiten tauchen an Orten wie Australien die meisten verschwundenen Personen wieder auf«, begann sie. »Viele junge Leute laufen weg und flüchten sich zu einem Verwandten, einem Freund oder, wenn sie in Adins Alter sind, zu einer Freundin.« Nachdrückliches Kopfschütteln von ihren Klienten folgte ihrer Bemerkung. »Ich verurteile das nicht«, erklärte Billie nachdrücklich. »Es steht mir nicht zu. Alles, was Sie mir über Adin erzählen können, seinen Charakter, seine Interessen, irgendetwas Ungewöhnliches, das Ihnen in letzter Zeit vielleicht aufgefallen ist, könnte helfen, ihn aufzuspüren und zu Ihnen zurückzubringen. Hat er sich in der letzten Woche sonderbar verhalten? Schien irgendetwas anders zu sein? Seine Stimmung? Seine Gewohnheiten?«

Erneut schüttelten die beiden den Kopf, und als sie aufhörten, sahen sie Billie mit verletzlichen Mienen und hoffnungsvollen Blicken an. Sie wollten, dass sie die Sache in Ordnung brachte. Sie musste es für sie tun.

»Wir sagen Ihnen alles, was wir wissen«, beteuerte Mrs Brown. »Sie müssen unseren Sohn einfach finden!«

Erneut sagte Mr Brown etwas leise zu seiner Frau.

»Ja, du solltest dich um das Geschäft kümmern, Mikhall«, stimmte sie ihm zu, und er stand auf.

»Eine Sache noch«, sagte Billie, als der Mann aufstand. »Was, glauben Sie, wollte Ihr Sohn an einem Ort wie *The Dancers?*«

Bei diesen Worten runzelte Mrs Brown die Stirn und wechselte einen verwirrten Blick mit ihrem Mann.

»Das ist ein exklusiver Club an der Victory Lane. Ein ziemlich elitärer sogar«, setzte Billie hinzu.

»Wir haben keine Ahnung. In so einen Club würde er niemals gehen. Wir waren jedenfalls noch nie an so einem Ort«, erklärte sie, als würde das ausschließen, dass Adin dort hinging.

»Nun, er hat es jedenfalls getan. Aber ich stimme Ihnen zu, dass es unter normalen Umständen nicht der richtige Club für ihn war. Die Türsteher haben ihn nicht hineingelassen.«

»Ich weiß nichts davon«, sagte Mikhall etwas verlegen und zuckte mit den Schultern. Dann verließ er mit schleppenden Schritten das Büro, die hängenden Schultern und der geneigte Kopf schienen ihm den Weg zu weisen. Schließlich schloss sich die Tür hinter ihm. Die Frauen waren wieder allein.

»Mrs Brown ... Darf ich Sie Netanya nennen?«

Ihre Klientin nickte. »Die meisten Leute nennen mich Nettie.«

»Gut, Nettie, bitte nennen Sie mich Billie, wenn Sie wollen.«

Sie beugte sich zu ihr. »Alles, was Sie mir über Adins Leben erzählen können, über Ihr Familienleben, könnte mir dabei helfen herauszufinden, was er im *The Dancers* wollte. Und es bleibt unter uns.«

»Glauben Sie, dass er in diesem Tanzclub in Schwierigkeiten geraten ist?« Nettie wirkte bestürzt. »Was hat er dort gemacht?«

»Im Moment weiß ich das noch nicht, aber ich tue mein Bestes, um es herauszufinden.« Billie sah, dass Nettie kurz vor einem Zusammenbruch stand. »Was können Sie mir noch über Ihre Familie erzählen? Haben Sie auch in Deutschland mit Pelzen gehandelt?«, fragte Billie weiter.

Netties Augen weiteten sich, als Billie Deutschland erwähnte, im nächsten Moment fiel alle Anspannung von ihr ab, und sie sank auf ihrem Stuhl zusammen. Nach einem Herzschlag schloss sie die Augen und nickte. »Ja. Es ist genau so, wie Sie vermuten. Wir sind Deutsche. Es ist zwar kein Geheimnis, aber wir wollen mit dieser Tatsache auch nicht hausieren gehen.«

Billie wartete darauf, dass sie weiterredete.

»Wir sind 1936 aus Berlin hierhergekommen. Adin war damals noch sehr jung, und ich habe mir Sorgen über das gemacht, was ich dort sah. Ich wusste, dass wir wegmussten. Mikhall musste erst überzeugt werden, aber das hat nicht allzu lang gedauert. Er passt sich nicht so gut an, wie Sie sehen können. Es war keine gute Zeit, um Jude zu sein. Nicht in Deutschland – eigentlich nirgendwo in Europa. Ich war zwar nie sehr religiös, aber ich bin Jüdin. Und ich werde immer Jüdin sein.« Sie glättete ihr Kleid. »Wir haben alles mitgenommen, was wir konnten, und dann hier in Sydney unser Pelzgeschäft eröffnet. Es war auch unser Beruf in Deutschland, wissen Sie? Meine Schwester ist dortgeblieben, ebenso wie meine Tante und meine verwitwete

Mutter. Das hätten sie besser nicht getan«, sagte sie traurig. Ihr Gesicht war stoisch, während sie sprach, aber erneut traten ihr Tränen in die Augen. Sie riss sich nur mit Mühe zusammen.

Billie schluckte. Sie hatte selbst als Journalistin über das berüchtigte Warschauer Getto berichtet und konnte sich sehr gut daran erinnern, welche schrecklichen Dinge damals passiert waren – wie sechsjährige Kinder gezwungen wurden, den gelben Davidstern auf ihrer Kleidung zu tragen, der sie als Juden brandmarkte, was dazu führte, dass sie eingeschüchtert und herumgeschubst wurden, und Schlimmeres. Es war kein Wunder, dass die Browns Adin ein solches Schicksal hatten ersparen wollen, ganz gleich, wie erfolgreich ihre Geschäfte in Berlin auch gelaufen sein mochten. Vielleicht war das auch einer der Gründe gewesen, warum ein Teil der Familie in Deutschland geblieben war, aber ihr Geschäft war zweifellos irgendwann von den Nazis übernommen und ihr ganzer Besitz konfisziert worden. Es war nicht schwierig, zu erraten, welches Schicksal Netties Familienangehörigen in Deutschland widerfahren war.

»Sie haben Ihren Familiennamen geändert?«, fragte Billie behutsam.

Mrs Brown nickte. »Wir hießen Braunstein. Wir haben ihn vereinfacht.« Sie suchte in Billies Gesicht nach einem Urteil, nach irgendeiner Spur von Ablehnung, aber Billie verhielt sich unverändert professionell und ruhig. »Glauben Sie, dass all das ... eine Rolle spielt?«, fragte sie schließlich.

»Ich denke nicht«, verneinte Billie. »Der Name spielt keine Rolle, jedenfalls was die Lage Ihres Sohnes angeht, aber es ist vielleicht hilfreich, dass ich jetzt Ihre Familiengeschichte etwas kenne. Es ist Ihnen gelungen, einer Internierung zu entkommen, nicht wahr?«

Nettie nickte wieder. »Ja. Wir haben uns einbürgern lassen. ›Fremde Staatsbürger‹ nannte man uns. Aber obwohl wir keine Deutschen mehr waren, wurde unsere Bewegungsfreiheit trotzdem eingeschränkt. Es war uns nicht erlaubt zu reisen, ohne die australischen Behörden darüber zu benachrichtigen, und wir durften weder ein Radio noch eine Kamera haben, nicht einmal für die Arbeit. Wir mussten jemanden bezahlen, damit er Fotos von unserem Geschäft machte. Das war sehr teuer und eine schwere Zeit für uns«, sagte Nettie leise.

»Das kann ich mir vorstellen.«

»Mein Ehemann war zu alt für den Militärdienst, und Adin war noch zu jung«, fuhr sie fort. »Wir haben die Fabrik registrieren lassen, um gefütterte Uniformen anfertigen zu können, weil wir unseren Beitrag leisten wollten. Und wir haben mehrere Hundert Uniformen hergestellt, als sie gebraucht wurden. Meistens aus Kaninchenfell. Eine Weile sah es aus, als würde Mikhall in ein Arbeitslager geschickt werden, aber glücklicherweise kam es nicht dazu. Die Regeln änderten sich ständig«, setzte sie hinzu.

Wie schrecklich muss es gewesen sein, aus Deutschland zu flüchten, nur um dann zu erleben, wie man von der Regierung eines anderen Landes, ganz zu schweigen von den Nachbarn und konkurrierenden Geschäftsleuten, argwöhnisch beobachtet wurde, überlegte Billie. Es klang dennoch so, als hätten die Browns – oder Braunsteins – mehr Glück gehabt als Andere und ganz gewiss mehr Glück als der Rest ihrer Familie, der in Berlin zurückgeblieben war. Billie konnte jetzt verstehen, warum Nettie so zurückhaltend gewirkt hatte, als würde sie etwas für sich behalten.

Sie unterdrückte die Erinnerungen an den Krieg und an Jack,

schob den Gedanken daran beiseite, wie er aus ihrem Versteck gestürzt und sich eingemischt hatte, als ein junges jüdisches Mädchen, das durch den vorgeschriebenen Davidstern an ihrem Kleid identifiziert wurde, von zwei älteren blonden Jungen belästigt wurde. Die Jungen zerrten an ihrer Kleidung, schlugen sie, beschimpften sie übel als »Ratte« und »Judensau«, während sie vollkommen verängstigt weinte. Schließlich hatten sie das Mädchen zu Boden gestoßen, und ihre Kleidung war zerrissen. Jack hatte sie hochgehoben, als wäre sie so leicht wie eine Feder, und ihre Tränen getrocknet, als die Jungen wegliefen. Es waren Kinder gewesen. Nur Kinder – denen man bereits beibrachte, mit einer solchen Brutalität zu hassen.

Jack.

»Wissen Sie, warum Ihr Sohn sich für eine Auktion interessieren sollte? Haben Sie den Namen ›Georges Boucher‹ schon einmal gehört?«, fragte Billie.

Nettie schien von dieser Frage vollkommen verblüfft zu sein. »Eine Auktion? Wieso denn das?«

»Ich weiß noch nichts Genaueres. Aber fällt Ihnen bei irgendeinem Gegenstand auf dieser Werbung etwas ein?« Billie zog den gefalteten Zeitungsausschnitt aus der Tasche und breitete ihn auf dem Tisch aus.

Nettie warf nur einen kurzen Blick auf den Ausschnitt und schüttelte den Kopf, eindeutig entgeistert, dann fuhr sie sich mit der Hand über das Gesicht und wischte sich die Tränen weg. »Woher sollte er das Geld nehmen, um Dinge in einer Auktion zu kaufen? Oder zu diesem *Dancers* zu gehen? Was hat er sich dabei gedacht?« Sie hob die Hände hilflos zum Himmel. »Sind Sie sicher, dass Sie nach der richtigen Person suchen? Nach meinem Sohn Adin?«, wollte sie dann wissen.

»Ja, das bin ich«, bestätigte Billie, unbeeindruckt von dem scharfen Tonfall ihrer Klientin. »Können Sie noch einmal hinsehen?«, drängte sie, aber die Frau schüttelte nachdrücklich den Kopf. »Halten Sie es für möglich, dass er irgendwelche Schulden hat?«

Bei diesen Worten stieß Mrs Brown ein Keuchen aus. »Nein! Wie denn auch?«

»Es fehlt kein Geld in Ihrer Kasse?«, setzte Billie nach und faltete die Zeitungswerbung wieder zusammen.

Nettie schien von dieser Andeutung schockiert zu sein. »Ich bin für die Finanzen verantwortlich, Miss Walker, und ich versichere Ihnen, dass nicht ein einziger Shilling fehlt«, sagte sie empört. Sie hatte ihre alte Kraft wiedergefunden – und davon würde sie noch mehr brauchen, wie es aussah. Ganz gleich, welches Schicksal ihrem einzigen Kind widerfahren sein mochte, sie würde sich schreckliche Sorgen machen, bis es endlich aufgeklärt war.

Billie hoffte, dass dieser Fall eine einfache und glückliche Lösung hatte. Sie kannte die Qualen, die es bereitete, nicht zu wissen, was mit der Person geschehen war, die einem am nächsten stand, nur zu gut.

KAPITEL ZEHN

»Du siehst entzückend aus«, begrüßte Alma sie, nachdem sie Billie die Tür geöffnet hatte.

»Danke«, antwortete Billie. »Leider habe ich es etwas eilig. Ich wollte nur das hier zurückbringen, bevor ich ausgehe.« Sie betrat die Wohnung ihrer Mutter und hielt die funkelnden blauen Saphire in ihren Händen.

Die Sonne stand bereits tief am Himmel, und ihr abendliches Licht tauchte die Bäume der Bucht vor Cliffside Flats in goldene und bernsteinfarbene Töne. Ella hatte sich in ihrer üblichen Pose auf dem Sofa drapiert, ein Glas Sherry in der Hand. Sie drehte sich um und warf ihrem einzigen Kind einen kurzen Blick von Kopf bis Fuß zu. »Dieses Kleid ist zu dunkel, wenn du vorhast, irgendjemandes Aufmerksamkeit zu erregen«, erklärte sie.

Billie ignorierte die Kritik lächelnd. Sie hatte das Kleid nach einem Muster von McCall angefertigt. Es hatte einen vom antiken Griechenland inspirierten Halsausschnitt, der über ihr Dekolleté floss und sich an der Hüfte raffte, bevor er mit weiten, strategischen Falten von einer Hüfte aus herabfiel. Dieser Schnitt war ideal, um ihre Waffe im Schenkelhalfter zu verbergen. Der stufige Saum verengte sich unmittelbar über dem

Knie, war jedoch weit genug, um noch laufen zu können, sollte es nötig werden. Der Stoff, den sie ausgesucht hatte, war tatsächlich dunkler, als sie ursprünglich gedacht hatte, aber heute war das in Ordnung. Ihr Tag war einigermaßen ereignislos verlaufen, und sie hoffte, dass sie am Abend etwas Bewegung in ihren Fall bringen konnte. Es war noch sehr früh, und die Stücke des Puzzles waren noch nicht an ihre Stelle gefallen. Im Falle einer verschwundenen Person war Zeit jedoch immer knapp. Die Uhr tickte. Mit diesem Gedanken im Kopf würde sie heute *The Dancers* nicht verlassen, ohne etwas erreicht zu haben, und das bedeutete, es konnte eine ziemlich lange Nacht werden. Das rote Kleid war für ihr Vorhaben heute einen Hauch zu auffällig gewesen.

»Ich bin nur gekommen, um die hier zurückzubringen«, sagte sie knapp. »Danke.« Sie hielt ihrer Mutter die Saphire hin.

»Trag sie noch ein bisschen, Darling. Ich lege sie nicht an, und dir stehen sie so gut. Sie betonen deine Augen.« Heute sahen sie blau aus, wie die Saphire selbst. »Weiß Gott, du brauchst sie, wenn du dieses Kleid trägst«, setzte Ella hinzu. »Ist das schwarz?«

»Eigentlich mitternachtsblau«, erwiderte Billie.

»Um Mitternacht ist das ziemlich schwarz«, erwiderte Ella ausdruckslos. Billie musste zugeben, dass ihre Mutter wirklich einen ausgezeichneten Geschmack hatte, obwohl sie oft zu sehr darauf bestand, ihre Meinung kundzutun, als dass Billie sich dabei hätte wohlfühlen können. »Schwarz bringt Unglück, sagt man.«

Billie verkniff es sich, die Augen zu verdrehen. »Danke jedenfalls, dass ich deinen Schmuck tragen darf.«

Ella machte eine wegwerfende Handbewegung. Sie war nicht

aufgestanden, und Billie bückte sich zu ihr, um sie liebevoll zu umarmen. »Ist das Krepp? Matter Kreppstoff? Ein bisschen Glanz oder Funkeln wäre doch bestimmt besser! Wenigstens ein paar Pailletten?«

»Hör zu, ich muss gehen«, erklärte Billie entschuldigend. »Tut mir leid, dass ich nur so kurz hereingeschneit bin. Mein Assistent wartet vor dem Club auf mich.«

»Ah, dieser gut aussehende Bursche.« Eine Hand wie ein Schraubstock umklammerte ihr Handgelenk, und plötzlich saß Billie auf dem Sofa.

»So ist es nicht«, brachte sie heraus, nachdem sie sich erholt hatte. Sie fragte sich, ob Ella diesen Griff von ihrem verstorbenen Ehemann gelernt hatte. Es war so etwas wie das Judo in Tokugoro Itos Dojo in Los Angeles. Barry hatte jemanden gekannt, der dort ausgebildet worden war, und er hatte Billie ein paar Griffe gezeigt, sozusagen aus dritter Hand. Es ging um Hebelwirkung und Balance. Ganz offensichtlich hatte er auch einige Tipps an seine Frau weitergegeben.

»Vielleicht sollte es aber so sein«, beharrte Ella.

»Danke, doch ich versichere dir, falls ich mich entscheide, einen Mann zu suchen, dann werde ich ihn nicht dafür bezahlen, Zeit mit mir zu verbringen«, erwiderte Billie scharf und stand auf. Sie glättete die Falten ihres Kleides.

»Warum nicht? Bei mir hat es funktioniert«, schoss ihre Mutter zurück. Ein kleines, verruchtes Grinsen zuckte in ihren Mundwinkeln.

»Klammere dich einfach nicht zu sehr an der Vergangenheit fest«, setzte Ella hinzu. Nach dieser verletzenden Bemerkung flüchtete Billie aus der Wohnung und ging die Treppe hinab, um sich für einen zweiten Abend im *The Dancers* vorzubereiten. Sie versuchte, jeden Gedanken an Jack Rake und auch an das größere Mysterium, das ihr im Nacken saß, beiseitezuschieben.

====

Billie hielt ihren Champagnercocktail in der Hand und lauschte der Musik, während sie die Menschenmenge im *The Dancers* mit funkelnden Augen beobachtete, die die Farbe der Saphire hatten, die wieder um ihren Hals hingen und an ihren Ohrläppchen baumelten. Eine fünfköpfige Band spielte gerade »As Long As I Live«, einen Hit von Benny Goodman, den sie seit Europa nicht mehr gehört hatte, und die Gäste spreizten derweil ihre kostspieligen Federn. Im Club schien sich im Vergleich zu der Nacht zuvor nur wenig verändert zu haben. Um die zentralen Tische hatte sich eine andere und doch identische Gruppe von wohlhabenden Gästen versammelt. Derselbe Klatsch, dieselben Agenden und Romanzen wie am Tag zuvor. Der irgendwie alterslose Barkeeper war derselbe, und auch die Türsteher waren die Männer vom Vorabend. Sie verschacherten dieselbe champagnergetränkte Phantasiewelt, nur einfach an einem anderen Abend. Beim zweiten Mal jedoch war man weniger geblendet, wurde weniger erfolgreich von dem Schmutz unter den Stühlen abgelenkt, von den verschütteten Drinks auf dem Teppich. Bei Tag dürfte *The Dancers* längst nicht so ansehnlich sein, vermutete Billie. Trotzdem, sie lieferten eine gute Show, das musste sie ihnen lassen.

»Was kann ich der entzückenden Lady servieren?«, erkundigte sich der Barkeeper zuvorkommend. Ihm war aufgefallen, dass sie ihr Glas fast geleert hatte, und er machte nicht noch einmal den Fehler, ihren männlichen Begleiter dabei anzusehen.

»Im Moment nichts, danke«, gab sie zurück.

»Wie Sie wollen, Miss.«

»Ich brauche auch nichts«, warf Sam ein. Der Barkeeper nickte unmerklich und würdigte ihn kaum eines Blickes. Billie betrachtete weiter den Raum. »Suchen wir nach jemand Bestimmtem?« Sam hatte ihre Blicke richtig gedeutet.

»Ja, genau das tun wir«, antwortete sie. Bei seiner Arbeit in der Bibliothek hatte Sam fundierte Informationen über das Auktionshaus und seinen Besitzer herausgefunden sowie auf der hinteren Seite eines Katalogs, den Billie und er noch nicht hatten durchblättern können, eine kleine Fotografie von Georges Boucher entdeckt. »Es scheint, als hätten wir ihn direkt vor der Nase gehabt«, erklärte sie. Der dicke Mann am Tisch vom vorigen Abend war so gut wie sicher Boucher gewesen. Das würde auch die kleine Schatulle erklären, mit der er herumgefuchtelt hatte. Dieses Paar vom Land waren zweifellos Kunden gewesen.

»Boucher?«, flüsterte Sam. »Sie glauben also, er wäre der Grund dafür, dass der Junge hier hereinwollte?«

»Ich glaube nicht an Zufälle«, gab Billie zurück. Ihren Erfahrungen nach gab es so etwas nicht. »Ich versuche mein Glück noch einmal bei dem Türsteher. Behalten Sie den Saal im Auge und halten Sie nach Boucher Ausschau, okay?«

Sie ließ sich Zeit und schlenderte zum Waschraum, ging jedoch daran vorbei, verließ den Ballsaal und schritt die Treppe zur Straße hinab. Zu ihrer Befriedigung stand der Türsteher, mit dem sie reden wollte, immer noch draußen, wie schon bei ihrer Ankunft. Und er hatte gerade nichts zu tun. Billie lächelte, als sie sein knochiges Gesicht sah, aber sobald sein Blick auf sie fiel, wurde sein langes Gesicht noch länger, und er wandte sich ab.

»Entschuldigen Sie, Sir!«, rief sie und holte ihn auf ihren flachen Absätzen rasch ein. Sie packte ihn an der Schulter und lächelte ihn so gewinnend wie möglich an. »Ich habe fast das Gefühl, als wären Sie nicht besonders erfreut, mich zu sehen.«

Ihr Lächeln schien keine erkennbare Wirkung zu haben, es sei denn Furcht. Er hatte die dunkelbraunen Augen weit aufgerissen und wirkte verängstigt. »Nichts für ungut, aber ich habe Ihnen nichts zu sagen, Lady«, antwortete er tonlos und starrte auf seine Füße.

Billie hob eine geschwungene Braue. »Ich bin mir ziemlich sicher, dass das nicht stimmt.« Sie flüsterte jetzt. »Der Junge, den ich suche, Adin Brown, wollte etwas von Georges Boucher, stimmt's? Boucher benutzt diesen Club als eine Art Büro für seine wohlhabendsten Klienten, er ist jedes Wochenende hier und bewirtet sie. Er versucht, sie für Auktionsgegenstände zu begeistern oder ihnen privat etwas zu verkaufen. Der Junge wollte mit ihm reden, nicht wahr? Vielleicht wollte er etwas verpfänden? Im Auktionshaus hat er nichts erreicht, also hat er versucht, Boucher hier zu erwischen. Unterbrechen Sie mich, wenn ich Ihnen etwas sage, was Sie nicht schon längst wissen.«

Der Mann wirkte eindeutig bestürzt. »Ich weiß nichts, und ich will auch nichts damit zu tun haben.« Er sah sich um, als suchte er eine Fluchtmöglichkeit. »Ich weiß gar nichts über gar nichts«, beteuerte er und hob die Hände.

Billie war nicht überzeugt. »Und ob Sie das tun. Es würde sich auch finanziell für Sie lohnen!«, erklärte sie. »Diesmal ist Boucher nicht hier und kann nicht sehen, wie Sie mit mir reden.«

Der Mann zögerte und hielt die Münzen fest, die sie ihm in die Hand drückte. Dann schloss er die Augen. »Sie bringen mich in Teufels Küche, Lady«, sagte er resigniert.

Ein Paar trat aus dem Eingang, er kehrte ihnen den Rücken zu und tat, als wäre er beschäftigt, während ein anderer Türsteher sich um sie kümmerte. Als sie verschwunden waren, sprach Billie leise und beruhigend weiter. »Erzählen Sie mir einfach, worum das Gespräch ging, dann verschwinde ich hier und die ganze Sache ist vorbei ...«

»Nicht hier!«, fiel er ihr ins Wort, während er sich hektisch umsah. »Niemand darf sehen, dass ich mit Ihnen rede. Ich wohne im *People's Palace*«, sagte er. Der Name »Volkspalast« für diese Hotelpension war ziemlich ironisch, aber Billie kannte sie. »Ich bin um halb zwei morgens da, nachdem ich Feierabend habe. Zimmer 305.« Er machte eine Pause. »Ich warte lieber in der Lobby auf Sie, weil ich Sie vielleicht reinlassen muss. Ich weiß, das ist schon etwas spät, aber ...«

»Das ist in Ordnung«, unterbrach sie ihn. Das Leichenschauhaus konnte ruhig noch eine weitere Nacht warten. »*People's Palace*, 305. Ihr Name?«

»Con Zervos«, murmelte er.

Ein anderer Gast trat aus dem Ballsaal. Billie wandte sich ab und tat, als zöge sie ihre Handschuhe zurecht. Als sie sich wieder umdrehte, war Zervos bereits verschwunden, nervös wie ein Windhund. Billie hatte gesehen, wie er sich durch den Angestellteneingang in die Küche verdrückte. Er wollte Abstand zu ihr, jedenfalls solange er hier war. Verständlich. Sie drehte sich auf dem Absatz herum und ging wieder die Treppe hinauf. Man öffnete ihr die Türen, und sie warf einen Blick durch den Ballsaal auf Sam. Er machte den Eindruck eines Mannes, dem es hier gefiel. Sie überquerte den Tanzboden mit einem stillen Triumphgefühl und schob sich lautlos auf den Hocker neben ihn.

»Amüsieren Sie sich?«, erkundigte sie sich. Er starrte gerade eine tanzende Frau in einem Kleid mit einem tiefen Rückenaus-schnitt an und zuckte zusammen. »Himmel, wie machen Sie das?«

Billie lächelte einfach nur. »Dieses Kleid hat ganz entzückende Pailletten«, stellte sie fest und dachte an den Kommentar ihrer Mutter. »Sie ziehen wirklich den Blick an.«

Er schien zu erröten.

»Ich habe eine Verabredung um halb zwei im *Palace*. Ich meine den *People's Palace,* nicht das Kino.« Sie lehnte sich zurück und stützte ihre Ellbogen auf den Rand der langen Bar, während sie ein Bein über das andere schlug.

»Mit dem Türsteher?«, fragte ihr Assistent.

Sie nickte. »Ganz genau.«

»So spät?« Er runzelte die Stirn. »Selbstverständlich komme ich mit.«

»Nein, das tun Sie nicht. Ich brauche kein Sicherheitsnetz.«

»Ich komme mit.«

»Und ich habe so eine Ahnung, dass er keine zusätzliche Ge-sellschaft wünscht«, antwortete Billie leise.

»Trotzdem.« Sam ließ nicht locker.

Billie seufzte. »Ich will keinen Babysitter, Sam. Dafür bezahle ich Sie nicht.«

»Seit wann bin ich ein Babysitter? Ich komme mit!«

Jetzt runzelte Billie die Stirn. »Einverstanden, aber Sie müs-sen draußen warten.« Es war vielleicht gar keine so schlechte Idee, etwas Verstärkung in der Nähe zu haben, obwohl Con ein ganz netter Kerl zu sein schien. Sie war sicher, dass sie mit Leu-ten wie ihm klarkam. Sam nickte zustimmend und leerte genüss-lich seinen Planter's Punch, während sie sich im Saal umsah. Von Boucher war noch nichts zu sehen.

»Glauben Sie, dass Sie noch eine Stunde hier durchhalten?«, fragte sie ihn leise.

»Ist die Frage ernst gemeint?«

»Verstehe.« Sie lächelte. Sam gefiel es hier offenbar besser als in den Bordellen oder schmuddeligen Gassen, die er bei ihrer Arbeit normalerweise aufsuchen musste. »Also, wir können den Tresen nicht die ganze Zeit festhalten. Ich glaube, wir müssen tanzen«, schlug sie vor.

Billie zog Sam zum Tanzboden, und sie mischten sich unter die wogenden Gäste. Dadurch hatten sie eine Weile einen anderen, weniger offensichtlichen Beobachtungspunkt. Sie legte ihre behandschuhte Linke auf Sams rechte Schulter, die praktisch in ihrer Augenhöhe war. Ihre andere Hand nahm er sanft und drückte mit dem Daumen leicht gegen ihre gekrümmten Finger. Dann schob er seine starke rechte Hand um ihre Taille. Sie fühlte schwach den Unterschied zwischen seinen künstlichen Fingern und seinen echten, als ihre Hände sich berührten. Es knisterte, als sie sich berührten, was Billie überrumpelte. Sie zuckte zusammen und biss sich auf die Lippe, um das Gefühl abzuwehren. Erinnerungen an Jack. An Intimität. Hatte sie damals das letzte Mal getanzt? Jetzt musste Sam führen, und sie spürte sein unausgesprochenes Zögern. *Sie ist mein Boss*, schien dieses Zögern zu sagen, und vielleicht hatte er ihr inneres Zusammenzucken mitbekommen. *Seitschritt, Seitschritt, Wiegeschritt, Seitschritt, Seitschritt.* Er war jünger und kräftiger als die meisten anderen Männer auf dem Tanzboden, aber erheblich zögernder. Seine aquamarinblauen Augen schienen in ihrem Gesicht nach den richtigen Bewegungen zu suchen. In dem Moment veränderte sich das Tempo, und sie lösten ihre Blicke voneinander.

Die Band spielte wieder ihre Benny-Goodman-Setliste. Es war ein neues Lied und etwas schneller. Konnte er damit Schritt halten? Und konnte sie wirklich in diesem Kleid tanzen? Sie drehte sich zu ihrem Tanzpartner herum und sah gerade noch, dass er breit grinste, als der Rhythmus schneller wurde. Als Antwort auf ihre unausgesprochene Frage schwang Sam sie von sich weg und führte sie locker mit seiner behandschuhten Linken, bevor er sie wieder mit der Rechten zu sich zog. Sein Körper erwachte selbstbewusst zum Leben. Billie lachte leise, als er sie wieder von sich weg schwang und ihre verschränkten Hände sich über ihren Kopf erhoben. Sie wirbelte herum, fühlte sich schwerelos, und der Saum ihres dunklen Kleides schwang um ihre Beine. Einen wundervollen Moment übernahm ihr Körper die Kontrolle – das war doch das Schöne am Tanzen, oder? Ihr Körper folgte willig seiner Führung, und ihr Verstand hörte eine Weile auf, sich auf den Zweck ihres Besuchs hier zu konzentrieren, auf den Fall, auf das Mysterium und auf die Gewalt in der Welt. Seine linke Hand nahm mit überraschender Behutsamkeit ihre rechte, dann wirbelte Sam sie erneut von sich weg, und sie kam zurück, schmiegte sich an seine breite Brust. Sie hatte fast vergessen, wie es sich anfühlte, zu tanzen.

Augen …

Da war das Gefühl wieder. Billie spürte, wie sich Augen in sie bohrten. Sie beobachteten nicht den Tanz, sondern sie, genauso wie sie es früher am Tag gespürt hatte. Sie wurde aus dem Moment gerissen und musterte die Tanzfläche, dann die Tische dahinter, und ihre Miene wurde ernst.

»Alles okay?«, flüsterte Sam. Billie sah die Frage auf seinen Lippen mehr, als sie sie hörte. Die Musik war nicht langsamer geworden, und sie öffneten ihre Umarmung und machten dann einen Sugar Push, nachdem Billie mit einem Nicken klargestellt hatte, dass alles in Ordnung war. Erneut löste sie sich von seinem Blick und beobachtete die anderen Gäste, versuchte herauszufinden, wessen Blick sie spürte. War sie paranoid? Jetzt tanzten sie nebeneinander, Billie folgte Sams Rückwärtsschritten fast synchron, und das lenkte ihre Aufmerksamkeit wieder auf ihren Tanz. Sie musste ihn beobachten, um ihre nächste Bewegung zu antizipieren. Er schickte sie in einen Lindy Whip, und sie hielt ihren Blick auf ihn gerichtet, drehte sich um sich selbst, sie tauschten die Hände und machten einen Texas Tommy. Sie hatte keine Ahnung gehabt, dass ihr Assistent so tanzen konnte. Er war groß und geschmeidig, aber dennoch behielt er seinen rauen Charme, voll von natürlicher Eleganz, aber nicht poliert, nie zu glatt oder zu technisch.

Die Zeit verstrich, und das Tempo der Musik wurde wieder langsamer. Die Gäste machten mit ihren Wiegeschritten weiter. Wäre es ein anderes Publikum gewesen, dann hätte die Band vielleicht noch einen draufgelegt und einen Jitterbug gespielt, aber nicht in diesem Set. Billie sah sich wieder nach Boucher um, nach den Leuten vom Land, der Frau in Violett oder dem blassen Mann. Keiner von ihnen war zu sehen. Sie hatte mehr Zeit damit verbracht, auf Sam zu achten, als sie erwartet hatte.

»Ich bin beeindruckt. Sie sind mir kein einziges Mal auf die Füße getreten«, spottete Billie.

»Und Sie sind nicht gestolpert«, konterte er schlagfertig.

Sie lachte. »Touché.« Sie gingen zur Bar zurück, die langsam leerer wurde. »Meine Lolly Kicks sind nicht so, wie sie sein sollten.«

»Nennt man das so?«

»Ich glaube schon«, sagte sie. »Barkeeper, ich hätte gern ein Wasser, bitte.«

»Wie Sie wünschen, entzückende Lady. Sie tanzen wirklich gut«, antwortete er.

Billie lächelte über das Kompliment, bezweifelte aber, dass es zutraf.

»Ich habe schon seit Jahren nicht mehr so getanzt«, gestand Sam, und Billie fragte sich, warum nicht. Seine Verletzung war kein echter Hinderungsgrund, wie ihr klar geworden war. Sie hatte zwar ihren Assistenten nie ohne Handschuhe gesehen, aber er hatte offenbar genug Gefühl in seinem Daumen und kleinen Finger, um seine Partnerin führen und die Hand im Spiel halten zu können. Eunice würde doch sicher mit ihm tanzen? Er war ein junger Mann, und junge Menschen tanzten, wenn sie nicht an der Front waren, oder nicht? Aber während andere Paare den Lindy Hop in Tanzsälen tanzten, war sie durch ausgebombte Gebäude gekrochen, hatte lange gefährliche Nächte in fremden Betten mit Jack verbracht. Ihr Liebeswerben hatte auch Tanzen eingeschlossen, aber außerdem noch sehr viel anderes, und nichts davon war auch nur annähernd traditionell gewesen. Sie waren ein Fotograf und eine Reporterin gewesen, die von denselben Dingen angetrieben worden waren, der Krieg hatte sie zusammengeführt – und am Ende auch getrennt.

»Ich habe auch vergessen, wie es sich anfühlt«, antwortete Billie. Sams persönliche Angelegenheiten waren seine eigene Sache, und sie tat ebenfalls gut daran, ihre eigenen Befindlichkeiten in diesem Moment zu vergessen. Sie musste sich auf ihre Arbeit konzentrieren, nicht darauf, dass ihr Ehemann in Übersee verschollen war.

Der Barkeeper kehrte mit zwei Wassergläsern zurück. Billie nahm ihres und trank es in einem Zug leer. Tanzen machte sie durstig. Sam beobachtete sie einen Moment, grinste sie dann an und verschwand kurz auf die Toilette. Billie sah ihm nach. Das weiße Jackett spannte sich über seinen breiten Schultern.

Sie betrachtete die Schar der Menschen im Club, die sich allmählich ausdünnte. Boucher hatte seine Gäste in der Nacht zuvor um etwa diese Zeit unterhalten. Unwahrscheinlich, dass er jetzt noch auftauchte. Vielleicht war ja die letzte Nacht ein Glückstreffer gewesen, oder möglicherweise ging er immer nur freitags hierher. Immerhin fand sein Gewerbe nicht nachts statt. Vielleicht war es auch besser, dass er sie nicht gleich heute Nacht schon wieder sah. Sie fragte sich, wie die Auktion am nächsten Tag laufen würde und ob er dort ebenfalls so stark präsent sein würde oder sich lieber im Hintergrund hielt. Die eigentliche Frage war, warum der Junge versucht hatte, Boucher zu erreichen – wenn das wirklich sein Grund gewesen war, um ins *The Dancers* hineinzukommen.

»Miss ...«

Es war der Barkeeper. Er stellte ihr ein Glas Champagner in einer zierlichen Schale unmittelbar vor ihre behandschuhten Fingerspitzen. »Danke, aber ich habe das nicht bestellt«, protestierte Billie, jedoch nicht sonderlich nachdrücklich.

»Der geht aufs Haus«, sagte der Barkeeper. »Sie scheinen durstig zu sein.« Er lächelte unmerklich, und seine Augen funkelten. »Außerdem machen wir bald zu. Es wäre schade, den Rest der Flasche zu verschwenden, vor allem, wenn jemand wie Sie an der Bar sitzt.«

»Sie Teufel«, antwortete sie. Ganz bestimmt war das nicht das erste Mal, dass er mit einem weiblichen Gast flirtete, und sie lächelte geschmeichelt. »Ich danke Ihnen sehr.« Sie trank einen Schluck. Der Champagner war gut. »Ich wollte Sie eigentlich fragen, ob Sie etwas über ein paar Jungs wissen, die letztes Wochenende versucht haben, hier hereinzukommen. Speziell Adin Brown, knapp eins achtzig groß, lockiges Haar?«

Der Barkeeper beugte sich zu ihr, vielleicht etwas weiter, als es professionell gewesen wäre. »Ich habe es schon Ihrem Freund erzählt, ich weiß nichts über ihn. Er ist außerdem noch zu jung, um hier reinzukommen.« Die Antwort klang ehrlich.

»Er ist nicht mein Freund«, verbesserte sie den Mann und nippte weiter an dem Champagner. Er war sehr süffig. »Und ungeachtet dessen, was Sie vielleicht Anderen erzählen müssen, frage ich mich, was Sie insgeheim darüber gedacht haben. Haben diese Jungen eine Szene gemacht? Irgendetwas Peinliches?«

Der Blick des Barkeepers zuckte kurz zu etwas hinter Billie, und schlagartig versteifte er sich. »Hören Sie, entzückende Lady, ich würde gerne mit Ihnen plaudern«, sagte er, »aber ich muss an meinen Job denken. Entschuldigung.« Er trat zurück, ging ans andere Ende der Bar und polierte dort den Tresen.

Mist!, dachte Billie. Sie drehte sich um und ließ ihren Blick durch den Raum gleiten. Sie hatte gedacht, sie hätte ihn schon in der Tasche gehabt. Aber wen hatte er da gesehen?

Einen Moment später tauchte Sam wieder auf. Er wirkte etwas niedergeschlagen.

»Sie haben den Barkeeper doch nicht schief angesehen, oder?«, fragte Billie ihn einen Hauch vorwurfsvoll.

»Nein. Aber raten Sie mal, wen ich im Gang getroffen habe?« Er schäumte, ganz eindeutig auf etwas völlig anderes konzentriert. »Diesen verfluchten Spaghettifresser.«

Billie seufzte. Das hatte ihr gerade noch gefehlt. Sam hatte seit

Tobruk und jenem AR-4-Panzer eine gelinde gesagt unfreundliche Haltung Italienern gegenüber. »Sie hegen doch nicht immer noch einen Groll gegen die gesamte Bevölkerung Italiens, oder, Sam?«, entgegnete sie finster.

»Wie bitte? Haben Sie denn nichts gegen sie?«, fuhr Sam sie ärgerlich an. »Oder gegen die Japse? Gegen die Deutschen?«

»Hören Sie, ich will nicht über so etwas streiten. Es ist schon spät.«

»Und es braucht eine ganze Nation, um einen Anführer wie …«

Billie schloss die Augen. »Die Nazis sind etwas anderes, Sam. Oder auch Mussolini selbst. Aber man kann nicht Millionen von Zivilisten verantwortlich für einen Krieg machen, den ihre Anführer vom Zaun gebrochen haben. Was ist mit diesen deutschen Studenten, dem Widerstand der Weißen Rose, die man gehängt hat, obwohl sie noch Kinder waren? Das waren Zivilisten, die gegen das, was ihre Regierung tat, protestiert haben, und es gab noch viele mehr, die auch protestiert hätten, aber um ihr Leben fürchten mussten. Zur Hölle, ich habe heute eine Geschichte über eine jüdische deutsche Familie gehört …« Sie verstummte. Es war nicht wichtig, dass Sam erfuhr, dass die Browns in Deutschland geboren worden waren, jedenfalls nicht, solange er in diesem Zustand war. »Was ist das für ein Betrug von den eigenen Politikern – man ist es nicht wert, in seinem eigenen Land zu leben, weil man als Jude geboren wurde?« Nach dem Gespräch mit Con und dem Tanz, bei dem sie sich unerwarteterweise wieder mehr wie sie selbst gefühlt hatte, ging der Abend den Bach runter, und zwar schnell.

»Es gab sehr viele Zivilisten, die den Krieg sogar unterstützt haben«, sagte ihr Assistent angespannt.

»Sam, damit haben Sie recht, aber so einfach ist das nicht.«
Sie dachte an die wunderschönen Stunden, die sie mit ihren Eltern in *Ciro's Café* auf der Elizabeth Street verbracht hatte. Luigi Rosina hatte sie mit seinen Geschichten zwischen Pasta und Hauptgericht unterhalten. Sie dachte an all die Italiener, die sie in Sydney kannte, und daran, wie sie plötzlich »Feindliche Ausländer« geworden waren, dabei hatten einige von ihnen im Großen Krieg für Australien gekämpft. Alte, freundliche Männer und ihre Familien, die in Lager gesteckt wurden. »Tausende Italiener wurden in Internierungslager geschickt, nachdem sie vor dem Faschismus hierher geflüchtet waren«, erinnerte sie Sam. »Ganz gleich, wie alt sie waren, wie ihr Gesundheitszustand war oder was sie über den Krieg dachten, sie wurden hinter Stacheldraht gesteckt.« Sie schüttelte den Kopf. »Vergessen Sie es, Sam. Ich bin gleich wieder da.« Die Enttäuschung in ihrer Stimme war unüberhörbar.

Es war ein sinnloser Streit. Sie konnte Sam den Hass nicht vorwerfen, den er empfand, nachdem er hatte zusehen müssen, wie seine Kameraden in Stücke gerissen wurden, oder nach allem, was er selbst durchgemacht hatte. Höchstwahrscheinlich würde er gar nicht für sie arbeiten, wenn diese italienische Brandbombe seine Hand nicht zerstört hätte. Aber trotzdem, diese Haltung akzeptierte sie bei ihrem Assistenten nicht. Vielleicht bringt ein schwarzes Kleid tatsächlich Unglück, dachte sie. Selbst wenn es eigentlich mitternachtsblau war …

Billie konnte ihre finstere Miene nicht ablegen, als sie zum Waschraum ging. Dort trug sie ihren *Fighting Red*-Lippenstift auf, puderte sich die Nase und betrachtete sich in dem großen, vergoldeten Spiegel. Diese Person strahlte die Entschlossenheit aus, dieses Rätsel zu lösen. Sicher, da war auch Frustration, aber sie fühlte sich lebendig. Es war etwas von der alten Billie wieder da – der Billie, die in Europa aktiv gewesen war. Sie riss sich zusammen und stellte fest, dass sie dieses Gesicht kannte, diese Miene. Sie wirkte noch frisch, trotz der späten Stunde, und sie hoffte, dass Sam sich beruhigt hatte, wenn sie wieder bei ihm war. Sie mochte ihren Assistenten. Er war zuverlässig, und sie bedauerte es kein bisschen, dass sie ihn engagiert hatte. Aber sie wollte sich nicht mit seinem Italiener-Problem auseinandersetzen, wenn sie sich eigentlich auf ihren Fall fokussieren sollten.

Als Billie aus den Waschräumen zurückkehrte, war Sam nicht mehr auffindbar. Sie glitt wieder auf ihren Hocker und nippte an ihrem Champagner. Einen Moment hatte sie das Gefühl, er wäre schal geworden. Der Geschmack war nicht mehr so wie zuvor, ebenso wenig wie die Stimmung im *The Dancers*. Mittlerweile waren kaum noch Gäste da, und es tanzten vielleicht nur noch ein Dutzend Paare. Billie hob ihr Glas noch einmal zu ihren Lippen, kam zu dem Schluss, dass es ihr überhaupt nicht mehr schmeckte, und schob ihren Drink von sich. Die letzten paar Schluck ließ sie drin. Sie und Sam sollten verschwinden, bevor sie zu sehr auffielen, wenn es nicht schon zu spät dafür war. Hatte jemand alle Angestellten instruiert, nicht mit ihr zu reden? Sie dankte dem Barkeeper, der am anderen Ende der Bar stand, mit einem Winken, legte einen zusätzlichen Shilling auf den Tresen neben ihr fast leeres Glas und ging zur Tür. Sie hoffte, dass sie Sam unterwegs aufgabelte.

»Wir sollten verschwinden«, sagte sie, als sie ihn in der Nähe des Haupteingangs fand. Sie lehnte sich an seinen Arm und legte ihren Kopf an seine Schulter. »Ich habe die Drinks ...« Sie sprach undeutlich, wie ihr auffiel. »Ich habe bezahlt«, versuchte sie es erneut, diesmal erfolgreicher.

Sam runzelte die Stirn und sah auf sie hinunter. »Hören Sie, ich glaube, Sie haben mich missverstanden, was diese Sache mit den Italienern angeht ...« Er verstummte. »Billie, Sie sehen wirklich müde aus.«

»Vielen Dank.« Sie klang irgendwie bissig und richtete sich wieder auf. Normalerweise konnte er gut mit Worten umgehen, aber nicht heute Nacht.

»So meinte ich das nicht. Sie wirken einfach nur ... nicht wie Sie selbst.« Er betrachtete forschend ihr Gesicht. »Vielleicht sollten wir es auf eine andere Nacht verschieben. Oder Sie sollten mich stattdessen zu diesem Treffen schicken«, sagte er.

»Worüber reden Sie? Sam, ich bin ganz dicht davor herauszufinden, warum Adin hier gewesen ist, bevor er verschwunden ist.« Sie zeigte mit Daumen und Zeigefinger, wie dicht davor sie war. »Es ist die einzige echte Spur, die wir haben, abgesehen von diesem Ausriss aus der Zeitung. Ich wette, es hat irgendetwas mit Boooer zu tun.«

Boooer?

Sie fühlte sich etwas müde und benommen, und zwar ziemlich plötzlich. Es war schon spät und Zeit, zu gehen, aber sie ließ sich nie von ihrer Müdigkeit vorschreiben, wann sie Schluss machte. Frische Luft würde bestimmt helfen. Dieser Türsteher wusste irgendetwas. Er war nervös gewesen, und Leute, die nervös waren, hatten oft etwas zu verbergen.

Sie würde ihn treffen. Dann würde sie etwas erfahren. Wenn nicht, dann brachte dieses Kleid wirklich verdammt viel Pech.

KAPITEL ELF

Das *People's Palace* war, so viel konnte man wohl reinen Gewissens behaupten, alles andere als ein Palast. Es handelte sich um eine achtstöckige Hotelpension mit einer verputzten Ziegelfassade in der Pitt Street 400. Ein Schild warb mit Großbuchstaben für »sehr erschwingliche« Zimmer, zudem wurden die Mahlzeiten »hygienisch zubereitet und geschmackvoll serviert«, und die Schlafzimmer waren angeblich »sauber und behaglich«.

Etliche Jahre hatte die Heilsarmee das *Palace* geführt. Billie wusste, dass es auf der Rückseite eine Art Herberge gab, für diejenigen, die sich die Hotelpreise nicht leisten konnten. Das Gebäude stammte aus der viktorianischen Ära und hatte einmal ein öffentliches Bad beherbergt. Damals war es ein Treffpunkt für Schwimmteams gewesen, dank eines beeindruckenden Schwimmbades. Mittlerweile war der Pool zugeschüttet worden, die Zeiten hatten sich geändert. Jetzt trafen sich hier ganz bestimmt keine Athleten mehr, und um knapp halb zwei Uhr morgens in einer Samstagnacht war es drinnen ziemlich ruhig. Obwohl die Straßen noch belebt waren, vor allem von Männern, von denen manche in Uniform unterwegs waren. Offenbar waren sie auf der Suche nach Ärger. Dass noch so viele Menschen auf den Straßen waren, hätte man nicht glauben mögen, da es bereits mehrere Stunden nach dem berüchtigten »Achtzehn Uhr-Besäufnis« war, kurz bevor die öffentlichen Bars schlossen. Billie fiel auf, dass sie keine einzige Frau gesehen hatte, seit sie den Theaterdistrikt verlassen hatten. Das Hotel war nur einen kurzen Fußmarsch entfernt, nicht weit von Billies Büro im Daking House, der Central Railway und den Tramlinien. Die Luft tat ihr gut, auch wenn sie darauf verzichtete, Sam zu verkünden, dass der Champagner ihr wirklich zu Kopf gestiegen war und sie sich eigenartig fühlte. Die Idee, dass ihr eigener Angestellter sie bemitleidete, war einfach nicht akzeptabel. Sie war aus härterem Holz geschnitzt.

Die Beleuchtung in der Lobby des *Palace* schimmerte grünlich, wie Billie und Sam durch die großen Panoramascheiben sahen, als sie sich dem Hotel näherten. Billie stieß eine der großen Doppeltüren auf und warf einen Blick über die Schulter. Sam tauchte im Schatten der Straße unter. Wenn sie nicht in einer halben Stunde wieder herauskam, würde er zu Raum 305 gehen und nach ihr sehen. Das war der Plan. Ihr Kopf tat plötzlich heftig weh, vielleicht wegen der späten Stunde oder des letzten Glases Champagner. Widerwillig stellte sie fest, dass sie es allmählich bedauerte, hierhergekommen zu sein.

Bleib wachsam, Walker!

Die Lobby war mit wenigen, verschlissenen Couches und Sesseln sparsam möbliert, eine Lampe brannte etwa so hell wie eine einzelne Kerze, und auf einem Tisch an einer Wand schienen irgendwelche Broschüren ausgelegt zu sein. Aus einem Büro hinter der Rezeption ertönten Geräusche. Vielleicht war das der Nachtwächter, der in diesem Moment seinen Job nicht gerade spitzenmäßig erledigte, wie Billie es nennen würde. Das passte ihr allerdings sehr gut. Ansonsten war alles ruhig. Sie sah sich noch einmal mit müden Augen um, und als sie festgestellt hatte, dass Con Zervos nirgends zu sehen war, öffnete sie die Tür zum Treppenhaus und stieg die Treppe hoch. Ihre Beine schmerzten, und sie rief sich ins Gedächtnis, dass sie nur noch die nächste Stunde überstehen musste. Dann war sie wieder zu Hause in ihrem eigenen Bett und konnte sich ausschlafen.

Sie verließ das Treppenhaus in der dritten Etage. Im Korridor empfing sie ebenfalls Stille, nur die gedämpften Töne eines Radios aus einem Zimmer in der Nähe sowie die leisen Geräusche von der Pitt Street unter ihr waren zu hören. Unter einer Tür drei Zimmer weiter fiel ein Lichtschein in den Flur. Das musste 305 sein. Als sie näher kam, sah sie, dass es sich um Zimmer 304 handelte. Unter dem Türschlitz von Zimmer 305 war alles dunkel. Meine Güte, war sie müde! Irgendetwas stimmte eindeutig nicht mit ihr.

Billie legte ihre Hand auf den Türknauf. Die Tür knarrte, als sie sich bewegte. Sie war nicht verschlossen gewesen.

Es überlief sie kalt, und sie trat zurück. Ihr schwerer Kopf klärte sich schlagartig, als sie das Gefühl überkam, dass hier irgendetwas nicht in Ordnung war. Instinktiv zog sie den Saum ihres dunkelblauen Kleides hoch und nahm den kleinen Colt aus ihrem Schenkelhalfter. Sie legte den Finger auf den Abzug. Der Perlmuttgriff war warm von der Hitze ihres Beines. Trotz ihres vorübergehenden Schwindelgefühls vorhin waren ihre Hände ganz ruhig, und sie schob die Tür mit der Fußspitze weiter auf.

»Mr Zervos?«, fragte sie in den pechschwarzen Raum hinein. Niemand antwortete.

Billie vermutete, dass sie ihn verpasst hatte und er in die Lobby gegangen war, um auf sie zu warten. Vielleicht hatte er eine andere Treppe benutzt als sie. Aber ihr Instinkt verwarf diese Vorstellung sofort. Das hier war etwas anderes. Ihr Bauchgefühl, diese kleine Frau in ihr, die alle möglichen Dinge wusste, war sich ganz sicher. Der stickige Geruch in dem Zimmer machte sie nervös, und ihr Kopf wurde noch schwerer, obwohl das Adrenalin ihre Benommenheit ein wenig zurückdrängte. Hier war es nicht sicher. Was war das für ein Gestank? Ein metallischer Geruch, wie Blut oder Erbrochenes, oder wie der ekelhafte Schweiß von Fieber. Irgendjemand sollte dringend ein Fenster öffnen. Sie hatte keine Lust, durch diese dunkle Tür zu treten, aber sie brauchte Licht.

Billie tastete an der rechten Wand entlang und suchte mit ihren Fingern die Fläche ab, bis sie den hervorvorstehenden Lichtschalter fand. Sie drückte ihn nach unten. Das Licht flammte grell auf und beleuchtete den kleinen Raum wie ein Blitz. Es enthüllte ein Diorama aus Schreckensbildern, bevor es ausging, sie wieder in Dunkelheit tauchte und dann mit einem schwachen und regelmäßigen Summen wieder aufflammte.

Billie schrie nicht. Sie zuckte auch nicht zusammen. Sie sah ihn einfach nur an.

Con Zervos' Uniform hing über einem Stuhl, aber er steckte nicht drin. Er trug einen Anzug mit einem halb geöffneten Hemd und lag rücklings auf den weißen Bettlaken. Seine Augen waren aus den Höhlen getreten, sahen aber nichts, und seine Krawatte war fest um seinen Hals geschlungen. Alles darüber war blau. Er starrte sie direkt an, blickte durch sie hindurch, eine Hand an den Hals gelegt, die andere hing an dem schlaffen Arm herunter. Seine Finger berührten fast den gemusterten Teppich von Zimmer 305.

KAPITEL ZWÖLF

Es dauerte ewig, bis die Polizei samstagnachts um zwei Uhr im *People's Palace* eintrudelte. In der grünlich erleuchteten Lobby saß Samuel Baker neben Billie Walker auf einer dieser verschlissenen Couches, die sie zuvor gesehen hatte, und versuchte von Zeit zu Zeit seine Chefin zu wecken, die immer wieder einzuschlafen drohte. Das Adrenalin war verbraucht, und jetzt fühlte sie sich wieder müde und merkwürdig, nur viel schlimmer als vorher.

»*Sie bringen mich in Teufels Küche, Lady*«, hatte Zervos gesagt. *Sie bringen mich in Teufels Küche.*

Die Zeit verstrich irgendwie sonderbar. Sie hörte Stimmen, dann wieder gar nichts. Ab und zu blinzelte sie und fragte sich, wie viel Zeit vergangen war. Der Nachtwächter war konfus und verlegen und strich in unregelmäßigen Abständen um sie herum.

»Lady, wir waren gerade oben im Zimmer 305«, sagte jetzt jemand. »Wir wissen nicht, was Sie hier für ein Spiel spielen, aber es gefällt uns absolut nicht.«

Billie öffnete die Augen und konzentrierte sich mit Mühe. Ein korpulenter, rothaariger Polizist beugte sich sichtlich gereizt zu ihr herunter und musterte sie aus rot geäderten Augen. Als sie ihn ansah, hatte sie das Gefühl, als würde sie eine Szene durch etliche Schichten beschlagenes Glas betrachten. Dann nahm sie wahr, dass insgesamt zwei Polizisten vor ihr standen. Sie schienen bereits eine Weile hier zu sein.

»Entschuldigen Sie, Officer, wie bitte?«, antwortete Billie. Ihre Augen drohten ihr zuzufallen, und Sam stieß ihr seinen Ellbogen in die Rippen.

»Da ist niemand in Zimmer 305«, wiederholte der Polizist knapp. »Dieser Zervos, von dem Sie reden, ist nicht da.«

»Er ist da! Natürlich ist er da. Er ist tot. Es ist … Es ist schrecklich. Dieser arme Mann.« Sie plapperte.

Der Police Officer sah sie angewidert an. »Schaffen Sie sie nach Hause«, sagte er zu Sam und wandte sich ab.

Billie war verwirrt. »Ich habe …«, sie warf einen Blick auf die Uhr, »fünfundvierzig Minuten auf Sie gewartet, dann kommen Sie endlich und wollen mir jetzt sagen, dass ein toter Mann verschwunden ist?«

»Waren Sie auch oben?« Der Cop redete jetzt mit Sam und ignorierte Billie völlig.

»Nein«, gab der zu. Billie hatte ihn angewiesen, mit ihr im Foyer zu warten, bis die Polizei kam, obwohl sie nicht erwartet hätte, dass es so lange dauern würde. Wie viele Leichen wurden denn samstagnachts in dieser Stadt gefunden? Nein, vergiss es, sie wollte es nicht wissen.

»Da oben ist niemand. Schaffen Sie sie mir aus den Augen«, sagte der Cop zu Sam, der sie unter den Achseln packte und auf die Füße zog. »Ich schlage vor, Sie lassen sie ihren Rausch ausschlafen«, setzte er hinzu, als Sam sie aus der Lobby führte und mit ihr in die frische Nachtluft hinaustrat. »Alkohol ist nicht gut für die Ladys. Liegt an ihrer Biologie«, hörte sie ihn noch sagen, bevor die Türen zufielen.

Billie war zu müde, um wieder hineinzugehen und ihm eine Ohrfeige zu verpassen.

=

»Sind Sie sicher, dass ich Sie nicht hochbringen soll?«, fragte Sam sie an der Schwelle von Cliffside Flats.

Die Nachtluft belebte sie, und Edgecliff war ruhig. Billie schüttelte eigensinnig den Kopf, obwohl sie schwankte. Wie sonderbar sie sich fühlte. Die Welt um sie herum schien zu schwimmen. Sam runzelte die Stirn und sah sie prüfend an. »Ich brauche keine Hilfe. Mir geht es gut«, log sie ihn an und wandte den Blick ab. Sie war sich jetzt ganz sicher, dass der Drink an ihrem Zustand schuld war. Diese letzten Schlucke – die hatten sonderbar geschmeckt. Irgendetwas war nicht richtig gewesen. Das war die einzige sinnvolle Erklärung für diesen ganzen Schlamassel. Zum Glück hatte sie das Glas nicht geleert, aber sie wollte verdammt sein, wenn sie zuließ, dass ihr Angestellter sie ins Bett brachte, selbst wenn es den Anschein hatte, als hätte man sie unter Drogen gesetzt.

»Ich rufe Sie morgen früh an«, versicherte er ihr besorgt. Billie nickte und schloss die Tür auf. Sam beobachtete sie, und sie hatte Schwierigkeiten mit dem Schlüssel. Dann fiel endlich die Haustür hinter ihr zu und schloss Sam und die Geräusche der Nacht aus. Ihre Beine schmerzten, als sie die wenigen Stufen zu dem kleinen Aufzug hinaufging. Sie drückte den Knopf und stieg in die mit Holz getäfelte Aufzugskabine. Als sich die innere Tür schloss, sah sie durch die rechteckige Glasscheibe Sam, der immer noch am Vordereingang des Gebäudes stand, um sich zu überzeugen, dass sie wirklich heil in ihr Stockwerk kam.

Es war nach drei Uhr morgens, als Billie ihre Schlüssel auf die Flurgarderobe werfen wollte und diese verfehlte. Sie schüttelte den Kopf und fing bereits auf dem Weg ins Badezimmer an, sich auszuziehen. Sie verteilte ihre Kleidungsstücke wie Brotkrumen hinter sich. Erst der rechte Schuh, dann der linke, dann ein Strumpf, den sie trotz ihres müden Verstandes aber nicht einfach auf dem Boden liegen lassen konnte. Sie starrte den Strumpf an, der irgendwie verschwommen war. Diese verdammten, teuren Dinger! Sie hob ihn auf, was ihr mehr Mühe machte, als ihr lieb war, weil sie in dem Dämmerlicht ungeschickt herumtasten musste. Dann lehnte sie sich gegen die Lehne eines Esszimmerstuhls, um die Schnappverschlüsse des anderen Strumpfs zu öffnen und ihn herunterzurollen. Das Badezimmer. Dorthin musste sie als Nächstes. Was das für eine schreckliche Nacht gewesen war! Schrecklich und rätselhaft. Und ihr Kopf fühlte sich furchtbar an.

Billie schminkte sich hastig ab, weil ihre Zu-Bett-geh-Gewohnheiten zu tief in ihr verwurzelt waren, um sie einfach ignorieren zu können. Sie ließ Wasser in ein Glas laufen, leerte es in einem Zug und füllte es erneut. Dann wusch sie sich die Hände und zog das verfluchte Kleid aus, bevor sie das Badezimmer verließ. Ihr Kopf war schwer wie Blei, und sie freute sich, sich endlich aufs Bett legen zu können. Sie trug noch ihren Slip und ihren Unterrock sowie den Strumpfgürtel, dessen Schnappverschlüsse um ihre Schenkel baumelten. Die Halskette ihrer Mutter hing schwer an ihrem Hals. Sie versuchte den Verschluss zu öffnen, aber das verdammte Ding klemmte, und sie gab es auf. Sie nahm die Ohrringe ab und legte sie beide auf den Nachttisch, was ihr gelang, ohne sie fallen zu lassen. Ein kleiner Triumph. Sie kämpfte mit ihren schweren Gliedmaßen, schob ihren Colt unter das Kopfkissen, wo er am schnellsten greifbar war. Es kostete sie Mühe, sich auch nur unter das Laken zu schieben.

Dann sank sie mit einer ekelhaften Schwere auf die Matratze, als es um sie herum endlich dunkel wurde.

KAPITEL DREIZEHN

Dunkle, dunkle Welt.

Durch die dünnen Schlitze seiner geschwollenen Augenlider nahm Adin Brown nur einen fleckigen Film aus dunkler Farbe wahr, der sich bewegte und schrumpfte, als er versuchte, sich darauf zu fokussieren. Das dämmrige Licht waberte, als wäre er immer noch unter Wasser, würde immer noch nach Luft ringen, als würden seine Lungen immer noch brennen. Aber dieser Ort war schmutzig und staubig, viel zu trocken. Die Luft selbst schmerzte in seinen Augen. Es juckte ihn am ganzen Körper, sein Kopf pochte, und unter seiner Hand spürte er scharfe, harte Gegenstände. War er tot? War das Sheol, das schattige Land des Vergessens, in dem er irgendwann hausen sollte, oder der Hades, vor dem seine Großmama ihn gewarnt hatte? Ein Ort ohne seine geliebte Familie, ohne Gott?

Er fuhr sich mit der Hand über das Gesicht. Die Oberfläche hatte sich verändert, seine Haut schmerzte unter seiner Berührung. Sie war von Schotter bedeckt, der in kleinen Klumpen herunterfiel. Dann bemerkte er, dass seine Hände frei waren. Die Seile waren verschwunden, die Haut an seinen Handgelenken wund. Er war nicht mehr in der Badewanne und auch nicht in diesem sonderbaren Raum. War er befreit worden? Hatten sie ihn tatsächlich am Leben gelassen, obwohl er ihre Gesichter gesehen hatte?

Er rollte sich schmerzhaft auf die Seite, streckte sich und tastete blindlings umher. Er las mit den Fingern seine Umgebung, als würde er Blindenschrift entziffern. Er spürte etwas wie kaltes Eisen, etwas Festes. Hatte er seine Verletzungen etwa mit in den Tod genommen? Sollte er nicht eigentlich frei von Schmerzen sein, wenn er tot war, oder war das seine Sühne? Als bekäme er eine Antwort, nahmen seine Ohren, in denen es bis jetzt nur geklingelt hatte, etwas anderes wahr – ein Donnern. Ein tiefes, mächtiges Brausen, das immer lauter wurde. Seine Hand fuhr von dem Eisen zurück, und er rollte sich herum, stieß auf mehr Eisen mit der anderen Hand. Unter seinem Körper waren Schotter und Holzplanken. Etwas näherte sich. Das Eisen unter seiner Hand begann zu vibrieren, härter und drängender. Er starrte angestrengt um sich herum, erkannte jedoch nur schwache Einzelheiten. Gleise. Er lag auf Bahngleisen.

Und eine Lokomotive donnerte auf ihn zu.

KAPITEL VIERZEHN

Plötzlich war sie wieder in der Vergangenheit, in diesem einen Moment.

Der kalte Himmel Wiens war rot von Flammen, und sie kauerten atemlos hinter einer Reihe niedriger Büsche. Jack mit seiner Argus-Kamera, Billie mit ihrem Notizblock und ihrem scharfen Auge, das alle Einzelheiten aufnahm. Um sie herum klirrte Glas, knisterten Flammen, gellten entsetzte Schreie, als der Mob aus Zivilisten und SS-Soldaten höhnisch Fenster auf der Straße einschlug und die Geschäfte dahinter in Brand setzte. Überall in der Stadt passierte dasselbe. Wilde Meuten bildeten sich spontan. *Oder ist es vielleicht geplant?*, fragte sich Billie. Sie hatte kurz die Synagoge betreten, sich unter die Menge gemischt, Jack an ihrer Seite. Sie folgten den Aktivitäten und beobachteten, wie die Bänke zertrümmert wurden, der Vorhang vor der Lade in Stücke gerissen wurde, und sie hatten sich zurückgezogen, als der Mob Feuer gelegt und die Synagoge sich mit Rauch gefüllt hatte. Jetzt versteckten sie sich draußen, verborgen von der Reihe aus Büschen auf der anderen Straßenseite. Sie sahen zu, wie ein deutscher Soldat mit diesen hohen Lederstiefeln einen Mann von etwa sechzig Jahren nur ein paar Schritte von ihrem Versteck entfernt zu Boden trat. Der Mann hatte ein Nachthemd an und hob die Hände, flehte unbewaffnet um Gnade. Vollkommen entsetzt und ohnmächtig beobachteten sie stumm, wie der Mann von wütenden Österreichern angegriffen wurde. Es waren mindestens zwanzig, die ihn abwechselnd traten, angetrieben von dem Soldaten. Sie reduzierten einen Menschen, einen Mann, der gejammert und um Hilfe gerufen hatte, innerhalb von wenigen Augenblicken zu etwas, was Billie noch nie zuvor gesehen hatte. Etwas Zerbrochenes, Blutiges, Zerschmettertes, förmlich in die Pflastersteine Gestampftes, auf denen sie nur wenige Minuten zuvor noch gestanden hatten.

Sie schloss die Augen.

Öffne sie. Mach die Augen auf.

Etwas weckte Billie Walker, riss sie aus dem Schlaf, lange vor ihrer üblichen Zeit, unanständig früh für einen Sonntagmorgen. Es war immer noch dunkel, und die Vögel hatten aufgehört zu zwitschern. Die Sonne schien nur schwach in ihr Zimmer. Aber sie musste aufwachen. War der Grund etwas aus ihrem Traum? Sie hatte wieder von der Pogromnacht geträumt, das war ihr klar. Von der »Nacht des zerbrochenen Glases«.

Billie war keine Frühaufsteherin, und an diesem Morgen war ihr Kopf besonders schwer. Irgendwo in ihrem Verstand spürte sie immer noch Argwohn darüber, dass sie so ungewöhnlich müde gewesen war. Sie konnte einiges vertragen. Es sah ihr überhaupt nicht ähnlich, im Bett zusammenzubrechen und dann im Morgengrauen aufzuwachen. Durch die Schwere in ihrem Kopf nahm sie wahr, dass irgendetwas ungewöhnlich war, dass sich etwas verändert hatte. Sie hielt den Atem an und lauschte, immer noch rücklings auf dem Bett liegend. Sie hörte kein Geräusch, weder eine Bewegung noch das Knarren von Bodendielen. Es war etwas anderes. Sie drehte den Kopf zur Seite. Ihre

Schlafzimmertür war angelehnt gewesen, als sie die Augen geschlossen hatte, aber jetzt war der Spalt größer, ein paar Zentimeter nur. Sie zog ihren Colt unter dem Kopfkissen hervor, richtete sich auf und hielt ihn ausgestreckt vor sich. Die Bewegung rief ein höchst unerfreuliches Pochen in ihren Schläfen hervor, und unwillkürlich schloss sie die Augen wieder.

Irgendetwas ist da …

Als sie die Augen ein paar Sekunden später mühsam wieder öffnete, war sie wach. Es war eine erschreckend nüchterne Art von Wachheit, als würden Güterzüge über ihre Nerven rumpeln. Sie war nicht allein. Ein Mann lag auf dem Boden neben ihrem Bett.

Mit einem Satz stand sie auf ihren nackten Füßen neben ihm, in ihrem zerknitterten Slip mit ihrer kleinen Pistole in den Händen, den Finger leicht auf den Abzug gelegt. Einen Moment war sie verwirrt, dann ließ sie den Colt langsam sinken.

Con Zervos lag rücklings auf dem Perserteppich, immer noch mausetot.

KAPITEL FÜNFZEHN

Als Billie an die Tür am Ende des Ganges ein Stockwerk höher klopfte, gekleidet in ihre pfirsichfarbene Robe und den passenden Pantoffeln, mit zerzaustem Haar und verschmierter Mascara von der Nacht zuvor, öffnete ihr Alma. Es war so früh, dass die Hausdame der Baronin noch nicht ganz angekleidet war. Ihre Augen waren wässrig, weil sie so früh wieder geweckt worden war, und sie trug einen gesteppten blauschwarzen Morgenmantel. Alma hatte noch Lockenwickler im Haar, die von einem braunen Haarnetz gehalten wurden. Ihre Augenbrauen schossen überrascht in die Höhe.

Billie schob sich an ihr vorbei.

»Kannst du bitte die Tür abschließen? Ich muss sofort mit Mum sprechen!«, stieß Billie hervor und verzichtete auf irgendwelche Förmlichkeiten. Alma tat wie geheißen, aber es war klar, dass ihr etliche Fragen auf der Zunge lagen. »Ich glaube, ich brauche dich auch«, setzte Billie hinzu. Bei diesen Worten verwandelte sich Almas mildes Erstaunen in offensichtliche Beunruhigung. Ohne ein weiteres Wort ging sie in Ellas Zimmer.

Diese aufzuwecken, kostete etwas Zeit. Es bestand kein Zweifel daran, woher Billie ihre Schlafgene hatte. Sie schaltete einige

Lampen an und lief dann unruhig im Wohnzimmer auf und ab, während sie versuchte, die Situation zu durchdenken. Nach einer gefühlten halben Stunde, die in Wirklichkeit wahrscheinlich nur gut fünf Minuten waren, tauchte die Baronin mit ihrem Haarnetz und Lockenwicklern auf. Die Augenmaske aus Satin hatte sie in die Stirn geschoben, und ihre schmale Gestalt war mit einem schwarzen, blumenbestickten und mit einem Gürtel zusammengerafften Seidenmorgenmantel bedeckt. Sie hatte nackte Füße und hielt ihre schwarzen Satin-Pantoffeln in der Hand. Ihre Augen waren trüb und blutunterlaufen. Nennenswerte Augenbrauen hatte sie nicht. Sie hatte sie vollkommen ausgezupft, als es gerade Mode gewesen war.

»Darling, du siehst schockierend aus«, stellte Ella fast automatisch fest, während sie ihre Tochter von Kopf bis Fuß erstaunt und mit einem gerüttelten Maß an Missbilligung betrachtete. Billie widerstand der Versuchung, das Kompliment zu erwidern. »Wirklich, Darling, du bist so blass wie der Mond. Wie spät ist es?« Verwirrt suchte sie im Wohnzimmer nach einer Uhr. »Was soll das alles? Ich dachte, wir wären zum Lunch verabredet. Es ist praktisch noch dunkel draußen. Wie spät ist es?«, wiederholte sie. »So kannst du unmöglich ausgehen.«

In ihrer Zeit als Kriegsberichterstatterin hatte Billie zerfetzte Soldaten erlebt, die aus der Anästhesie erwachten und ähnlich sinnloses Zeug redeten wie ihre Mutter jetzt. Alma beobachtete ihrerseits den verwirrten Wortwechsel kurz und verschwand dann in der Küche. Schon bald hörte man das Geräusch der Kaffeemühle, und das Aroma waberte ins Wohnzimmer. Diese wundervolle, gesegnet kluge Frau. Obwohl Billie zumeist schwarzen Tee bevorzugte, war unter diesen Umständen der Gedanke an starken Kaffee sehr verlockend. Um diese

Stunde hätte sie einen ganzen Eimer von dem Zeug gebrauchen können.

»Du trägst die Halskette ausgerechnet jetzt, und mit … damit?« Billie erinnerte sich entfernt, dass sie um drei Uhr morgens zu müde gewesen war, um den Verschluss zu öffnen. »Wofür brauchst du deine Pistole?«, fuhr Ella jetzt etwas klarer fort. Billie registrierte, dass sie die Waffe immer noch mit der rechten Hand umklammerte. Die allerdings hing an ihrer Seite herunter. Sie löste ihren verkrampften Griff und legte ihren Colt vorsichtig auf einen Tisch.

»Entschuldigung, Mutter … Ella … Es geht nicht um unseren heutigen Lunch, den muss ich ohnehin absagen. Ich muss eine Auktion besuchen, denke ich … Aber das spielt im Moment keine Rolle.« Billie legte ihrer Mutter die Hände auf die Schultern und sah ihr in die Augen. »Es gibt ein … Problem. Ich brauche deine Hilfe.«

»Meine Güte, um sechs Uhr morgens?« Ella unterbrach den Blickkontakt mit Billie und rieb sich die Augen. »Alma, den Kaffee, bitte«, murmelte sie. Aber Alma hätte sie in der Küche auf keinen Fall hören können, und außerdem war sie diesem Gedanken bereits weit voraus. »Geht es dir gut?« Ella betrachtete Billie forschend.

»Ich bin körperlich unversehrt, Mum. Mach dir keine Sorgen. Ich glaube … Es sieht so aus, als würde man versuchen, mir etwas Schreckliches anzuhängen, und wir haben nur wenig Zeit, um die Lage zu bereinigen. Ich weiß nicht einmal, ob wir Zeit für Kaffee haben.«

Sie machte eine Pause, während die Realität immer mehr in sie einsickerte. Man hatte sie in *The Dancers* unter Drogen gesetzt. Jemand war ihr zum *People's Palace* gefolgt oder, wahrscheinlicher, dem armen Con. »Jemand versucht mit aller Macht, mich aus dem Weg zu räumen. Es muss an dem neuen Fall liegen, da bin ich sicher.«

Nachdem Ella viele Jahre lang ihr Leben mit Billies Vater geteilt hatte, war ihr mehr als den meisten anderen Menschen, ganz sicher viel mehr als den meisten Damen der gehobenen Gesellschaft, bewusst, in welche Situationen Billie bei ihrer Arbeit geraten konnte. »Man will dir etwas anhängen? Worum geht es?« Ihre Augen wurden klar, und die alte stählerne Intelligenz zeigte sich wieder in ihnen.

»Ich glaube, du solltest einfach mit runterkommen und es dir selbst ansehen«, schlug Billie vor.

Sie nahm ihre Mutter an der Hand, öffnete die Tür, spähte hinaus und führte sie über die Treppe zu ihrer Wohnung. Als sie ihr Stockwerk erreichten, überprüfte Billie den Korridor. Alles war unverändert dunkel und still. Kein Nachbar hatte sich gezeigt. Sie schlichen in ihren Pantoffeln über den mit Teppich ausgelegten Flur. Billie öffnete die Tür ihrer Wohnung, sah sich erneut nach beiden Seiten um, hielt die Luft an und lauschte. Nichts knarrte, und sie hörte keine Atemzüge. In ihrer Wohnung war es so still wie in einem Grab. Nachdem sie sich überzeugt hatte, dass sie allein waren, drängte sie ihre Mutter in die Wohnung und schloss die Tür hinter ihnen.

»Da drin ist ein Mann«, flüsterte sie und zog ihre Mutter zu ihrem Schlafzimmer. Sie blieben an der offenen Tür stehen und sahen hinein.

»O gnädige Hera!«, stieß ihre Mutter hervor, während sie die Gestalt auf dem Boden anstarrte.

»Ich habe ihn gestern Nacht getroffen, er heißt Con Zervos. Als ich ihn zum letzten Mal gesehen habe, lag er genauso da, nur in seinem eigenen Zimmer im *People's Palace*.« Er hatte noch dieselbe Kleidung an, und sogar sein Hemd war halb aufgeknöpft. Der Hauptunterschied war die zunehmend grünliche Färbung seiner Haut.

»Als die Polizei endlich kam, war er verschwunden, und sie versuchten mir weiszumachen, ich hätte mir alles nur eingebildet«, fuhr sie fort. »Dann bin ich heute Morgen aufgewacht und habe ihn so gefunden. Jemand hat die Sache so gedreht, dass er in meiner Wohnung liegt. Sie haben die Leiche hierhergeschafft, während ich geschlafen habe.«

Jetzt erst realisierte sie, was sie da sagte. Jemand war in ihr Zimmer gekommen, während sie ohnmächtig und nur mit einem Slip bekleidet auf dem Bett gelegen hatte. Billie erschauerte, und ihr schoss flüchtig der Gedanke durch den Kopf, ob sie jemals wieder würde ruhig schlafen können.

»Bist du unversehrt?« Ella betrachtete sorgfältig das Gesicht ihrer Tochter.

»Ich bin so unversehrt, wie ich war, als ich eingeschlafen bin. Aber jemand hat mir etwas in meinen Drink gekippt und mich damit außer Gefecht gesetzt. Es hat auch niemand irgendetwas gestohlen. Deine Saphirohrringe sind immer noch …« Sie deutete auf den Nachttisch. »Nein, sie sind weg!«, erkannte sie mit einem neuen Anflug von Entsetzen. Wer auch immer hier gewesen war, hatte sie eingesackt, diese Ratte. »Ich war zu müde, um die Halskette abzulegen. Dieser Verschluss ist kompliziert … Aber es sieht aus, als hätte jemand die Ohrringe gestohlen. Es tut mir so leid …«

Ihre Mutter warf ihr einen kurzen Blick zu.

»Wir haben keine Zeit, um uns darüber den Kopf zu zerbrechen. Wir müssen uns um den da kümmern.«

Selbst ohne Almas Kaffee war die Baronin jetzt hellwach. Sie hob das Kinn und presste die Lippen entschlossen zusammen. Dann stemmte sie die Hände in die Hüften. »Ich denke, wir sollten ihn loswerden«, erklärte sie sachlich.

Billie nickte. »Einverstanden.«

»Wir müssen Alma holen«, fuhr die Baronin fort.

»Das denke ich auch. Ich laufe rasch hoch. Fass nichts an.«

Die Baronin holte etwas übertrieben Luft. »Glaub mir, Darling, ich habe nicht vor, irgendetwas ... davon«, sie wedelte einmal mit der Hand durch die Luft, »anzufassen.« Dann verließ sie rückwärts Billies Schlafzimmer.

Nach kaum zwei Minuten kehrte Billie mit Alma und einer Thermoskanne mit frischem Kaffee in ihre Wohnung zurück. Billie schenkte drei Tassen voll, während Alma die Leiche auf dem Perserteppich anstarrte und erbleichte. Billie hatte die gute Frau vorgewarnt, aber sie würgte vor Schreck und verschwand im Badezimmer. Das war wirklich kein guter Morgen für Ellas Hausdame. Alma bevorzugte Ordnung und Ruhe, und diese Situation widersprach beidem zutiefst.

»Trink das.« Billie hielt ihrer Mutter eine dampfende Tasse hin. Ella nippte eifrig an dem heißen Kaffee und schien ein Stück größer zu werden.

Sie hörten die Toilettenspülung, und Alma kehrte zurück. Ihr Gesicht war aschfahl. Billie gab ihr eine Tasse schwarzen Kaffee, und nach ein paar Schlucken kehrte die Farbe in das Gesicht der Hausdame zurück. Dann standen die drei Frauen im Halbkreis vor der Leiche und betrachteten sie.

»Er schien ein netter Mann zu sein«, meinte Billie schließlich nach kurzem Schweigen. »Ich bin ihm nur zweimal begegnet. Ich hatte das Gefühl, dass er mir etwas Wichtiges verraten wollte.«

»Ich würde meine besten Perlen darauf wetten, dass du da recht hast«, erklärte ihre Mutter. »Du hast im richtigen Kamin herumgestochert, Liebes.«

Billies Adrenalinschub ließ allmählich nach, und die Realität setzte ein. Ja. Sie hatte an der richtigen Stelle gesucht. Wahrscheinlich an derselben Stelle, an der Adin Brown gekratzt hatte, was nichts Gutes für den Jungen verhieß. Irgendwelche Leute wollten Billie unbedingt ausschalten – und sie wollten nicht, dass sie den Jungen fand. Es war jetzt bereits nach sechs Uhr. Die Cops konnten jede Minute hier sein, und wenn sie sie wirklich erledigen wollten, war mit Sicherheit auch ein Fotograf dabei. Er würde auf der anderen Straßenseite warten, um ihre demütigende Verhaftung wegen Mordes mit anzusehen, wenn sie bei Sonnenaufgang aus dem Apartmentblock gezerrt wurde, nur mit Unterwäsche am Leib, während die Leiche ihres Möchtegern-Informanten auf einer Bahre herausgetragen wurde. Eine wirklich üble Falle. Selbst wenn Billie vor Gericht freigesprochen wurde und ihre Unschuld beweisen konnte, bedeutete der Fund einer Leiche in ihrem Schlafzimmer, dass ihr Name für lange Zeit einen unguten Nachgeschmack hinterlassen würde. Es gab jetzt schon viel zu viele Leute, die sie gern aus dieser »Männerdomäne« vertreiben wollten. Natürlich stießen Privatermittler manchmal auf Leichen, aber nicht in ihren eigenen Schlafzimmern …

»Wickeln wir ihn in den Teppich«, unterbrach Alma Billies Gedankenspirale. Die erfindungsreiche Frau stellte ihre Tasse auf den Boden und kniete sich hin, den Mund vor Konzentration zusammengepresst. Sie begann, die Enden des Perserteppichs zusammenzurollen, und wickelte sie wie ein Leichentuch um den Toten. Eine Sekunde später knieten sich Ella und

Billie ebenfalls hin und halfen ihr. »Wir müssen ihn zum Aufzug schleppen«, setzte Alma hinzu.

»Gute Idee«, erklärte Ella.

Sie rollten ihn weiter in den Teppich.

»Wenigstens ist er dürr«, sagte Billie. Sie hoffte, dass sie die Leiche den ganzen Weg zum Aufzug tragen konnten, und fragte sich, ob er in den Teppich gewickelt überhaupt dort hineinpasste. Schließlich machte der Teppich die Leiche noch steifer und sperriger. Sie ging die Logistik im Kopf durch. Dann überließ sie es Alma und Ella, den Teppich weiter zusammenzuwickeln, und machte ihr Bett, stellte die Kaffeetassen in einen Schrank und räumte auf, damit alles so aussah wie am Tag zuvor, bis auf den leeren Fleck, wo der Perserteppich gelegen hatte. Daran konnte sie nichts ändern, aber sie vermutete, dass niemand, der ihre Wohnung nicht kannte, den Unterschied bemerken würde.

»Das hier sieht weit mehr wie eine in einen Teppich gewickelte Leiche aus, als ich gehofft habe«, bemerkte Ella leise, als Alma und sie ihre Arbeit betrachteten. »Hoffen wir, dass wir nicht auf irgendwelche Nachbarn stoßen, sonst wird die nächste Eigentümerversammlung die reinste Hölle.«

––––

Um halb sieben an einem klaren Sonntagmorgen schleppten die drei Frauen einen verdächtig schweren Teppich aus Billies Wohnung und schleiften ihn durch den Gang des zweiten Stocks. Alma und Billie gingen vorn, Ella hinten.

»Es ist eine Schande«, sagte Ella leise keuchend, als sie eine Pause machte. »Dein Vater hat diesen Teppich für mich in ...«

»Nicht jetzt, Mum, bitte!«, flüsterte Billie drängend.

»Selbstverständlich«, lenkte Ella ein und machte sich wieder an die Arbeit. »Ich habe schon Tote gesehen, aber ich muss wirklich sagen, dass ich nicht wusste, wie verdammt schwer sie sind.«

Man nannte das »totes Gewicht«, und Billie hatte das Gefühl, dass es in keinem Verhältnis zum Lebendgewicht stand, vor allem bei diesem Kerl, der wirklich federleicht ausgesehen hatte. Der arme Mann war nur noch Haut und Knochen gewesen. Billie und Alma gingen jetzt rückwärts. »Mum, du beobachtest den Korridor hinter uns, und wir behalten den hinter dir im Auge. Wir müssen sehr, sehr leise sein. Kein Geplauder. Es ist jetzt nicht mehr weit, aber wir haben auch nicht mehr viel Zeit.« Sie waren nur noch ein paar Schritte von ihrem Ziel entfernt, als der Teppich sich bewegte und ein Fuß aus einem Ende herausrutschte.

»Mist!«, rief Ella.

»Leise!«, zischte Billie. Wäre es klüger gewesen, durch das Treppenhaus zu gehen? Nein, das war zu umständlich, obwohl die Gefahr, ertappt zu werden, wahrscheinlich geringer war. »Ich verspreche dir, dass er nicht allzu lange in deiner Wohnung sein wird«, flüsterte sie, während sie ihren Plan durchdachte.

Ella ließ das Ende des Teppichs wieder fallen. »*Meine Wohnung?*«

»Ja«, antwortete Billie gedämpft. »Wenn wir hinunterfahren, riskieren wir es, den Cops direkt in die Arme zu laufen. Also fahren wir hoch …« Die Baronin war vielleicht nicht mehr so kühn, wie sie einst gewesen war, aber Billie war zuversichtlich, dass die Polizei es nicht wagen würde, ohne einen ausgezeichneten Grund und einen wasserdichten Durchsuchungsbefehl in ihr Apartment einzudringen. Billie dagegen war weder von einem

166

Titel noch von den beeindruckenden Beziehungen ihrer Mutter geschützt.

Ella starrte ihre Tochter an, hob dann den Kopf, schloss die Augen und hockte sich neben die eingepackte Leiche. Offensichtlich hatte sie das Unausweichliche akzeptiert. »Glaubst du, dein Vater hätte jemals so etwas gemacht?«, flüsterte sie, während sie den Fuß zurückschob.

Billie antwortete nicht. Sie war sich sicher, dass sie ihre Instinkte zumindest zum Teil von ihrem Vater geerbt hatte. Er hätte eine Falle erkannt, wenn er sie vor der Nase hatte, und hätte niemals untätig herumgesessen und auf das Klopfen an der Tür gewartet, wenn eine Leiche in seinem Zimmer aufgetaucht wäre.

Als die Frauen schließlich den Aufzug erreichten, sahen sie sich einem weiteren Problem gegenüber. Horizontal würde Zervos niemals hineinpassen. Billie, Alma und Ella schwitzten jetzt sichtlich, ihr Haar war in Unordnung geraten, und sie sahen extrem verdächtig aus.

»Wir müssen ihn die Treppe hinauftragen«, keuchte Alma. Die Miene ihrer Arbeitgeberin sprach Bände.

»Aber ...«

»Wir haben keine Zeit, jetzt zu streiten«, meinte Alma hartnäckig. »Gemeinsam schaffen wir das.«

»Er ist viel zu schwer, vor allem mit dem Teppich.« Ella trat finster einen Schritt zurück und wischte sich mit dem Handrücken über die Stelle, wo ihre Augenbrauen hätten sein sollen.

»Warte.« Billie bückte sich und schlug den Teppich auf, als enthielte er ein besonders grausiges Geschenk. Sie bemühte sich, die Leiche in eine sitzende Haltung hochzuziehen. Sie war steif, da die Totenstarre bereits eingesetzt hatte, aber mit einiger

Mühe gelang es ihr. Als sie fertig war, saß Zervos mit dem Rücken an der Aufzugwand, die Beine leicht gebeugt, die Arme unnatürlich steif an den Seiten. Sein Mund klaffte etwas auf, und die Stellen an seinem Hals waren dunkelblau angelaufen.

»So«, sagte Billie, als sich die Türen des Aufzugs erfolgreich schlossen. Sie ignorierte den Ekel ihrer beiden Kumpaninnen und drückte den Knopf zum Stockwerk ihrer Mutter. Der Aufzug setzte sich in Bewegung. Sie war noch nie dankbarer dafür gewesen, dass das Gebäude einen automatischen Aufzug bekommen hatte. Es war einer der ersten Apartmentblocks, der sich eines solchen Luxus rühmen konnte.

Ein paar quälende Minuten später befanden sich die Frauen wieder in Baronin van Hoofts Wohnung. Atemlos starrten sie den verdächtig aussehenden Teppich an, aus dem zwei Füße herausragten. Verwesung setzte sofort nach dem Tod ein, und diese arme Seele war schon vor mindestens fünf Stunden verschieden. Es war zwar nichts im Vergleich zu dem Gestank in einem Feldlazarett, aber der unvermeidliche Geruch des Todes war trotzdem unerfreulich, vor allem in einer häuslichen Umgebung. Er erinnerte an die Fäulnis von alten Blumen und Fleisch. Der Tod jedoch hatte sein eigenes, unverwechselbares Aroma, eines, das man niemals vergaß.

Billie öffnete alle Fenster in der Wohnung, um durchzulüften, während Alma die Haustür abschloss und den Riegel vorschob. Dann verschwand sie in der Küche. Kurz darauf stand Billie im Schlafzimmer ihrer Mutter, schnappte sich die erstbeste Parfümflasche und ging durch den Flur zurück. Glücklicherweise hatte sich der Lift nicht bewegt. Sie öffnete die Türen, sprühte das Parfüm hinein und wedelte es mit der Hand durch die Luft, so gut sie konnte. Dann schloss sie die Türen wieder. Wahrhaftig, es lag keinerlei Würde im Tod. Sie kehrte in die Wohnung ihrer Mutter zurück und verrammelte die Tür erneut hinter sich. Ella hatte sich keinen Zentimeter von der Stelle gerührt. Ihre brauenlose Stirn war uncharakteristisch gerunzelt, tiefe Falten liefen über ihre Haut. Billie lächelte sie entschuldigend an und ließ sich dann von Alma dankbar eine Tasse Kaffee geben, zusammen mit zwei Schmerztabletten aus dem Arzneischrank. Nach ein paar Minuten spürte sie, wie ihr schwerer Kopf sich ein wenig erholte. Ein Plan nahm in ihr Form an. »Das wird funktionieren«, sagte sie leise.

Erst jetzt fiel ihr auf, dass ihre Arme schmerzten. Ihre Mutter und Alma waren beide sehr viel älter als sie und würden nach dieser Schlepperei höllisch leiden. Wäre der Mann größer gewesen, wie zum Beispiel der korpulente Georges Boucher, dann wäre die Aufgabe unmöglich gewesen, ungeachtet ihrer Notwendigkeit.

Georges Boucher. Die Auktion war heute. Sie musste irgendwie dorthin kommen. Daran durfte sie sich weder von ihrer Schlaflosigkeit noch von einem Verhör mit den Cops hindern lassen.

Sie ging zum Telefon und war ziemlich überrascht, als Sam schon nach dem vierten Klingeln abnahm. Er klang ziemlich wach.

»Ich habe nicht erwartet, dass Sie schon so früh wach sind«, sagte er, als sie ihn begrüßt hatte. Er klang ebenfalls nicht sonderlich gut, aber schien zumindest munter zu sein.

»Glauben Sie mir, ich auch nicht«, antwortete sie und warf einen Seitenblick auf ihre immer noch regungslose Mutter. Sie schien wie erstarrt zu sein.

»Fühlen Sie sich heute Morgen wieder okay? Sie schienen gestern ein bisschen …«, Sam verstummte.

»Ja, so sah es aus, stimmt's? Es tut mir leid, dass ich Ihnen das antun muss, Sam, aber Sie müssen sich wieder das anziehen, was Sie gestern Nacht getragen haben, und mich am Quambi Place abholen, der Straße hinter den Cliffside Flats. In etwa einer halben Stunde.«

»Wie bitte?«

»Mir ist klar, dass das sehr unbequem ist, aber es ist leider dringend nötig. Ich werde Sie sehen, wenn Sie am Quambi Place anhalten, und steige dann in Ihr Auto. Sie brauchen nicht auszusteigen, und was auch immer Sie tun, fahren Sie auf keinen Fall vor das Apartmentgebäude oder über die Edgecliff Road. Ich glaube, die Apartments werden beobachtet.«

Sam brauchte einen Moment, um ihre Instruktionen zu verarbeiten. »Billie, geht es Ihnen gut?« Er klang besorgt.

»Können Sie das machen, Sam?« Sie hielt den Atem an, als sie auf seine Antwort wartete.

»Na ja, mein Jackett ist etwas zerknittert. Es wird eine Weile dauern, bis ich es gebügelt habe und …«

»Sparen Sie sich die Mühe. Zerknittert reicht. Tragen Sie es nur so wie letzte Nacht. Schaffen Sie es, in einer halben Stunde hier zu sein, mit Ihrem Wagen? Sie wissen, dass es wichtig ist, sonst würde ich Sie nicht darum bitten.«

Es entstand eine Pause. »Ja, das dürfte möglich sein.«

Sie hatte noch eine Idee. »Haben Sie eigentlich einen Freund, von dem sie sich heute Nachmittag einen Wagen borgen können? Einen vertrauenswürdigen Freund, der nicht tratscht?«

»Ich mag generell keine Tratschmäuler«, antwortete Sam schlicht. Dann machte er wieder eine Pause, während er offensichtlich nachdachte. »Stevo fährt nicht viel, weil er immer noch eine Kriegsneurose hat. Seine Frau sieht es nicht gern, wenn er sich hinters Steuer setzt. Ich könnte mir seinen Wagen leihen, glaube ich.«

»Ist der Wagen zuverlässig?«, erkundigte sich Billie.

»O ja, seine Frau fährt ihn. Es ist ein solides Auto.«

»Gut. Ich erkläre es Ihnen genauer, wenn wir uns treffen.«

»Verstanden, Ms Walker.«

Billie legte auf und blickte an sich hinunter, dann sah sie auf die Uhr. »Mum, ich muss mir Kleidung von dir borgen. Ich glaube nicht, dass ich jetzt in meine Wohnung zurückgehen sollte.« Sie hatten Glück gehabt, dass sie Zervos vor sieben Uhr dort herausbekommen hatten. Aber wenn sie richtig damit lag, was ihre unbekannten Feinde vorhatten, dann müsste jeden Moment die Polizei an ihre Tür klopfen. Möglicherweise waren sie sogar schon da und durchsuchten ihre Wohnung.

Die Baronin führte ihre Tochter in ihr luxuriöses, burgunderrot gestrichenes Schlafgemach. Sie deutete mit vielsagender Miene auf die beiden Kleiderschränke, und Billie öffnete die Türen. Ob es nun an einer starken Verbindung zu ihrer Vergangenheit lag oder an ihrer derzeitigen relativen Mittellosigkeit, jedenfalls wurde Ellas Schrank von der Haute Couture der zwanziger Jahre dominiert. Billie runzelte die Stirn.

»Du hast nichts ... Moderneres?« Die Frage war ziemlich dumm, und ihr Fehler wurde ihr in dem Moment bewusst, als sie die Worte aussprach. »Ich meine ... neuer!«

Die Augen ihrer Mutter blitzten wütend. »Das ist Schiaparelli, solltest du wissen«, sagte sie eisig und deutete mit einem Nicken auf das wunderschöne Kleid, das Billie herausgenommen hatte.

Billie schloss die Augen und holte tief Luft. »Du hast recht, Mutter. Das ist gut.« Sie zog ihren pfirsichfarbenen Morgenmantel aus und streifte sich das mit Perlen besetzte Gewand über.

Es passte hervorragend, obwohl es ein Stück kürzer war, als es eigentlich sein sollte. Aber es würde genügen.

»Schiaparelli wird immer ›gut‹ sein«, murmelte Ella.

»So meinte ich das nicht, Mum. Ich meinte, dass es aussehen muss, als wäre es mein Kleid, nicht deins.«

»Und ich nehme an, du hältst dich für modischer gekleidet?«, gab Ella spitz zurück. »Mit deinem maskulinen Stil und den Schulterpolstern?«

Die Baronin verschränkte die Arme fest vor der Brust, während sie zusah, wie ihre Tochter ihre Kleidung durchwühlte. »Weißt du, das hast du schon gemacht, als du erst sechs Jahre alt warst.« Sie klang jetzt etwas weicher.

Die Schuhe ihrer Mutter waren etwas eng, aber Billie zog sie über ein Paar dunkle Strümpfe und betrachtete dann ihr Spiegelbild. Der Rücken des Kleides hatte einen entzückenden Ausschnitt. Das Gesamtbild mit den Strümpfen und den etwas zu engen Schuhen war zwar nicht perfekt, aber es würde genügen. Sie warf sich eine Fuchsstola über die Schultern.

»Ich stehe in deiner Schuld, Ella. Danke. Du hast die schönste Garderobe«, sagte Billie beschwichtigend. Sie sah sich um. »Ich brauche auch diesen Überseekoffer, glaube ich.« Sie deutete auf den riesigen Koffer von Louis Vuitton, der in einer Ecknische stand.

Ellas Blick folgte dem ihrer Tochter. »Ja, du darfst ihn dir ausleihen«, sagte sie. »Aber ich möchte ihn in tadellosem Zustand wiederhaben«, setzte sie etwas zimperlich hinzu. Ihre Stimme war einen Hauch steifer und formaler geworden, auf diese verärgerte Art und Weise, mit der sie manchmal mit ihren Dienstboten gesprochen hatte, als sie noch welche beschäftigt hatte.

»Bist du dir da wirklich sicher?«, fragte Billie leise.

Ella keuchte entsetzt, als sie plötzlich Billies Absichten erriet. »O nein, das machst du nicht! Du wirst ihn nicht da hineinstecken! Ich habe diesen Reisekoffer jetzt seit fast zwei Jahrzehnten. Hast du eine Ahnung, wie wertvoll er ist? Für diesen Koffer bekommst du ein Erste-Klasse-Ticket für eine Schiffsreise nach London und zurück!«

Billie zuckte mit den Schultern. Sie benahm sich jetzt absichtlich ruchlos. »Wir müssen ihn irgendwie aus dieser Wohnung schaffen. Ich nehme an, wir könnten auch deine Hutschachteln dafür benutzen, aber das wäre wohl nicht allzu angenehm. Und außerdem müssten wir vorher noch eine Säge finden.«

Die Baronin wurde blass und schlug eine zierliche Hand vor ihren Mund. »Du würdest doch nicht wirklich …?«

»Nicht, wenn es nicht unbedingt sein muss«, lenkte Billie ein. Sie hatte zwar einen starken Magen, aber nein. Sie hoffte sehr, dass sie Zervos' vorzeitiges Ende nicht noch unwürdiger gestalten musste.

»Okay.« Ella klang resigniert und warf dem Überseekoffer einen traurigen Blick zu. »Mach mit dem Ding, was du willst. Levi hat ihn mir geschenkt. Verbrenn ihn, wie du willst.« Levi war ihr erster Ehemann gewesen. »Glücklicherweise war dieser arme Kerl sehr dürr«, setzte sie hinzu.

Billie legte ihrer Mutter eine Hand auf die Schulter, bedankte sich mit einem Blick und machte sich an die Arbeit.

KAPITEL SECHZEHN

Billie Walker schaffte es, die hintere Feuertreppe im Perlenkleid und mit der Fuchsstola ihrer Mutter bekleidet hinabzuklettern, überquerte zwei Grundstücksgrenzen, ohne sich die Schuhe allzu sehr zu beschmutzen, und wartete im Schatten eines Baumes neben einem Wohnblock am Quambi Place, direkt hinter den Cliffside Flats, als ihr Assistent pünktlich mit seinem blassblauen 1939 Ford-Coupé-Utility vorfuhr. Sie lief zu ihm, riss die Beifahrertür auf und sprang hinein.

»Danke, Sam. Ich weiß, dass ich wirklich viel von Ihnen verlange.«

Sam fuhr sich mit der behandschuhten Linken über die Stirn. »Sie haben mir vielleicht einen Schrecken eingejagt. Wie schaffen Sie das nur immer? Ich habe Sie nicht kommen sehen.«

»Genau darum geht es ja.« Billie sah sich um. Wie es schien, hatte man sie tatsächlich nicht gesehen. Für die meisten Bewohner war es ein verschlafener Sonntagmorgen, und selbst die neugierigen Nachbarn wurden gerade erst wach.

Sam betrachtete sie, bemerkte die Abendgarderobe und die Stola, und falls er ihr durch Schlafmangel gezeichnetes Gesicht registrierte, war er doch taktvoll genug, es nicht zu kommentieren. Sie hatte das Make-up und die Haarbürste ihrer Mutter benutzt, aber gegen die geröteten Augen gab es kein Rezept. Sam seinerseits hatte gehorsam sein weißes Jackett wieder angezogen, und sein elegantes Aussehen kontrastierte sonderbar mit dem eher nüchtern-landwirtschaftlichen Eindruck des Fahrzeugs. Seine Kleidung sah tatsächlich einen Hauch zerknittert aus, aber das spielte nicht die geringste Rolle. Er musterte ihr Gesicht mit seinen großen blauen Augen. »Geht es Ihnen gut? Was ist los?«

»Ich glaube nicht, dass uns irgendjemand beobachtet. Stellen Sie eine Sekunde den Motor ab«, instruierte ihn Billie. Dann nahm sie sich ein paar Minuten Zeit, um ihren Assistenten im Schnellverfahren auf den aktuellen Stand der Dinge zu bringen. Er saß da und hörte schockiert zu, als sie die Ereignisse schilderte und erklärte, wie ihr Plan aussah. Sie hatte ihn noch nie so wütend erlebt.

»Wer ist dieser Mistkerl, der sie reinlegen wollte?«, stieß er gepresst hervor.

Sie fragte sich, ob der Barkeeper sich selbst an ihrem Drink zu schaffen gemacht hatte – oder konnte jemand anders an die Bar getreten sein und etwas hineingegeben haben? Und wer auch immer es gewesen war, hatte er allein gehandelt oder befolgte er die Befehle von jemand anderem? Hatte dieselbe Person möglicherweise auch Zervos getötet und seine Leiche in ihre Wohnung gebracht?

»Ich weiß es noch nicht, Sam«, antwortete sie schließlich. »Aber hier ist ein verdammt gefährliches Spiel im Gange. Es könnte dieselbe Person sein, die Zervos getötet hat, und sie will mich ganz eindeutig aus dem Weg räumen. Ich nehme an, dass er oder sie auch nicht allzu wohlwollend Ihnen gegenüber eingestellt sein dürfte. Deshalb rate ich Ihnen, aufzupassen.« Es fröstelte sie bei dem Gedanken, dass ein Mörder in ihrem Zimmer gewesen sein könnte, während sie schlief. Ein Schauer lief ihr über den Rücken und richtete die Härchen auf ihrem Nacken auf. Sie widerstand dem Wunsch, dieses Gefühl körperlich abzuschütteln, strich stattdessen ihr dunkles Haar zurück und richtete sich auf dem Beifahrersitz auf. Äußere Ruhe half oft dabei, das Innere in Schach zu halten.

»Danke für die Warnung«, gab Sam zurück. Er schüttelte den Kopf. »Ich kapiere es nicht … Warum sollte man die Leiche in Ihre Wohnung schaffen? Warum versteckt er sie nicht dort, wo sie eine Weile nicht gefunden wird?«

»Jedenfalls ist das eine klare Aussage. Vielleicht eine Warnung für mich? Um mich bei den Cops unglaubwürdig zu machen und Gerüchte zu verbreiten? Oder um mich zumindest lange genug auszuschalten, damit ich heute die Auktion nicht besuchen kann?«, spekulierte sie. »Ich weiß es nicht. Vielleicht wollte er mich auch wegen Mordes hinter Gitter bringen, aber das scheint mir ein bisschen weit hergeholt.« Sie hatte natürlich auch daran gedacht, aber ihr Vertrauen in das System war nicht so erschüttert, dass sie glaubte, die Polizisten würden sie wirklich verdächtigen. Jedenfalls nicht lange. »Ich meine, was für ein Motiv sollte ich haben?«

»Vielleicht, dass er sich geweigert hätte, mit Ihnen zu reden?«, mutmaßte Sam.

»Und deshalb habe ich ihn erwürgt? Was bin ich, die Gestapo? Nein, ich bin überzeugt, dass kein einziger Richter diese Geschichte gekauft hätte.« Sie schüttelte den Kopf. »Mir die Cops auf den Hals zu hetzen, mich in Schwierigkeiten zu bringen und mir deshalb die Ermittlungen in dem Fall zu erschweren, das schon, aber eine wirkliche Verurteilung gegen mich zu erreichen? Um mich wegen Mordes dranzukriegen?«

Wäre das wirklich möglich?

»Vielleicht haben sie hier ja einen Richter speziell für diese Aufgabe in der Hinterhand?«, überlegte Sam laut.

Billie runzelte nachdenklich die Stirn. Almas Kaffee entfaltete in ihr seine Wirkung, und sie überkam das Gefühl einer fast schon übernatürlichen Klarheit. Die Drogen von der Nacht zuvor vernebelten ihr Gehirn nicht mehr mit diesem schrecklichen Dunst, aber es war noch mehr als das. Der entsetzliche Schreck, mit dem sie aufgewacht war, schien immer noch ihre Nerven zu aktivieren, elektrisierte ihre Glieder und ließ ihr Herz ungewöhnlich schnell schlagen. Sie bemerkte, dass ihr Assistent ihren Gesichtsausdruck aufmerksam beobachtete. »Ich weiß es nicht, Sam«, antwortete sie schließlich. »Zumindest will mich jemand von diesem Fall abbringen, oder aber sie wollen mich mit dem Gesetz in Konflikt bringen, damit ich zunächst einmal nicht weiter daran arbeiten kann.«

Ja, es war eine Warnung. Man wollte ihr Angst machen. Die kannten Billie Walker nicht!

Billie hob ihr Kinn. »Wenn diese Leute wirklich glauben, dass mich das von meiner Arbeit abhalten würde, sind sie auf dem Holzweg. Ich weiß noch nicht, womit wir es hier zu tun haben, Sam, aber dieser Fall ist erheblich komplizierter, als wir gedacht haben. Da geht etwas weit Interessanteres und verdammt viel Übleres vor.«

＝

Als Billie und Sam vor dem Haupteingang von Cliffside Flats hielten, war die Sonne längst aufgegangen, aber die meisten Bewohner von Edgecliff lagen noch in ihren Betten. Billie wusste nicht genau, ob irgendjemand zusah, aber sie machten trotzdem eine nette Show aus ihrer Ankunft. Sam hielt am Bordstein, stieg aus und ging zur Beifahrertür, um ihr aus dem Wagen zu helfen.

Schon bald sahen sie, dass sie nicht allein waren. Eine andere Frau, offenbar ebenfalls eine Frühaufsteherin, kam mit ihrem Minischnauzer auf dem Bürgersteig auf sie zu. Dem düsteren Blick nach zu urteilen, den sie Billie zuwarf, war sie außerdem keine Freundin von aufregenden nächtlichen Aktivitäten. Nachdem sie Billies glitzernde Abendgarderobe mit einem vernichtenden Blick gemustert hatte, schüttelte sie den Kopf und marschierte weiter. Sam, so schien es, verstieß offenbar nicht gegen die guten Sitten, da sie sich nicht einmal die Mühe machte, auch nur in seine Richtung zu blicken. Der winzige Hund dagegen nahm nicht die geringste Notiz von dem moralischen Urteil seines Frauchens, und Billie folgte seinem Beispiel, so gut sie konnte. Stattdessen lieferte sie eine erstklassige Vorstellung, als sie Sam einen angenehmen Tag wünschte, in einem formalen, aber unbeschwerten Ton, bevor sie den gewundenen Pfad zum Eingang von Cliffside Flats hinaufging.

»Oh, Sie haben etwas vergessen!«, rief sie und drehte sich dramatisch um, noch bevor sie die Eingangstür des Gebäudes erreicht hatte.

Sam schaltete den Motor wieder ab, öffnete die Tür und stieg erneut aus. »Was denn, Billie?«, rief er etwas lauter als unbedingt nötig.

Sie schwebte zur Straße zurück und reichte Sam sein Taschentuch. »Gute Arbeit«, flüsterte sie. »Das sollte uns nützen, danke.« Wenn die Cops nicht schon da waren und ihre Ankunft mitbekamen, dann war ihre kleine Vorstellung zumindest nicht vollkommen ohne Zuschauer abgelaufen. Es reichte wahrscheinlich nicht, um die ganze Nachbarschaft zu wecken, aber vielleicht würden wenigstens ein paar neugierige Anwohner während des Frühstücks über sie tratschen. Sie war in ihren Augen ja ohnehin schon ein Skandal. Billie winkte Sam nach, als er davonfuhr, wahrscheinlich, um etwas Schlaf nachzuholen, statt sich umzuziehen und anzufangen, seine Freunde nach einem Auto zu löchern, das er ausleihen konnte. Sie nutzte die Gelegenheit, um sich erneut auf der kurvigen Hauptstraße umzusehen, und zauberte dabei ein vages, erfreutes Lächeln auf ihr Gesicht für all jene, die sie möglicherweise beobachteten. Die Vögel wurden lauter, und es wurde bereits heiß. Es waren keine Cops auf der Straße, die Billie hätte entdecken können, jedenfalls nicht in Streifenwagen. Aber sie erkannte nicht alle der geparkten Fahrzeuge und glaubte, einen dunklen Kopf in einem etwa fünf Jahre alten Vauxhall zu sehen, aber es konnte auch eine Spiegelung sein. Schließlich ging sie zur Haustür und betrat das Apartmentgebäude.

Als Billie eine Minute später aus dem Fahrstuhl stieg, stand die Polizei bereits vor ihrer Tür und war offenkundig gerade dabei, sie gewaltsam zu öffnen. Sie hasste es, dass sie bei diesen Dingen immer so schrecklich richtiglag. Sie sah sich einem Polizisten in Zivil und einem uniformierten Constable gegenüber. Beide glotzten sie an, als sie sich ihnen in dieser frühen Stunde in dem schicken Outfit ihrer Mutter näherte. Es war zwar nicht die neueste Mode, aber nur wenige Männer würden den Unterschied erkennen – hoffte sie jedenfalls.

»Guten Morgen, Officer!«, rief Billie und näherte sich ihnen schlendernd. Die Perlen auf ihrem Kleid blitzten. »Sie sind gerade dabei, meine Tür einzuschlagen. Kann ich den Gentlemen vielleicht die Mühe ersparen?«

Obwohl sie bereits zwei höllische Stunden hinter sich hatte, war es immer noch erst kurz vor acht Uhr morgens. An einem normalen Sonntag wäre sie nicht vor neun Uhr wach geworden, und ganz sicher wäre sie nach einer durchfeierten Nacht erheblich später aufgestanden.

Billie lächelte die beiden Männer an, mit ihrem gleichmäßigen, hübschen Lächeln, hinter dessen blitzendem Elfenbein sich Stahl verbarg. Der korpulente Constable hatte eine hohe Stirn und ein schmales Gesicht, was ihm das Aussehen eines Axtkopfs verlieh, und irgendwie kam er ihr bekannt vor. Der andere, größere Mann war ihr dagegen noch nie über den Weg gelaufen, da war sie sich sicher. Er hatte den Hut abgenommen, als sie sich im Korridor näherte. Also eher der Typ Gentleman. Er war etwa eins achtzig, breitschultrig und langgliedrig. Unter anderen Umständen hätte sie ihn vielleicht ziemlich gut aussehend gefunden, mit seinem kräftigen Kinn und dem ehrlichen Gesicht. Er hatte helle Augen und noch hellere Wimpern, und sein braunes Haar war an den Seiten militärisch kurz geschoren, oben auf dem Kopf länger und zu einem Scheitel geglättet. Sein blauer Anzug saß ausgezeichnet, war aber schon etwas verschlissen. Es war der Anzug eines Mannes, der sich mit anderen Dingen als Mode beschäftigte. Die Seidenkrawatte hatte ein Vogelmuster in Burgunderrot und Elfenbein, mit Andeutungen eines blauen Himmels. Nicht schlecht. Sein Fedora hatte einen umsäumten Rand, und er hielt ihn in großen, aber eleganten Händen. Alles in allem war er vielleicht zehn Jahre älter als Billie – oder die kleinen Falten um seine Augen stammten vom Krieg und er war erst Anfang dreißig.

Axtkopf dagegen bedurfte keiner gründlichen Inspektion. Er war etwas größer als Billie und etwa dreimal so dick. Er hatte

Wurstfinger, und die mürrische Miene schien in sein Gesicht eingraviert zu sein. Vermutlich war er in den Zwanzigern, ein harter Handlanger, der scharf darauf war, seinen Eifer unter Beweis zu stellen. Von seiner Sorte gab es Dutzende in dieser Stadt. Sie war sicher, dass sie ihm bereits bei irgendeinem Job begegnet und schon damals nicht sonderlich beeindruckt gewesen war.

»Miss Walker? Entschuldigen Sie die Störung, aber wie ich sehe, sind Sie ja bereits wach«, sagte der Größere der beiden ohne allzu offenkundigen Sarkasmus, was unter diesen Umständen bewundernswert war. »Ich muss Sie leider bitten, uns Ihre Wohnung zu zeigen.«

»Es heißt Ms«, gab Billie zurück, glitt an ihm vorbei und schloss ihre Tür auf.

»Wie bitte?«

»*Ms* Walker. Ach, schon gut.« Billie trat in ihre Wohnung und ließ den Fuchspelz von ihren nackten Schultern gleiten. Sie registrierte, wie diese Bewegung die Blicke der beiden Männer anzog. »Darf ich Ihre Ausweise sehen, bitte?«, fragte sie mit ausdruckslosem Gesicht. Sie streckte eine Hand aus und stemmte die andere auf ihre Hüfte.

»Lady, wir hätten Ihre Tür auch einschlagen können, wenn wir das gewollt hätten«, blähte sich Axtkopf ungeduldig auf.

»Und wie ich sehe, haben Sie das nicht getan. Dafür bin ich Ihnen zutiefst dankbar«, gab Billie zurück und lächelte wieder. »Also, die Ausweise, bitte.«

Beide Männer wirkten überrascht, und der Große zeigte ihr seine Dienstmarke ohne weiteres Aufheben. Sie nahm den Ausweis, hielt ihn vor ihr Gesicht und las. *Detective Inspector Hank Cooper.* Sie betrachtete ihn mit geneigtem Kopf von oben bis unten.

»Hank. Ist das amerikanisch?«, fragte sie.

»Meine Mutter war Amerikanerin«, antwortete er ein wenig widerwillig. Eine Falte bildete sich auf seiner Stirn, als er seine Brieftasche wieder einsteckte. Seine blassen Augen waren einen Hauch größer geworden. Waren sie grün? Nein, eher braun, mit grünen und gelben Punkten, stellte Billie fest.

Sie löste ihren Blick von ihm, musterte beiläufig den Ausweis des Constable und gab ihn zurück. *Constable Dick Dennison.* »Was verdanke ich die Ehre dieses Besuchs, Detective Inspector?«, wandte sie sich an den Großen. Sie spielte kurz mit dem Gedanken, die verdammt engen Schuhe abzustreifen, unterließ es aber.

»Wenn Sie so freundlich wären, nichts zu berühren, dann werden wir Ihre Zeit nicht allzu lange in Anspruch nehmen«, antwortete der Inspector. Er war wieder hart und professionell, als würde er sich erst jetzt daran erinnern, weshalb er hier war.

»Tee? Kaffee?«, bot sie an.

Sie ignorierten sie und begannen damit, sich umzusehen. Der Constable ging in ihr Schlafzimmer. Sie hörte, wie er die Türen ihres Kleiderschranks öffnete und schloss. Nach einer Minute kam er wieder heraus.

»Weshalb genau sind Sie noch mal hier?«, erkundigte sie sich.

»Waren Sie die ganze Nacht unterwegs?« Der Große stellte die Frage.

»Ich fürchte, ja«, sagte sie. Das war sicherlich nicht besonders gut für ihren Ruf, aber die Alternative war noch weniger erfreulich, also zum Teufel mit Äußerlichkeiten. »Es ist zwar nicht meine Gewohnheit, aber ich habe letzte Woche einen wichtigen Fall abgeschlossen, und es hat bis jetzt gedauert, bis ich endlich

Zeit habe, das zu feiern. Ich war mit meinem Sekretär unterwegs – vermutlich könnten Sie ihn auch meinen Assistenten nennen.«

Er schluckte es kommentarlos. Es war schwer einzuschätzen, was er davon hielt, nachdem er jetzt seine professionelle Fassade wieder hochgezogen hatte.

»Vielleicht kennen Sie ihn ja? Samuel Becker. Er war eine der Ratten von Tobruk. 2/23rd Bataillon, 26th Brigade, 9th Division. Wo haben Sie gedient?«

Er ließ ihre Frage unbeantwortet. »Sie sind eine private Ermittlerin, soweit ich weiß.«

Sie nickte. Axtkopf wühlte in der Zwischenzeit im Hintergrund weiter geräuschvoll herum. Er war jetzt im Badezimmer.

»War es ein anonymer Anruf?«, hakte sie nach.

»Ja«, antwortete Axtkopf, während er aus dem Badezimmer trat. Er hatte sein Kinn vorgestreckt, und seine Augen waren argwöhnisch zusammengezogen – kein gutes Pokerface.

»Es muss eine sehr vertrauenswürdige Quelle gewesen sein, wenn sie einen Detective Inspector so früh aus dem Bett scheuchen konnte«, setzte Billie beiläufig hinzu.

»Allerdings«, knurrte der Constable.

»Anonymität ist auch nicht mehr das, was sie einmal war, wie es scheint«, bemerkte Billie.

Ein angespanntes Schweigen lastete zwischen ihnen. Der Inspector stand neben den geschlossenen Fenstern und verfolgte den Wortwechsel. Er hatte die Hände in die Taschen geschoben, seinen blassen Augen entging nichts. Axtkopf begann wieder herumzuwühlen, jetzt noch ungeschickter, er öffnete und schloss Schränke in der Küche und machte eine Riesenshow, als hätte er nicht längst kapiert, dass das, was angeblich dort sein sollte und

auf sie wartete, nicht da war. Die Sache war so klar wie der hell-
lichte Tag.

Billie ging zu dem großen Panoramafenster und blickte auf
die Straße hinab. Ihr Apartment lag an der nordöstlichsten Ecke
des Gebäudes und bot ihr einen guten Blick auf den Verkehr unten auf der Edgecliff Road. Etwa einen Block vor der Auffahrt
zu Cliffside Flats parkte der Vauxhall. Sie spürte, dass jemand
in dem Wagen saß – vielleicht dieselbe Person, die sie bei ihrem
Besuch im Pelzgeschäft der Browns beschattet hatte. Wie passte
das ins Bild?

»In dem Vauxhall da unten, ist das einer von Ihren Leuten?«,
fragte sie den Detective Inspector beiläufig.

»Der Vauxhall?«

»Ja. Ich glaube, jemand beobachtet das Gebäude.«

»Das ist keiner von uns«, erwiderte der Inspector gelassen,
aber sie spürte, dass Axtkopf, der ins Wohnzimmer zurückgekehrt war, sich versteifte.

Billie zog einen Esszimmerstuhl heraus und setzte sich. »Das
Angebot für einen Tee steht noch«, sagte sie zu dem Inspector.
»Oder Kaffee, wenn Sie wollen.«

»Nein, danke, Miss«, gab er zurück und verschränkte die
Arme.

»Sind Sie erst kürzlich hierher versetzt worden?«, versuchte
sie ihr Glück. »Ich glaube nicht, dass ich Ihren Namen schon
einmal gehört habe. Kennen Sie zufällig Special Sergeant Lillian
Armfield? Bitte bestellen Sie ihr Grüße, wenn Sie sie sehen. Ich
schulde ihr noch einen Anruf.«

Detective Inspector Cooper biss nicht an. Er war verschlossen
wie eine Muschel. Eine höfliche zwar, aber nichtsdestotrotz eine
Muschel.

Axtkopf derweil war noch mürrischer und rot im Gesicht. »Haben Sie nicht letzte Nacht den Fund einer Leiche gemeldet?«, fragte er barsch.

»Das habe ich, Officer.« Sie legte einen Arm über die Rückenlehne des Stuhls und sah ihn an. Sie fragte sich, worauf er wohl hinauswollte. »Im *People's Palace*.«

»Und danach sind Sie ausgegangen und haben sich amüsiert? Meine Güte, ihr Ladys seid hirnrissig. Einen Toten zu sehen macht sie ganz aufgeregt«, sagte er zu dem anderen Mann, als bräuchte er einen Zuhörer, während er die ganze Zeit über seinen eigenen Witz lachte.

»Wollen Sie mir weismachen, dass Sie noch nie einen Drink gekippt haben, nachdem Sie einen Toten vor der Nase gehabt hatten?«, erkundigte sich Billie mit einem gelassenen Blick, und das Grinsen verschwand aus seinem Gesicht, als wäre eine Seifenblase geplatzt. Der Inspector am Fenster atmete zischend aus, aber sie sah ihn nicht an. Sie hielt ihren Blick auf Axtkopf gerichtet, aber der konnte sie jetzt nicht ansehen. Sein Gesicht war knallrot angelaufen, und er ballte die Fäuste. In anderer Gesellschaft wäre eine dieser Fäuste vielleicht in ihre Richtung geflogen.

»Es war jedenfalls keine Leiche da!«, stieß der Constable schließlich hervor, nachdem er sich erholt hatte. Aber seine Worte klangen jetzt etwas weniger zuversichtlich. »Die hier träumt nur von Toten«, verkündete er und lachte erneut schnaubend. Er war eine echte Einmannshow und auch gleichzeitig sein eigenes Publikum. Der Inspector beobachtete ihn schweigend.

»Ich habe es mir nicht eingebildet, Officer. Er lag in seinem Zimmer im *Palace*«, antwortete Billie ernst. Ihre Aufrichtigkeit war bei dem Constable verschwendet, aber der Inspector sah sie aufmerksam an, ohne etwas zu sagen. »Niemand bildet sich eine Leiche einfach nur ein.«

»Was haben Sie da eigentlich gemacht, in dem Zimmer von irgendeinem fremden Mann?« Das war wieder Axtkopf. Er hatte es wirklich auf sie abgesehen.

»Sein Name war Zervos«, erklärte sie sachlich. »Con Zervos. Er hat als Türsteher im *The Dancers* auf der George Street gearbeitet, und er wollte mit mir reden. Das habe ich schon gestern Abend der Polizei erzählt. Es war so spät, weil es erst nach seiner Arbeit ging. *The Dancers* schließt um eins.«

»Sie akzeptieren wohl eine Menge Einladungen von Männern in ihre Wohnungen mitten in der Nacht?«

Billie schenkte sich einen Kommentar. »Sind Sie fertig, oder möchten Sie noch ein bisschen in der Schublade mit meiner Unterwäsche herumschnüffeln?«, fragte sie ihn.

»Ich denke, wir sind fertig«, sagte der Inspector. Er schien genug gesehen und gehört zu haben. »Danke für Ihre Zeit, Miss. Entschuldigen Sie, dass wir Sie belästigt haben.«

Sie stand auf und gab dem Inspector ihre Geschäftskarte. »Wenn Sie noch Fragen an mich haben, wissen Sie ja, wo Sie mich finden können. Ich bin entweder hier oder in meinem Büro in Daking House. Ich habe mir das, was ich gestern Nacht gesehen habe, nicht eingebildet, Inspector. Und ich weiß nicht, was Sie heute hierhergebracht hat, aber ich würde das wirklich gern erfahren.«

Er drehte ihre Karte in seinen langen, eleganten Fingern.

»Verdammt üble Sache, dass eine hübsche Dame wie Sie in eine solche Angelegenheit verwickelt wird«, sagte Axtkopf. Er konnte einfach nicht die Klappe halten. Dann drehte er sich zu dem Inspector herum. »Ihr Alter war auch ein privater Schnüffler, wissen Sie? Barry Walker. Vorher war er auch mal ein Officer. Der arme Kerl würde sich jetzt im Grab umdrehen.« Er warf ihr einen Blick aus seinen funkelnden Augen zu. »Sein kleines Mädchen ...«

Billie spürte, wie sie wütend wurde, und sie hätte fast die Beherrschung verloren. Ihr Gesicht wurde warm. Ein paar Sekunden verstrichen, während sie sich bemühte, nicht nach seinem Köder zu schnappen, und ihre Wut in den Griff bekam. Ihren verstorbenen Vater mit hineinzuziehen war unwürdig. »Nun, wenn Sie mit mir fertig sind, könnte ich jetzt etwas Schönheitsschlaf gebrauchen«, rang sie sich ab und setzte wieder dieses professionelle Lächeln auf. Sie ging zur Wohnungstür und legte ihre Hand auf den Knauf. »Guten Tag.«

Sobald die Männer im Flur waren, schlug sie die Tür hinter ihnen zu. Der Constable wusste, wer die Polizei gerufen hatte. Vielleicht wusste der Inspector es auch. Sie ging zum Fenster und sah die beiden, als sie über die gewundene Zufahrt zur Straße gingen und in ihren Wagen stiegen. Ich werde diesem Detective Inspector einen Besuch abstatten müssen, dachte sie, während sie ihn beobachtete. Zu ihrer Überraschung trennte er sich von seinem Partner und näherte sich dem Vauxhall. Im nächsten Moment beugte er sich zum Fenster der Fahrerseite herunter und sprach mit jemandem, während Dennison sich im Hintergrund hielt. Der Constable schüttelte den Kopf und trat gegen den Bordstein. Er war so leicht zu durchschauen wie ein Kind. Nach einem kurzen Wortwechsel öffnete sich die Fahrertür und ein Mann stieg aus, zögernd, wie es schien.

Sieh mal einer an, wen haben wir denn da?

Billie Walker erkannte ihn – er war ebenfalls Privatermittler: Vincenzo Moretti. Es kursierten Gerüchte, dass er angeblich mit der Schwarzen Hand und der Camorra zusammenarbeitete, eine geheimnisvolle italienisch-australische Verbrecherorganisation, die für Erpressungen und Gewalttaten bekannt war. Dieses Gerücht hatte Billie immer recht überzeugend gefunden. Er hatte Billies Vater leidenschaftlich gehasst, und ihr Vater hatte sie vor ihm gewarnt. Es hatte etwas mit seiner Zeit als Cop zu tun, aber sie kannte die Einzelheiten nicht. Jedenfalls hatte er Moretti Ärger gemacht, und der hatte nie aufgehört, es ihm heimzuzahlen, wie es aussah. Miteinander rivalisierende Privatermittler kamen nicht immer gut miteinander aus, was vollkommen nachvollziehbar war. Aber es war nicht so, als gäbe es so viel in diesem Geschäft zu verdienen, dass es sich lohnen würde, anderen Agenturen Schwierigkeiten zu machen. Nein, sein Hass auf Billie rührte von etwas anderem her, war vererbt. Es war etwas Persönliches. Und jetzt parkte Moretti vor ihrer Wohnung um acht Uhr am Sonntagmorgen. Was für einen interessanten Sonntagmorgen er sich ausgesucht hatte!

Unten auf der Straße war das Gespräch beendet. Moretti stieg mit hängenden Schultern wieder in seinen Vauxhall, und der Inspector war zu Dennison zurückgekehrt. Bevor sie verschwanden, blickte Inspector Cooper noch einmal hoch und sah Billie am Fenster stehen. Sie konnte seinen Gesichtsausdruck nicht deuten.

=

Zwei Stunden später kam Sam mit einem Ford Prefect mit Gepäckträger vorbei, der für die Aufgabe perfekt war. Wie instruiert trug er einen Anzug, eine runde Brille und eine braune Kappe, die er tief in die Stirn gezogen hatte. Er ähnelte überhaupt nicht dem Mann, der nur kurz vorher bei derselben Adresse gewesen war. Er verschwand in dem Gebäude von Cliffside Flats und tauchte später mit einer mehr als mittelalten Frau mit einem Glockenhut und einem weiten, hellen Tweedmantel wieder auf. Er hielt sie sanft am Ellbogen und half ihr in den wartenden Wagen, bevor er ihre Koffer einlud. Einer davon war ein großer, schwerer Überseekoffer.

Fünfundvierzig Minuten später hätten interessierte Anwohner Alma McGuire bemerken können, die Hausdame von Baronin van Hooft, die offenbar von einem Sonntagmorgenspaziergang zurückkam und Cliffside Flats betrat. Nur ein sehr genauer Beobachter hätte bemerkt, dass ihre Wanderschuhe bemerkenswert den Schuhen ähnelten, die die Frau mit dem Glockenhut getragen hatte.

KAPITEL SIEBZEHN

Es war der Beginn eines unsicheren Nachmittags, die Fortsetzung eines surreal unerfreulichen Morgens, und die Straße in Paddington, wo Billie und Sam standen, war eine Demonstration von Rolls-Royce- und Cadillac-Limousinen, die Leute ausspuckten, die Billie zu den wohlhabendsten und elegantesten Bürgern von Sydney zählte. Sie beobachtete ihre Umgebung wie durch ein Teleskop aus der Entfernung. Der Aufmarsch war so blaublütig, so schillernd und zivilisiert, dass er unmöglich aus derselben Welt stammen konnte, in der sie aufgewacht war. Hier trafen die gut gekleideten Herrschaften mit uniformierten Chauffeuren ein und wurden von Männern in eleganten Anzügen durch die offenen Doppeltüren eines zweistöckigen historischen Sandsteingebäudes geführt. Billie bemerkte ein unauffälliges Schild mit filigranen Goldbuchstaben auf einem schwarzen Hintergrund, das neben den Türen hing. Es bestätigte, dass sie tatsächlich das Auktionshaus gefunden hatten, das in der Werbung erwähnt wurde, die Adin Brown anscheinend so mitgenommen hatte.

Georges Boucher Auktionshaus stand auf dem Schild.

Sie betrachtete das Gebäude, als sie näher kamen. Es war mit einem schmiedeeisernen Tor gesichert, das zurzeit offen stand.

Die grüne Hecke war perfekt in Form geschnitten, dahinter lag ein gepflegter Garten mit traditionellen englischen Blumen. Wie viele ältere Etablissements von Sydney lag es eingezwängt zwischen anderen Gebäuden ähnlicher Herkunft. Dieses jedoch hatte ein makellos gepflegtes und geschmackvoll dezentes Aussehen, das exorbitante Preise zu garantieren schien.

Obwohl Billie sich in fast allen gesellschaftlichen Kreisen bewegen konnte, fühlte sie sich hier mehr als sonst wie ein Eindringling, vor allem an diesem Tag, der so würdelos begonnen hatte. Ein kurzes Schläfchen, etliche Tassen Tee und eine ausgiebige Dusche hatten sie für die nachmittägliche Auktion einigermaßen wiederhergestellt. Sie hatte nicht vor, sie zu verpassen – vor allem nicht, wenn diese unglückliche Falle vom Morgen sie daran hätte hindern sollen, durch die Tür dieses besonderen Etablissements zu treten.

»Also, das hier sind hauptsächlich feine Pinkel«, hörte sie ihren Assistenten leise murmeln, als sie Arm in Arm auf die nach Geld stinkende Menge zugingen. »Verzeihung, Ms Walker«, entschuldigte er sich sofort, zweifellos weil ihm eingefallen war, dass ihre Mutter eine Baronin war.

»Aber ganz und gar nicht, Sam. Das hier sind, ganz wie Sie sagen, feine Pinkel«, stimmte sie ihm zu und lächelte ihren Gefährten herzlich an. Er hatte heute seine Pflicht mehr als nur erfüllt. *Wahrscheinlich bin ich selber auch zur Hälfte so einer,* überlegte sie und dachte an ihre sozial so unpassenden und doch romantisch so perfekten Eltern. Einen Moment wünschte sie sich, dass ihr Bankkonto ihre vornehme Seite etwas besser repräsentieren würde.

Das hier war eine Umgebung, wo man sofort bemerkte, ob jemand nur wenig Macht oder Wohlstand besaß. Aber sie hatte weit mehr Glück als die meisten anderen, was sie nur selten vergaß, nicht nach allem, was sie gesehen hatte. Und ganz gewiss war sie besser dran als der arme Con Zervos, der so viel mehr verdient gehabt hätte als die Karten, die ihm das Schicksal zugeteilt hatte. Sie hoffte, dass der junge Adin Brown nicht genau dieselben Karten in der Hand hielt.

Männer in teuren Maßanzügen und Frauen in offensichtlich speziell für sie angefertigten Kleidern und eleganten Hüten gingen an ihnen vorbei. Perlen und Juwelen funkelten und blitzten im Sonnenschein an Ohren, Fingern und über den Handschuhen an schlanken Handgelenken. Die Schuhe glänzten makellos, als würden sie von so etwas Ordinärem wie dem Boden nicht beschmutzt. Sam hatte in der Gasse hinter dem Gebäude geparkt, und das war sehr klug, denn sein Ford Utility kündete mehr von rustikalem Charme als von altem Geld. Billie nickte ihm zu, und sie gingen zwischen den getrimmten Hecken und durch das offene Tor zu dem belebten Eingang des Auktionshauses. Sie gaben ein attraktives Paar ab und waren merklich jünger als die meisten anderen Besucher. Viele von ihnen waren unter ihren Homburgern, den Bowlern, den juwelengeschmückten Turbanen und den Wagenradhüten elegant und grauhaarig.

Sam trug seinen guten, leichten Wollanzug in Marineblau, den sie für ihn hatte anfertigen lassen, und dazu eine Krawatte in Braun, Blau und Hellblautönen, die zu seinen hellen Augen, dem braunen Ledergürtel und den Brogues passten. Letztere waren noch nicht ganz eingelaufen. Dieses Outfit hatte er oft im Gerichtssaal getragen. Seine Abendgarderobe von letzter Nacht, der Nadelstreifenanzug, den er im Büro trägt, seine alte Armeeuniform und der Anzug heute bilden vermutlich Sams komplette Garderobe, dachte sie.

Billie selbst hatte heute Nachmittag besonders viel Wert auf die Eleganz ihrer Kleidung gelegt. Sie trug ein hellgraues Kleid mit breiten Schultern, einem glänzenden, jägergrünen Seidensaum und einer sorgfältig gebundenen seidenen Schleife um die Taille sowie dazu passende jägergrüne Handschuhe. Sie hatte das Kleid nach einem Schnittmuster aus einer *Vogue Couturier Design* gemacht, und wie bei all ihren selbst gemachten Kleidungsstücken war auch das sehr zeitaufwendig gewesen. Dafür saß es jedoch tadellos. Es reichte bis kurz unter das Knie, und der Glockenrock erlaubte Billie Bewegungsfreiheit, ohne unnötige Stoffcoupons zu verschwenden. Ein kleines Hütchen aus Bast und Seide saß keck auf ihrem dunklen, welligen Haar, ein dünner, schwarzer Schleier bedeckte ein Auge und reichte bis zu ihrem Wangenknochen. Eine runde Sonnenbrille vervollständigte ihre Garderobe, zusammen mit Ohrringen und einer Brosche aus falschen Perlen. Der Saum des Kleides und die mittelhohen Absätze waren genau passend für die Tageszeit, aber das Material war bewusst luxuriös ausgewählt. Die Seide, die Billie benutzt hatte, war wunderschön schwer und stammte noch aus der Zeit vor dem Krieg. Ihr mitternachtsblaues Kleid von letzter Nacht dagegen war in die hinterste Ecke des Kleiderschranks verbannt worden und würde wahrscheinlich in naher Zukunft zu Putzlappen verarbeitet werden.

Billie straffte ihre Schultern. »Auf in die Höhle des Löwen?«, schlug sie spielerisch vor.

»Auf in die Höhle des Löwen«, antwortete Sam und tippte an seinen dunkelbraunen Fedora. »Ich muss schon sagen, Sie sehen blendend aus.« Das galt auch für ihn selbst. Man hätte nicht geglaubt, dass er den Morgen damit verbracht hatte, eine Leiche in einem Überseekoffer herumzukutschieren.

Sie erklommen zwei Sandsteinstufen, schritten über Perserteppiche und kamen an reich verzierten Antiquitäten vorbei. Die Luft im Auktionshaus war kühler als auf der Straße und duftete nach den frischen Schnittblumen in den barocken Vasen. Darunter lag der Geruch von Möbelpolitur. Überall schlenderten Gäste umher, plauderten und nippten an Erfrischungen. Gedruckte Kataloge wurden angeboten, und Billie nahm einen davon. Die Wände wurden an allen Seiten von schweren Samtvorhängen verhüllt, die den Eindruck erweckten, als könnten sie jederzeit zurückgezogen werden und ein bislang unbekanntes Wunder enthüllen. Vorn war ein Pult auf einem kleinen Podest, dem vielleicht zwei Dutzend Klappstühle gegenüberstanden. Darauf und darum herum standen kostbare Objekte aller Größen und Formen. Durch eine Tür auf der linken Seite trugen Angestellte mit Schürzen und weißen Handschuhen immer weitere Schätze heran. Die Gäste wirken mindestens ebenso interessant wie die angebotenen Gegenstände, dachte Billie. Sie schien nicht die Einzige zu sein, der dieser Gedanke kam, denn etliche Anwesende starrten sie ganz unverhohlen an, während sie selbst eher diskret die Versammelten musterte. Flüchtig schoss ihr durch den Kopf, wie viele Gäste aus dieser Menge sich wohl gegenseitig kannten. Es schien eine richtige Clique zu sein. Vielleicht war es das, was ihre Anwesenheit so interessant machte: Sie und ihr Gefährte waren keine Stammkunden.

Die meisten Frauen im Raum trugen irgendeine Art von Pelz, wie Billie auffiel. Viele bevorzugten importierte Fuchsstolen, Glasaugen starrten sie aus den ausgestopften Köpfen der Tiere an. Würde das Geschäft der Brown-Familie wieder anziehen, wenn diese Mode sich hielt? Die Rationierung und die Einschränkungen für Luxusgüter hatten offenbar keine allzu großen Auswirkungen auf diese Leute gehabt. Hatte einer von ihnen vielleicht im Laden der Browns gekauft? Oder gar Adin kennengelernt? Billie prägte sich die Gesichter ein und speicherte sie in ihrer beeindruckenden Gedächtniskartei.

»Setzen wir uns«, schlug sie Sam vor.

Sie gingen zu den Stühlen am Ende der fünften Reihe. Billie gab Sam den Auktionskatalog und bat ihn, nach den Gegenständen Ausschau zu halten, für die in dem Ausschnitt geworben wurde, den Adin herausgerissen hatte, während sie weiterhin die Menge beobachtete.

Vor ihnen trat ein Mann in einem Dreiteiler mit einer Fliege zum Podium, und die Gespräche im Raum verstummten. »Bitte setzen Sie sich. Die Auktion beginnt in Kürze«, verkündete er. Er sprach ruhig und formell wie ein Bestattungsunternehmer.

Sam blickte vom Katalog hoch. »Soll ich Ihnen irgendetwas bringen, bevor es losgeht?«, fragte er leise.

Sie setzte die Sonnenbrille ab und sah ihn an. »Ich denke nicht, dass wir ein Auktionspaddel brauchen«, antwortete sie. Diese Auktion war zu teuer für ihre Herkunft, jedenfalls väterlicherseits. Und wenn sie die Menge betrachtete, von der höchstens die Hälfte Auktionspaddel in den Händen hielten, schien es nicht ungewöhnlich zu sein, einfach nur zuzusehen.

»Champagner?« Er deutete mit einem Nicken auf die Kellner, die mit ihren Silbertabletts herumgingen.

»Nie wieder«, lehnte sie ab und rutschte auf ihrem Stuhl hin und her. »Jedenfalls nicht diese Woche.«

Die nächsten neunzig Minuten verstrichen in dem betäubend prachtvoll eingerichteten Raum vollkommen ereignislos. Die Auktionsgegenstände kamen und gingen, bis sie zu einer einzigen dekorativen Prozession verschmolzen, unerreichbar für

Billies Scheckbuch. Von Adin Brown war nichts zu sehen, nicht einmal, als das geschnitzte Sideboard aufgerufen und verkauft wurde, das in der Zeitungsannonce beworben worden war. Der korpulente Georges Boucher mischte sich weltmännisch unter das Volk, begrüßte vereinzelt Gäste und verschwand dann in dem mysteriösen Reich hinter den schwarzen Vorhängen. Billie sah sich nach dem Paar um, mit dem er im *The Dancers* gewesen war, konnte sie aber nicht entdecken.

Vielleicht lag es an den sonderbaren vierundzwanzig Stunden, die hinter ihr lagen, aber an dieser Auktion teilzunehmen löste in Billie stark widerstreitende Gefühle aus. Sie konnte nicht verhindern, darüber zu spekulieren, dass einige der ausgestellten Stücke den Untergang einst großer Familien repräsentierten oder den Tod von geliebten Menschen, deren liebster Besitz nicht mehr von den Lebenden geschätzt wurde. Jetzt waren es nur noch Objekte, die einen möglichst hohen Preis erzielen sollten. Zum Beispiel gab es da den herzzerreißenden Verkauf einer viktorianischen Schreibschatulle aus Silber, die mit Perlmuttintarsien verziert war. Der Name Rose Cox war eingraviert. In der mit Samt ausgeschlagenen Schatulle war eine mit »In liebender Erinnerung« beschriftete Karte mit dem Namen Rose Hannah Caroline Klimpton. Es war zweifellos der Ehename des Mädchens, die am »1. September 1897 im Alter von 26 Jahren« gestorben war. Wie hatte diese Schatulle wohl den Weg unter den Hammer gefunden? Billie vermutete, dass so etwas gar nicht so selten vorkam, aber etwas an der Melancholie dieses ausrangierten Gegenstands und ihrer einst geliebten Besitzerin hätte Billie fast veranlasst, sie zu erwerben. Auktionen waren Orte des Verlustes oder der Entdeckung, je nachdem, an welchem Ende man saß.

»Geht es Ihnen gut?«, fragte Sam leise. Er hatte ganz offensichtlich ihr angespanntes Grübeln bemerkt.

Billie hoffte, dass ihre Mutter nicht allzu bald gezwungen sein würde, hier aufzutauchen und sich aus Verzweiflung, nicht aus freiem Willen, von weiteren Habseligkeiten zu trennen. Und doch, was spielte Besitz nach dem Krieg noch für eine Rolle, außer eine Person zu ernähren, zu kleiden und für ein Dach über dem Kopf zu sorgen, wenn auch nur für einen weiteren Tag?

Billie wurde von aus ihren Gedanken gerissen, als einer der schweren Samtvorhänge sich bewegte. Ein elegant in Schwarz gekleideter Angestellter glitt durch eine Öffnung in den Vorhängen, und Billie erhaschte einen Blick auf die offene Tür dahinter. Ein Mann stand mit dem Rücken zu der Tür. Sein Haar war schneeweiß. Der schwere Stoff glitt wieder zurück, und die Vision verschwand.

»Und hier haben wir Los 664«, verkündete der Auktionator.

Sam deutete auf den offenen Katalog, und Billie und er wechselten einen Blick. Das war eines der anderen Stücke aus der Werbung, eine Halskette. Der Auktionator beschrieb es als ein seltenes Art-nouveau-Stück aus der Werkstatt von Juwelier Georg Kleemann. Es war aus Silber geschmiedet und mit Opalen, Süßwasserperlen, blauen Lapislazuli und violetten Amethysten geschmückt. Was es jedoch besonders auffällig machte, war die Form des fein gestalteten Anhängers, die Fledermausflügeln glich. Kleemann, erklärte der Auktionator, war eine bekannte Gestalt um die Jahrhundertwende gewesen. Er hatte in Deutschland Schmuck im Jugendstil gefertigt. Hatte dies Adin Browns Interesse geweckt?

Billie sah sich wieder im Raum um und verrenkte sich fast den Hals, um zum Eingang zu blicken. Von dem Jungen war nichts zu sehen. Wenn er da war, hatte er sich gut versteckt – andererseits war dies ja ein Raum voller verborgener Dinge. Billie sehnte sich danach, hinter diese Vorhänge zu kommen.

Ein Angestellter des Auktionshauses in Schürze und weißen Handschuhen ging zwischen den Zuschauern herum und präsentierte die Halskette auf einem Tablett. Sie war elegant auf dem mit Samt ausgeschlagenen Rahmen befestigt, so dass jeder sie betrachten konnte, der Interesse zeigte. Etliche Leute gaben ihm fast unmerklich ein Zeichen, und aufmerksam wie alle Angestellten von Auktionshäusern trat er sofort zu ihnen. Billie kannte keinen der Interessenten, und sie war sich fast sicher, dass keiner von ihnen an den beiden letzten Abenden im *The Dancers* gewesen war. Das Schmuckstück funkelte im Licht, während der Auktionator den Glanz der Perlen anpries, das Funkeln der Amethyste, und das ungefähre Alter auf das Jahr 1907 festlegte, den Höhepunkt des Art nouveau. Als der Angestellte auf ihre Seite des Raums kam, hob Billie einen Finger, und er trat zu ihr. Es war wirklich wunderschön, ein höchst ungewöhnliches Schmuckstück. Sie bat darum, die Rückseite zu sehen, und der Angestellte wendete das Schmuckstück mit seinen behandschuhten Fingern für sie. Auf der Rückseite waren die Initialen GK in einer Hülse eingelassen sowie die Zahl 935 für Sterlingsilber. Zwei weitere Interessenten winkten den Mann zu sich, um die Halskette zu betrachten. Billie erkannte keinen von ihnen. Die Gebote ertönten, und dann war das Schmuckstück verkauft – für zwölfhundert australische Pfund. Das war sicherlich genug Geld, um dafür zu töten, aber war Con Zervos deshalb gestorben? Geld war zwar einer der Hauptgründe für Mord, ein Teil der Triade, zu der noch Eifersucht und Machtgier gehörten. Aber wie passte das hierher? Zu Adin und Con?

Nachdem noch etliche andere Gegenstände die Runde gemacht hatten, seltene Kaminuhren und Perlenketten, wurden
noch weitere Stücke aus der Werbung aufgerufen: zum Beispiel
ein großer viktorianischer Männergoldring, in dem drei rund-
geschliffene Edelsteine saßen. Billie ließ ihn sich zeigen und untersuchte auch das schriftliche Angebot dafür: ein runder Saphir
von etwa zwölf Karat, zwei runde, cognacfarbene Diamanten
von zusammen etwa zwanzig Karat. Das Gewicht der Edelsteine
betrug zusammen etwa zweiunddreißig Karat. Herkunft unbe-
kannt.

Erneut schien es sich hier um nichts Ungewöhnliches zu han-
deln. Vielleicht war dieser Ausriss doch nur eine falsche Fährte
gewesen?

Nichts passte zusammen. Ganz sicher stammten weder der
Ring noch die Halskette aus Zervos' Besitz, und schon gar nicht
das in der Werbung gezeigte Sideboard. Er hatte überhaupt nicht
viel besessen, und jetzt war er tot, hatte alles mit ins Grab genommen, was er Billie hätte erzählen können. Adin schien nicht
bei der Auktion zu sein, weder um zu bieten, noch um etwas
zu stehlen. Nein, das Puzzle war immer noch in Bewegung, die
Teile hatten sich nicht an ihre richtigen Stellen eingepasst.

Ging es um Boucher selbst? Konnte sein Name genügt haben,
um den Jungen so aufzuregen? War es vielleicht ein Streit um
eine Angebetete? Das Mädchen in Violett vielleicht, das so jung
ausgesehen hatte, so fehl am Platz in jener Nacht an Bouchers
Tisch? War es ein Zufall, dass Boucher im *The Dancers* gewesen
war, einem Ort, an den Adin ganz offensichtlich so verzweifelt
hatte gelangen wollen?

KAPITEL ACHTZEHN

»Glauben Sie an Glück, Sam?«, fragte Billie.

»Glück? Nun, ich glaube, einige Leute haben mehr Glück und andere weniger, ja.«

Die Sonne ging bereits unter, als sie endlich das elegante Auktionshaus verließen. Die länger werdenden Schatten um sie herum verwandelten sich in ein kühles Halbdunkel, als sie um die Ecke in die Gasse hinter dem Sandsteingebäude bogen, wo Sams Fahrzeug parkte. Die Erfahrung war nicht uninteressant gewesen, aber Billie hatte nicht das Gefühl, in irgendeiner Weise besser über ihren derzeitigen Fall informiert zu sein. Und der Gestank des Reichtums hing ihr immer noch erstickend nach. Ihre unauffälligen Nachfragen über Adin Brown bei den Angestellten nach der Auktion hatte nicht das Geringste ergeben. Die Lippen der Leute schienen wie versiegelt, nahezu verdächtig verschlossen, und ihre Versuche, hinter die Vorhänge zu schlüpfen, waren von den vielen Arbeitern im Saal vereitelt worden. Irgendwie beunruhigte Billie das alles. Sie kam sich schmutzig vor, als müsste sie diesen Ort von sich abwaschen. Und außerdem war sie vollkommen erschöpft.

»Ich glaube nicht an Glück«, sagte sie. »Aber an manchen Tagen …«

Vielleicht war gar nicht das mitternachtsblaue Kleid der Unglücksbringer, wie ihre Mutter angedeutet hatte. Vielleicht war ja Billie selbst der Unglücksrabe. Jedenfalls war dies kein besonders erfolgreicher Tag für *B. Walker Privatermittlungen* gewesen. Und in wenigen Stunden hatte ihr Assistent die unangenehme Aufgabe, diesen schweren Überseekoffer auszupacken, damit der arme Con Zervos von den Behörden gefunden werden konnte – nur nicht irgendwo in der Nähe der Wohnung von Baroness van Hooft oder ihrer Tochter. Billie hatte Sam nicht gefragt, wo er den Koffer während der Auktion aufbewahrt hatte. Vielleicht lag er immer noch im Wagen seines Freundes. Ich kann nur hoffen, dass er ihn an einer kühlen Stelle geparkt hat, dachte sie düster.

Wieder beschäftigte sie sich mit dem extremen Kontrast zwischen diesem armen Türsteher, der geradezu wie Ungeziefer behandelt und auf ihrem Teppich abgelegt worden war, und den wohlhabenden Leuten, die sich im Auktionshaus versammelt hatten. Sie benahmen sich wie Angehörige eines Königshauses. Ihnen wurden Erfrischungen auf silbernen Tabletts angeboten, während sie auf Kunst und funkelnde Juwelen boten. Billie überlegte, welche Gründe sie wohl haben mochten, all diese Gemälde, die Skulpturen und den glitzernden Schmuck zu erstehen. Es waren einige wirklich schöne Gegenstände dabei gewesen, aber irgendwie hatte es auch fast den Anschein von Konkurrenzkampf gemacht. Wie sonst konnte man erklären, dass so viele Leute scharf darauf waren, beim Kaufen gesehen zu werden?

»All das Geld …«, murmelte Sam vor sich hin. Seine Gedanken gingen offenbar in dieselbe Richtung. Er schien von dem immensen Reichtum in dem Saal erschüttert gewesen zu sein.

Da er vom Land kam, hatte er vermutlich noch nie zuvor Wohlstand und Privilegien in so konzentrierter Form erlebt. Billie dagegen hatte es schon gesehen, wenn auch in einem anderen Umfeld, und sie war deswegen zynisch geworden. Wo waren jetzt all diese sogenannten »Freunde«, die zum Leben ihrer Mutter gehört hatten, bevor sie das Potts-Point-Anwesen verkaufen und in eine Wohnung hatte ziehen müssen? Wo waren sie, als sie ihren Ehemann verloren hatte? Ella hatte zwar immer noch einige Kontakte, aber weit mehr hatten sie im Stich gelassen wie die sprichwörtlichen Ratten das sinkende Schiff, als Ellas Vermögen schmolz. Und genau das waren sie, Ratten.

»Einige Leute haben sich durch den Krieg die Taschen gefüllt«, sinnierte Billie. »All diese Toten haben etwas Besseres verdient.« Sie schüttelte traurig den Kopf. Die Toten waren fast immer die Ärmsten, diejenigen mit der geringsten politischen und sozialen Macht. So war es schon immer gewesen. Mächtige Männer rissen Jungen aus ihren Gemeinschaften und schickten sie an die Front, während sie selbst Zigarren rauchten, unter der Hand Vereinbarungen aushandelten und aus sicherer Entfernung Entscheidungen trafen. »Ich glaube, Kriege wären längst nicht so verbreitet, wenn niemand daran Geld verdienen könnte«, fuhr sie fort. Sam drehte sich zu ihr um.

Es war schwer zu erraten, was Sam von dieser brutal ehrlichen Meinung hielt, angesichts des großen Opfers, das er gebracht hatte. Aber man konnte den Krieg einfach nicht von der Jagd nach Macht, Wohlstand und Territorium trennen. Hitler hatte seinen *Lebensraum*-Ansatz gehabt, um die deutsche Übernahme fremder Gebiete zu begründen – und die Auslöschung einer Bevölkerung, die er als *Untermenschen* betrachtete. Die Alliierten hätten alles verloren, wäre er nicht besiegt worden, und ihre Verluste waren entsetzlich hoch gewesen. Und doch gab es Menschen, die aus diesem ganzen tödlichen Debakel Profit geschlagen hatten. Wer genau sie waren, war noch nicht ganz klar, aber sie waren irgendwo da draußen. Es gab neue Vermögen in Amerika und der Schweiz, hatte sie gehört. Und es gab Gerüchte, dass die australische Regierung sämtliche im Umlauf befindlichen Banknoten einziehen und neues Geld ausgeben wollte, was das alte wertlos machte. Das würde jede Menge Bargeld auf den Markt bringen, das während des Krieges gehortet worden war. Einige Auktionshäuser würden sehr gut an all dem Geld verdienen, das einige Menschen so verzweifelt loswerden wollten. Wie gut liefen da wohl Georges Bouchers Geschäfte?

»Haben Sie das mit Glück gemeint?«, fragte Sam verwirrt.

Billie fiel etwas ins Auge, lenkte sie von ihrem Gedankengang ab. »Ist das ein Packard?«, fragte sie. Ihr fiel Shylas Beschreibung des Autos des »ausländisch wirkenden Mannes« ein. Sie drehte sich um und blieb wie angewurzelt stehen. Sam war mittlerweile ein paar Schritte vor ihr und wollte gerade die Tür seines Wagens für sie öffnen, als ein Arm sie von hinten packte und ihre Hüfte umschlang.

Was zum …? Eine Klinge drückte sich gegen ihre rechte Wange. Es war ein kleines Schnappmesser, das von einer groben Männerhand gehalten wurde. Die Fingernägel waren schmutzig, und die Manschette des Hemdes war aufgescheuert. Sie roch Männerschweiß und fühlte das Schlagen eines Herzens an ihrem Schulterblatt.

Billie holte langsam und ruhig Luft, während sie innerlich hochschaltete. Die Welt schien sich langsamer zu drehen. Sie beugte sich vor und bewegte den Kopf von dem scharfen, glänzenden Messer weg. Gleichzeitig drückte sie ihre Pobacken gegen den Mann. Er hatte erwartet, dass sie versuchen würde, von ihm wegzukommen, weg von seinem Körper, nicht näher heran. Deshalb lockerte ihr Angreifer den Griff um sein Messer etwas, und sein Handgelenk wurde schlaff. Billie bückte sich weiter und streckte beide Hände aus, während ihr Kopf sich immer mehr dem schmutzigen Fußpfad näherte. Dann packte sie das linke Bein des Mannes und riss es mit aller Kraft hoch, presste seinen Fuß an ihre Brust. Sie hörte, wie der Saum ihres so sorgfältig genähten Kleides riss, dann erfolgte das weit befriedigendere Geräusch, wie ihr Angreifer rücklings und ungeschickt um sich schlagend auf dem Boden landete. Sie sprang zur Seite, ließ seinen Fuß los und war einen Moment frei, bevor ein zweiter Angreifer nach ihrem Bein griff. Sie sank auf ein Knie und fühlte, wie ein Strumpf zerriss. Irreparabel. Jetzt war sie sauer. Und zwar stinksauer.

»Lass dir das eine Lehre sein!«, stieß eine barsche Stimme hervor. Als Billie hochblickte, landete ein Fuß in ihren Rippen. Es war ein übler Tritt, dennoch konnte sie trotz der Schmerzen einen Blick auf ein schlaffes Gesicht und ein flaches Profil werfen. Die Beine neben ihr steckten in einer schmutzigen, braunen Hose, deren Saum ausgefranst war. Er trug unauffällige, billige Lederschuhe. Der schmuddelige Kerl, den sie aufs Kreuz gelegt hatte, würde schon bald wieder auf den Füßen stehen. »Nächstes Mal zerschneide ich dir dein hübsches Gesicht«, setzte der mit der flachen Nase überzeugend hinzu. Er klang, als wüsste er, wie so etwas funktionierte.

Billie beschloss, liegen zu bleiben, und kauerte sich schützend zusammen, während der Schmerz in ihren Rippen langsam abklang. Sie wartete auf die nächste Aktion und sah aus dem Augenwinkel, wie Sam neben seinem Wagen von zwei weiteren

Angreifern einen heftigen Schlag in die Nieren abbekam. Es ging alles sehr schnell und kam vollkommen unerwartet. Sam wehrte sich zwar, aber ging zu Boden.

»Vier von euch. Scheint ein fairer Kampf zu sein«, keuchte Billie, zog eine Haarnadel aus ihrem Hut und stach damit nach dem Knöchel des Mannes neben ihr. Sie rammte die ganzen sieben Zentimeter Stahl durch seine löchrige schwarze Socke, genau in die weiche Stelle zwischen Knöchel und Ferse. Sie drang auf der anderen Seite heraus. Der Kerl heulte wie ein Dingo und klappte zusammen. Sie riss die Haarnadel wieder heraus und sprang auf. Ihr Hut aus Raffiabast und Seide fiel ihr dabei vom Kopf.

»Du …!«, brüllte der Verletzte etwas lahm. Er war vor Demütigung rot angelaufen und umklammerte seinen Knöchel. So schockiert war er, dass sie ihn in aller Ruhe mit dem Fuß in den Hintern treten konnte. Er kippte nach vorn zwischen die beiden Wagen, während er fluchend, aber erfolglos versuchte, das Gleichgewicht zu behalten. Es war zwar einer ihrer weniger eleganten Tricks, aber er war sehr effektiv. Und wenn das nicht der richtige Moment für einen schmutzigen Kampf war, dann wusste sie nicht, wann sonst.

Billie drehte sich um und starrte den anderen Mann an, der sich für den nächsten Angriff bereit machte. Sie hatte die Füße gespreizt und hielt ihre Hutnadel wie einen Dolch in der Hand. Während sie damit vor seinem von Narben gezeichneten Gesicht hin und her fuchtelte, das aussah wie ein Kotelett mit zwei Augen, zog sie mit den Fingern der anderen Hand ihr zerrissenes Kleid hoch. Sein Blick glitt von der Haarnadel zu ihrem Knie, dann zu ihrem Schenkel und schließlich zum Saum ihres Strumpfs, mit dem hübschen spitzenverzierten Halfter –

dann sah er den Lauf ihres mit Perlmutt verzierten Colts, den sie jetzt fest in der Hand hielt und der direkt zwischen seine Augen zielte. Unmittelbar über diesem Lauf leuchteten ihre durchdringend grünblauen Augen. Der Kerl hütete sich, sich zu bewegen oder auch nur zu atmen.

»Hören Sie, Lady, ich will keinen Ärger«, brachte er nach einem Moment heraus.

»Dann haben Sie in diesem Fall aber eine äußerst unglückliche Berufswahl getroffen«, erwiderte sie. Die Hand, die den Colt hielt, war vollkommen ruhig. Sie hatte den Eindruck, dass es ein noch junger Mann war, trotz seines sonderbaren Kopfs. Sein Anzug war schäbig und an den Ellbogen durchgescheuert. Wie der andere Kerl sah auch er unterernährt und übel mitgenommen aus.

Der Mann, der Billie den Tritt versetzt hatte, hatte sich aufgerappelt, stand wie ein Flamingo auf einem Bein und schlurfte dann hinter seinen kleineren Kollegen. Wie ausgesprochen entgegenkommend von ihnen, sich in einem feinen kleinen Klumpen von Blödheit zusammenzuscharen, auf den sie in aller Ruhe zielen konnte! Ganz offensichtlich hatten sie sie für ein leichtes Opfer gehalten, denn die beiden Männer waren ungefähr so schlau wie zwei Löffel. Die beiden Burschen, die sich an ihren strammen Assistenten herangewagt hatten, waren größer und möglicherweise auch etwas fähiger. Sie wollte die beiden dämlichen Idioten am anderen Ende ihrer Pistole nicht aus den Augen lassen, sah dann aber aus dem Augenwinkel, wie etwas Großes, das wirkte wie ein Sack Kartoffeln in einem schlecht sitzenden Anzug, durch die Luft segelte und mit blechernem Krachen in einer Reihe von Mülltonnen landete. Man hörte Stöhnen und Schreie, aber sie kamen nicht von Sam. Billie spürte mehr, als sie sah, dass er jetzt wieder auf den Beinen stand und die Kontrolle hatte. Sie fühlte die Wut, die er ausstrahlte. Er bewegte sich sehr schnell, sie sah nur einen blauen Schemen, dann hatte er jemanden an der Kehle gepackt und an eine Ziegelwand gedrückt. Sie riskierte einen kurzen Blick, weil ihre Angreifer ebenso von der Aktion auf der anderen Seite der Gasse abgelenkt waren. Ja, Sam hielt einen Mann mit seiner verletzten linken Hand fest. Ganz offensichtlich beeinträchtigte ihn das überhaupt nicht, dachte Billie. Weder in einer Tanzhalle noch in einer Gasse. Er holte gerade mit der rechten Hand aus, um zuzuschlagen. Sie stellte sich vor, dass ihre eigenen Angreifer das Geschehen ehrfürchtig verfolgten. Sie beobachtete sie über ihren Colt und hörte ein Knacken, als Sam erneut zuschlug. Die beiden Männer vor ihr rissen die Augen auf und wichen langsam zurück.

»Wie wär's, wenn ihr Burschen uns etwas über euren Auftraggeber erzählt, hm?« Billie sprach laut genug, dass auch Sam sie hören konnte. Die beiden erstarrten. Sam warf einen Blick über seine Schulter in ihre Richtung, schien von dem, was er sah, beeindruckt zu sein, und entspannte seine Rechte etwas. Jetzt erst bemerkte sie, dass die Füße des Mannes, den er an die Wand drückte, ein Stück über dem Boden baumelten. Der Kerl, der zwischen den Abfalltonnen lag, bewegte sich schwach, stöhnte, und dann war alles wieder ruhig.

Billie trat einen Schritt auf ihre beiden Angreifer zu. »Kommt schon, Gentlemen. Ich will Informationen, und zwar schnell, sonst rutscht mir vielleicht der Finger aus, und einem von euch fehlt plötzlich etwas Wesentliches.« Sie richtete die Pistole auf den Schoß des einen Kerls, dessen Augen noch größer wurden.

Die vier Angreifer schienen in ihren jeweiligen Positionen wie erstarrt zu sein.

»Ich weiß nicht, Sam!«, rief Billie. »Ich glaube, ich muss tatsächlich …«

Es schepperte und klapperte, als der Mann zwischen den Mülltonnen sich aufrappeln und flüchten konnte. Er taumelte und hielt sich die verletzten Rippen.

»Das heißt, die beiden hier bekommen eine Kugel in den …«

»Moretti«, sagte jemand leise, aber deutlich. Sie hatte nicht mitbekommen, wer von beiden gesprochen hatte, aber der mit dem Kotelett-Gesicht wirkte schuldbewusst.

Dieser verdammte Vincenzo Moretti. Sie hatte fast Bouchers Namen erwartet, aber Moretti? Also steckt er bis zu seinem schmalzigen Haar in dieser Sache drin. Irgendwie passte das.

»Wo ist der Junge? Wo ist Adin Brown?«, setzte sie nach. »Kommt schon, spuckt es aus!«

Der mit dem Kotelettgesicht schüttelte den Kopf.

»Wo ist er?« Sie hob ihre Pistole und zielte direkt zwischen seine Augen.

»Für ihn ist es zu spät«, antwortete die leise, schuldbewusste Stimme. Er konnte ihr nicht in die Augen sehen.

Zu spät?

Dann wirbelte er herum und rannte los, versuchte, sich aus der Schusslinie ihres kleinen Colts zu bringen. Sein feiger Gefährte folgte ihm. Sie zielte auf ihn, und einen atemberaubenden Moment lang fixierte sie den Mann über ihren kleinen glänzenden Lauf hinweg. Dann ließ sie die Waffe wieder sinken. Sie würde niemandem einfach in den Rücken schießen. Billie zuckte mit den Schultern, dann wandte sie sich zu Sam und warf ihm einen vielsagenden Blick mit erhobener Braue zu.

»Wo ist der Junge?«, fragte Sam den Mann, den er immer noch über der Erde an die Mauer drückte.

»Ich …« Seine Stimme klang erstickt. Ganz offensichtlich konnte er nicht sprechen. Billie sah zu, wie Sam den Mann vorsichtig losließ. Er hatte ihn wie einen Nagel gehalten, den er gleich in die Mauer hämmern wollte. Aber seine andere Hand blieb bereit, zuzuschlagen.

»Wo ist der Junge?«

»Da fragen Sie den falschen Kerl.« Der Mann zitterte. »Mir erzählt man nichts. Sie haben mir einfach ein paar Shillings bezahlt, um Sie ein bisschen zu verprügeln und Ihnen zu sagen, Sie sollen die Sache vergessen. Ich habe keine Ahnung, worum es da geht.«

Als Sam einen Schritt von dem Mann zurücktrat, schoss dieser wie von der Tarantel gestochen davon.

Moretti. Vincenzo Moretti hat sie geschickt.

In dem Moment tauchte eine kleine Gruppe von Menschen am Eingang der Gasse auf. Ihre elegante Kleidung legte nahe, dass sie ebenfalls von der Auktion kamen. Verblüfft sahen sie dem Mann nach, der davonrannte. Sam ging zu Billie. Seine blauen Augen glitzerten wild. »Himmel! Ich habe sie nicht gesehen, Billie. Es tut mir so leid!«

»Ich auch nicht. Schon gut, es war wenigstens nicht ganz umsonst. Nur sollten wir hier verschwinden, bevor diese Leute anfangen, sich zu fragen, was wir hier eigentlich gewollt haben.«

Sam hielt ihr die Wagentür auf, und sie rutschte auf die Sitzbank. Sie fühlte sich ziemlich mitgenommen. Die Folgen der Tritte würde sie ganz bestimmt am nächsten Morgen noch spüren, und dieser Strumpf war endgültig kaputt. Eine Schande. »Wenn Sie keinen guten Grund haben zu protestieren, nehme ich Sie mit auf einen Drink in meine Wohnung«, erklärte Billie.

»Denn ehrlich gesagt brauche ich unbedingt einen, und ich trinke nicht allein. Außerdem habe ich nicht das Gefühl, mich in dieser Kleidung in der Öffentlichkeit blicken lassen zu können. Irgendwelche Einwände?«

»Das ist doch keine echte Frage, oder?«, gab Sam zurück und startete den Wagen.

Was war das für ein Tag!, dachte Billie, als sie sich auf dem Beifahrersitz zurücklehnte und versuchte, ihren Herzschlag wieder zu normalisieren. Sie war höchst unerwartet in der Gesellschaft eines Dahingeschiedenen aufgewacht, man hatte ihr ein Paar wertvolle Ohrringe ihrer Mutter gestohlen, sie hatte eine Party-Girl-Nummer für zwei Police Officer aufgeführt und einen Nachmittag unter Sydneys reichsten Menschen verbracht, um dann von Schlägern in einer Gasse in einer östlichen Vorstadt überfallen zu werden. Die Leichenhalle stand als Nächstes auf ihrer Tanzkarte, so dass ihr Sonntag auch mit Leichen zu Ende gehen würde. Selbst nach Billies Maßstäben war diese Kombination bemerkenswert. Und da hatte sie gedacht, die Welt wäre weniger gewalttätig geworden.

==

»Ihre Wohnung ist wirklich schön«, merkte Sam an. Er stand wie ein Soldat am Fenster von Billies Wohnzimmer und blickte über die Feigenbäume an der Moreton Bay zum Wasser. Die Sonne ging unter und hüllte ihn in ein sanftes, goldenes Licht. Sie hatten Billies Wohnung erreicht, ohne dass noch einmal jemand versucht hatte, sie zu töten oder einzuschüchtern. Das Adrenalin von ihrem Zusammenstoß in der Gasse war noch nicht ganz aus ihrem Körper verschwunden.

»Ich habe so etwas Aufregendes nicht mehr erlebt seit …«
Sam verstummte.

»Tobruk?«, riet Billie.

Sam nickte. »Ja. Und jemanden wie Sie hatten wir da nicht.«

Die Auseinandersetzung schien sie auf dieselbe Art und Weise
berührt zu haben. Ihre Gesichter waren gerötet, ihre Wangen
glühten, und ihre Augen leuchteten vor Erregung. Billie fühlte
sich sehr lebendig, als sie zu ihrem Art-déco-Barschrank aus
Walnussholz ging und noch einen Blick auf die weich beleuchtete Gestalt ihres Assistenten warf. Ihr stockte der Atem. Sam
war in dieser Gasse sehr beeindruckend gewesen. Er hatte vorgeschlagen, dass er die Drinks für sie zubereiten könnte, typisch
für ihn, aber er war Gast, und das konnte sie nicht zulassen. Sie
waren hier nicht im Büro. Sam hatte außerdem im Lauf ihrer be-
ruflichen Zusammenarbeit schon genug geleistet, und sein Tag
war noch lange nicht vorbei. Es war ziemlich gut möglich, dass
das Schlimmste noch bevorstand. Der Zustand von Con Zervos'
sterblichen Überresten dürfte sich während der letzten Stunden
nicht gerade verbessert haben.

Ein Tag zum Vergessen.

»Was möchten Sie trinken?« Sie bückte sich und öffnete die
unteren Türen des Schranks. Eine davon klemmte etwas. O ja,
ihre Rippen würden verdammt weh tun, das fühlte sie bereits.
Sie unterdrückte ein Stöhnen und sah, dass sie noch etwas Port-
wein hatte, einen guten schottischen Whisky, den Lieblings-
sherry ihrer Mutter und zwei Flaschen Wein.

»Was auch immer Sie haben«, erwiderte Sam zögernd. Er
stand immer noch am Fenster.

»Scotch auf Eis? Ich habe einen ganz guten Dewar's White La-
bel hier.«

»Gern.« Sam dankte ihr und wirkte beeindruckt. Er wartete und betrachtete die golden schimmernden Baumwipfel, seine großen Hände hinter dem Rücken gefaltet. *Wie schlimm steht es wohl um seine linke Hand?*, dachte Billie. Selbst mit seinen Prothesenfingern hatte er die beiden Männer außerordentlich effektiv erledigt.

»Sind Sie verletzt?«, erkundigte sie sich schließlich. Möglicherweise verbarg er sein Unbehagen ja mehr, als sie es tat. »Dieser Schlag in die Nieren sah übel aus. Und Ihre Hand ...«

Er schüttelte den Kopf. »Mir geht es gut.«

»Okay. Dann geht es uns also beiden gut«, erklärte sie und stellte die Flasche Scotch auf die Bar. »Mein Strumpf war der einzige echte Verlust«, setzte sie mit einem unbekümmerten Lächeln hinzu. Aber als sie an ihren Beinen hinabsah, runzelte sie die Stirn. Sie hatte nicht die Energie, die Strümpfe auszuziehen oder ihr zerrissenes Kleid abzulegen. Und dass sie jetzt mit Sam zusammen in ihrer eigenen Wohnung war, wirkte intimer auf sie, als sie beabsichtigt hatte. Irgendetwas lag in der Luft, die typische Lockerheit fehlte, was eigentlich untypisch für sie war, wenn sie zusammenarbeiteten. Vielleicht hätten sie nicht tanzen sollen. Dieser Gedanke erinnerte sie daran, wie lange es schon her war, dass sie sich das letzte Mal amüsiert hatte, und wie lange es her war, dass sie einen Mann in ihrer Wohnung hatte – jedenfalls einen, der am Leben war. Der letzte männliche Besucher war höchstwahrscheinlich ihr Vater gewesen. Ja, das musste gewesen sein, bevor er nach Europa reiste, bevor er krank wurde. Ihren strammen, jungen Assistenten hier zu haben, rückte ihn in ein anderes Licht, und vielleicht spürte er diese unerwartete Veränderung auch. Er wirkte ungewöhnlich förmlich. Nein, dachte sie, jetzt ist nicht der richtige Moment, um zu verkünden, dass sie sich etwas Bequemeres anzog. Das konnte warten, bis er wieder weg war. Jetzt ging es um einen Drink. Ein guter, medizinischer Drink, um den Gestank von Tod aus der Nase zu vertreiben.

»Setzen Sie sie sich doch und entspannen Sie sich«, bat Billie ihn. Dann nahm sie zwei Kristallgläser aus dem Schrank und ging in die Küche, um etwas Eis zu holen. »Ich weiß, dass Sie heute Abend eine Verabredung haben. Ich verspreche Ihnen, dass ich Sie nicht aufhalten werde!«, rief sie zurück. Als er sich zu ihr umdrehte, glaubte sie, eine leichte Rötung auf seinen Wangen zu erkennen.

Sie nahm ihren kleinen Eispickel aus einer Schublade und hackte genug Eis ab, um die beiden Gläser zu füllen.

»Kann ich Ihnen helfen?«, rief Sam ihr von nebenan zu. Sie lehnte dankend ab. Als sie ins Wohnzimmer zurückkam, sah sie, dass er sich wie befohlen hingesetzt hatte. Der Whisky lief wunderschön über das frische, klare Eis, das unter der Flüssigkeit knisterte. Sie reichte Sam das eine Glas und setzte sich hin, wobei sie darauf achtete, genügend Abstand zwischen ihnen zu lassen.

»Danke. Nach diesen Erlebnissen wäre ich nicht gern allein nach Hause gekommen«, sagte Billie. Sie hob ihr Glas. »Trinken wir darauf, dass wir diesen Tag durchstehen. Möge er bald enden und sich niemals wiederholen.«

»Auf dass wir diesen Tag durchstehen«, erwiderte Sam und sah ihr dabei in die Augen. Sie stießen mit einem leisen Klirren an, unterbrachen dann den Blickkontakt und tranken. »Und auf letzte Nacht«, setzte er hinzu.

»Allerdings.«

Der Whisky brannte angenehm, schmeckte leicht süßlich und ein wenig nach Torfrauch. Sie hatte sich eingebildet, sie könnte immer noch den Schweiß ihrer Angreifer riechen, aber nach einem kräftigen Schluck war dieses Gefühl glücklicherweise verschwunden. Der Schnaps brannte in ihrer Speiseröhre bis in ihren Magen. Sie holte tief Luft, und ihre Schultern schienen fünf Zentimeter herabzusinken.

»Sie haben sich da draußen gut gehalten, Sam«, sagte Billie. »Ich bin beeindruckt. Verdammt, ich glaube, selbst diese Schläger waren beeindruckt.« Er schien wieder zu erröten und starrte in seinen Drink.

»Gut gemacht, Mann«, sagte sie, hob ihr Glas und trank noch einen Schluck. Sie musste ihn nicht fragen, wo er so zu kämpfen gelernt hatte. Wahrscheinlich hatte er genug Gelegenheiten gehabt, es auf dem Land in New South Wales zu üben, und dann auch in Tobruk.

»Das war gar nichts«, meinte er abwiegelnd. »Außerdem waren Sie selbst auch ziemlich beeindruckend.« Er setzte das Glas an die Lippen und hob die Brauen, als wollte er seine Worte betonen.

»Das war nicht mein erstes Rodeo«, erklärte sie etwas sehr forsch, und ihr Gast verschluckte sich etwas an seinem Whisky. »Obwohl ich sagen muss, dass Sydney sich in meiner Abwesenheit sehr verändert hat.«

Während all der Jahre in Europa hatte sie sich liebevoll an Australien als ein friedliches und sicheres Land erinnert, und vermutlich war es das auch, in Bezug auf die besetzten Territorien und die Front. Aber es konnte auch der Effekt der rosaroten Brille sein, durch die man üblicherweise seine Heimat betrachtet, wenn man sich nach ihr sehnte. Wie hatte Johannes Hofer es noch genannt? »Nostalgie«, oder »ernstes Heimweh«. Abgeleitet vom griechischen álgos – Schmerz, Trauer, und nóstos – Heimkehr. Nostalgie wurde bei Soldaten, die weit weg von zu

Hause kämpften, als Krankheit betrachtet, aber wie sie hatte feststellen müssen, litten auch junge Kriegsberichterstatterinnen darunter – falls »Krankheit« wirklich die richtige Bezeichnung dafür war. Schlussendlich hatte sie Australien einfach schrecklich vermisst. Immerhin hatte ihr Vater ihr Sydneys Unterwelt gezeigt, als sie noch jünger gewesen war, deshalb war sie nicht besonders naiv gewesen – und auch nicht leicht zu schockieren. Aber einige fundamentale Dinge hatten sich offensichtlich mit dem Krieg verschlimmert. Es schien eine gefährliche Verzweiflung zu herrschen.

»Ich wusste nichts von ihrem Colt«, erklärte Sam.

»Ich verlasse nur selten das Haus ohne die Waffe«, gestand Billie. »Ich kann mich nicht mal mehr erinnern, wann ich damit angefangen habe.«

Jedenfalls nicht direkt nach ihrer Rückkehr aus Europa, wo sie genug tödliche Waffen gesehen und erlebt hatte, wie viele Leben sie beendeten. Aber als ihr Geschäft immer gefährlicher wurde, hatte sie angefangen, häufiger ihre Pistole mitzunehmen. Sie hatte nicht das Gefühl, diese Entscheidung verteidigen zu müssen, schon gar nicht nach den Ereignissen dieses Tages. Immerhin waren ihre Instinkte richtig gewesen. Diese Waffe hatte ihnen in der Gasse geholfen, ohne dass sie sie hätte abfeuern müssen. Und sie hatten es zu zweit mit vier Widersachern zu tun bekommen. Hoffentlich wollte Sam keine Erklärung, warum eine Lady eine verdeckte Waffe trug. Sie bezweifelte, dass man männliche Privatermittler deswegen zur Rede stellte, bei denen war so etwas normal.

Sie trank einen Schluck und blickte zum Fenster. »Besitzen Sie auch eine Waffe?«, fragte sie ihn nach kurzem Schweigen.

»Ja«, gab er zurück. »Eine Achtunddreißiger. Allerdings hat

sie einen langen Lauf. Für gewöhnlich nehme ich sie nicht mit zur Arbeit.«

»Ich glaube, Sie sollten sich zur Gewohnheit machen, sie in nächster Zeit dabeizuhaben, Sam, bis wir herausfinden, was hier eigentlich vorgeht«, sagte sie. »Haben Sie eine Lizenz dafür, ist sie gut in Schuss?«

Er nickte.

»Ein Revolver. Gut«, setzte sie hinzu. Wenn man an der Hand oder am Arm verwundet wurde, dann war es sehr schwierig, eine Pistole durchzuladen. Ein Revolver, wie Sam einen hatte, war leichter zu handhaben. Alles in allem war das eine gute Wahl für ihn. »Wie lang ist der Lauf?«

»Fünfzehn Zentimeter«, gab er zurück.

Eine Waffe für Farmer, aber nicht gut, um sie verdeckt zu tragen, dachte Billie. Mit so etwas zielte man für gewöhnlich nicht auf Menschen, sondern auf unglückliche Tiere. Unter einem Jackett getragen, war sie alles andere als subtil, aber Sam fühlte sich ganz offensichtlich wohl damit, und es war unklug, unmittelbar vor einem Kampf zu einer neuen Waffe zu wechseln. Die vier Männer hatten mit einem Messer gegen sie in dieser Gasse gekämpft, aber sie wollten nicht in die Lage kommen, mit einem Messer in eine Schießerei zu geraten, falls die Sache nächstes Mal eskalierte.

»Billie … Es tut mir so leid, was da in der Gasse passiert ist. Ich hätte sie sehen müssen«, sagte Sam betroffen. »Ich fühle mich dafür verantwortlich.«

»Sam, wir haben sie beide nicht gesehen«, betonte sie. »Es war nicht Ihr Fehler.«

Billie hob ihr Glas, trank einen Schluck und spürte das Brennen des Alkohols. Dann sah sie ihrem Assistenten wieder in die Augen.

Er war solide, dieser Sam. Und es war nicht nur seine Größe oder seine Fähigkeit, einen Mann wie eine Puppe herumzuschleudern. Er schien vollkommen unbeeindruckt davon zu sein, dass sie ihn bat, eine verdeckte Waffe zu tragen oder eine Leiche zu entsorgen. Allmählich glaubte sie, er war wirklich etwas Besonderes. Sie sah weg und lehnte sich auf der Couch zurück.

»Es war das Werk von Vincenzo Moretti«, sagte sie leise.

Sam beugte sich nachdenklich vor und umklammerte mit finsterer Miene sein Glas. »Das könnte erklären, warum er gestern Nacht im *The Dancers* gewesen ist.«

Diese Enthüllung versetzte Billie einen Schock. Sie stellte ihr Glas etwas zu abrupt auf den Tisch. Die bernsteinfarbene Flüssigkeit wäre fast über den Rand geschwappt. »Was meinen Sie mit, er wäre dort gewesen?«

Sie erinnerte sich vage. Sam hatte etwas über einen Italiener gesagt. Dann hatten sie sich in irgendeiner sinnlosen Unterhaltung über Kriegsgefangene und Zivilisten und dergleichen verloren.

»Sie haben Vincenzo Moretti gesehen? Warum haben Sie das nicht gleich gesagt?«

»Das habe ich doch!«, protestierte Sam.

»Sie sagten, Sie hätten einen Italiener gesehen. Aber nicht alle Italiener sind Vincenzo Moretti.«

In Morettis Fall waren Misstrauen und Feindseligkeit auf jeden Fall angebracht. Wenn die Vorgänge des Auktionshauses etwas mit Moretti zu tun hatten, dann wertete das in Billies Augen den Laden um etliche Stufen ab. Irgendetwas roch übel, wenn er in der Nähe war, und dieser Vorfall in der Gasse entsprach genau der Art von schäbigem Einschüchterungsversuch, den er organisieren würde. Wenn er tatsächlich im *The Dancers* gewesen war, konnte er die Person sein, die ihr etwas in den Drink getan hatte. Wenn jemand schnell und hinterhältig genug war, wäre das kein Problem gewesen. Und der Türsteher war nach der Arbeit in seinem eigenen Zimmer ermordet worden. Unter all diesem ganzen Glitter war dieser Laden vollkommen verdorben. Aber war das nicht immer so?

Dieser verfluchte Moretti.

»Er hat mich beschattet. Ich habe es nicht kapiert, bis ich ihn heute Morgen draußen vor dem Apartmentblock gesehen habe. Einer der beiden Cops, die gekommen sind, ein Constable Dennison, wusste, dass er da war. Ich glaube, dass Moretti auch die Person in der Strand Arcade war. Er hat mich durch die ganze Stadt verfolgt«, sagte sie, als es ihr endlich wie Schuppen von den Augen fiel.

»Dieser verdammte Moretti könnte nicht einmal einen Konzertflügel in einer Einzimmerwohnung finden«, erklärte Sam.

»Ja, er ist ein Idiot«, pflichtete Billie ihm bei. »Aber ein gefährlicher Idiot.«

Und weit gefährlicher für sie, als sie angenommen hatte. Natürlich hatte Moretti sich ihnen nicht selbst gestellt. Für diesen Job hatte er irgendwelche billigen Schläger angeheuert. Die Männer taten ihr fast leid. Nein, Moretti hielt nicht viel von ihr, so viel war klar. Was würde er wohl von der Geschichte halten, mit der seine gemieteten Schläger zu ihm zurückkehrten? Steckte Moretti auch hinter dem Transport der Leiche in ihre Wohnung? Hatten diese beiden Ereignisse etwas miteinander zu tun? Wer war sein Klient? Welche Rolle spielte Georges Boucher bei all dem? War er derjenige, der die Befehle gab und die Rechnung bezahlte? Oder war diese Sache irgendwie persönlicher? Was konnte Moretti dazu bringen, so weit zu gehen?

»Mir hat die Antwort wegen des Jungen nicht gefallen«, sagte Billie etwas abrupt.

Sam blickte hoch.

»*Für ihn ist es zu spät*. Ich frage mich, was der Kerl damit wohl gemeint hat?«

»Sie glauben doch nicht etwa ...?«

»Dass Adin Brown tot ist? Vielleicht. Obwohl ich hoffe, dass es nicht so ist.« Billie runzelte nachdenklich die Stirn. »Wann sind Sie verabredet?«, fragte sie, riss sich aus ihren düsteren Überlegungen und warf einen Blick auf ihre Armbanduhr. Ihr Assistent hatte noch die unerfreuliche Aufgabe, vorher Con Zervos' Leiche loszuwerden. Die Sonne war untergegangen und die Welt vor ihrem Fenster fast dunkel. Es würde schon bald Zeit werden.

»Das sage ich ab«, antwortete er.

»Nein, tun Sie das nicht. Bitte. Ich meine, falls Sie das schaffen. Es wäre besser für Sie, wenn Sie ganz normal weitermachen, nachdem Sie ...« *Nachdem Sie die Leiche entsorgt haben.* »Sie sollten heute Nacht an andere Dinge denken. Ich weiß wirklich sehr zu schätzen, was Sie alles getan haben. Ich hoffe, Sie sind morgen nicht zu erschöpft.« Er hätte sicher genug Gründe, sich genau so zu fühlen.

»Mir geht es gut. Ich mache mir eher Sorgen um Sie.«

»Das ist nicht nötig, Sam. Ich kann auf mich selbst aufpassen. In dem Punkt müssen Sie mir vertrauen.« Die Art und Weise, wie er sie angesehen hatte, als sie ihre Waffe auf die beiden verängstigten Männer gerichtet hatte, sagte ihr, dass er anfing, das zu kapieren. »Danke, dass Sie noch mit hierhergekommen sind. Und danke für das, was Sie heute Abend noch tun werden. Wir sehen uns morgen im Büro, ja? Sie haben doch keine Bedenken wegen Ihres Jobs bekommen, oder? Ich könnte verstehen, wenn das so wäre.«

»Was?« Er wirkte fast gekränkt. »Niemals, Billie. Ich bin dabei. Wenn es Ihnen recht ist.«

Sie ließ die Worte einsinken.

»Ich tue, was nötig ist, und dann gehe ich aus, wenn das das Beste ist. Sie passen auf sich auf, okay?«, setzte er hinzu.

Billie hielt ihr Whiskyglas hoch, und sie stießen ein zweites Mal an. Dann leerten sie die Gläser und verabschiedeten sich etwas weniger verlegen. Sie schloss die Tür hinter Sam und hielt dann einen Moment inne. Was für ein Tag! Billie zog ihre Strümpfe und ihr Kleid aus. Eigentlich hätte sie nach diesem Tag vollkommen erledigt sein sollen, vor allem nach einer derartig anstrengenden Nacht. Aber diese Elektrizität schien wieder durch all ihre Nerven zu strömen. Es gab zu viele unbeantwortete Fragen, um den Tag einfach abzuschließen. Ihr Körper brauchte eine kurze Behandlung mit Seife und Arnica, und vielleicht noch ein stärkendes Glas von diesem guten Scotch, selbst wenn sie es diesmal allein trinken musste. Es war immerhin nur eine medizinische Dosis. Und dann musste sie ebenfalls wieder losgehen.

Heute würde sie dem Leichenschauhaus einen Besuch abstatten.

KAPITEL NEUNZEHN

Billie machte sich auf den ungemütlichen Weg zum Circular Quay West und trat in den Schatten der dunklen Ziegel- und Sandstein-Arkaden des Leichenschauhauses auf der Mill Lane. Die Nacht war drückend warm, Mitternacht bereits verstrichen.

Es war längst überfällig, Sydneys städtisches Leichenschauhaus wegen dieses Falles aufzusuchen, obwohl der Fall selbst sie von dem, was möglicherweise hinter seinen Mauern wartete, abzuhalten schien. Sie hoffte sehr, dass der verschwundene Junge nicht als unidentifizierter Gast auf einer Bahre wartete. Das wäre ein trauriges Ende ihres letzten Falls, zusätzlich zu dem wachsenden Maß an Gewalt, das er auszulösen schien. Nein, sie hoffte schon um seiner Familie willen, dass sie Adin nicht hier fand, aber sie konnte sich vor diesem Besuch nicht drücken, ganz gleich, wie zerschlagen sie sich fühlte. In den Fällen verschwundener Personen waren ihre Besuche hier mittlerweile für sie zu einer Routine geworden, und jetzt, nach den Worten des kotelettgesichtigen Schlägers, hatte sie noch einen anderen Grund, hier zu sein. Einen, den sie unmöglich am Freitagnachmittag hätte vorhersehen können, als Nettie Brown mit dem scheinbar unkomplizierten Fall eines entlaufenen Teenagers durch die Tür ihres Büros spaziert war. Die Ereignisse, die sich seitdem daraus entwickelt hatten, trieben Billie bei ihrer Suche nach Antworten an und machten sie rastlos. An Schlaf war einfach nicht zu denken.

Billie blieb tief in Gedanken versunken stehen und rieb sich zerstreut durch den Stoff ihrer dunklen Kleidung die Prellung auf ihrem Brustkorb.

Was wollte Con mir erzählen, das so wichtig war, dass man ihn dafür umbrachte?

Warum verfolgt Moretti mich? Und was sollten diese Schläger draußen vor dem Auktionshaus bewirken?

Hat Moretti mir diese Drogen in mein Getränk gekippt? Hat er auch Con getötet? Wenn ja, warum? Und in wessen Auftrag?

Zwei Dinge waren gewiss: Hier wurde ein tödliches Spiel gespielt, und jemand versuchte nach Kräften, sie von diesem Fall abzubringen.

Billie lehnte sich gegen eine Säule aus Sandstein. Die Einrichtung des städtischen Leichenschauhauses war spartanisch. Es gab einen Empfangsraum, die Leichenhalle, einen Post-Mortem-Raum und ein kleines Labor. Der Ort war berüchtigt dafür, dass er alles andere als hygienisch war. Während des Totengräberstreiks Weihnachten 1944 war dieser Ort laut Zeugenaussagen von »stinkenden Leichen« förmlich übergequollen. Billie glaubte das sofort. Jetzt, zwei Jahre später, verfügte das städtische Leichenschauhaus immer noch nicht über eine Kühlung oder auch nur annähernd genug Platz. Sie hatte allerdings gehört, dass es Pläne für eine Erweiterung gab. Obwohl es überfüllt war, war die Lage hier zumindest eine Verbesserung im Vergleich zu den Zuständen vor dem Krieg. Damals hatten es die Umstände bedauerlicherweise zugelassen, dass die Gäste an Bord von Kreuzfahrtschiffen, die den Hafen von Sydney besuchten oder verließen, in die Gebäude hineinblicken und die aufgestapelten Leichen sehen konnten. Das hatte den Tourismus ganz bestimmt nicht sonderlich gefördert.

Angesichts dieses späten Besuchs hatte Billie sich umgezogen und ihr zerfetztes Ensemble vom Nachmittag abgelegt – das erforderte noch mehr Näharbeiten. Stattdessen hatte sie eine dunkelblaue Baumwollhose, eine elfenbeinfarbene Seidenbluse, einen blauen Kurzmantel und alte, leicht zu reinigende Lederstiefeletten angezogen. Für gewöhnlich bevorzugte sie die leiseren Krepp- oder Stoffsohlen, deshalb war sie etwas überrascht über das laute Geräusch, das ihre Stiefel auf den Steinen verursachten.

Dann schob sich ein anderer Gedanke in ihr Bewusstsein, den sie nicht vertreiben konnte. Mischten sich da möglicherweise korrupte Polizeibeamte in diese Angelegenheit? Wenn ja, warum?

Da der Tod niemals Pause machte, war das Leichenschauhaus Tag und Nacht in Betrieb, aber abgesehen von den notwendigen Identifizierungen für die Polizei durch die Verwandten der Verschiedenen hieß es lebende zivile Besucher nicht gern willkommen. Billie bildete da eine Ausnahme. Sie klopfte an die Tür und wurde hereingelassen. Das entzückte Lächeln eines jungen Mannes empfing sie. Billie hatte gewusst, wer sie erwarten würde. Sie hatte ihr herzliches Willkommen an diesem kalten Ort kultiviert. Trotz der stummen Gesellschaft war das sicher ein ziemlich einsamer Ort, stellte sie sich vor, vor allem nachts.

»Guten Abend, Mr Benny«, begrüßte Billie den jungen Mann am Empfangstisch.

»Oh, nennen Sie mich doch endlich Donald, Ms Walker. Es ist so ein Vergnügen, Sie zu sehen!« Das schien ernst gemeint.

»Oder sollte ich vielleicht lieber Guten Morgen sagen?« Sie warf einen Blick auf ihre schmale Armbanduhr.

Er nickte. »Ja, es ist schon ziemlich spät.«

Donald Benny war ein schlanker, gebeugter junger Mann mit einer Haut, die fast so wächsern war wie die der Klienten, die er bewachte. Er war etwas jünger als Sam, vierundzwanzig, aber damit endete die Ähnlichkeit auch. Er wirkte ein bisschen wie ein Gelehrter, mit seiner runden Brille, dem weißen Hemd mit Kragen und der dunklen Krawatte, die über dem kragenlosen Laborkittel sichtbar war. Dieses Mal wies der Kittel keine auffälligen Blutflecken oder andere, unidentifizierbare Verfärbungen auf, was Billie als gutes Omen nahm. Wie üblich war Benny von Billies Gegenwart bezaubert. Sie lächelte ihm herzlich zu. Die Macht, die sie über ihn ausübte, würde sie nicht aufgeben, bis sie fertig war und gehen wollte.

»Ich habe Ihnen ein Buch mitgebracht«, sagte Billie und griff in ihren Beutel. Sie zog ein Taschenbuch heraus, einen Detektivroman. »Von Georgette Heyer.« Die war eigentlich mehr für ihre historischen Liebesromane bekannt, die in der Regency- und georgianischen Ära spielten, aber sie hatte auch ein paar sehr gute Krimis geschrieben.

Mr Bennys Wangen waren gerötet, stellte Billie fest. Wegen seines anämischen Teints machte sich jede Gefühlsaufwallung bei ihm sofort bemerkbar. Sein Blick glitt zu dem Buch, dann zu ihrer Hand und den langen, eleganten Fingern, wanderte weiter hoch zu ihrem Hals, der auf einer Seite entblößt und auf der anderen von ihrem dunklen Haar verdeckt war. »Der Tote am Pranger«, las er den Titel des Buchs laut vor, sobald er in der Lage war, seine Augen auf das Cover zu richten.

»Sie haben es doch noch nicht gelesen?«, erkundigte sie sich.

»Nein, nein, habe ich nicht. Woher wissen Sie eigentlich immer, welche Bücher ich noch nicht kenne?«

Sie lächelte einfach nur. »Ich habe mich gefragt, ob ich heute Abend vielleicht einen kleinen Blick auf Ihre Gäste werfen darf? Gibt es im Moment einen unidentifizierten Kunden?«

Sein Gesicht wurde ernst, eine Show von Professionalität nach seinem etwas überdrehten Willkommen. »Wir haben zwei Unidentifizierte«, sagte er.

»Darf ich ...?« Sie warf einen Blick auf die offene Tür zur Leichenhalle.

Benny riss sich mühsam von ihrem Anblick los und sah sich in dem ruhigen Büro um, wie er es immer tat. Dann nickte er, ebenfalls wie immer. Billie wusste nicht, was er zu finden erwartete, wenn er stumm jedes Mal den Raum musterte, aber da die Toten nicht protestierten, führte er sie leise durch die Tür in die Leichenhalle. Sie folgte ihm auf dem Fuß, die Hände in die Manteltaschen geschoben.

»Haben Sie ein Taschentuch?«, fragte er.

Sie nickte und zog eines aus ihrer Tasche. Rasch tränkte sie es mit Teebaumöl aus einer kleinen Phiole, die sie für diesen Zweck bei sich hatte. Obwohl Billie wusste, was sie erwartete, nahm ihr der Geruch trotzdem den Atem. Es war derselbe, der ihr beim Aufwachen in die Nase gestiegen war, nach verfaulten Blättern, aber eben nicht genauso. Das Teebaumöl reduzierte den stechenden Anteil, aber es konnte nicht verhindern, dass dieser spezielle Gestank sich irgendwo tief in ihr festsetzte. Sie hoffte, dass sie in französischem Parfüm gebadet und schnell begraben wurde, wenn ihre Zeit gekommen war, bevor zu viele Leute einen Blick auf sie werfen konnten. Billie fürchtete den Tod nicht, aber der Gedanke, wie ihr Körper behandelt wurde, wenn sie nicht mehr da war, um ihn zu beschützen, bereitete ihr Unbehagen. Sie wusste, dass der Tod schrecklich unwürdig sein konnte. Aber vermutlich war er etwas, womit man sich abfinden musste.

»Sie haben nicht zufällig einen Adin Brown hier gehabt? Ein Junge von etwa siebzehn Jahren? Knapp eins achtzig, lockiges Haar, keine auffälligen Merkmale?«, erkundigte sie sich, während sie sich in der Halle umsah und das Taschentuch vor ihre Nase drückte.

Für ihn ist es zu spät. Die Worte gingen ihr ständig im Kopf herum. *Zu spät.*

Billies Augen brannten von dem scharfen Teebaumöl. In der Halle lagen etwa ein Dutzend verstorbene »Klienten« aller möglichen Altersstufen, Geschlechter und Formen. Schlanke, dicke, männliche, weibliche … Der Tod schien heute nicht sonderlich wählerisch zu sein.

Benny blieb an der ersten Leiche stehen und dachte einen Moment nach, während er einen dünnen Finger auf seine Lippen legte. »Nein. Ich bin sicher, dass niemand mit diesem Namen in letzter Zeit hier aufgetaucht ist, und keiner der unidentifizierten Männer hatte dieses Alter.«

Eine kleine Erleichterung. Benny hatte ein ausgezeichnetes Gedächtnis, und Adin müsste gerade eben erst eingeliefert worden sein. Also war das Risiko gering, dass er hier gewesen wäre. Was natürlich nicht bedeutete, dass er noch am Leben war.

Mr Benny setzte sich wieder in Bewegung, und Billie wollte ihm folgen, als sie entsetzt erkannte, dass die Leiche unmittelbar neben ihr die des dünnen Türstehers war, Con Zervos. Sein Gesicht war nur Zentimeter von ihrer rechten Hüfte entfernt. Es überlief sie kalt, als hätte er die Hand gehoben und sie berührt. Glücklicherweise waren seine Augen geschlossen, aber irgendwie schien er sie immer noch so anzusehen wie in seinem Hotelzimmer, stranguliert mit seiner eigenen Krawatte.

Sie keuchte.

»Ms Walker?«

»Entschuldigung«, sagte sie hastig. »Ich habe vorhin etwas Falsches gegessen. Meeresfrüchte. Das hat mein Magen nicht vertragen.«

»Möchten Sie einen Tee?«

»Es geht schon«, versicherte sie ihm. Sie versuchte noch einmal zu lächeln, aber es gelang ihr nicht.

Es war nun wahrlich nicht die erste Leiche, die sie gesehen hatte, dafür hatten sowohl der Krieg als auch ihre häufigen Besuche im Leichenschauhaus gesorgt. Aber es war die erste, neben der sie aufgewacht war, der erste gewalttätig ums Leben gekommene Zivilist in Friedenszeiten, auf den sie so unerwartet gestoßen war. Deshalb hatte der Tod von Con Zervos sie so erschüttert. Sie war nicht dagegen gewappnet gewesen, als sie Zimmer 305 betreten hatte. Sie hoffte inständig, dass diese gruselige Entdeckung eine Ausnahme blieb. Sie blinzelte, riss sich zusammen und bemühte sich, ruhig zu bleiben. Con Zervos war kein Mensch mehr, sondern nur eine leere Hülle in Menschengestalt, genauso leblos wie eine Schneiderpuppe. Das Gesicht schrumpfte bereits, die Augen waren tiefer in den Schädel gesunken, und sein ganzer Körper war von der Lebenskraft verlassen worden, die ihn noch im *The Dancers* erfüllt hatte. Dieser Anblick jetzt, im Gegensatz zu dem, was er gewesen war, so drahtig und nervös und lebendig, ließ ihr Herz heftig schlagen trotz der Tatsache, dass sie irgendwie erwartet hatte, ihn hier zu finden, vorausgesetzt, Sam hatte seinen Job gut gemacht. Genau genommen hatte sie es sogar gehofft. Man konnte nichts tun, um ihm sein Leben wieder einzuhauchen, aber jetzt würde sich Benny um ihn kümmern, und man konnte seine Familie über sein Schicksal informieren.

»Geht es Ihnen nicht gut?«, fragte Benny plötzlich. Offenbar war sie blass geworden.

»Was ist denn seine Geschichte?«, brachte Billie heraus, während sie auf Con Zervos deutete und mit der anderen Hand über ihr Haar fuhr.

»Tut mir leid, aber die ist etwas brutal.«

»Sie wissen ja, dass mich so etwas nicht umwirft.« Sie versuchte erneut zu lächeln, und diesmal gehorchten ihre Wangen. Sein Vertrauen in sie schien zurückzukehren. Sie hoffte, er hatte noch nicht gehört, dass sie behauptet hatte, seine Leiche in Zimmer 305 gefunden zu haben.

»Sie sind wirklich einzigartig, Ms Walker«, antwortete er bewundernd. Dann drehte er sich um und betrachtete die Leiche. »Dieser arme Kerl wurde heute Nacht hinter dem *People's Palace* gefunden. Er ist erwürgt worden. Das ist eine üble Sache. Der Nachtwächter hat ihn identifiziert. Es ist irgendein griechischer Emigrant, der hier ein neues Leben anfangen wollte. Und das hat er jetzt für all seine Strapazen bekommen.«

Sie schluckte. Der Nachtwächter. Sie fragte sich, was er wohl von diesem ganzen Aufstand mit der Polizei Samstagnacht hielt, und jetzt auch noch das.

Billie schärfte sich ein, ihrem Drang zu plaudern zu widerstehen. Es konnte leicht passieren, überflüssigerweise Gespräche anzufangen, wenn man nervös war und Geheimnisse hatte. Und in diesem Fall neigten Geheimnisse dazu, einen zu Fall zu bringen. Immerhin wachte man nicht jeden Tag neben einer Leiche auf. Sollte die Polizei das herausfinden, würde es ihr nicht helfen. Und wären die Polizeikräfte weniger korrupt, dann hätte sie sich ihnen vielleicht anvertraut und ihre Unschuld beteuert – aber ihr Vater hatte sie eines Besseren belehrt. Schweigen war die beste Lösung. Das, oder kurz angebunden sein. Reg, der städtische Gerichtsmediziner, würde zweifellos am nächsten Tag eine Autopsie an Con Zervos vornehmen, falls das Budget das erlaubte. Wie lange würde es wohl dauern, bis seine Familie in Griechenland von seinem Schicksal erfuhr? Sie ging weiter und kämpfte gegen den Impuls an, zu Zervos zurückzusehen oder weitere Fragen über ihn zu stellen.

»Tut mir leid, dass Ihr Junge nicht hier ist«, wechselte Benny höchst willkommen das Thema.

»Mir tut das ehrlich gesagt gar nicht so leid«, erwiderte sie aufrichtig. »Ich hoffe immer noch, ihn lebendig zu finden.«

Für ihn ist es zu spät. Zu spät ...

»Selbstverständlich«, haspelte Benny rasch. »Ich wollte damit nicht sagen ...«

»Ich lese gerade einen dieser amerikanischen Detektivromane, bei denen die Bösen in die Wüste fahren und dort eine Leiche vergraben«, lenkte Billie ihn ab, als sie zum Empfangstresen zurückkehrten. »Die Wüste rund um Vegas muss voller Leichen sein.« Sie bemerkte sein Interesse. »Ich frage mich, wo jemand hier bei uns wohl so etwas machen würde? Ich meine, eine Leiche verstecken?«

»Natürlich in den Blue Mountains.« Seine Antwort kam prompt.

»Tatsächlich?«

»Jedenfalls wenn Sie nicht die Zeit haben, bis ins Outback zu fahren. Das Risiko steigt, je länger sie den Leichnam bei sich haben. Ich meine, Sie könnten angehalten werden, oder Ihr Auto könnte eine Panne haben, alles Mögliche könnte schiefgehen. Also, wenn Sie bis ins Outback wollen, fahren Sie in die Blue Mountains. Das passiert dauernd. Es ist viel besser, als aufs Land zu fahren, wo die Einheimischen und ihre Hunde alles Mögliche finden könnten und gleich wüssten, was da los ist. Nein, man geht in die Berge und in diese ganzen unberührten Gebiete. Es ist schwer, nach ein paar Wochen am Fuß einer Klippe zu entscheiden, ob es ein Mord oder ein Unfall gewesen ist«, setzte er sachlich hinzu. »Oder sogar ein Selbstmord. Die Straßen müssen verstopft sein von all diesen armen Teufeln, die dorthin gehen, um von den Klippen zu springen. Eine verdammte Schande.«

»Daran habe ich noch nie gedacht«, erwiderte sie. Er hatte sie auf eine Idee gebracht.

»Ansonsten landen sie im Hafen.«

Darauf war sie auch schon gekommen. »Dann würden sie aber irgendwann hier enden, oder nicht?«

»Zu guter Letzt«, bestätigte er. »Falls sie überhaupt gefunden werden.«

==

Als Billie nach Hause kam, ging sie mit gezücktem Colt durch ihre Räume, überprüfte noch einmal das Schloss an ihrer Tür, nachdem sie niemanden gefunden hatte, und sperrte ihre Fenster zu. Sie zog sich aus, schlug die frisch gewaschenen Laken ihres Bettes zurück und setzte sich auf den Rand. Nach einem Moment stand sie wieder auf, ging in die Küche und nahm einige alte Zeitungen aus dem unteren Schrank. Dann ging sie mit nackten Füßen wieder in ihr Schlafzimmer und schloss die Tür hinter sich. Anschließend riss sie jede einzelne Seite der Zeitung heraus, zerknüllte sie und verteilte sie in einem großen Kreis auf ihrem Schlafzimmerboden, wie ein Schutzkreis aus irgendeinem okkulten Roman.

Niemand, aber wirklich niemand, würde sich noch einmal an sie heranschleichen.

Sie schlief nicht sonderlich gut, aber sie schlief. Und das war schon etwas.

KAPITEL ZWANZIG

Es war kurz nach halb zehn, die Bürohengste saßen schon lange bei der Arbeit, als Billie das Daking House betrat. Sie trug ein marineblaues Rayon-Kleid mit einem Kordelzug, das mit zierlichen weißen Vögeln bedruckt war. Ihr kleiner Colt steckte in dem Halfter unterhalb ihres Slips. Sein Umriss war nur für jene Leute sichtbar, die ein sehr scharfes und argwöhnisches Auge hatten.

Sie hätte wirklich mehr Schlaf gebraucht, aber schließlich hatte sie, wie ihr Vater immer zu sagen pflegte, noch genug Zeit zum Schlafen, wenn sie tot war. Heute dagegen gab es viel zu tun.

Billie trug ihre zuverlässigen, mit Gummi besohlten Oxfords. Das waren die befriedigend lautlosen Sohlen, die sie in der Nacht zuvor so schmerzlich vermisst hatte. Ihren blauen Mantel hatte sie sich über den Arm gelegt, und um das Haar hatte sie sich einen glänzenden, blauen Seidenschal mit einem dezenten Muster aus roten und weißen Blumen geschlungen. Ein kleiner blauer Filzhut vervollständigte ihre Garderobe. Ihre runde Sonnenbrille verdeckte die Augen, ihr Lächeln war gelassen und ihre Lippen waren wie immer mit ihrem letzten Lippenstift von *Fighting Red* geschminkt. Sie fühlte sich optimistisch und entschlossen und hatte sich in ihre Kleidung gehüllt wie in eine Rüstung. Ihr Verstand hatte pausenlos gearbeitet, nun hatte sie einen Plan.

Hoch aufgerichtet und still wurde sie von John Wilson in den sechsten Stock transportiert. Wilson schien wie immer von ihrer Gegenwart belebt zu sein. Er betrachtete verstohlen ihr elegantes Profil, offensichtlich ohne zu bemerken, dass sie ihn dabei sehen konnte. Er ließ sich von ihrer Sonnenbrille sowie dem Effekt ihres Haares und des Hutes täuschen. Beides verlieh ihr das Aussehen einer Schaufensterpuppe, die zum Leben erwacht war. Sie drückte ihm einen Shilling in die Hand, zeigte ihm lächelnd ihre makellosen Zähne und sagte ihm, dass sie ihn gleich wieder benötigen würde.

Lass heute der entscheidende Tag sein, dachte sie, als sie in ihr Büro trat.

»Guten Morgen, Ms Walker.« Ihr Assistent stand hinter seinem Schreibtisch stramm, als sie eintrat. Er schien etwas überrascht zu sein, dass sie so früh hier auftauchte. Sams Trenchcoat hing bereits an der Garderobe, auf seinem Schreibtisch lag eine geöffnete Zeitung. Man sah ihm die Strapazen des Wochenendes nicht an. Seine Augen waren klar und strahlend, und seine Haltung entsprach ganz und gar nicht der eines Mannes, der noch am Nachmittag zuvor verprügelt worden war. Offenbar hatte er erwartet, dass Billie länger schlafen würde. Es befriedigte sie, zu sehen, dass er auch zur Arbeit ging, wenn die Wahrscheinlichkeit dafür sprach, dass sie nicht vor elf Uhr auftauchen würde.

»Guten Morgen, Sam«, antwortete Billie. Sie setzte ihre runde Sonnenbrille ab und ignorierte seine Anstalten, ihr den Mantel abzunehmen. Das Wartezimmer war leer, die Magazine und Zeitschriften waren unberührt. Keine Klienten. Aber wenn sie diese

Sache richtig handhabe, könnte sich das ändern – und viele andere Dinge ebenfalls.

»Heute Morgen lag eine Notiz in der Post«, sagte Sam. »Es war nur ein Zettel, der zusammen mit den Briefen unter der Tür hindurchgeschoben wurde. Ich dachte, Sie würden ihn sich sofort ansehen wollen. Es könnte etwas Wichtiges sein.«

Billie runzelte die Stirn. Eine Nachricht? Sie wusste nicht, ob sie eine Morddrohung oder eine Einladung zum Tee erwarten sollte, was ihr derzeitiges Berufsleben kennzeichnete. Sie ließ sich den einfachen Zettel geben. »War gestern Abend alles in Ordnung?«, fragte sie ihn und beobachtete aufmerksam seine Miene.

Sam nickte. »Ja. Niemand hat mich gesehen. Es ist erledigt.«

»Sie haben das gut gemacht, Sam«, versicherte sie ihm. »Con wurde bereits identifiziert, und wahrscheinlich ist seine Familie in Griechenland mittlerweile informiert, so dass sie die Bestattung organisieren und trauern können. Es war wirklich übel, was man ihm angetan hat. Hinterhältig und unfair, und ich hoffe sehr, dass die Verantwortlichen teuer dafür bezahlen.«

Sam wirkte erleichtert, obwohl seine Mundwinkel herunterhingen. »Es ist mir schwergefallen, ihn einfach so dort abzuladen.«

Er schien nicht weiter darüber sprechen zu wollen. Verständlich, es war eine hässliche Angelegenheit. Billie faltete den Zettel auseinander, auf dem eine kurze Reihe von Zahlen und Buchstaben stand: XR-001.

Sie erkannte sofort Shylas unverkennbare Handschrift. »Ein Autokennzeichen«, erklärte sie erfreut. Ganz offensichtlich gehörte es zu einem erst kürzlich registrierten Wagen, was zu dem passte, was Shyla ihr über diesen Frank erzählt hatte. Seit Samstag hatte diese clevere junge Frau also die Informationen herausgefunden und sie ihr auf einem Zettel ohne weitere Hinweise zugeschoben, so dass nur Billie die Bedeutung erkennen konnte. Vielleicht war ein kurzer Ausflug nach Upper Colo angemessen, sobald die anderen dringenden Angelegenheiten gelöst waren? Aber das musste noch mindestens einen Tag warten. Jetzt musste sie erst einmal einen Jungen finden, und sie wollte einen ganzen Haufen Antworten haben.

»Das ist eine andere Angelegenheit«, sagte sie zu Sam und steckte den Zettel in die Tasche. »Ich war gestern noch im Leichenschauhaus«, fuhr sie fort. »Deshalb weiß ich inzwischen das mit Zervos. Aber unser Adin war nicht da, und es ist auch niemand, auf den seine Beschreibung passt, eingeliefert worden. Wenigstens eine gute Nachricht.« Sie sah Sam an und bemerkte, dass er etwas mürrisch aussah und eine Falte zwischen den Brauen hatte. Billie wechselte das Thema. »Abgesehen davon, wie war der Rest Ihres Abends? War Ihre Verabredung mit Eunice erfreulich? Haben Sie sich amüsiert?«

Sam zuckte zusammen, und ein sonderbarer Ausdruck flog über sein Gesicht.

»Ich meine … ob Sie nach dem Vorfall in der Gasse noch Lust hatten auszugehen«, erklärte sie und wunderte sich über seine Empfindlichkeit.

»Wir sind in die Spätvorstellung von *Die Glocken von Sankt Marien* gegangen, danke, Ms Walker«, erwiderte Sam ziemlich förmlich.

Irgendetwas an diesem Abend schien nicht gut gelaufen zu sein, aber sie hielt es für das Beste, nicht weiter nachzubohren. »Haben Sie Lust auf einen Ausflug?«, fragte sie. »Eine kleine Fahrt in die Blue Mountains?«

»Immer.« Seine Miene hellte sich auf. »Ich bin dort erst einmal gewesen … um die Three Sisters zu sehen. Ich habe nicht weit von hier geparkt, es sei denn, Sie möchten lieber mit dem Zug fahren?«

»Das ist nicht nötig.« Billie lächelte. »Wir haben Dezember. Ein neuer Monat mit neuen Benzin-Coupons! Ich habe meinen Roadster aus der Garage geholt und ihn bereits aufgetankt.« Die Gelegenheit, ein paar Stunden über Landstraßen zu fahren, wollte sie auf keinen Fall versäumen. Nach ihrem Gespräch mit Donald Benny im Leichenschauhaus hatte sie neue Hoffnung für ihren Fall geschöpft, aber das wollte sie Sam noch nicht verraten, falls sie enttäuscht wurden. Doch selbst wenn die Dinge an diesem Montagmorgen nirgendwohin führten, würden sie zumindest eine schöne Fahrt durch die Landschaft und frische Gebirgsluft genießen können. Das hatten sie auch nach ihrem rekordverdächtig schrecklichen Wochenende verdient. »Machen wir den Laden zu und fahren wir los.«

Ihr zweisitziger Willys 77 Roadster wartete in der Nähe des Haupteingangs von Daking House. Sie hatte das Verdeck geöffnet, der schwarze Lack glänzte in der Morgensonne, und das Innere aus rotem Leder wirkte heute besonders luxuriös. Billie hatte den Eindruck, dass Sam sich insgeheim die Lippen leckte, als er den Wagen sah. Das Fahrzeug vermittelte den Eindruck, es wäre sowohl ein wildes Tier als auch eine Maschine, zur Hälfte Ingenieurleistung und zur anderen Hälfte schwarzer Hengst oder vielleicht sogar Panther. Sie, für Billie war es eine »sie«, hatte für ihr Alter nur sehr wenige Meilen auf dem Tacho, weil sie geduldig auf ihre Herrin gewartet hatte, während die aus Europa berichtete. Der Roadster war ein Geschenk von Baronin van Hooft zu Billies einundzwanzigstem Geburtstag gewesen. Sie hatte ihrem einzigen Kind bis jetzt eine schnelle und moderne Nähmaschine, ein noch schnelleres Automobil und einen kleinen Colt geschenkt, und zwar in dieser Reihenfolge. Alle drei Geschenke schien die Baronin ausgesucht zu haben, weil sie die Bedeutung der Fähigkeiten kannte, die diese Gegenstände ihr verliehen, auch wenn sie selbst diese Fähigkeiten nicht besaß und wahrscheinlich auch niemals besitzen würde. Sie konnte weder nähen noch fahren noch schießen. Und kochen auch nicht, jedenfalls soweit Billie wusste. Ella war schon eine für ihre Zeit und ihre gesellschaftliche Stellung sehr moderne Frau, aber ihre Tochter Billie stammte aus einer vollkommen anderen Ära. Dank dieser Geschenke jedenfalls konnte sie überall hingehen, sich alles selbst anfertigen, was sie tragen wollte, und sich in dem einzigartigen Beruf, den sie sich ausgesucht hatte, selbst schützen.

Auf der Motorhaube des Roadsters, sozusagen als Angriffsspitze, saß als Kühlerfigur die geflügelte Göttin Victoria, auch Nike genannt. Sie hatte den Kopf in den Nacken zwischen ihre Schwingen gelegt, und ihr langes, welliges Haar wehte in einer, wie Billie sich gerne vorstellte, Pose des Vergnügens hinter ihr. Die alten Griechen hatten die Göttin Nike angebetet, weil sie ihnen ihrem Glauben nach Unsterblichkeit verlieh sowie die Stärke und Geschwindigkeit, um jede Aufgabe zu bestehen. Das machte sie auf jeden Fall zu einer höchst passenden Kühlerfigur, obwohl Billie die Sache mit der Unsterblichkeit nicht unbedingt testen wollte.

Sam ging vor und öffnete seiner Chefin die Fahrertür. Billie schob sich im luxuriösen roten Inneren hinter das Lenkrad. Es stand außer Frage, ihren Wagen von irgendjemand anderem fahren zu lassen. Sie nahm schwarze Lederhandschuhe aus dem

Handschuhfach und streifte sie über ihre weichen, weißen Hände, während Sam sich auf den Beifahrersitz setzte. Er beobachtete sie stumm und schien von dem Automobil etwas überwältigt zu sein. Seit er bei ihr angefangen hatte, hatte sie noch keinen Grund gehabt, ihn darin mitzunehmen.

Mit einem Grinsen pumpte sie das Gaspedal, drückte mit dem Fuß den Starterknopf, und der Motor dieser Bestie von Automobil sprang an. Billies Meinung nach war Autofahren etwas, was jede Frau unbedingt erleben sollte, und zwar so oft wie möglich, obwohl die Gelegenheiten begrenzt waren, bis die Benzinrationierung aufgehoben wurde. Bis dahin hinderten diese Einschränkungen sie daran, ihr geliebtes Auto so häufig zu benutzen, wie sie es gern getan hätte. Aber auf den freien Landstraßen hinter dem Steuer zu sitzen war eine dieser seltenen Freuden, die keinen Kater hinterließen, keine gesellschaftlichen Peinlichkeiten und auch keine unerwünschte männliche Anhänglichkeit oder Krankheiten. Wer konnte schon gegen solche Tugenden etwas einwenden?

»Halten Sie sich gut fest, Sam!«, verkündete sie.

———

Nachdem sie fast drei Stunden genüsslich gefahren waren, bog Billie mit ihrem Roadster auf die Woodlands Road ein und fand einen Parkplatz in der Nähe des Friedhofs von Katoomba. Irgendwie schienen Friedhöfe immer beunruhigend nah an Krankenhäusern zu liegen. Dann zog sie ihre ledernen Autohandschuhe aus und ging zum Katoomba's Blue Mountains District ANZAC Memorial Hospital. Ihr offensichtlich unerschütterter Beifahrer folgte ihr.

Die Fahrt hierher war abwechselnd entspannend und aufregend gewesen, und die Landschaft veränderte sich ständig, während die Gebäude immer weniger wurden. Schließlich schienen der dichte Buschwald und die Luft der Berge sich blau zu verfärben, das Öl von den Eukalyptusbäumen mischte sich mit Staubpartikeln und Wassertropfen, die diesem Gebiet die Farbe und den Namen verliehen. Sam und sie hatten so viel miteinander geplaudert, wie das Dröhnen des Motors es zuließ, was nicht sonderlich viel war. Je höher sie kamen, desto weiter blieb die rastlose Energie der Stadt hinter ihnen zurück, und hier oben in Katoomba war die Atmosphäre eindeutig ruhig. In den kleinen Pausen im Dröhnen der Fahrzeuge auf dem Highway hörte man das Zwitschern der Vögel und die tiefe, lebendige Ruhe der Natur. Diese Atmosphäre hatte etwas Wundervolles. Billie blieb stehen und holte tief Luft.

Sam hatte nicht gefragt, warum Billie vorgeschlagen hatte, in die Berge zu fahren, und ebenso wenig erkundigte er sich, warum sie in das Krankenhaus gingen. Billie wusste nicht, ob der Grund dafür sein Wesen war oder seine militärische Ausbildung. Aber dass Sam ihrem Urteil traute ... das war irgendwie tröstend. Verbündete wie er waren selten.

»Es mag Ihnen seltsam vorkommen, dass wir diesen langen Weg hierhergefahren sind«, begann Billie. »Ich habe ein bisschen herumtelefoniert und glaube, ich habe eine Spur gefunden. Wenn nicht ...« Sie zögerte. »Sollte ich mich geirrt haben, Sam, haben wir diesen kleinen Ausflug aus der Stadt trotzdem verdient. Dann trinken wir unseren Nachmittagstee im *Hydro Majestic*.« Seine Augen leuchteten bei diesem Vorschlag auf.

»Ich habe das Gefühl, dass ich dafür eigentlich nicht bezahlt werden sollte«, antwortete er.

»Sie werden bezahlt, ganz gleich, was wir hier finden. Vielleicht finden wir auch gar nichts. Sie haben weit mehr getan, als Sie müssen, und sollen nicht glauben, dass mir das nicht klar wäre, Sam.«

Er sah ihr in die Augen und sagte nichts. Dann nickte er unmerklich. Gut. Also verstanden sie sich.

Sie gingen die wenigen Stufen zur Eingangsveranda des Krankenhauses hinauf. Es war ein eingeschossiges Giebelgebäude mit einem Mittelbogen, auf dem der Name der Einrichtung stand. Dann traten sie durch die schrägen Glastüren in das kühle Innere. Die Wände bestanden aus Ziegeln, auf deren einer Seite Gedenktafeln aus Marmor angebracht waren, auf der anderen Tafeln von Gönnern und Unterstützern. Es roch nach Desinfektionsmitteln.

Die Schwester am Empfangstresen nickte, als Billie erklärte, was sie hierherführte. Ihre Miene hellte sich plötzlich und unerwartet auf. »Ich habe am Telefon mit Ihnen gesprochen!«, stieß sie hervor und riss ihre blauen Augen auf. »Der arme Junge! Bitte, kommen Sie mit. Hier entlang, folgen Sie mir.«

Während sie gingen, sprach die Schwester über den Jungen, der eingeliefert worden war. Niemand wusste, um wen es sich handelte. Er hatte eine Kopfverletzung und war kaum bei Bewusstsein, konnte immer noch nicht sprechen, und alle machten sich schreckliche Sorgen. Billie hatte das Gefühl, dass dieser geheimnisvolle Junge nahezu zu einem Mittelpunkt des Krankenhauses geworden war. Hatte ihn wirklich noch niemand besucht, abgesehen von der örtlichen Polizei, um seine Beschreibung aufzunehmen? Sam und sie folgten der Frau in die Männerstation, wo weniger als die Hälfte der Betten belegt waren. Die Schwester führte sie bis zum Ende des Raumes, wo ein stark bandagierter und übel mitgenommener junger Mann lag. Als Billie das lockige Haar sah, das aus den Bandagen herausragte, machte ihr Herz einen Satz. *Ja, das könnte er sein. Das könnte er tatsächlich sein.*

»Manchmal redet er«, fuhr die Schwester fort. »Aber meistens ist es unzusammenhängender Unsinn. Er scheint sein Gedächtnis verloren zu haben. Wir konnten bisher weder seinen Namen aus ihm herausbekommen, noch woher er kommt.«

»Verstehe«, sagte Billie.

»Glauben Sie, das ist … die Person, die Sie zu finden gehofft haben? Oh, wir hoffen so sehr, dass wir die arme Familie des Jungen ausfindig machen können!«

Bei ihren Worten zog Billie das kleine Foto aus ihrer Tasche. Sie hielt es neben den bandagierten Kopf des Jungen, und ihr Magen verkrampfte sich. Dann steckte sie das Foto, das ihre Klientin ihr gegeben hatte, wieder ein, kniete sich neben den Jungen und sammelte sich. Seine Augen waren fast vollkommen zugeschwollen, aber sein Haar war verräterisch.

»Adin Brown? Ich bin Billie Walker«, flüsterte sie dem Jungen ins Ohr, obwohl er nicht antwortete. Sie widerstand dem Impuls, seinen Puls und seine Temperatur zu überprüfen. Er war jetzt in guten Händen, aber wo war er vorher gewesen? Was war ihm widerfahren? Ihr Blick fiel auf die roten Striemen an seinen Handgelenken. *Fesseln? Seile?* Immer noch auf den Knien drehte sie sich zu der Krankenschwester herum. »Können Sie mir sagen, wo und wann genau er gefunden wurde?«, erkundigte sie sich. »Wie ist er eingeliefert worden?«

»Oh, das war ganz schrecklich, Miss! Ein paar Wanderer sind von einer dieser langen Touren zurückgekehrt und wollten den Zug nehmen. Dann sahen sie einen Körper am Fuß dieser kleinen Klippe in der Nähe von Wentworth Falls, direkt neben der

Bahnstrecke. Sie glaubten erst, es handelte sich um etwas, das aus einem Zug gefallen war. Als sie näher kamen, hielten sie es für einen Leichnam, aber als sie ihn schließlich erreichten, stellten sie fest, dass er noch atmete. Er war übel verletzt und dehydriert, aber am Leben. Es war wirklich ein Wunder! Er stank schrecklich nach Alkohol. Der Arme muss getrunken haben und …« Sie verstummte. »Er könnte von einem Zug angefahren worden sein, jedenfalls nach seiner Lage so dicht an den Gleisen.«

»Wann war das?«

»Gestern Morgen«, erwiderte die Schwester.

»Er wurde also in der Nähe der Bahnstrecke gefunden. Sah es aus, als könnte er möglicherweise von einem Zug gesprungen sein? Oder als wäre er gestürzt?«, erkundigte sich Billie.

»Jeden Monat kommen Menschen hierher, um ihrem Leben ein Ende zu setzen, wissen Sie«, erwiderte die Schwester und schüttelte den Kopf. Billie hörte mit unbewegtem Gesicht zu. »Aber für gewöhnlich lassen sie ihr Auto oder ihre Habseligkeiten oben auf den Klippen zurück. Schuhe und eine Nachricht zum Beispiel, solche Dinge. Er dagegen schien nicht mehr bei sich gehabt zu haben als die Kleidung am Leib. Wir wissen nicht, ob er gesprungen oder gestürzt ist. Möglicherweise ist er spazieren gegangen, nachdem er einen Pub verlassen hat, und ist abgerutscht, der Arme. Einige Stellen auf den Klippen dort oben haben einen ziemlich steilen Rand.«

Sam hatte bis jetzt schweigend hinter Billie gestanden, aber jetzt sprach er. »Seine Familie wird sich sehr freuen, dass er noch am Leben ist. Danke für das, was Sie für ihn getan haben.«

Billie fragte sich, ob sie vielleicht noch ein Stück weiter gehen konnte. Sie setzte ihr vertrauenswürdigstes Lächeln auf. »Ich denke schon, dass es die Person sein könnte, die wir suchen, aber sicher bin ich mir nicht. Hatte er irgendwelche persönlichen Dinge bei sich? Eine Brieftasche zum Beispiel?« Sie stellte die Frage, obwohl sie ziemlich sicher war, dass sie ihren Mann gefunden hatte. Aber sie wollte alles sehen.

»Keine Brieftasche, sonst hätten wir ja gewusst, wer er ist«, erwiderte die Schwester.

»Stimmt, natürlich.«

»Kommen Sie mit, ich zeige Ihnen seine Habseligkeiten. Ich hoffe wirklich, dass es hilft. Ich bin fast krank vor Sorge wegen dieses Burschen.«

»Danke«, antwortete Billie. Dann warf sie einen Blick über die Schulter auf Sam und bedeutete ihm, bei dem Jungen zu bleiben.

Die Schwester und sie gingen in einen anderen Bereich des Krankenhauses. Die Frau in der Schwesterntracht öffnete einen Schrank und holte zwei etikettierte Schachteln in braunem Papier heraus. Als sie sie öffnete, drang Billie ein durchdringender Gestank nach Schnaps in die Nase. In einem Paket waren ein Paar schwarze Männerschuhe. Das andere enthielt zusammengefaltete Kleidung, die Billie sofort ins Auge fiel – sie sah aus wie Abendgarderobe. Das erklärte vielleicht die Vermutung der Schwester, dass der Junge in die Blue Mountains gekommen war, um zu sterben. Er war jedenfalls nicht weit gewandert, so viel war klar.

Die Schwester legte die Gegenstände auf einen Tisch, damit Billie sie untersuchen konnte. Die Lederschuhe waren einfache Oxfords, schwarz und etwas abgetragen. Größe 8 laut Etikett, was ungefähr zu Adins vermutlicher Körpergröße passte. Es waren sogenannte »Gesundheitsschuhe«, was aber nur bedeutete, dass sie eine Einlegesohle hatten. Man konnte die Identität eines Mannes unmöglich durch derart normale Schuhe herausfinden. Die Kleidung bestand aus einer schwarzen Anzughose, die ziemlich mitgenommen war, und einem zerknitterten und schmutzigen weißen Hemd, das immer noch entsetzlich stank – und zwar nach billigem Gin, wenn ihre Nase sie nicht täuschte. Konnte er wirklich so viel davon auf sich selbst verschüttet haben? Dann gab es noch ein ebenfalls zerknittertes und zerfetztes Jackett. Billie vermutete, dass es maßgeschneidert worden war, allerdings schon vor längerer Zeit. Vielleicht stammte es sogar aus der Zeit vor dem Krieg, als die Lage für die Pelzfirmen noch besser aussah. Es erinnerte sie an Mrs Browns Kostüme. Aber wenn dieses Jackett vor dem Krieg angefertigt worden war, dann konnte es nicht für Adin gemacht worden sein. Gehörte es vielleicht seinem Vater? Billie fragte sich, ob Mikhall es ihm gegeben oder der Junge es entwendet hatte und das nur noch nicht festgestellt worden war. Sie durchsuchte die Garderobe sorgfältig, fand aber weder irgendwelche Fabriklabel noch Namensetiketten, und auch sonst nichts Bemerkenswertes, bis sie eine Innentasche entdeckte und darin etwas Kleines, Flaches ertastete. Es war zerknittert und etwas dicker als Papier. *Ein Foto.* Sie warf nur einen kurzen Blick darauf, bevor sie es verstohlen und schnell in ihre Manteltasche schob, damit die Schwester nicht bemerkte, dass überhaupt etwas da gewesen war. Es war sehr gut möglich, dass die Person, die ihm diese Verletzungen zugefügt hatte, ihm all seine Ausweise abgenommen und diesen kleinen Gegenstand zufällig übersehen hatte.

Billie hatte den Ausriss aus dem *Sydney Morning Herald* mitgebracht, falls Adin befragt werden konnte. Sie hatte gehofft, eine zerfetzte Kopie davon in den Taschen seiner Hose oder seines Jacketts zu finden, vielleicht mit irgendeiner Notiz oder einer Anmerkung, die sein Interesse daran erklärte. Jedenfalls war es kein Wunder, dass er nicht auf der Auktion aufgetaucht war. Als sie stattfand, lag er halb bewusstlos in diesem Krankenhaus. Das Foto, was auch immer es zeigen mochte, war der einzige Hinweis auf das, was ihn umgetrieben hatte – abgesehen von der Tatsache, dass das, was ihm widerfahren war, höchstwahrscheinlich abends passiert war, vermutlich in der Nacht, in der er sich für *The Dancers* oder eine ähnlich förmliche Umgebung angezogen hatte.

»Ich gebe meiner Klientin eine ausführliche Beschreibung dieser Kleidung. Ich bin sehr hoffnungsvoll«, sagte Billie der Schwester. »Etwas anderes hatte er nicht bei sich? Keine Flasche?«

Die Schwester schüttelte den Kopf.

»Wird er sich erholen, was glauben Sie?«, fragte Billie.

»Das hoffe ich sehr«, antwortete die Schwester. »Unser hiesiger Doktor wird bald wieder da sein, um ihn zu untersuchen. Er interessiert sich sehr für ihn.«

Sie gingen wieder zur Station zurück, wo Sam auf sie wartete. Er betrachtete den Jungen besorgt.

»Da ist der Doktor auch schon«, verkündete die Schwester. Sie hatte den Mann im selben Moment gesehen wie Billie. Er trug einen weißen Kittel, war etwa um die fünfzig, hatte einen Seitenscheitel und wirkte beruhigend gesund angesichts seines Berufs. Außerdem schaute er besorgt drein. Die Schwester stellte ihn als Dr Worthington vor.

Billie reichte ihm die Hand. »Ich freue mich, Ihre Bekanntschaft zu machen. Mein Name ist Billie Walker, das ist mein Kollege Samuel Becker.« Sie deutete auf Sam.

Der Doktor blickte auf den Patienten und dann wieder zu ihnen. »Gehören Sie zur Familie?«, fragte er.

»Wir wurden von seiner Familie beauftragt, ihn zu suchen.«

Billie hatte Sorge gehabt, dass er sie sofort hinauswarf, stattdessen jedoch hellte sich das Gesicht des Arztes auf. »Was für eine Erleichterung!«, rief er. »Sie glauben also, Sie können diesen Jungen identifizieren? Wir vermuten, dass er nicht hier aus der Gegend kommt. Er ist jetzt schon mehr als einen Tag hier. Wir haben die Polizei informiert, als er gefunden wurde, aber sie haben bisher noch nichts herausgefunden. Er war in einem schrecklichen Zustand ...«

»Ich sehe, dass Sie sich gut um ihn gekümmert haben. Wird er sich erholen, Doktor, was meinen Sie? Ich meine, von seinen Verletzungen? Und wird sein Gedächtnis zurückkehren?«

»Die Prognose sieht gut aus, aber es wird eine Weile dauern. Er hat sehr viel durchgemacht, der arme Junge. Er sollte nicht verlegt werden, bis er sich ein wenig erholt hat, dann kann man ihn vielleicht in ein größeres Krankenhaus bringen. Er hat eine Rückenverletzung, von der er aber genesen wird. Und es besteht eine sehr gute Chance, dass sein Gedächtnis vollkommen wiederhergestellt wird. Ganz sicher kann ich da natürlich nicht sein, aber ich bin zuversichtlich.«

Billie dankte dem Arzt und verließ mit Sam die Station. Sie wirkte gelassen, aber ihr Herz hämmerte wie verrückt. Das Foto. Es hat in etwa die Größe des leeren Rahmens, den sie im Pelzgeschäft gesehen hatte, dachte sie. Sehr interessant. Und dann diese Handgelenke. Diese aufgescheuerte Haut. Nein, das hier hatte Adin sich nicht selbst angetan. Es gab noch vieles an dem Jungen und diesem Fall, was sie nicht verstanden, aber ein versuchter Selbstmord passte nicht in das Puzzle. Er war auch kein betrunkener Jugendlicher, der allein herumirrte. Wie auch immer Adin jedoch hier gelandet sein mochte, er lebte noch – es bestand die Chance, dass er bald wieder reden konnte.

Und Billie war außerordentlich an dem interessiert, was der junge Mann zu sagen hatte.

KAPITEL EINUNDZWANZIG

»Und Sie sind sicher, dass er es ist?«, fragte Nettie Brown. »Sie sind sich wirklich sicher?« Es knisterte in der Leitung.

Billie ließ sich einen Moment Zeit mit der Antwort auf die Frage ihrer Klientin. Die kleine Frau in ihrer Magengrube sagte ihr, dass es so war, und außerdem glich das lockige Haar des Patienten sehr stark dem des Jungen auf dem Foto. Trotzdem war es besser, Vorsicht walten zu lassen, wenn es um so etwas Heikles ging. »Ich bin zuversichtlich, dass es Ihr Sohn ist, Mrs Brown«, antwortete sie. »Aber ich kann es natürlich nicht mit absoluter Sicherheit bestätigen. Das können nur Sie oder Ihr Ehemann. Der Junge passt zu Adins Beschreibung, aber der Zeitpunkt, an dem er in das Krankenhaus gebracht wurde, ist nur dann erklärbar, wenn er ein paar Tage woanders verbracht hat, bevor man ihn gefunden hat.«

»Woanders?«

»Ganz richtig.« Billie führte ihre Antwort nicht weiter aus. Stattdessen sah sie sich im Schwesternzimmer um. Die Angestellten respektierten ihre Privatsphäre, aber die Schwester, die ihr geholfen hatte, fing ihren Blick auf. Ihre blauen Augen leuchteten vor Hoffnung. Billie lächelte sie an und nickte ihr zu. Dann drückte sie den Hörer wieder an ihr Ohr.

»Aber wo war er denn bloß?«, drängte Mrs Brown. Billie antwortete nicht.

»Er hat noch Erinnerungslücken, sagt der Arzt. Er könnte Sie also nicht sofort erkennen«, warnte sie ihre Klientin leise. »Ich fürchte, dass er viel durchgemacht hat. Er hat eine Gehirnerschütterung, Abschürfungen, Schnittwunden und eine Rückenverletzung. Der Arzt meint, er würde sich im Laufe der Zeit davon erholen, aber er kann nicht verlegt werden, Mrs Brown. Noch nicht.«

Diesmal antwortete ihre Klientin nicht, und Billie hörte nur das Knistern in der Leitung.

Dann nahm sie ein sonderbares, zunächst unidentifizierbares Geräusch wahr. Sie begriff, dass ihre Klientin schluchzte, und Billie tat es in der Seele weh, als sie diesen unverhüllten Gefühlsausbruch der ansonsten so würdevollen und reservierten Frau hörte. Nachdem Mrs Brown sich erholt hatte, schwor sie, sofort ihr Geschäft zu verlassen und zu dem Krankenhaus zu kommen, um ihren Sohn zu identifizieren.

»Nur eine Sache noch, Mrs Brown.« Billie legte ihre Hand um die Sprechmuschel und redete leise weiter. »Ich möchte, dass Sie mir sehr genau zuhören. Vielleicht sollten Sie in Erwägung ziehen, über Adins Identität und Zustand Stillschweigen zu bewahren, bis wir genau erfahren haben, was ihm zugestoßen ist.«

Darauf folgte eine Pause. »Was meinen Sie damit? Der Fall ist abgeschlossen, oder? Sie haben ihn gefunden!«

»Ich glaube, ja. Aber was wir noch nicht wissen ...«

»Ich will, dass Sie den Fall abschließen, wenn Sie ihn gefunden haben. Das ist meine endgültige Entscheidung.«

Billie hatte so etwas bereits erwartet. »Ich verstehe. Ich arbeite ab jetzt nicht mehr auf Ihre Rechnung, Mrs Brown, wenn Sie das nicht wollen«, versicherte sie ihr. Die Browns wollten keine überraschenden weiteren Kosten, das konnte sie verstehen. Ihr Honorar betrug vierzig Pfund für vier Tage Arbeit, aber sie vermutete stark, dass die Browns sich finanziell nur mit Mühe über Wasser hielten. »Wenn Sie nicht mehr von mir wollen oder das Gericht mich nicht zu einer Aussage vorlädt, ist meine Arbeit beendet. Ich bin sehr zuversichtlich, dass ich Ihren Sohn gefunden habe. Wenn Sie jedoch feststellen, dass dem nicht so ist, lassen Sie mich das bitte wissen. Nur möchte ich noch sagen, dass hier ein Verbrechen vorliegt und die Polizei sich dafür interessieren könnte, sobald Ihr Sohn sich daran erinnern kann, was ihm zugestoßen ist. Ich würde Ihnen zumindest einstweilen dringend raten, seinen Zustand und seinen Aufenthaltsort nur denjenigen mitzuteilen, die unbedingt davon wissen müssen«, warnte sie die Frau.

»Aber wir waren so besorgt. Alle wissen doch, dass wir nach ihm suchen …«

»Das ist mir klar, Mrs Brown. Dennoch glaube ich, dass es das Beste wäre.«

Wieder herrschte Schweigen in der Leitung. Billie wartete geduldig. Dieser Lauf der Ereignisse war für Mrs Brown nur schwer zu fassen, wie es für jede andere Person auch gewesen wäre. »Sie glauben, dass er noch immer in Gefahr ist, nicht wahr?«

Billie hielt das durchaus für möglich, aber sie wollte die Frau nicht unnötig beunruhigen. »Kann ich hier auf Sie warten?«, antwortete sie vorsichtig.

»Danke, das ist nicht nötig.«

»Sind Sie sicher, Mrs Brown? Es wäre kein Problem für uns, noch ein paar Stunden hierzubleiben. Es wäre gut, herauszufinden …«

»Mein Ehemann und ich werden schon bald dort eintreffen. Danke, dass Sie unseren Sohn gefunden haben. Wir sind Ihnen wirklich zu Dank verpflichtet, aber Ihre Arbeit ist jetzt getan.« Mrs Brown klang entschlossen. »Wir wollen einfach nur unseren Sohn zurückholen.«

Billie nickte und warf Sam einen wissenden Blick zu. »Ich verstehe. Viel Glück, Mrs Brown.« Das meinte sie ernst. Nachdenklich legte sie den Hörer auf.

KAPITEL ZWEIUNDZWANZIG

Das *Hydro Majestic Hotel* bot einen genauso majestätischen Anblick, wie sein Name verhieß. Es war hellgrün und cremefarben
gestrichen und von dem Einzelhandelsmagnaten Mark Foy in
Medlow Bath in einer atemberaubenden Lage auf einer Steil-
klippe über dem Megalong Valley errichtet worden. Das *Hydro*
hatte seine Pforten 1904 geöffnet und beherbergte seitdem Well-
ness-Oasen und feine Restaurants. Es hatte sogar königliche Besuche empfangen. 1942 hatte es eine kurze Unterbrechung gegeben, als das Verteidigungsministerium der Vereinigten Staaten
das Hotel übernommen und in ein Lazarett für amerikanische
Militärangehörige umgewandelt hatte, die im Südpazifik verletzt
worden waren. Jetzt war das Haus jedoch wieder ein Hotel, erst
kürzlich war ein neuer Flügel eröffnet worden.

Billie Walker wollte es gern sehen. Sie hatte etwas zu feiern.

Der Speisesaal des *Hydro* war am Montagnachmittag geschlossen, wie Billie und Sam feststellen mussten, aber das *Cat's Alley*, das man durch den prachtvoll eingerichteten *Salon du Thé*
betrat, genügte ihnen auch und bot außerdem Cream Tea an.
An der Rückwand des kleinen Cafés hingen etliche spektakuläre Gemälde. Außerdem bot es einen atemberaubenden Blick
über das fruchtbare Megalong Valley. Es erstreckte sich vom

Fuß der Klippe unterhalb des Hotelgeländes, so weit das Auge reichte.

Sam kam dem Kellner zuvor und zog Billie einen Stuhl heraus. Sie blickte sehnsüchtig auf die Stelle der Speisekarte, wo Veuve Clicquot zu einem Preis von drei Pfund für eine Flasche angeboten wurde. *Drei Pfund!* Das war ein wenig extravagant angesichts dessen, dass sie nur vier Tage Arbeit bezahlt bekamen. Die Umstände waren jetzt erheblich andere als bei ihrem letzten Besuch, wo sie dieses köstliche Getränk mit ihrer Mutter genossen hatte. Trotzdem, ein Fall war abgeschlossen, die Klienten waren glücklich. Sie sollten es feiern.

Ihr Assistent hatte die Einrichtung gemustert, als sein Blick ihrem folgte und er ihre Stimmung wahrzunehmen schien. »Ist etwas nicht in Ordnung?«

»Nein, alles bestens«, erwiderte sie. »Dieser Tag hat meine Einstellung zu Montagen ziemlich verändert.«

»Sie waren am Telefon ziemlich zurückhaltend, was die Identität des Jungen angeht. Glauben Sie nicht, dass es sich um Adin Brown handelt?«

»Im Gegenteil, ich bin mir sogar sicher«, versicherte sie ihm und ignorierte den wenig hilfreichen Zweifel, der sich in ihrem Hinterkopf regte. Sie sah sich nach dem Kellner um. »Pardon, *Garçon.* Könnten wir zwei Gläser von Ihrem Veuve Clicquot bekommen? *Merci.*« Das war ein vernünftiger Kompromiss, sagte sie sich, solange sie sich mit einem Glas begnügen konnte. Es passierte schließlich nicht jede Woche, dass man neben einer Leiche aufwachte, in Gassen überfallen wurde und einen verschwundenen Jugendlichen in den Blue Mountains wiederfand. Sie bestellte außerdem Scones mit Cream für zwei Personen, und kurz darauf kehrte der Kellner mit einer gekühlten Champagnerflasche zurück. Sie war bereits geöffnet, und er schenkte sorgfältig ein.

»Auf einen weiteren gelösten Fall«, sagte Billie, während sie zusah, wie die Champagnerbläschen im Glas hochstiegen.

Sie stießen an und tranken einen Schluck. »Auf einen weiteren gelösten Fall«, wiederholte Sam.

Die Bläschen prickelten entzückend auf ihrer Zunge, bevor sie in ihren Magen hinunterliefen. Ihr wurde klar, dass sie kaum etwas gegessen hatte und die Lunchzeit bereits vorbei war. Ihre Wangen röteten sich, und ihr Gehirn entspannte sich ein wenig.

»Ich dachte, Sie hätten dem Champagner abgeschworen«, bemerkte Sam, ganz offenkundig als Reaktion auf ihr unübersehbares Vergnügen.

»Wie es scheint, habe ich das doch nicht.« Billie lächelte.

»Jedenfalls ist das genau der richtige Tropfen dafür«, erklärte Sam.

Sie betrachteten erneut die Aussicht und ließen den Champagner wirken, aber schon bald kehrten Billies Gedanken wieder zu Vincenzo Moretti zurück, und sie spannte sich an. Es ist noch Zeit genug, hinter dieses Spiel zu kommen, versuchte sie sich einzureden. Jetzt saß sie im *Hydro Majestic*, schlürfte guten Champagner, und das mit einem Assistenten, der wahrhaftig gezeigt hatte, was in ihm steckte. Es war eindeutig ein Erfolg, selbst wenn sie nicht alle Antworten nach dem Wie und Warum bekommen hatte. Es war ein Erfolg, weil der Klient das sagte, und so funktionierte das Privatermittler-Spiel nun einmal. Wenn niemand wollte, dass sie weiter nach Antworten grub, dann war das auch nicht ihre Aufgabe. Trotzdem …

»Ich habe Ihnen nie erzählt, warum ich mich auf Ihr Stellenangebot gemeldet habe«, erklärte ihr Gefährte plötzlich.

Billie stellte das Glas ab und betrachtete Sam. Ihr fiel auf, dass seine Wangen ebenfalls etwas gerötet waren. Er war Champagner nicht gewöhnt und wirkte ein wenig gelöster.

»Mein Vater hat mit Ihrem Vater eine Weile zusammengearbeitet, bevor er wieder von der Polizei aufs Land gewechselt ist. Er hieß Robert Baker.«

Billie beugte sich interessiert vor. Sie hatte gewusst, dass Sams Vater Polizist war, und Sam hatte ihr erzählt, dass er ebenfalls diesen Beruf ergriffen hätte, wäre ihm der Krieg nicht in die Quere gekommen und er nicht anschließend wegen seiner Verletzungen als dienstuntauglich befunden worden. Aber dieses Detail war neu.

»Ich war gerade auf der Suche nach einem Job, als ich den Namen in Ihrer Annonce erkannte und mich fragte, was ich da wohl vorfinden würde«, fuhr Sam fort und rieb sich zerstreut etwas, was ihn unter seiner behandschuhten Linken störte. Er schien diese Gewohnheit gar nicht zu registrieren. »Als ich mich bewarb, habe ich nicht erwartet ... Sie zu finden«, beendete er den Satz.

»Sie meinen, Sie haben jemand anderen erwartet?«

Er stieß lachend die Luft aus. »Das können Sie laut sagen.«

»Aber es hat Sie nicht gestört, für eine Frau zu arbeiten?«, setzte sie nach. Sie begriff, worauf er hinauswollte.

»Aber nein, überhaupt nicht. Einige der stärksten Menschen in meinem Leben waren Frauen. Ich habe vier Schwestern, und meine Mutter ... Also wirklich, sie könnte eine ganze Armee anführen.« Er setzte das Glas erneut an die Lippen.

»Es überrascht mich, dass Sie diese Verbindung nicht schon früher erwähnt haben.« Billie trank einen Schluck Champagner.

»Ich wollte nicht, dass Sie mich aus diesem Grund einstellen, womit ich nicht andeuten will, dass Sie es überhaupt getan hätten. Aber Sie sollten nicht glauben, ich würde erwarten, dass es mir helfen würde. Vor allem angesichts …« Er warf einen Blick auf seine behandschuhte Linke. »Nachdem Sie mich eingestellt hatten, dachte ich, ich könnte es beiläufig erwähnen, aber dann erfuhr ich, wie sehr Sie Ihren Vater noch vermissen, und ich glaube, ich wollte Sie einfach nicht …«

»Sie wollten mich nicht aufregen?«

»Ich nehme es an. Jedenfalls ergab sich irgendwie nie der richtige Moment.« Er hatte die Brauen ein wenig zusammengezogen; seine blauen Augen waren sehr groß.

»Es gehört schon einiges dazu, mich aufzuregen, Sam, aber ich verstehe, was Sie meinen. Danke, dass Sie es mir gesagt haben.« Ganz offensichtlich hatte es ihn schon einige Zeit beschäftigt. »Wie geht es Ihrem Vater jetzt?«

Sein Gesichtsausdruck verfinsterte sich. »Er ist während des Krieges gestorben. Ein Unfall.«

»Oh, wie schrecklich. Es tut mir so leid, das zu hören.« Sie holte tief Luft. Ein Kloß saß ihr im Hals. Wenn sie über ihren verstorbenen Vater sprach, passierte das jedes Mal. »Noch etwas, was wir gemeinsam haben.« Sie hob ihr Glas. »Auf unsere Väter, die uns viel zu früh genommen wurden.«

»Auf unsere Väter.« Sam stieß mit ihr an.

Der Kellner kehrte mit ihren Scones zurück. Sam stürzte sich etwas unelegant auf die Köstlichkeit, wie ein ausgehungerter Sportler nach einem anstrengenden Trainingstag. Billie beobachtete ihn eine Minute amüsiert, bevor sie selbst zugriff. Er versuchte, sich anzupassen, und meistens gelang es ihm auch. Aber in solchen Momenten, wenn seine Wachsamkeit nachließ, dann sah sie den Jungen vor sich, der er vermutlich einst im ländlichen New South Wales gewesen war. Sie fragte sich, ob seine Geschwister und er in seiner Familie um das Essen gekämpft hatten. Hunger und Rationierung konnten so etwas bewirken. Sam verschlang seine Scones, tupfte sich den Mund ab und trank noch einen Schluck Champagner. Wahrscheinlich merkte er gar nicht, wie schnell er alles verdrückt hatte. Billie dagegen aß immer noch mit kleinen Bissen, ohne ihren Lippenstift zu verschmieren.

»Gestern Abend ist es mit Eunice nicht so gut gelaufen«, entfuhr es Sam, der im selben Moment aussah, als würde er seine Worte bereuen. Billie legte den Kopf auf die Seite und hob eine Braue. Ihr Assistent hatte an diesem Nachmittag eine Menge mitzuteilen.

Sam schien in romantischer Hinsicht etwas unsicher zu sein. Abgesehen von seinen Kriegsverletzungen hatte seine langjährige Freundin ihm den Laufpass gegeben, während er in Übersee gekämpft hatte. Ein gut aussehender amerikanischer GI hatte ihr offenbar den Kopf verdreht, jedenfalls soweit Billie es mitbekommen hatte. Sie hatte nur Fragmente der Geschichte gehört und nicht weiter nachhaken wollen. Mit ihren schmucken Uniformen und dem Hollywood-Akzent, den Nylonstrümpfen und ihren Dollarnoten hatten die Amerikaner eine ziemliche Schneise durch die Einheimischen geschlagen. Aber Sam war jung genug, um über seinen Liebeskummer hinwegzukommen, sobald er wieder auf die Füße gekommen war. Sie wusste, dass er Eunice noch nicht lange kannte. Passten die beiden gut zusammen? Das war schwer zu sagen, denn Billie hatte sie noch nicht kennengelernt, und er sprach nicht oft über sie.

»Wir hatten einen … Streit«, gab er zu.

»Tatsächlich? Worüber?«

Er schien antworten zu wollen, überlegte es sich dann jedoch anders.

»Ach du meine Güte, es hat doch nichts mit mir oder unserer Arbeit zu tun?« Billie hoffte jedenfalls inständig auf das Gegenteil. Aber sein Schweigen legte nahe, dass sie richtiglag. »Sie haben ihr doch nichts über …« Sie setzte neu an. »Sam, Sie haben ihr doch nichts über die Sache mit dem Überseekoffer erzählt, oder?«, flüsterte sie.

Bei ihren Worten schüttelte Sam nachdrücklich den Kopf und stellte das Champagnerglas ab. »Um Himmels willen, nein, Ms Walker. Ich habe Ihnen doch für meine Arbeit für Sie absolute Vertraulichkeit zugesichert.« Er klang jetzt wieder nüchtern, trotz der geröteten Wangen. »Dieses Vertrauen würde ich niemals enttäuschen. Nein, darum ging es nicht.«

Billie entspannte sich und lehnte sich auf dem Stuhl zurück, dann setzte sie sich wieder aufrecht hin, als ihr etwas anderes einfiel. »Eunice denkt doch nicht etwa …?« Ihr war der Gedanke gekommen, dass Sams Freundin sich möglicherweise wunderte, dass Billie ihn zu allen möglichen Zeiten anrief. Sie deutete etwas verlegen mit einem Finger auf ihre Brust und dann auf seine, und er kapierte.

»Nein, das ist es auch nicht.« Er schüttelte den Kopf. »Sie sagt, Sie wären nicht …«

»Reden Sie weiter«, drängte sie ihn, als er erneut zu überlegen schien, ob es wirklich klug war, weiterzusprechen.

»Na ja … schicklich.«

Sie musste sich zusammennehmen, um nicht lauthals zu lachen. Nicht schicklich? Da hat sie einen Punkt, dachte Billie. Der üblicherweise so zurückhaltende Samuel Becker schien auf

Champagner zu reagieren wie auf ein Wahrheitsserum, der arme Kerl!

Billie überlegte kurz, ob es angebracht war, nach weiteren Einzelheiten zu fragen, konnte es sich am Ende aber nicht verkneifen. »In welcher Hinsicht bin ich nicht schicklich, wenn ich fragen darf?«, forschte sie nach. Es gab so viele Gründe, die infrage kämen. Welcher war es? Ihre Arbeitszeiten? Die Orte, die sie aufsuchte? Die Gesellschaft, in der sie sich herumtrieb? Ihre Kleidung? Das Fluchen und Rauchen – oder die Tatsache, dass sie einen Ehemann verloren hatte?

»Sie sagte ...« Jetzt schien ihm diese Angelegenheit geradezu Schmerzen zu bereiten. »Sie sagte, dass Ladys nicht in Ihrem Beruf arbeiten sollten. Sie sollten die Arbeit den Männern überlassen, die sie so dringend brauchten.«

Billie blinzelte. »Ich verstehe. Und was ist mit den Frauen, die auch Arbeit brauchen? Wo sollen sie ihr Geld herbekommen, wie ist ihre Meinung dazu?«

Er schluckte. »Davon hat sie nicht gesprochen.« Er war rot angelaufen und konnte ihr kaum in die Augen sehen. Billie hatte das Gefühl, dass sie zu weit gegangen war, aber sie fragte sich wirklich, ob Eunice darüber nachdachte, woher Sam das Geld hatte, um mit ihr auszugehen.

Sie schwiegen, während Billie ihr letztes Scone mit der köstlichen Beerenmarmelade verzehrte, die eine perfekte Ergänzung zu dem Prickeln auf ihrer Zunge bildete. Das wollte sie sich durch nichts verderben lassen. Sie war in ihrem Leben schon öfter verurteilt worden – das dürfte sicher nicht das letzte Mal gewesen sein.

»Es tut mir leid, aber ich weiß nicht genau, warum ich Ihnen das erzählt habe«, sagte Sam. »Es spielt keine Rolle.«

»Sie haben es mir gesagt, lieber Sam, weil ich darauf bestanden habe«, erinnerte Billie ihn. »Es ist nicht schlimm, es gibt noch jede Menge anderer Menschen, die so empfinden. Ihre Eunice ist da nicht allein. Aber heute haben wir eine sehr zufriedene Klientin. Es war ein sonderbarer Fall, der immer noch nicht ganz geklärt ist, aber er ist jetzt abgeschlossen, und die Klientin ist glücklich. Vielleicht sollten wir uns darauf konzentrieren.«

Sie versuchte, ihre gute Laune wiederzugewinnen, aber jetzt lag ihr alles im Magen – der Champagner, die Scones, die ganze Sache. Dass sie Adin Brown gefunden hatten, hatte keineswegs ihr Interesse daran vermindert, was mit Con Zervos passiert war, wo die Saphirohrringe ihrer Mutter geblieben waren oder wer nachts in ihr Schlafzimmer geschlichen war. Irgendwas an dieser ganzen Sache war gewaltig faul, und sie konnte sich trotz aller Bemühungen einfach nicht wirklich entspannen. Immer wieder gingen ihr die Browns durch den Kopf: wie sie ihr Geschäft schlossen und in die Berge fuhren, aufgewühlt von der Aussicht, dass sie ihren Sohn wiederbekamen. All das konnte möglicherweise Aufmerksamkeit erregen. Was war, wenn man nicht sie selbst in der Strand Arcade beschattet hatte, sondern die Browns?

Hör auf, Billie! Sie trank noch einen Schluck Champagner. Der Teil von ihr, der die finanzielle Seite im Blick hatte, wusste, dass der Fall abgeschlossen war, und damit war es vorbei. Mrs Brown war ebenfalls in diesem Punkt sehr eindringlich gewesen, aber Billie spürte, dass die Puzzlestücke immer noch ihre Aufmerksamkeit verlangten.

Als Sam seinen Champagner leerte, zog Billie die kleine Fotografie heraus, die sie in der Tasche des Jungen gefunden hatte. Sie hatte fast vergessen, dass sie sie noch besaß. Auf den ersten Blick hatte sie gedacht, es wäre ein altes Foto, irgendein Familienporträt, und nach eingehender Prüfung erwiesen sich beide Eindrücke als zutreffend. Die Frisuren legten nahe, dass das Foto Ende der zwanziger oder Anfang der dreißiger Jahre aufgenommen worden war. Das Papier war zerknittert, aber die Abbildung war immer noch deutlich genug erkennbar. Das Foto zeigte zwei Erwachsene, vermutlich einen Ehemann und seine Frau, und drei Kinder im Alter von etwa einem bis acht Jahren. Alle bis auf den Mann trugen Pelz, entweder eine Stola oder kleine Mäntel. Das war natürlich interessant, aber erheblich erstaunlicher war etwas auf der Brust der Frau. Sie stand da und blickte teilnahmslos in die Kamera. Im Hintergrund war der Vorhang eines Fotografen zu sehen. Sie trug ein dunkles Kleid mit einer Corsage – und eine ungewöhnliche Halskette. Sie hatte eine unverwechselbare Form ... wie Fledermausflügel.

»Zum Teufel!«, rief Billie aus.

»Wie bitte? Ms Walker, was ist los?«

Sie seufzte. »Ich hatte eine nette kleine Feier, und Sie haben auf jeden Fall einen Umtrunk verdient, aber ich glaube, ich werde noch ein bisschen hierbleiben«, sagte sie und sah sich nach dem Kellner um. »Ich fahre Sie zum Bahnhof, wenn Sie wollen.«

Ihr Assistent wirkte entsetzt. »Was reden Sie denn da?«

»Es tut mir wirklich leid. Ich würde Sie in die Stadt zurückfahren, aber so viel Zeit habe ich nicht. Außerdem ist die Zugfahrt sehr angenehm, hat man mir erzählt. Ich mache das wieder gut, Sam.«

»Jetzt hören Sie endlich auf!«, entgegnete er nachdrücklich. »Was haben Sie vor?«

»Im Krankenhaus bin ich vorsichtig gewesen«, sagte sie. »Aber jetzt weiß Mrs Brown, dass wir ihren Sohn gefunden haben, und kommt mit ihrem Ehemann hierher und ... über kurz oder lang wird sich herumsprechen, dass der Junge lebt. Ich mache mir Sorgen, dass … Nun, ich wurde in der Nähe des Pelzgeschäfts verfolgt, aber weiß nicht genau, ob man mich oder die Browns beschattet hat.« *Oder vielleicht sie* und *mich*. Was, wenn die Eltern beobachtet wurden oder man ihr Telefon angezapft hatte? Man brauchte Ressourcen, um das zu bewerkstelligen, aber wenn man bereit war, den Preis zu zahlen, war es durchaus möglich. Konnte das, was der Junge aufgerührt hatte, so wichtig sein? Stand so viel auf dem Spiel? Sie dachte an die roten Abschürfungen an seinem Handgelenk. Diese Wunden konnte er sich nicht selbst zugefügt haben, und ganz sicher stammten sie auch nicht von einer Prügelei.

Sie schob das Foto über den Tisch. »Und dann haben wir noch dieses Porträtfoto. Sehen Sie das? Es ist dieselbe Halskette.« Sie holte tief Luft. »Ich glaube, dieses Bild ist aus dem Büro der Browns verschwunden, und ich glaube außerdem, dass der Junge es genommen hat, weil ihm aufgefallen ist, dass die Halskette, die diese Frau trägt, auf der Auktion angeboten wurde. Hätte er sich geirrt und es wäre nur ein Zufall gewesen, hätte man ihn zwar immer noch an den Ohren herausgezogen, ihm dann aber einfach gesagt, er wäre verrückt, ein Unruhestifter, und er sollte verschwinden. Wenn er aber recht hatte …«

Sam warf einen Blick auf das Foto. »Sie glauben, jemand könnte immer noch versuchen, den Jungen mundtot zu machen«, sagte er.

»Überlegen Sie, was ihm schon passiert ist«, sagte sie. »Ja … Ich halte es durchaus für möglich.«

KAPITEL DREIUNDZWANZIG

Die Wirkung des Veuve Clicquot war vollkommen verpufft, als Billie wieder vor dem Krankenhaus parkte. Sie war ziemlich schnell gefahren, um hierherzukommen. Sam hatte sich ohne Murren auf dem Beifahrersitz festgehalten, weil er sich geweigert hatte, nach Sydney zurückzukehren und zuzulassen, dass sie sich allein einer möglichen Gefahr aussetzte.

Als sie aus dem Roadster sprang, fühlte Billie sich noch unbehaglicher als zu dem Zeitpunkt, als sie das *Hydro Majestic* verlassen hatten. Sie sagte sich, dass dieses Gefühl auch vollkommen abwegig sein konnte. Eigentlich sollte sie jetzt den Erfolg genießen, Adin Brown gefunden und damit einen weiteren Fall erfolgreich beendet zu haben, aber ihr Bauchgefühl sagte etwas anderes. In ihrer Magengrube hatte sich eine unverkennbare, kalte Furcht ausgebreitet. Das Foto, die Auktion, der Türsteher, die Schläger. Die aufgescheuerten Handgelenke des Jungen. Es könnte sein, dass sie da unzusammenhängende Elemente einfach zusammenrührte, aber das Endresultat war Angst um den Jungen, und die konnte sie einfach nicht abschütteln.

Sie eilte mit Sam auf den Fersen ins Krankenhausgebäude.

»Da bin ich wieder«, verkündete sie am Empfangstresen. Sie war etwas atemlos und musste sich zu einem Lächeln zwingen.

Dieselbe hilfreiche Schwester hatte immer noch Dienst. »Meine Klientin ist auf dem Weg«, erklärte Billie. »Sie könnte jeden Moment hier eintreffen, wahrscheinlich in Begleitung ihres Ehemannes. Sie heißen Brown.«

Die Schwester war verwirrt. »Aber vor knapp einer Minute sind schon ein paar Freunde von Mr Brown eingetroffen«, erwiderte sie.

Entweder fuhr Nettie Brown erheblich schneller, als Billie sich vorstellen konnte, oder hier ging etwas ganz anderes vor. Ihr Herzschlag beschleunigte sich. »Können wir ihn bitte jetzt sofort noch einmal sehen?« Es war mehr eine Forderung als eine Frage, und schon während sie es sagte, lief sie in Richtung der Männerstation, wo Adin Brown lag. Die Schwester folgte ihr hastig. Ganz offensichtlich spürte sie, dass irgendetwas nicht stimmte. Sam hielt mit ihnen Schritt, und sie sah, dass er seine Hand dicht am Revers seines Jacketts hielt, wo sein langläufiger Revolver steckte. Er wusste auch, was hier auf dem Spiel stand.

Als sie die Station betraten, erwartete sie eine dramatische Szene. Adin Brown lag nicht in seinem Bett, sondern auf dem Boden des Krankensaals. Jedenfalls glaubte Billie, dass es sich um ihn handelte, da sie nur einen Haufen Arme und Beine sehen konnte, die sich hektisch bewegten. Ein Mann beugte sich über diese Person, die wie wild um sich schlug. Ein Patient ein paar Betten weiter begann zu schreien. Andere verfolgten die Vorgänge ungläubig, wieder andere schienen vollkommen unter Beruhigungsmitteln zu stehen, sie registrierten die ganze Aufregung kaum. Billie spürte ein Prickeln auf der Kopfhaut und sah von dem Kampf auf dem Boden hoch. Einer der schmierigen Kerle, derjenige, der ihren hübschen Strumpf in der Gasse hinter Georges Bouchers Auktionshaus zerrissen hatte, starrte sie an. *Dieselben verdammten Schläger sind hier.* Billie fluchte in einer unüberhörbar unschicklichen Art und stürzte sich auf die Gestalten auf dem Boden, von denen sich eine immer noch wehrte und um ihr Leben kämpfte. Der Mann, der sich über Adin beugte, sah hoch. Er rollte sich von dem Jungen weg und sprang auf die Füße. Zusammen mit seinem Komplizen rannte er zur Tür am anderen Ende der Station, rempelte dabei die Schwester an und hätte sie bei seiner überstürzten Flucht fast zu Boden gestoßen.

Adin lag hustend und keuchend auf dem Krankenhausboden, neben ihm sein Kissen. Die beiden hatten versucht, ihn zu ersticken. Das bewies zweifelsfrei, dass sie nicht als Warnung hier gewesen waren, sondern um den Jungen zu töten. Sie wollten ihn nicht lange einschüchtern, und sie waren sogar den Eltern des Jungen zuvorgekommen. Adin war außer Atem, schien ansonsten aber relativ unbeschadet davongekommen zu sein. Ohne weiter zu zögern, drängte Billie sich an der Schwester vorbei, die um Hilfe rief.

»Er braucht medizinische Behandlung!«, schrie Billie, die die fassungslos aufgerissenen Augen der Frau bemerkte, als sie an ihr vorbeirannte. »Und rufen Sie die Polizei!«

Sam war bereits vorausgelaufen und verfolgte ebenfalls die Männer. Dabei zog er den langläufigen Revolver aus der Jacke.

»Rufen Sie die Polizei!«, schrie Billie erneut, als sie zum Haupteingang des Krankenhauses rannte, vorbei an dem Empfangstresen.

Sam hob seine Waffe, als er den Eingang erreichte. Im selben Moment knallten irgendwo draußen zwei Schüsse. Sie hatte gehofft, die beiden lebendig zu fassen, aber jetzt klammerte sie sich nicht mehr so sehr an diese Idee. Ein weiterer Schuss ertönte, und Sam presste sich an die Ziegelmauer. Ein Teil neben ihm explodierte in einer kleinen weißen Staubwolke. Er zielte mit seinem Revolver und legte ihn auf seine behandschuhte Linke. Dann drückte er einmal ab, und noch einmal. Die Schüsse waren lauter, als Billie es für möglich gehalten hätte. Ein Schrei ertönte, als eine seiner Kugeln ihr Ziel traf. Billie war jetzt neben Sam und sah, wie sich der größere der beiden Männer ans Bein griff. Dann humpelte er hastig weiter die Straße entlang und zog sein verletztes Bein hinter sich her. Er würde entkommen.

»Vorsicht!«, befahl Sam drängend und streckte einen Arm aus, als wollte er die Angestellten des Krankenhauses von den Türen fernhalten, die beschossen wurden. Es fielen noch weitere Schüsse, die schließlich verstummten, als die Männer sich darauf konzentrierten, zu ihrem Wagen zu kommen. Der zweite Mann rannte im Zickzack über die Straße, und beide sprangen in ein zerbeultes, zweitüriges braunes Oldsmobile »Sloper« Coupé, das aussah, als hätte es schon bessere Tage gesehen. Der Motor war laut und lief unrund, und das kurze Heck des Wagens vermittelte den Eindruck eines verängstigten braunen Hundes, der mit eingeklemmtem Schwanz davonrannte. Billie löste sich aus dem Schutz des Krankenhauseingangs und rannte, so schnell sie konnte, zu ihrem Roadster. Sie würde auf keinen Fall zulassen, dass die beiden Männer ihr entkamen. Sam lief neben ihr her und hatte sie eingeholt, als sie ihre Tür aufriss.

»Los!«, stieß sie ein wenig atemlos hervor, und im nächsten Moment saß er auf dem Beifahrersitz.

Billie glaubte, dass sie Mr und Mrs Brown neben ihrem Wagen stehen und reden sah, nicht weit vom Krankenhauseingang entfernt. Ganz offensichtlich hatten die beiden nicht bemerkt, was hier passierte. Sie betätigte den Anlasser, und ihr Roadster brüllte auf. Die Straße vom Krankenhaus zum Highway war so kurvig wie der Abfluss eines Waschbeckens, aber sie nahm diese Kurven zuversichtlich mit ihrem Wagen. Sie war nur ein paar Wagenlängen hinter dem Oldsmobile und bemerkte erfreut den überraschend starken Verkehr, der den Berg vor ihnen hinunterfuhr. Die Autos standen Stoßstange an Stoßstange, wahrscheinlich wegen eines Unfalls vor ihnen oder starken Verkehrsaufkommens in der Gegenrichtung. *Ich habe sie*, dachte Billie, *o ja!* Dann blinzelte sie, als der zweifarbige Wagen statt zu bremsen über die beiden Spuren der wartenden Fahrzeuge kreuzte und unmittelbar vor einem Reisebus einscherte. Das veranlasste die Fahrer der wartenden Fahrzeuge zu wütender Gestik. Hupen gellten auf, und Stoßstangen knirschten. Die Passagiere des Busses sahen ungläubig zu. Was haben sie vor?, fragte sich Billie einen Moment, aber natürlich war ihr klar, dass die beiden alles versuchen würden, um zu entkommen. Sie wusste, dass ihr eine Verfolgungsjagd bevorstand, als der Fahrer das Oldsmobile schließlich polternd über die niedrige Fahrbahnabtrennung auf die andere Straßenseite lenkte, einen Gang herunterschaltete und mit lautem Quietschen der Reifen den Berg hinauffuhr.

»Festhalten, Sam!«, befahl Billie. Erregung durchströmte sie. Der Verkehr den Berg hinab war langsam wieder in Fluss gekommen, das sah sie, aber die Autos unmittelbar vor ihnen auf der Straße waren noch nicht losgefahren. Die wütenden Fahrer waren noch zu sehr damit beschäftigt, sich über diesen unmöglichen Verkehrsteilnehmer aufzuregen. Ohne zu zögern nutzte sie die kurze Gelegenheit, durch den schmalen Spalt hinter dem Oldsmobile herzufahren, und löste eine weitere Runde Flüche aus, die sie allerdings über dem Dröhnen ihres Motors und dem allgemeinen Hupen nicht hörte. Sie schaffte es, geschickt durch den Spalt zu manövrieren, und schon holperten sie über den niedrigen Trennsteg, der sich anfühlte wie ein Felsbrocken. Der schwarze Roadster wurde nur knapp von den Fahrzeugen verfehlt, die von der anderen Seite heraufkamen. Billie lenkte geschickt gegen und fädelte sich in den Verkehrsstrom ein, der den Berg hinauffuhr. Sie fühlte die Blicke der anderen Verkehrsteilnehmer auf sich, einschließlich der von Sam, reagierte jedoch nicht darauf. Sie musste sich auf andere Dinge konzentrieren. Billie schaltete, trat aufs Gas und machte sich daran, die Männer einzuholen, die den schweren Fehler gemacht hatten, zuerst ihren Strumpf in einer primitiven Gassenschlägerei zu zerfetzen, und jetzt versucht hatten, den Sohn ihrer Klientin zu verletzen, nein, zu töten, während der hilflos in einem Krankenhausbett lag. Diesen Männern war offenbar jedes Mittel recht, und das würden sie zutiefst bereuen, falls Billie da etwas mitzureden hatte.

Sam war ganz offensichtlich nicht so erschüttert von den Ereignissen, wie sie gedacht hatte. Er war geistesgegenwärtig genug, in das Handschuhfach zu greifen und Billies Autohandschuhe herauszuholen. Sie schaffte es, einen nach dem anderen anzuziehen, ohne ihr Ziel aus den Augen zu lassen. O ja, die würde sie brauchen.

»Gute Idee, Sam«, sagte sie. Sie musste das Lenkrad wieder mit beiden Händen halten, als sie um einen Schulbus voller Kinder herumkurvte. Die Lederhandschuhe gaben ihr einen ausgezeichneten Halt.

Die Fahrer auf dem Great Western Highway waren sich mittlerweile der höchst beunruhigenden Präsenz des zweifarbigen Oldsmobile bewusst, das immer wieder hin und her schlingerte, weil der Fahrer und der Beifahrer sich wiederholt umdrehten, um zu überprüfen, wie weit Billie noch von ihnen entfernt war. Sie hatte den schnelleren Wagen. Ihr Roadster war leichter, hatte einen stärkeren Motor und war trotz seines Alters in einer weit besseren Verfassung. Beide Fahrzeuge schlängelten sich durch den Verkehr und beschleunigten immer stärker, von fünfunddreißig Meilen pro Stunde auf vierzig. Als sie Medlow Bath erreichten, fuhren sie fast fünfzig und überholten Fahrzeuge über den Randstreifen der Straße, die immer schmaler wurde. Das *Hydro Majestic Hotel*, wo sie so triumphierend den größten Teil ihres Nachmittags verbracht hatten, flog an ihnen vorbei. Wenn diese Schläger eine Verfolgungsjagd haben wollten, sollten sie sie kriegen!

»Die Straßen hier kenne ich nicht so gut. Sie werden versuchen, uns abzuhängen«, sagte Billie voraus. »Das können wir nicht zulassen.«

Eines der beiden schrägen Heckfenster des Oldsmobile zerbarst mit einem Knall, als sie über die Kreuzung in Blackheath rasten. Das Glas landete auf der Straße vor einem Pub, wo drei Männer auf einer Holzbank hockten und einen Nachmittagsdrink genossen. Zwei von ihnen sprangen erschreckt auf, schrien und fuchtelten mit den Armen. Jedenfalls erregten sie die Aufmerksamkeit der Einheimischen. Jetzt duckte sich der bewaffnete Beifahrer in dem anderen Fahrzeug tief in den Sitz. Der Wind zerzauste sein Haar, und die Mündung seiner Waffe war kurzfristig nicht mehr zu sehen.

»Lassen Sie die Waffe unten, wenn wir durch die Dörfer kommen ... wenn Sie können!«, schrie Billie. »Die Cops müssten uns eigentlich einholen.« Aber sie fragte sich, ob das stimmte, angesichts der Geschwindigkeit, die sie fuhren. Das war nicht

Sydney, wo die Polizei ihnen aus allen Richtungen den Weg abschneiden konnte. »Sie haben das Heckfenster zerschossen, damit sie besser auf uns zielen können!«, warnte sie Sam, während sie sah, wie einer der Männer auf den Rücksitz kroch. »Wir müssen sie aufhalten, und zwar schnell!« Sie kamen um eine Kurve, die Gebäude blieben zurück, und Unterholz säumte die Straße. »Schießen Sie auf die Reifen!«, rief Billie über das Brausen des Fahrtwindes und das Dröhnen des Motors hinweg. Wenn Sam einen Reifen zum Platzen bringen könnte, würde das Auto neben der Straße landen, und diese rücksichtslose Jagd wäre vorbei. Als sie zwischen einer Eisenbahnlinie und einem alten Friedhof entlangfuhren, schoss Sam zweimal. Das Oldsmobile vor ihnen schlingerte jedoch, und er traf nicht.

»Ich habe keine Munition mehr!«, schrie er frustriert. Sein Smith & Wesson-Revolver war fünfschüssig, und er hatte keine Zeit nachzuladen, selbst wenn er Patronen gehabt hätte. Er hob hilflos neben ihr die Waffe.

»Nehmen Sie meinen Colt!«, befahl Billie und schob ihren linken Schenkel zu ihm. Mit einer Hand zog sie den Saum ihres Kleides hoch. »Er steckt in meinem Strumpfband!«

Sam zögerte. Ihr Pistolenhalfter war ein paar Zentimeter breit, und sie hatte es so angefertigt, dass es über der Spitze ihres Strumpfs saß. Die Wirkung mit dem Spitzenstoff und den zierlichen Bändern, die wie die Rückseite eines Korsetts aussahen, war ebenso praktisch wie erfreulich, hatte sie sich gedacht. Aber der Anblick des Halfters an ihrem Schenkel ließ ihren Assistenten ganz offensichtlich innehalten – und das war in diesem Moment ziemlich unangebracht.

»Sam! Nehmen Sie jetzt sofort die Pistole!«, schnauzte Billie ihn an. Der Wind rauschte durch die Fenster herein und ließ den

Saum ihres Kleides noch weiter hochflattern. Der kleine Perl-muttgriff blitzte.

Sam zog den Colt heraus.

Mittlerweile hatte der Verkehr beträchtlich abgenommen. Im Moment waren nur sie und das Oldsmobile unterwegs, das ärgerlicherweise nicht langsamer wurde. Sie überquerten die Kreuzung am Mount Victoria mit dem alten Hotel und der Eisenbahn. Das war die letzte Stelle, die Billie kannte, und jetzt fuhren sie weiter nach Westen in unbekanntes Territorium. Dichtes Buschwerk und Ackerland säumten die Straßen, und die gelegentlich auftauchenden, mit Holz verschalten Häuser, die tief auf ihrem Fundament saßen, waren die einzigen An-zeichen für menschliche Behausungen. Dann tauchte die Mün-dung einer Waffe im Heckfenster des Wagens vor ihnen auf, glänzend und tödlich. »Aufpassen!«, rief sie. Im selben Mo-ment ertönte ein Schuss, aber die Kugel verfehlte sie knapp. Billie steuerte in Schlangenlinien über die Straße, so dass sie ein schwerer zu treffendes Ziel abgaben. Ihr dunkler Roadster hatte eine ausgezeichnete Straßenlage. Plötzlich öffnete sich die Straße vor ihnen und gab den Blick auf ein gefährliches Gefälle in ein Tal frei, das im Licht der nachmittäglichen Sonne lag. Die Straße bog nach links ab und wand sich in breiten Serpentinen durch eine von Sträflingen in den Fels gehauene Straße auf der einen Seite in dieses Tal hinab. Billie hatte das Gefälle gesehen und bremste vorsichtig. Sie fühlte, wie der Roadster nach rechts auszubrechen drohte. Sekunden später hatte sie ihn wieder un-ter Kontrolle. Die beiden vor ihnen hatten aufgehört zu schie-ßen, und da Sam jetzt Billies Waffe in der Hand hielt, war er auch bereit, sie zu benutzen. Aber nicht hier. Nicht jetzt. Es war zu steil und zu kurvig.

Das Oldsmobile schlingerte und brach nach links aus. Ein Hinterreifen löste sich vom Boden, der alte Wagen schwankte gefährlich, rutschte unaufhaltsam über den Rand der Straße und weiter, bis er durch die hölzernen Leitplanken brach.

In einer Wolke aus Staub und zersplittertem Holz schossen die Schläger über die Klippe und stürzten mehr als hundert Meter tief in das Tal hinab.

KAPITEL VIERUNDZWANZIG

»Erzählen Sie mir noch mal, was passiert ist«, bat der rotgesichtige Officer Billie und betrachtete sie prüfend mit etwas verwirrter Miene. Er hatte die Augenbrauen zusammengezogen und den Kopf schief gelegt. »Sie haben das Auto gefahren, sagen Sie?«

Billie und Sam saßen in der Polizeiwache von Katoomba. Es war eine Kombination aus Gefängnis, Polizeiwache und Dienstwohnung des Sergeants auf der Rückseite des Gerichtsgebäudes. Ihr schwarzer Roadster, der trotz der Verfolgungsjagd kaum mit Staub überzogen war, parkte vor dem Hintereingang. Die Sonne ging allmählich unter, ebenso wie Billies Geduld. Das Adrenalin war abgeklungen, und sie hatte nur noch wenig Energie für anstrengende Diplomatie.

»Ja, ich habe mein eigenes Auto selbst gefahren!«, antwortete sie nachdrücklich. Nachdem sie bereits ein viel zu ausführliches Verhör über sich hatte ergehen lassen müssen, funktionierte ihr professionelles Lächeln nicht mehr so richtig. Sie schob eine wellige, dunkle Haarsträhne zurück, die ihr immer wieder in die Augen fiel, und versuchte, sie unter dem Haarnetz zu befestigen. Aber sie fand die Haarnadel nicht dort, wo sie sie erwartet hatte. Also ließ sie die Strähne wieder fallen, was ganz gut war, weil sie den Beamten ein wenig verbarg. Sie verschränkte die Arme.

»Ich bin in das Krankenhaus gefahren, um meine Klienten zu treffen ...«, begann sie erneut, wurde jedoch sofort wieder unterbrochen.

»Ihre Klienten?«, wiederholte der Officer, als hätte sie die Situation nicht bereits peinlichst genau erklärt.

Billie beobachtete den uniformierten Constable unter dem abweisenden Vorhang ihrer Locken. Er war rotblond und hatte die gesunde, wenn auch etwas vorzeitig wettergegerbte Haut sowie die strahlenden Augen eines Menschen, der viel Zeit im Freien verbrachte. Sie konnte sich vorstellen, dass er in seiner Freizeit die Klippen hinaufkletterte. Er hatte vielleicht im Laufe seiner Arbeit bei der Polizei von Katoomba schon vieles erlebt, aber offenbar passten Schießereien und weibliche Privatermittlerinnen, die schnelle Automobile fuhren, nicht in sein recht überschaubares Weltbild.

»Ja, meine Klienten«, erwiderte Billie besonders langsam und sehr deutlich. »Ich bin eine Privatermittlerin, wie ich bereits erwähnte, und dieser Gentleman ist mein Assistent.« Sie deutete auf Sam wie eine Schullehrerin, die auf die Tafel zeigte, auf der eine einfache Mathematikaufgabe stand, räusperte sich dann und machte eine Pause. Sie versuchte, so viel wie möglich von ihrer rasch schwindenden Fassung zu retten. »Meine Klienten waren fast im Krankenhaus eingetroffen, als zwei Männer ihren Sohn in seinem Krankenhausbett angriffen und flüchteten, als wir sie unterbrachen. Daraufhin haben wir sie verfolgt, wie ich bereits erwähnt habe«, sagte sie. Ihr Geduldsfaden wurde wirklich gefährlich dünn.

Jemand klopfte an die Tür, und der andere Officer trat ein. Er war nicht ganz so jung wie sein Kollege, hatte aber dieselbe wettergegerbte, gesunde Haut. »Junge, das Krokodil ...« Er machte eine Pause. »Entschuldigen Sie.« Er sah auf die elegante, vom Wind zerzauste Frau und ihren Partner, der ein wenig aussah wie Alan Ladd. Ganz offenbar hatte er angenommen, dass die beiden bereits verschwunden waren. »Also, Constable, man hat das Krokodil wieder gesichtet.«

Billie hob beide Brauen. »Ein Krokodil? Hier draußen?«

»Es ist aus einem Wanderzirkus entkommen. Wir jagen es schon seit Wochen«, sagte der Officer. Er verließ den Raum wieder, und Billie hoffte inständig, dass das Auftauchen des Krokodils das Ende des Verhörs einleitete.

»Und die Schießerei?«, fuhr der Constable fort. Er war ganz offensichtlich noch nicht fertig trotz der bizarren Nachricht, dass ein Krokodil die Straßen in seinem Bezirk unsicher machte. »Warum haben Sie diese bewaffneten Männer gejagt?« Er stellte die Frage schon das vierte Mal. »Das war doch gefährlich, oder?«

Billie zwang sich, ruhig zu bleiben. *Eben weil sie bewaffnete Männer waren und auf unschuldige Menschen schossen!*, hätte sie gern gesagt, verkniff es sich jedoch. »Wir hatten das Gefühl, es wäre unsere Pflicht, die Polizei zu alarmieren, die hilflosen Bürger im Krankenhaus zu beschützen und die Männer festzuhalten, bis Sie eintrafen. Bedauerlicherweise konnten wir sie nicht rechtzeitig erreichen, und sie sind von der Straße abgekommen und ins Tal gestürzt.«

»Ach so«, sagte der Constable. »Ich glaube, ich hole meinen Vorgesetzten.« Billie hätte ihn am liebsten geohrfeigt.

——

Es war schon dunkel, als Sam und Billie schließlich freigelassen wurden und wieder im Krankenhaus von Katoomba waren.

Jetzt endlich waren sie mit Nettie und Mikhall Brown allein und wurden mit Tee und Keksen versorgt. Es war ein Segen, dass die Browns den Kampf und die Schießerei verpasst hatten und nicht hatten sehen müssen, wie ihr Sohn am Boden festgehalten und ihm ein Kissen auf das Gesicht gepresst wurde.

»Kennen Sie dieses Foto?« Billie stellte ihre Teetasse ab und zeigte das kleine Porträt erst Nettie Brown, dann Mikhall.

»Aber ja«, antwortete Nettie überrascht. »Das ist meine Tante Margarethe mit ihrer Familie. Wo haben Sie das gefunden?«

Adins Großtante, die in Berlin geblieben ist. Es war genau so, wie Billie vermutet hatte.

»Es war in Adins Kleidung versteckt. Glauben Sie, er könnte dieses Foto aus dem Rahmen in Ihrem Büro genommen haben?«

Die Eheleute sahen einander an und nickten. »Ja, das glaube ich«, antwortete Nettie.

»Ich muss Sie noch einmal fragen, kommt Ihnen irgendetwas an dieser Werbung bekannt vor …?« Billie strich die zerknitterte Anzeige aus der Zeitung auf der Tischplatte glatt, zwischen dem Teller mit den Keksen und der Teekanne.

»Also …«, Nettie blinzelte und beugte sich vor. »Meine Güte. Das sieht aus wie dieselbe Halskette, stimmt's?«

»Ja, das glaube ich auch«, stimmte Billie ihr zu und beobachtete sie scharf. Das Kleemann-Design war ziemlich unverwechselbar. So viele konnte es davon ja wohl kaum geben, oder?

»Ich … Ich nehme an, ich habe nicht richtig darauf geachtet. Was sollte er mit einer Auktion zu tun haben?« Nettie schüttelte den Kopf.

Billie erinnerte sich an ihre Frustration, als sie ihr diesen Ausriss das erste Mal präsentiert hatte. An ihre Unfähigkeit, eine Verbindung zu akzeptieren.

»Aber das ist unmöglich. Es wurde von Georg Kleemann in Pforzheim hergestellt, weit weg von hier. Es war ein kostbarer Besitz von Margarethe. Wie könnte es dieselbe Kette sein?«

Billie glaubte, dass sie den Grund kannte. Und sie vermutete, dass Adin ihn ebenfalls herausgefunden hatte.

KAPITEL FÜNFUNDZWANZIG

Billie stand auf dem kleinen Eckbalkon ihres Büros im sechsten Stock, lehnte an einem der Pfeiler und rauchte eine Lucky Strike, während sie Sams perfekten Tee schlürfte, als enthielte er den Schlüssel zu ihrer Erholung. Das Telefon klingelte. Heute war Rauchertag, hatte sie entschieden. Also blickte sie weiter von oben auf Sydney, auf die winzigen Menschen, die unter ihr auf den Straßen entlanggingen, betrachtete die Morgensonne, deren Licht auf die großen Gebäude fiel, während ihr Assistent ans Telefon ging. Nach einem Moment stand Sam in der Tür. In seinen blauen Augen lag ein besorgter Ausdruck.

»Da ist ein Anruf für Sie, Billie«, sagte er. »Es ist die Polizei.«

Billie schlenderte wieder ins Büro, die Zigarette baumelte von ihren mit *Fighting Red* geschminkten Lippen. Sie hatten zwar viel zu viel Zeit auf der Polizeiwache in Katoomba verbracht, aber sie war sich sicher gewesen, dass die Sache noch nicht vorbei war. Mit den überglücklichen Klienten, der keinesfalls überglücklichen Polizei und den schockierten Krankenhausangestellten war es ein recht ereignisreicher Abend gewesen. Sie stellte ihre leere Teetasse an den Rand des Schreibtischs, setzte sich auf ihren Stuhl und nahm den Hörer ab. »Billie Walker. Was kann ich für Sie tun?« Sie lehnte sich zurück, legte ihre Oxfords-beschuhten Füße auf die Schreibtischplatte und überflog noch einmal die Titelseite des *Sydney Morning Herald* mit der dramatischen Skizze eines Grafikers, die zeigte, wie das Oldsmobile vom Victoria Pass stürzte.

»Hier spricht Detective Inspector Cooper«, meldete sich eine tiefe Stimme am anderen Ende der Leitung. »Unsere Kollegen in Katoomba haben mich über die gestrigen Ereignisse informiert.«

Und die Zeitungen zweifellos auch, dachte Billie. Er konnte unmöglich die Stelle überlesen haben, in der es hieß: »Die Privatermittlerin Billie Walker, Tochter des verstorbenen früheren Detective Barry Walker, war angeblich in die Vorfälle verwickelt, die Zeugen als ›wilde Schießerei‹ und ›dramatische Auto-Verfolgungsjagd‹ beschrieben und die zu dem Tod der beiden Männer führte.« Der Artikel zeigte ein deutliches Foto von ihr in einem plissierten Kostüm und einem kleinen Hut, als sie ein Jahr zuvor den Strafgerichtshof nach einem Scheidungsprozess verließ, in dem sie ausgesagt hatte. Fehlte nur noch, dass sie ihre Telefonnummer und ihre Öffnungszeiten hinzugefügt hätten.

»Ich möchte Sie bitten, heute auf die Polizeiwache zu kommen, wenn das möglich ist«, sagte der Inspector.

Billie legte den Kopf auf die Seite und zog eine Strumpfnaht gerade. Das war keine wirkliche Überraschung, obwohl der Tod dieser beiden Männer ihrer Vorstellung nach etwas außerhalb der üblichen Zuständigkeit des Detective Inspectors lag. »Selbstverständlich. Ich kann in Kürze bei Ihnen sein, wenn Ihnen das passt«, antwortete sie. Sie zog erneut an ihrer Zigarette, inhalierte den Rauch und fühlte, wie ihre Schultern langsam heruntersanken. Wäre sie wirklich in Schwierigkeiten, dann würden sie vor ihrer Tür stehen und sie auf die Wache bringen. Der Anruf des Inspectors legte nahe, dass dies kein Verhör mit vorgehaltener Waffe werden würde.

»Gut. Ich warte auf Sie«, antwortete er und legte auf.

Billie legte den Hörer langsam auf die Gabel zurück. Dann zog sie noch einmal an ihrer Zigarette, hielt sie zwischen den Fingern und dachte nach. Ihr wurde klar, dass diese Haltung sie an ihren Vater erinnerte. Sie wurde ihm jeden Tag ähnlicher. Schließlich lächelte sie ihr unbeschwertestes Lächeln. »Sam, ich muss zur Polizeiwache. Halten Sie die Stellung?«

Ihr Assistent nickte. »Selbstverständlich. Ich hoffe nur, dass alles …«

»Es gibt kein Problem«, unterbrach sie ihn zuversichtlich. Er machte sich Sorgen, weil er vor Zeugen eine Waffe geschwungen hatte, aber das war nicht nötig. Die dortige Polizei schien eher die Tatsache, dass sie am Steuer ihres Roadsters gesessen hatte, misstrauisch zu beäugen als die Versuche eines zurückgekehrten Veteranen, ein paar Kriminelle mit seiner langläufigen Waffe zur Strecke zu bringen. Männer schossen eben mit Pistolen, das konnte sich jeder leicht vorstellen. Aber eine Frau wie Billie, die ein Auto fuhr und wer weiß was sonst noch machte? Sie drehte sich um, überprüfte den Sitz ihres kecken Hütchens in dem ovalen Spiegel neben ihrem Schreibtisch, setzte dann, zufrieden mit der Inspektion, ihre Sonnenbrille auf. Sie trug noch ein wenig *Fighting Red* auf, dann steckte sie die Zigarette wieder zwischen die Lippen. Mist! Sie war fast ganz heruntergeraucht. Sie legte die Glut in Sams Aschenbecher. Er zog eine aus seiner Packung und hielt sie ihr schweigend hin. Sie nickte.

Ja, heute ist eindeutig Rauchertag.

»Ich müsste in etwa einer Stunde wieder da sein, sonst rufe ich an«, sagte Billie und griff nach ihrer Handtasche. »Oh, und wenn eine Flut von Klienten plötzlich durch die Tür strömt und mit Zehn-Pfund-Noten herumwedelt, dann servieren Sie allen einen guten Tee und lassen sie auf keinen Fall gehen«, erklärte sie trocken. »Außerdem beträgt unser Tagessatz ab sofort zwölf Pfund.«

Billie kannte die Central Police Station sehr gut. Ihr Vater hatte vor ihrer Geburt hier gearbeitet, und seine Arbeit danach hatte ihn in ihrer Jugend immer wieder hierher zurückgebracht. Die Beziehung zwischen den Walkers und diesem Ort reichte lange zurück. Das dreistöckige Gebäude war nur einen kurzen Fußweg die George Street hinauf von ihrem Büro entfernt. Billie entschied sich, zu Fuß zu gehen, statt die kostbaren Benzincoupons zu verschwenden.

Die Polizeiwache hatte ihren Namen sowohl wegen ihrer Lage als auch wegen ihrer Funktion bekommen. Das Sandsteingebäude in der Innenstadt diente schon sehr lange als Hauptquartier der Polizei. Das große Gebäude beherbergte die Büros der Kriminalbeamten sowie der Spezialeinheiten und grenzte hinten an den Central Police Court auf der Liverpool Street. Unterirdisch waren die Gebäude miteinander verbunden, so dass man Gefangene durch ein Gewirr aus dunklen Gängen zum Gericht und wieder zurückführen konnte. Außerdem fanden sich dort Gefängniszellen, in denen stinkende, gefährliche Männer saßen – und gelegentlich auch eine mörderische Frau. Wenigstens hatte Billie das aus den lebhaften Schilderungen ihres Vaters gehört, mit denen er sie unterhalten hatte, als sie noch jünger war. Aber während das Gerichtsgebäude auf der Liverpool Street genau die beeindruckende Fassade hatte, die man von einem staatlichen Gebäude erwartete, befand sich der öffentliche Eingang zur Central Police Station mit dem großartigen Ziegelbogen ganz unpassend auf der schmalen Central Street. Die war eigentlich mehr eine Gasse als eine Straße, und es machte den Eindruck, als hätte das ganze Stadtkollektiv entschieden, dass es die Polizeiwache nicht sehen oder nicht an Sydneys Schattenseite erinnert werden wollte, die aus Betrunkenen, Schlägern, Dieben, Vergewaltigern, Kleinkriminellen und Verbrecherbossen bestand. Der Eingang war das architektonische Äquivalent dafür, etwas unter den Teppich zu kehren.

An einem Dienstagmorgen verließen oder betraten kaum Frauen Sydneys Central Police Station. Um diese Zeit saßen nicht einmal wie gewöhnlich Frauen und Kinder in den Warteräumen, wie Billie es von diesen Orten gewohnt war. Am schlimmsten war es während der Ferien, wenn die Spannungen zu Hause oft die Grenze zur Gewalttätigkeit überschritten. Es war heute jedoch nur Billie anwesend, und ihre unverkennbar weibliche Präsenz blieb nicht unbemerkt. Billie spürte, wie sich die Köpfe drehten, als sie in ihrem Plisseekostüm mit dem recht sittsamen Saum, ihren Oxfords mit den Blockabsätzen und den Nahtstrümpfen unter dem gemauerten Bogen hindurchging. Dutzende männliche Augen verfolgten ihre Bewegungen, als sie an dem Warteraum auf der linken und der Garderobe auf der rechten Seite vorbeiging und vor dem Hauptempfangstresen stehen blieb. Sie fühlte die Blicke in ihrem Rücken fast wie Hände und konnte das Testosteron beinah riechen.

So etwas passiert eben, wenn man viel zu viele Jahrzehnte ein ganzes Geschlecht von einem bestimmten Beruf fernhält, vermutete sie. Hätte man alle Privatermittler von Sydney in ein Gebäude gestopft, wäre es zweifellos genauso gewesen.

Mit einer gewissen Erleichterung erblickte Billie das einladende Gesicht von Constable Annabell Primrose hinter dem Empfangstresen. Primrose war eine höchst einfallsreiche junge Frau von etwa fünfundzwanzig. Sie war athletisch, hatte ein breites, entschlossenes Kinn, lockiges blondes Haar und die strahlendsten blauen Augen, die Billie jemals gesehen hatte. Sie kam vom Land, irgendwo aus dem Westen, erinnerte sich Billie. Sie stellte sich vor, dass Primrose Tennis spielte, ein Pony ritt und zur Arbeit joggte, und das alles vor dem Frühstück. Die Polizeiverwaltung hatte sie auf einen Schreibtischjob abgeschoben, so wie viele andere Frauen, die Polizistinnen geworden waren – vermutlich unter der Annahme, dass die Mädchen irgendwann heiraten und gezwungen sein würden, den Dienst zu quittieren. Primrose hätte einen Bankräuber mit einem Arm zu Boden ringen können, wenn man sie nur gelassen hätte.

»Guten Morgen.« Billie sah sich um. »Ziemlich aufgeladene Atmosphäre heute.« Die Blicke wurden nur allmählich weniger.

Die Constable nickte. »Oh, Ms Billie, schön, Sie zu sehen.«

»Soweit ich weiß will Detective Inspector Cooper mit mir reden«, fuhr Billie fort. Er wartete ihrer Vermutung nach im dritten Stock, in den Büros der Kriminalermittler.

»Ja. Ich habe gehört, was gestern passiert ist«, antwortete die jüngere Frau bewundernd. »Und die Zeitungen sind voll davon. Sie sind berühmt! Ich informiere ihn, dass Sie hier sind.«

Primrose tätigte den Anruf, aber bevor sie nach oben fuhr, wollte Billie Constable Primrose noch um einen Gefallen bitten, und das sollte nicht das ganze Hauptquartier mitbekommen. Billie war sich klar, dass sie beobachtet wurde, und begann eine banale Unterhaltung über das wunderbare Picknickwetter mit ihrer jungen Freundin. Das war eine Art Code, über den jeder,

der sie gut kannte, im Bilde war, da sie ebenso wahrscheinlich über ein Picknick plaudern würde, wie ein Poet über den Aktienmarkt schrieb. Aber hier funktionierte es. »Ja, ich hoffe sehr, dass es heute sonnig bleibt«, stimmte Primrose ihr zu. Die Lauscher schalteten sich mit einem fast hörbaren Klicken aus dem Gespräch aus.

Während Billie weiterhin über die Hochs und Tiefs der Wettervorhersagen und einen möglichen Sturm am Wochenende redete, kritzelte sie verstohlen *XR-001* auf ein Stück Papier und schob es der jungen Frau zu.

»Ich wäre Ihnen sehr dankbar, wenn ich mit etwas Glück etwas mehr darüber herausfinden könnte, bevor ich mit meiner Planung weitermache«, sagte Billie deutlich. Und dann, wie ein Magier, der seine Zuschauer ablenkt, bückte sie sich und tat, als müsste sie die Nähte ihrer Strümpfe richten. Einer war tatsächlich etwas schief. Er bog sich ein bisschen nach rechts, und sie benutzte die Gelegenheit, ihn geradezuziehen. Während zweifellos alle anwesenden Männer wie gebannt auf ihre Wade starrten, nutzte sie die Gelegenheit für ein kurzes geflüstertes Gespräch mit Primrose. »Ich verspreche, dass ich den Besitzer dieses Wagens der Polizei in den Schoß lege, wenn ich kann«, murmelte sie. »Ich glaube zwar nicht, dass schon etwas gegen ihn vorliegt, aber wenn doch, würde ich es wirklich gern erfahren. Er ist den Angestellten seines Hauses als Frank bekannt. Und die Familien einiger junger Mädchen, die er beschäftigt, sind zutiefst besorgt«, schloss sie.

Nachdem sie gesagt hatte, was sie loswerden wollte, richtete Billie sich wieder auf, und die beiden Frauen sahen sich an. Der Deal war besiegelt. Constable Primroses Miene hatte sich verfinstert. Sie hatte ganz offensichtlich ebenfalls kein gutes Gefühl bei diesem Kerl. Der Fetzen Papier war in ihrer Tasche verschwunden. Billie kannte dieses entschlossen vorgeschobene Kinn. Constable Primrose würde ihr helfen, sofern sie das konnte.

»Ich hoffe sehr, dass sich das Wetter bis zu Ihrem Picknick hält«, kehrte die Constable strahlend zu ihrer codierten Unterhaltung zurück.

Billie wollte sich gerade verabschieden und nach oben fahren, als hinter ihr eine andere Frauenstimme ertönte. »Wie ich sehe, bist du beschäftigt, wie immer.« Das klang ziemlich nachdrücklich, und Billie fuhr zusammen.

Es war Lillian Armfield. Die legendäre Special Sergeant hatte ihr kurzes, gelocktes Haar zurückgekämmt, was ihr ernstes, aufmerksames Gesicht betonte, und ihre Lippen waren so gerade wie ein Lineal. Sie hatte eine Haltung, die einer Frau würdig war, die schon während ihrer Zeit als Krankenschwester alles erlebt hatte und die jetzt als Detective berühmt geworden war. Ihre durchdringenden, hellbraunen Augen waren auf Billie gerichtet, die vermutete, dass Armfield gesehen hatte, wie sie der Constable den Zettel mit dem Autokennzeichen zugeschoben hatte. Die männlichen Officer dagegen waren entweder von den Nähten ihrer Strümpfe fasziniert gewesen oder kümmerten sich um ihre eigenen Angelegenheiten.

»Hatte ich nicht recht, was meine junge Constable hier angeht?« Armfield brach die Anspannung, indem sie Constable Primroses Arm tätschelte. »Sie wird es noch weit bringen.«

Billie atmete aus. Lillian billigte ihre kleinen Ränke für gewöhnlich, selbst wenn sie also wusste, dass die Constable ihr bei irgendetwas half, würde sie höchstwahrscheinlich keinen Ärger machen. »Ich glaube, da hast du recht«, sagte Billie, die sich von ihrem Schreck erholt hatte. »Wie immer.«

Constable Primrose sah erst Billie und dann Armfield an und schien sich etwas zu entspannen. Die ältere Detective hatte einen furchteinflößenden Ruf, und schon ihre Anwesenheit genügte, um jedem jungen Police Officer Angst einzujagen. Aber Armfields Aufmerksamkeit konzentrierte sich vollkommen auf Billie, und die hellbraunen Augen musterten sie jetzt auf eine sehr vertraute Art und Weise. »Wir brauchen mehr Frauen bei der Polizei. Hast du schon einmal darüber nachgedacht? Dein Vater war sehr gut zu seiner Zeit, weißt du?«

Billie lächelte, aber dann dachte sie an die Gründe für sein Ausscheiden. Es gab ein paar faule Eier im Korb, die der Polizei einen zweifelhaften Ruf eingebracht hatten. Damit hatte Barry Walker nichts zu tun haben wollen. Selbst nach der Dienstzeit ihres Vaters hatte es eine ganze Flut von Korruption bei der Polizei in den Zwanzigern und Dreißigern gegeben. Armfield selbst hatte damit genug Erfahrungen gemacht, weil sie durch ihren Kampf gegen die brutalen Rasiermesser-Banden sowie gegen ihre Nemesis, die Alkoholschmugglerin Kate Leigh, die »Königin von Surry Hills«, berühmt geworden war. Hatte die Polizei die Korruption in ihren Reihen beseitigt und die faulen Eier hinausgeworfen? Das war wohl eine etwas zu optimistische Hoffnung. Dennoch spielte Lillian ihre Rolle bei der Säuberung der Polizeikräfte, fest davon überzeugt, dass dringend neues Blut benötigt wurde und vor allem mehr Frauen in den aktiven Dienst geholt werden sollten. Davon gab es immer noch viel zu wenige.

»Es ist jedenfalls erheblich befriedigender, als Scheidungsfälle zu bearbeiten«, setzte Armfield etwas scharf hinzu. Sie kannte die Nachfrage nach professionellen Beweisen von Ehebruch im Gewerbe der Privatermittler sehr gut und auch die häufig geschmacklosen Szenarien, die das mit sich brachte. Billie verzichtete schon aus Prinzip darauf, Männer mit bezahlten Frauen hereinzulegen, um zu bekommen, was sie als Beweis brauchte, aber es war eine generell bekannte Praxis. Sie dagegen war den betrügerischen Ehemännern gefolgt, um sie in realen kompromittierenden Momenten in flagranti zu erwischen. Es konnte ein sehr hässlicher Job sein, und Billie machte das nicht gern, aber sie wollte einfach nicht auch das letzte Büro ihres Vaters untervermieten und sich damit ihre berufliche Niederlage eingestehen. Ihr Vater hatte Hunderte von Scheidungsfällen bearbeitet. Immerhin hatte er so ihre Mutter kennengelernt.

Falls es Billie gelang, sich einen guten Ruf zu erarbeiten oder zumindest einen interessanten, dann zog sie vielleicht mehr Klienten an und konnte die Scheidungsfälle jemand anderem überlassen. Dann könnte sie sich auf die komplizierteren Fälle fokussieren, wie zum Beispiel den der Familie Brown. Ein Rätsel wie dieses zu lösen war erheblich befriedigender, obwohl es sich auch als sehr viel gefährlicher erwies. Es blieb noch abzuwarten, wie die unerwartete Publicity heute sich beruflich auswirken würde.

»Barry hatte stets größten Respekt vor dir, Lillian«, antwortete Billie ausweichend. Sie nickte und warf der älteren Frau einen Blick zu, der ihr sagte, dass dieser größte Respekt auch von Barrys Tochter geteilt wurde.

»Ich erkenne eine Mauer, wenn ich eine vor der Nase habe«, gab Armfield zurück. Sie klang herzlich, aber auch ein wenig bedauernd. »Solche Willensstärke passt zu Frauen«, setzte sie an niemand insbesondere gerichtet hinzu und verließ die Wache. Dabei kam sie an Detective Inspector Hank Cooper vorbei, der offenbar heruntergekommen war, weil er es leid war, in seinem Büro auf Billie zu warten.

Cooper stand in der Nähe des Aufzugs und beobachtete Billie mit einem Ausdruck von … Was war es? Überraschung? Belustigung? Neugier? Dann drehte er den Kopf und sah Armfield nach, die durch den Bogen auf die Central Street hinaustrat. Als er seine Aufmerksamkeit wieder auf den Empfangstresen richtete, war Constable Primrose die reinste Verkörperung pflichtbewusster Professionalität. Billie winkte dem Detective Inspector unbeschwert zu.

»Man kann Sie momentan anscheinend nicht verfehlen, Miss Walker«, sagte er, während er mit seinen langen Schritten auf sie zuging. Sein Tonfall wirkte gelassen.

»Der Ärger kommt zu mir, Detective Inspector, nicht umgekehrt«, gab Billie mit unbewegtem Gesicht zurück. Sie folgte ihm zum Lift. »Und es heißt Ms«, erinnerte sie ihn. »Außerdem haben Sie mich heute hierherbestellt.«

Cooper ließ ihr mit einer Handbewegung am Aufzug den Vortritt. »Wie hätte ich das vermeiden können?«, erkundigte er sich. »Sie zieren die Titelblätter aller Zeitungen.« Er schien von der von ihr beschriebenen Beziehung zwischen Ärger und ihr nicht sonderlich überzeugt – was sie ihm auch nicht verdenken konnte.

»Allerdings, es sieht so aus«, sagte sie, als die Türen geschlossen wurden und sie hochfuhren. »Eigentlich jedoch sind es diese unglücklichen Burschen. Ich fürchte, mit dieser Szene kann ich nicht mithalten.« Die Männer hatten sich wirklich eine spektakuläre Stelle ausgesucht, um die Kontrolle über das Oldsmobile zu verlieren. Der Zeichner des *Sydney Morning Herald* hatte sich selbst übertroffen.

Der Inspector führte sie in sein Büro. Es war ein kleiner Raum, der nach Zigarettenrauch, Frustration und noch mehr Testosteron roch, als sie bereits unten wahrgenommen hatte. Von den drei Dingen hatte sie gegen das letztere überhaupt nichts einzuwenden, aber die beiden ersten in diesem kleinen Raum waren fast unerträglich. Die Central Police Station wurde immer voller und benötigte, wie so viele Regierungsgebäude, dringend eine Renovierung.

Billie beobachtete den Inspector aus dem Augenwinkel und versuchte, seinen nächsten Zug vorauszusehen. Würde dieses Treffen aggressiv oder freundlich werden? Oder würde er sich wichtigmachen?

Er bot ihr einen Holzstuhl an, ging dann zum Fenster und öffnete es. Gute Manieren, dachte Billie, die sich bei ihm bedankte. Dann schloss er die Tür des Büros, und sie waren ungestört.

»Wann sind Sie hierher versetzt worden?«, erkundigte sich Billie. Sie hatte normalerweise einen guten Überblick über das Kommen und Gehen auf dieser Wache, und dieser Mann war nicht hier gewesen, als sie das letzte Mal den dritten Stock besucht hatte. Sie hätte sich an ihn erinnert. »Oder waren Sie vielleicht in Europa?«, erkundigte sie sich.

»Ich habe im 2/8 Bataillon in Nordafrika gedient und in Neuguinea«, antwortete der Inspector fast automatisch. »Bevor ich von einer … Spezialeinheit rekrutiert wurde«, setzte er hinzu. Nur wenige Männer, die gedient hatten, hielten damit hinter dem Berg, wo sie gewesen waren. Es war die große Kluft in Australien – zwischen denen, die gedient hatten, und jenen, die es nicht getan hatten.

Billie betrachtete das Gesicht des Inspectors sehr genau und dachte über seine Antwort nach. »Z-Spezialeinheit, vielleicht?«, riet sie und legte den Kopf schief. »Militärischer Geheimdienst?«

Seine Miene schloss ein mögliches Ja nicht aus, aber er setzte sofort einen undurchdringlichen Ausdruck auf. »Ich wäre gern derjenige, der die Fragen stellt, wenn Sie erlauben«, erwiderte er etwas angespannt.

Billie seufzte ungeniert. »Ich hege keinen Zweifel daran, dass Ihre militärische Vergangenheit makellos ist, Inspector«, stellte sie klar. »Ich habe selbst als Kriegsberichterstatterin gearbeitet, bis ich wegen der Krankheit meines Vaters hierher zurückgekehrt bin. Aber ich weiß einiges über die Vorgänge in diesem Büro. Selbstverständlich dürfen Sie mir Fragen stellen, nichts anderes habe ich erwartet, aber ehrlich gesagt glaube ich, dass wir uns gegenseitig helfen könnten, wenn wir Informationen austauschen. Ich denke, wir stehen auf derselben Seite, falls das bisher noch nicht klar gewesen ist.«

Er sah sie vollkommen undurchdringlich an. »Ich dachte, Sie hätten kein Interesse an einem Dienst als Polizistin«, erwiderte er.

»Sie haben ein sehr gutes Gehör«, gab sie zurück.

»Dafür werde ich bezahlt, Ms Walker.« Diesmal sprach er sie auf die korrekte Art und Weise an, und sie konnte keinerlei Sarkasmus in seiner Stimme entdecken. *Ein Fortschritt. Gut.*

Sie musterten sich gegenseitig über den zerschrammten Schreibtisch hinweg. Steif und unbeweglich hockten sie auf ihren Stühlen. Nach einem längeren Schweigen, während dem keiner von beiden den Blick abwandte, machte es den Eindruck, als wäre irgendetwas Undefinierbares zwischen ihnen geregelt worden.

Billie schlug ihre bestrumpften Beine übereinander und lehnte sich etwas zurück. Sie hatte schon in ihrer Wohnung vermutet, dass dieser Inspector sich zu einem sehr guten Detective entwickeln könnte, und dazu zu einem hilfreichen. Allerdings brauchte es nicht viel, damit er sich verschloss. Trotzdem, sie war hier in seinem Büro, und er machte das Treffen nicht formell. Ebenso wenig hatte er den ekelhaften Constable Dick Dennison, den Axtkopf, hinzugezogen. Und mittlerweile wusste der Inspector sicherlich auch, dass ihr Vater ebenfalls ein Cop gewesen war und in ebendieser Abteilung gearbeitet hatte. Vielleicht kannte er auch die Gründe, aus denen ihr Vater den Dienst quittiert hatte. Er hatte sich diejenigen Officer zu Feinden gemacht, die damals keine Veränderungen des korrupten Status quo gewollt hatten.

Billie wartete nicht darauf, dass der Inspector sie dazu aufforderte, sondern schilderte die Grundlagen des Falles, an dem sie gearbeitet hatte. Sie ließ nur wenig aus, abgesehen von Mrs Browns privaten Familienangelegenheiten und vor allem dem unerwarteten Auftauchen von Con Zervos in ihrem Schlafzimmer sowie seinen Abgang in einem Überseekoffer. Selbstverständlich erwarteten ihre Klienten Verschwiegenheit, aber dieser Drops war längst gelutscht, als zwei Schläger in das Krankenhaus spaziert waren, das Leben des Jungen bedroht und einen ganzen Haufen von Zeugen hinterlassen hatten. Sie betonte ihren Eindruck, dass der Sohn ihrer Klienten immer noch nicht in Sicherheit war. Und sie hoffte, dass dieser Detective Inspector ihr helfen konnte.

»Ich muss Ihnen unbedingt klarmachen, wie wichtig das ist«, sagte Billie und beugte sich wieder vor. »Ich halte es für sehr klug, ihn in ein anderes Krankenhaus zu verlegen, sobald es ihm wieder besser geht. Irgendwo in der Nähe seiner Eltern, und zwar unter einem falschen Namen. Ich habe ihn zwar für meine Klienten gefunden, und seit gestern ist der Fall auch offiziell für mich abgeschlossen. Aber ich fürchte, für sie ist er noch lange nicht vorbei. Adin Brown ist nicht in Sicherheit, trotz des Todes dieser beiden Männer gestern.« Diese kleine Frau in ihrer

Magengrube irrte sich nur selten, wenn es um Angelegenheiten der Sicherheit ging. »Ich hoffe nur, dass er bald sein Gedächtnis wiedererlangt. Was er zu sagen hat, dürfte ziemlich aufschlussreich sein.«

Der Inspector beobachtete sie scharf, ohne allzu viel zu verraten. Und er hörte sich ihre Geschichte an, ohne sie zu unterbrechen. »Sind Sie sicher, dass die Männer, die gestern bei dem Unfall ums Leben gekommen sind, gezielt hinter ihm her waren? Es kann sich nicht um einen willkürlichen Raubüberfall gehandelt haben, der fehlgeschlagen ist?«

»Sehr sicher«, sagte sie mit ruhigem, starrem Blick. Der konnte zwar einen Mann nicht in Stein verwandeln wie der der Medusa, aber angeblich hatte er trotzdem einen sehr starken und eindrücklichen Effekt.

»Verstehe«, erwiderte der Inspector. Er schien nicht an ihren Worten zu zweifeln.

»Außerdem bin ich auch ziemlich sicher, dass die beiden Männer zu denen gehörten, die mich und meinen Assistenten Samuel Becker in einer Gasse neben Georges Bouchers Auktionshaus am Sonntag angegriffen haben«, setzte Billie hinzu.

Seine Brauen hoben sich gerade so weit, dass sie es wahrnahm. »Haben Sie das angezeigt?«

»Nein. Wenn ich jedes Mal eine Anzeige machen würde, wenn jemand versucht, mir zu drohen oder mir Angst zu machen, um mich von meiner Arbeit abzuhalten, wäre ich jeden Tag hier«, sagte sie sachlich. Es war die Wahrheit. »Außerdem hatten sie nicht allzu viel Glück«, setzte sie hinzu. Sie erinnerte sich an das befriedigende Gefühl, mit dem sie ihre Hutnadel durch das Bein eines ihrer Angreifer gerammt hatte. »Und es wurden keine Waffen gezückt.« Jedenfalls nicht von den Angreifern, was sie allerdings klugerweise hinzuzufügen vergaß. Sie hatte zwar ihren Colt gezogen, aber es war nicht nötig, das zu erwähnen. Erstens hatte sie eine Lizenz, und zweitens hatte sie ihn nicht abgefeuert. Sie wollte diese Lizenz nicht verlieren, wenn zum Beispiel dieser Gesetzesvertreter hier zufälligerweise etwas gegen Frauen hatte, die Waffen mit sich herumtrugen. Sie hatte zwar das Gefühl, dass sie auf derselben Seite waren, aber es war nicht nötig, unnötig mit dem Feuer zu spielen.

Billie beobachtete die Reaktion des Detective Inspectors. Ihr fiel auf, dass seine Augen braun waren wie Jacks, aber heller. Sie hatte gesehen, wie diese Augen an dem Morgen, an dem sie mit einer Leiche in ihrem Schlafzimmer aufgewacht war, weicher geworden waren, aber jetzt war er vollkommen geschäftsmäßig. Sie erkannte eine Mauer vor ihrer Nase genauso wie Lillian.

»Soweit ich gehört habe, wurde im Krankenhaus geschossen«, fuhr er fort.

»Man hat auf uns geschossen und auf alle anderen, die sich den Plänen dieser Kerle in den Weg stellen wollten, ja. Selbstverständlich mussten wir uns verteidigen.«

»Die Zeugen sagen, dass Ihr … Sekretär, das ist doch richtig? Jedenfalls hat er eine Waffe abgefeuert.«

Billie nickte. »Wie ich schon sagte, wir mussten uns verteidigen und Andere beschützen. Aber die Schüsse wurden außerhalb des Krankenhauses abgefeuert, und niemand wurde getroffen, soweit ich weiß.«

»Allerdings. Sagen Sie mir, warum sind Sie den beiden gefolgt, als sie das Gelände des Krankenhauses verlassen haben?«

Ah, das war ein harter Brocken auch für den Constable in den Bergen. Warum verfolgte sie zwei solche Männer?

»Ich hatte ein paar Fragen an sie«, sagte Billie. Sie wusste sehr genau, dass sie nicht auf Selbstverteidigung plädieren konnte, nachdem die Angreifer geflohen waren. »Und sie wären vielleicht zurückgekommen, um ihren Job zu Ende zu bringen.« Sie wollte unbedingt wissen, wer sie waren, aber die Polizei hatte diese Informationen noch nicht preisgegeben. Der einzige Hinweis, den sie besaß, war der, dass sie Geschäftspartner von Moretti waren, der ganz oben auf der Liste der Leute stand, denen sie einen Besuch abstatten wollte. »Sie haben versucht, den Jungen zu töten, den ich im Auftrag meiner Klienten ausfindig machen sollte – einen schwer verletzten jungen Mann. Deshalb habe ich diese Angelegenheit ziemlich ernst genommen.«

Der Inspector betrachtete sie. Seine Augen unter den langen Wimpern, die die Farbe von Sommergetreide hatten, waren stahlhart. Sie erwiderte den Blick ruhig. Er sah zuerst weg. »Ich nehme an, Sie haben eine Lizenz für Ihre Handfeuerwaffe?«

»Die habe ich. Für die meisten Angehörigen meines Berufsstandes ist das Standard. Selbstverteidigung ist manchmal notwendig, obwohl es natürlich bei den tragischen Ereignissen am Victoria Pass gestern keine Rolle gespielt hat. Meine Pistole wurde nicht abgefeuert.«

Es gab eine lange Pause. »Wir warten noch auf den Bericht des Gerichtsmediziners.«

»Gewiss. Es waren ganz eindeutig dieselben beiden Männer, Inspector, käufliche Schläger, die mich und Mr Baker am Sonntagnachmittag angegriffen haben. Bei der Gelegenheit hatten sie noch zwei Kumpane dabei. Ich glaube, sie haben für Vincenzo Moretti gearbeitet, den Privatermittler. Sie erinnern sich vielleicht an ihn. Er hat am Sonntagmorgen in einem Vauxhall vor meiner Wohnung gesessen und gewartet.«

»Moretti? Wie kommen Sie darauf?«

»Weil ich einen der Männer dazu gebracht habe, es mir zu verraten«, erklärte sie. »Ich kann sehr überzeugend sein, wenn es nötig ist.«

Seine Augen weiteten sich eine Nuance. Er fragte nicht weiter nach, aber wirkte außerordentlich fasziniert.

»Ich habe Nachforschungen über diesen Moretti angestellt.«

Jetzt riss Billie überrascht die Augen auf. »Und? Sprechen Sie weiter.«

Er blätterte ein paar Seiten in einem Notizbuch durch, bis er fand, was er suchte. »Die Morettis sind nach den Brotaufständen 1898 in Mailand aus Italien geflüchtet und haben sich in Sydney niedergelassen. Vincenzo Moretti wurde im Juli 1900 geboren, er arbeitet derzeit als Privatermittler, wurde mehrmals verhaftet, unter anderem wegen des Versuchs, einen Zeugen zu bestechen, um Beweise zu unterdrücken und die Justiz zu behindern. Mal sehen …« Er blätterte eine Seite um. »Ah, ja. Dafür verbrachte er eine kurze Zeit hinter Gittern. Der Officer, den er zu bestechen versucht hat und der den Fall vor Gericht gebracht hat, hat einen Ihnen zweifellos bekannten Namen – Detective Barry Walker, mittlerweile aus dem Dienst ausgeschieden.«

»Und bedauerlicherweise verstorben«, setzte Billie hinzu. Ihre Stimme klang kläglicher, als ihr lieb war, und die Worte schienen ihr im Hals stecken zu bleiben.

»Mein Beileid, Ms Walker.« Er sah sie wieder mit diesen braunen Augen an, undurchdringlich, aber mitfühlend. »Dieser Mann hat sich tatsächlich am Sonntag vor Ihrer Wohnung aufgehalten, wie Sie gesagt haben. Macht er das oft?«

»Soweit ich weiß, nicht«, antwortete Billie und schluckte. War dieser Mann in ihre Wohnung eingedrungen, als sie geschlafen hatte?

»Und jetzt sind zwei Männer, die Kollegen von Mr Moretti waren, am Fuß einer Klippe gelandet.«

»Das scheint tatsächlich so zu sein, ja.« Sie rutschte auf dem harten Holzstuhl hin und her. »Sie werden feststellen, dass ich diesen Unfall sofort gemeldet habe«, setzte sie hinzu. »Ich glaube nicht, dass sie eine große Chance hatten, so wie sie von der Straße geflogen sind, aber wir haben einen Krankenwagen gerufen. Sie haben aus ihrem Wagen auf uns geschossen. Hat die Polizei von Katoomba Ihnen das auch erzählt? Diese Kerle waren ziemlich skrupellos.«

Schweigen breitete sich zwischen ihnen aus, und Billie dachte über die Geschichte zwischen ihrem Vater und Moretti nach. Sie hatte nur gewusst, dass Moretti ihn wegen etwas gehasst hatte, etwas Persönlichem. Also war Moretti verurteilt worden, weil er einen Gesetzeshüter zu bestechen versucht hatte? Das passte.

Der Inspector schien eine Entscheidung getroffen zu haben. »Ich möchte, dass Sie mir genau zeigen, was passiert ist«, sagte er.

»Stehe ich unter Verdacht?« Er schien nicht vorzuhaben, sie zu verhaften, aber es konnte nicht schaden, danach zu fragen.

»Nicht zu diesem Zeitpunkt«, antwortete er mit einem unlesbaren Gesichtsausdruck.

»Gut, dann glaube ich, dass wir immer noch Freunde werden können«, sagte sie mit einem Lächeln. Das zumindest brachte ihr ein Zucken der Lippen des Inspectors ein. Es herrschte eine lange Pause, während seine Augen wieder etwas weicher wurden, wenn auch nur einen Hauch.

Billie stand auf und strich ihren Rock glatt. »Wollen wir dann fahren?«, schlug sie vor. »Mein Roadster steht nur zwei Blocks von hier entfernt. Es ist ein großartiges Automobil. Ich nehme Sie gern mit.«

»Das dürfte nicht nötig sein, Ms Walker. Mir steht ein Polizeiwagen zur Verfügung«, sagte er, ging zur Tür und öffnete sie für Billie.

»Wir treffen uns am Victoria-Pass?« Sie konnte gerade noch dem Vorschlag widerstehen, ihn zu einem Rennen dorthin aufzufordern.

»Ihr Sekretär, Mr Baker, war ebenfalls ein Zeuge«, merkte er an. »Ist er gerade abkömmlich?«

Das war ein kleiner Dämpfer. »Sie brauchen uns beide? Doch hoffentlich nicht. Ich muss das Büro schließen, wenn niemand dort ist. Und die Polizei hat seine Aussage bereits aufgenommen.« Heute war der falsche Moment, nicht am Telefon zu warten, angesichts der kostenlosen Werbung, die der Artikel ihr verschafft hatte.

»Also gut.« Der Inspector warf einen Blick auf seine Armbanduhr. Sie war alt, aber hübsch, rechteckig und aus Gold, mit einem abgetragenen Lederarmband. »Wir treffen uns an der Stelle, wo Sie unmittelbar nach dem Pass abgebogen sind, wenn ich Sie nicht mitnehmen soll. Passt Ihnen vierzehn Uhr?«

Vierzehn Uhr. Dann haben wir mehr als dreieinhalb Stunden Zeit für die Fahrt dorthin, kalkulierte sie. »Aber ja. Und ich fahre lieber selbst, danke. Das heißt, wenn ich nicht unter Arrest stehe. Dann habe ich auch noch Zeit für einen Schluck Tee«, gab sie etwas keck zurück.

Er sah sie vielsagend an, als er seine Jacke vom Haken nahm. »Aber hetzen Sie diesmal niemanden von der Straße«, riet er ihr. Sie lächelte ihn strahlend an, ziemlich sicher, dass er gerade den ersten Scherz mit ihr gemacht hatte.

KAPITEL SECHSUNDZWANZIG

»Ms Walker, jemand hat eine Notiz für Sie hinterlassen«, sagte der Fahrstuhlführer John Wilson.

Billie hatte ihr Büro im Daking House verlassen und fuhr mit dem Aufzug wieder zur Straße hinunter, nachdem sie Sam instruiert hatte, weiterhin die Stellung zu halten und sämtliche Nachrichten entgegenzunehmen. Wilson hielt ihr einen Umschlag hin, sie nahm ihn und drehte ihn in den Händen herum. Auf dem einfachen Kuvert stand in vertrauten Blockbuchstaben ihr Name, und es gab weder eine Adresse noch eine Briefmarke. Außerdem fühlte es sich nicht so an, als wäre sonderlich viel darin. Sie riss den Umschlag auf und las die Notiz, die die Identität des Schreibers verriet. Sie bestand nur aus sieben Worten:

ICH HABE EINEN JOB IN DEM HAUS

Billie wurde blass. *Shyla.* »Wann wurde das abgegeben?«

»Gerade vor einer Minute. Ich wollte eben hochfahren, um Ihnen den Brief auszuhändigen, als Sie den Fahrstuhl bestellt haben«, sagte Wilson.

»Ich muss sie noch erwischen«, erwiderte Billie. Als die Kabine das Erdgeschoss erreichte, sprang sie heraus und rannte zum Ausgang. Sie vergaß sogar, sich wie üblich zu bedanken. Sie stürmte durch die Eingangstür des Daking House auf die Straße auf den Bürgersteig des Rawson Place und sah sich nach links und rechts um. Die Straßen rund um die Central Station waren viel befahren, und auf den Bürgersteigen gingen viele Fußgänger. In welche Richtung konnte Shyla verschwunden sein? Eine dunkelhaarige Frau in einem dunklen Mantel ging über die Straße Richtung Central. Sie wurde in einer kleinen Lücke zwischen größeren Fußgängern sichtbar, und Billie rannte ihr nach. Sie schlängelte sich durch die Menge und packte die Schulter der Frau. Sie drehte sie um – eine fremde Person warf Billie einen erschrockenen Blick zu, schüttelte ihre Hand ab und ging weiter.

»Entschuldigung …«, begann Billie, aber die Fremde war bereits verschwunden.

Eine Tram fuhr an ihr vorbei, und ein Junge von höchstens fünfzehn Jahren pfiff ihr bewundernd nach. Billie hörte den Pfiff nur von fern, als passierte das alles in einer parallelen Dimension. *Verdammt, Shyla!* Wenn dieser Mann, dieser Frank, diese Mädchen irgendwie gefangen hielt oder ihnen etwas antat, dann brachte Shyla sich möglicherweise in ernsthafte Gefahr. Billie hatte immer noch keine Adresse von ihm, aber ein großes Anwesen in Upper Colo in der Nähe einer Obstplantage konnte nicht allzu schwer zu finden sein, wenn sie diesen speziellen Packard fand. Außerdem hatte sie jetzt auch das Kennzeichen. Voraussetzung war natürlich, dass das Automobil im Freien parkte und der Mann nicht zufällig gerade dabei war, irgendwelche Dinge zu transportieren, für die er sein Heim verließ. *Mist!* Sie musste dorthin fahren und nachsehen, was da vorging, und zwar bald. Aber sie wollte erst von Constable Primrose die Einzelheiten hören: den ganzen Namen, die Adresse, irgendwelche Unterlagen.

Wann war dieser Frank in Australien eingetroffen? War er der Polizei bekannt?

Sie fragte sich, wann Shylas Arbeit wohl begann. Hatte sie vielleicht noch ein paar Tage Zeit bis dahin? Außerdem wollte sie auch Moretti noch einen Besuch abstatten. Sie musste sichergehen, dass Adin Brown nichts passieren konnte. Und sie wollte noch einmal mit seinen Eltern reden. Es gab so viel zu tun, aber einstweilen musste sie einen Detective Inspector zufriedenstellen.

Ihr Herzschlag verlangsamte sich wieder auf Normalgeschwindigkeit, als sie zu ihrem Auto ging. Sie entspannte die Fäuste; ihre Fingernägel hatten Mulden in ihren Handflächen hinterlassen. Der Roadster parkte neben dem Bahnhofsgebäude und wirkte wie ein ungeduldiger Hengst. Das Verdeck herunterzulassen und sich hinter das Steuer zu setzen, entspannte Billie sichtlich. Die Schönheit war noch ein bisschen staubig vom vorhergegangenen Tag, aber das tat ihrer Pracht keinen Abbruch. Jetzt saß Billie auf dem Fahrersitz von etwas, das sie kontrollieren konnte. Es waren aufregende Tage gewesen, sie machte sich zunehmend Sorgen um Adins Sicherheit – und auch um die von Shyla. Sie musste ihren Kopf freipusten, weil ihr Verstand dann am besten funktionierte. Und für Billie war Fahren mit hoher Geschwindigkeit genau das richtige Elixier.

Sie legte ihre Handtasche auf den Beifahrersitz, zog ihre Lederhandschuhe an und tätschelte das Armaturenbrett, als wäre das Automobil eine große, geliebte Stute mit viel Kraft und Eleganz. Der Motor wärmte sich schnell auf, und während sie darauf wartete, sich in den Verkehr einfädeln zu können, dachte sie über Sams Reaktion auf die Mitteilung nach, dass sie noch einmal in die Berge hinauffuhr. Er hatte am Anfang enttäuscht

gewirkt, weil er sie nicht begleiten durfte, aber hatte das liebens-
würdigerweise zu verbergen versucht. Das Telefon klingelte un-
entwegt, und sie brauchte ihn im Büro. *Der zuverlässige Sam. Der
treue Sam.* Ohne ihn hätte sie das Wochenende nicht geschafft.

Der Motor war warm und bereit, also fädelte sich Billie geschmeidig in den Verkehr ein und stellte sofort entzückt fest,
dass der Vorfall vom Tag zuvor ihre Freude am Fahren kein bisschen getrübt hatte. Das war ihr zweiter Ausflug in die Blue
Mountains in ebenso vielen Tagen. Wenn das so weiterging,
dann hatte sie schon Mitte des Monats keine Benzin-Coupons
mehr, aber das war ihr egal. Die allgegenwärtige Nähe des Todes
lehrte einen, dass man nur diesen Moment hatte. Nur das Jetzt.
Sie würde nicht auf dem Beifahrersitz eines Polizeiwagens Platz
nehmen, wenn sie selbst hinter dem Steuer sitzen konnte.

Die Tachonadel kletterte stetig weiter, und der Wind zerrte
stärker an ihr. Die exquisite Freiheit, die die Straße ihr schenkte,
war ihr nicht verloren gegangen, und obwohl Billie es nicht
merkte, zeigten ihre roten Lippen dasselbe weiche Lächeln wie
das Gesicht der geflügelten Victory nur wenige Fuß vor ihr auf
der Spitze der schnurrenden Motorhaube ihres Roadsters.

KAPITEL SIEBENUNDZWANZIG

Detective Inspector Hank Cooper von der Sydney Central Police und Privatermittlerin Billie Walker befanden sich beide etwas außerhalb ihres üblichen Zuständigkeitsbereichs, als sie am Rand des Victoria-Passes in den Blue Mountains standen. Der nachmittägliche Wind zerrte an ihren Haaren und ihrer Kleidung. Ein mit Seilen abgesperrter Bereich des zerborstenen Geländers markierte den Ort, wo das Oldsmobile sich den tödlichen Pfad bis zu den gnadenlosen Felsen Hunderte Fuß unter ihnen gebahnt hatte.

»Das war also ein ›unglücklicher Unfall‹«, bemerkte der Detective Inspector nach langem Schweigen und warf einen Blick über den Rand in den Abgrund, während er Billies Aussage aus dem Polizeibericht zitierte. »Und das soll ich glauben?«

»Na ja, als einen ›glücklichen Unfall‹ kann man das ja wohl schwerlich bezeichnen«, konterte Billie.

Sie standen etliche Fuß von dem Pfad der Verwüstung entfernt, und obwohl jetzt alles ruhig war bis auf das Rauschen des Sommerwindes im Buschwerk und das Dröhnen, wenn gelegentlich ein Fahrzeug vorbeifuhr, hatte dieser Sturz des Fahrzeugs eine Art unsichtbaren Pfad hinterlassen, den man immer noch fühlen konnte. Billie glaubte fast, das schreckliche Geräusch des zersplitternden Geländers und das Krachen des Fahrzeugs tief unten im Tal noch hören zu können.

»Gegen schlechte Fahrer kann man nichts machen«, fuhr sie fort. Sie zog ihren dunkelblauen Mantel, dessen Schöße im Wind flatterten, enger um sich. »Man hat mir gesagt, dass jedes Jahr sogar Einheimische in dieser Kurve sterben, und ich vermute, dass der Fahrer diese Straßen längst nicht so gut kannte wie die hier Ansässigen.« Sie machte eine Pause. »Ich bin langsamer gefahren. Er nicht.«

»Sie haben wirklich eine Antwort auf alles, stimmt's?« Cooper drehte sich zu ihr herum und hielt die Krempe seines Hutes fest.

»Ist das so?« Sie hatte zwar eine Theorie, aber keine sichere Begründung, warum diese Männer Adin Brown hatten zum Schweigen bringen wollen, oder wer sie mit diesem Auftrag hierhergeschickt hatte. Moretti? Aber für wen genau arbeitete er? Hing das immer noch mit dem Groll gegen ihren Dad und jetzt gegen sie zusammen? Das schien nach all den Jahren etwas weit hergeholt. Nein, sie hatte längst nicht alle Antworten. Billie wusste nicht, warum man sie in einer Gasse angegriffen hatte, warum Con Zervos getötet und in ihr Schlafzimmer verfrachtet worden war. Sicher, sie hatte genug Theorien und eine ganze Besetzungsliste von Charakteren. Die Hinweise ergaben ein Muster – aber Antworten? Nein.

Der Inspector bat sie, noch einmal den Lauf der Ereignisse und den genauen Weg der Fahrzeuge zu schildern.

Cooper hörte ihr zu, machte sich ein paar Notizen und führte sie dann ohne ein weiteres Wort die Straße hinab, weg von dem Pass mit seinem spektakulären Ausblick über das Megalong Valley auf der einen und dem Hartley Valley auf der anderen Seite. In dieser Richtung hatten sie ihre Fahrzeuge abgestellt. Sie würden dem vollkommen zertrümmerten Haufen Metall, aus dem die beiden Leichen geborgen worden waren, nicht näherkommen, es sei denn, sie würden sich bis zu diesen tödlichen Felsen abseilen. Außerdem würde ein Kran den Schrott schon bald aus der ansonsten so pittoresken Landschaft entfernen.

»Es war unklug, sie zu verfolgen«, sagte der Inspector, als sie ihre Autos erreicht hatten.

»Ich habe auch nicht vor, mir so etwas zur Gewohnheit zu machen, Detective Inspector«, antwortete Billie und lehnte sich gegen die Fahrerseite ihres Roadsters. Ihr schoss der Gedanke durch den Kopf, ob auch ihr Vater »unklug« oder nicht vielmehr »heldenhaft« genannt worden wäre. »Aber ich wünschte wirklich, dass wir zweifelsfrei feststellen könnten, wer sie engagiert hat und warum.«

»Ich werde mich darum kümmern«, versprach er ihr.

»Wirklich?« Sie beobachtete ihn scharf. »Sie müssen zugeben, dass es ein ziemlich großer Zufall ist, dass sich Moretti am Sonntag vor meiner Wohnung herumgedrückt hat und dass diese Schläger, die angeblich für ihn gearbeitet haben, Adin Brown am nächsten Tag angegriffen haben.«

»Ja. Das ist wirklich interessant«, sagte er zurückhaltend.

Als Nächstes wollten sie zum Krankenhaus fahren, und Billie hoffte, dass Adin sich etwas erholt hatte und ihnen etwas verraten konnte, selbst wenn er noch nicht sein ganzes Gedächtnis wiedererlangt hatte. Außerdem hatte sie das Gefühl, dass der Inspector mehr über diese ganze Angelegenheit wusste als sie und wahrscheinlich auch die Identität der Toten kannte. Aber wie viel und was genau er wusste, würde man noch sehen.

Billies Ankunft im Krankenhaus in Begleitung des großen Inspectors blieb weder den Patienten noch den Angestellten verborgen.

Als sie auf den Sandsteinbogen des Eingangs zugingen, bemerkte Billie hektische Aktivität hinter den Fenstern rechts und links davon. Die Schwester vom Tag zuvor saß wieder am Empfangstresen, noch faszinierter und eifriger darauf bedacht, ihnen zu helfen. Neben ihr sah Billie eine Ausgabe der heutigen Zeitung. Ganz offensichtlich war sie hastig zur Seite gelegt worden, als wollte man den Eindruck erwecken, dass der Unfall und die Berichterstattung darüber nicht das aktuelle Gesprächsthema im Krankenhaus wären. Pfleger und Schwestern sahen ihnen nach, wie sie durch die Korridore gingen, dann drehten sie sich um und tuschelten miteinander. Ihr Gemurmel folgte ihnen, als sie in einen Bereich des Krankenhauses kamen, den Billie noch nicht kannte. Zu ihrer Erleichterung hatte man Adin Brown von der Männerstation in ein Einzelzimmer westlich des Haupteingangs verlegt, das normalerweise für Quarantänefälle reserviert war. Billie registrierte, dass jetzt eine Wache vor der Tür stand. Es war der Constable vom Tag zuvor, der Held der sich wiederholenden Fragen. Er saß vor dem Einzelzimmer und wirkte schrecklich gelangweilt. Billie beobachtete mit einem gewissen Vergnügen, wie er ihr Auftauchen verfolgte, aufstand und eine wichtige Miene aufsetzte. Cooper zückte seine Dienstmarke und verwies ihn sofort wieder auf seinen Platz einige Dienstränge unter ihm.

»Detective Inspector Cooper, Central Police. Ms Walker ist uns bei unseren Ermittlungen behilflich«, erklärte der Inspector. Das goldfischartige Gaffen des Constables hielt einige Momente an, bevor es verschwand und sein gesunder Teint erblasste. Die

Schwester öffnete die Tür zu dem Zimmer, und Billie warf ihm ein zuckersüßes Lächeln zu, als sie den Raum betrat. Detective Inspector Cooper schloss die Tür hinter ihnen, damit sie ungestört waren.

Sie standen in einem bescheidenen Raum mit einem Einzelbett und einem verriegelten Fenster, das ein wenig natürliches Licht einließ. Es roch nach Bleiche und einem Desinfektionsmittel, mit dem vermutlich die Verletzungen des Jungen behandelt worden waren. Adin saß halb aufrecht im Bett, im Rücken gestützt von einigen Kissen, was ermutigend war. Aber als er den Kopf drehte und in ihre Richtung sah, war Billie schockiert von seinen geschwollenen Augen. Er hatte einige Schläge gegen den Kopf abbekommen, so viel war klar, und jetzt war auch nachvollziehbar, warum er Schwierigkeiten hatte, sich zu erinnern. Seine Eltern waren bei ihm, und sein Vater hielt zärtlich seine Hand. Als jetzt noch der Inspector und Billie in den Raum kamen, wurde es ziemlich eng. Eine Vase mit einer kirschroten Bougainvillea hellte die Atmosphäre in dem Zimmer auf, die man ansonsten als ziemlich nüchtern bezeichnen konnte – bis auf die spürbare Erleichterung von Mikhall und Nettie Brown.

»Oh, Billie!«, rief Nettie, sprang auf und umarmte sie. Von ihrer Reserviertheit und Formalität war nichts mehr zu spüren. »Danke, dass Sie unseren Jungen gefunden haben, unseren lieben, lieben Jungen.« Erneut liefen ihr Tränen über das Gesicht, und sie umklammerte Billie so fest, dass die schon fürchtete, sie würde ihr die Rippen brechen. Vielleicht war sie aber auch noch besonders empfindlich nach dem Angriff in der Gasse. Für einen Moment in den Armen der Frau gefangen, wechselte Billie einen Blick mit dem Inspector, der die emotionale Szene kommentarlos beobachtete. Jetzt war ihre ehemalige Klientin nicht mehr besorgt darüber, was es gekostet hatte, ihren Sohn zu finden. Nun, da sie ihren Jungen wiederhatte, schien sie nur pure Erleichterung zu spüren.

Billie wartete, bis der Druck ein wenig nachließ, bevor sie antwortete. »Ich fürchte, ich kann nicht die ganze Anerkennung dafür beanspruchen, Mrs Brown. Sie sollten wirklich den Leuten danken, die Adin in der Nähe der Bahnstrecke gefunden und ihn hierhergebracht haben. Ebenso den Schwestern und dem Arzt. Ich bin nur froh, dass er jetzt ordentlich gepflegt wird und in Sicherheit ist.« Sie sah sich wieder in dem Zimmer um. Ja, hier kam man nur durch diese eine Tür herein, und jeder, der versuchte, sich dem Jungen zu nähern, musste an der Polizeiwache vorbei.

»Man hat ihn getreten ... mit Stiefeln! Meinen Jungen! Sie haben ihm so schrecklich wehgetan.« Nettie schluchzte leise in Billies Ohr. Sie blieben noch einen Moment umschlungen stehen, und Billie versicherte ihr schließlich, dass Adin jetzt in guten Händen wäre.

Die Schwester hatte sie bereits davon in Kenntnis gesetzt, dass der Rücken des Jungen zwar verletzt, aber sein Rückgrat nicht gebrochen war. Das war eine große Erleichterung. Seine Kopfverletzungen jedoch gaben Grund zur Sorge, außerdem hatte er innere Blutungen. Allerdings würde er sich mit der Zeit erholen. Er brauchte erst einmal sehr viel Ruhe. Billie vermutete, dass es nicht allzu einfach sein würde, Adin Brown Erinnerungen zu entlocken.

Als Nettie sie losließ, zog sie einen Stuhl neben das schmale Krankenhausbett und drehte sich zu dem Patienten herum. »Adin«, begann sie. »Mein Name ist Billie Walker. Ich habe

Sie gestern besucht, aber wahrscheinlich erinnern Sie sich nicht mehr daran.« Ihr Blick glitt wieder zu den aufgescheuerten Streifen um seine Handgelenke. Das waren Spuren von Fesseln.

Die rot geäderten Augen des Jungen richteten sich auf sie. »Ich erinnere mich«, sagte er schlicht. Seine Stimme klang leise, aber entschlossen. »Danke.«

Sie nickte, zum Zeichen, dass sie verstand. »Das hier ist Detective Inspector Cooper aus der Stadt. Er ist hier, um herauszufinden, was mit Ihnen passiert ist. Falls Sie sich noch an etwas erinnern können.« Sie drehte sich zu dem Inspector herum, der nichts dagegen zu haben schien, dass sie die Initiative ergriffen hatte. Netties Reaktion hatte ohnehin jeglichen Zweifel über ihre Verbindung zu der Familie zerstreut.

Adin versuchte nach Kräften, sich für den Inspector zu erinnern, und entschuldigte sich mehrmals. Es schien ihn zu frustrieren, dass es ihm nicht gelingen wollte. Cooper seinerseits war erheblich sanfter und geduldiger, als Billie erwartet hatte. Als sie den Jungen befragten, schwor er, nichts getrunken zu haben. Er hatte auch keine Erklärung für den Gestank an seiner Kleidung, als man ihn gefunden hatte. Er erinnerte sich daran, dass er von den Bahngleisen gerollt war, aber er wusste weder, wie er dorthin, noch, wie er ins Krankenhaus gekommen war.

Es wurde immer stickiger in dem kleinen Raum, je mehr Zeit verstrich, und nach zwanzig Minuten kam eine Schwester herein, mit Tee und einem Imbiss für den Patienten, seine Familie und die Besucher von der Polizei. Billie nahm Cooper beiseite, während sich Nettie und Mikhall sowie die Schwester um Adin kümmerten. Sie sagte ihm, dass sie Adin gern etwas zeigen würde, das vielleicht sein Gedächtnis zurückbringen könnte. Cooper war einverstanden und drängte sie nicht, ihm Einzelheiten mitzuteilen, was sie nicht erwartet hatte. Vielleicht traute er ihr und ihrer Verbindung zu der Familie, die möglicherweise diese ganze Befragung etwas erleichterte. Das würde nicht jeder Inspector tun, das war Billie klar. Die meisten Männer in seiner Position wollten unbedingt, dass es aussah, als hätten sie die Kontrolle. Nachdem das Essen und die Getränke weggeräumt worden waren, setzte sich Billie wieder neben den Jungen und zeigte ihm die Werbung des Auktionshauses, die sie mitgebracht hatte. Der Effekt war faszinierend. Seine zugeschwollenen Augen weiteten sich, und er richtete sich aus den Kissen auf.

»Ja, ich habe diese Werbung gesehen und die Halskette meiner Großtante erkannt.« Adin setzte sich so gerade hin, wie er konnte, während er den Ausschnitt aus der Zeitung so fest umklammerte wie ein Ertrinkender einen Rettungsring. »Ich habe diese Zeitung in der Milchbar gesehen. Diese Werbung!« Das passte zu dem, was Adins Freund Maurice Billie erzählt hatte. Der Inspector machte sich fleißig Notizen, während der Junge fortfuhr: »Die Kette gehörte meiner Großtante, und sie haben sie ihr weggenommen, sie haben ihr alles weggenommen.«

»Wer sind sie?«

»Die Leute vom Auktionshaus. Ich weiß nicht genau ...«

»Woher wissen Sie so sicher, dass es dieselbe Kette ist?«, wollte der Inspector wissen.

»Ich bin mir sicher«, erwiderte der Junge.

»Das scheint dieselbe Halskette zu sein, die die Frau auf diesem Foto trägt.« Billie gab dem Inspector das kleine, zerknitterte Bild.

»Wo haben Sie das her?«

»Es gehört dem Jungen«, antwortete Billie nur und wandte den Blick ab.

Der Inspector verengte kurz die Augen zu Schlitzen, sagte aber einstweilen nichts. »Ich würde das gerne behalten«, sagte er zu den Browns, die zustimmend nickten.

»Ich bin zu dem Auktionshaus gegangen und habe mich mit ihnen in Verbindung gesetzt, um herauszufinden, woher sie die Kette hatten.« Adins Erinnerung wurde offensichtlich klarer, und die Worte sprudelten förmlich aus ihm heraus. »Der Besitzer wollte nicht mit mir reden, und sie wollten mich auch nicht hineinlassen. Aber ich musste einfach mit ihm sprechen. Jeder weiß, dass Georges Boucher *The Dancers* besucht. Also habe ich versucht, ihn dort abzupassen. Ich hatte mir vorgestellt, dass ich einfach zu ihm gehen und ihn zur Rede stellen könnte. Dann hätte er mir zuhören müssen.«

»Und, haben Sie mit ihm gesprochen?«, wollte der Inspector wissen.

»Nein.« Adin runzelte die Stirn. »Ich wurde hinausgeworfen, bevor mir das gelang, und ehe ich mich versah, hat mich jemand gepackt.«

»Haben Sie dafür Zeugen?«, erkundigte sich Cooper.

»Nein«, erwiderte der Junge. Dann zog er seine Brauen noch weiter zusammen. »Vielleicht einer der Türsteher. Ich hatte vorher mit ihm geredet. Ich glaube, er hat gesehen, was passiert ist.«

Con Zervos. Er hat gesehen, wie der Junge entführt wurde.

»Waren Sie allein, als das passiert ist? Hatten Sie keine Freunde dabei?« Der Inspector schrieb alles mit.

Der Junge schüttelte den Kopf.

»Zuerst dachte ich, es wäre der Türsteher. Das ist ein sehr vornehmer Club. Aber dann waren sie echt brutal. Ich glaube, ich … ich glaube, ich bin ohnmächtig geworden. Man hat mich irgendwo hingebracht und …« Er atmete schneller, und das Blut wich aus seinem Gesicht. »Sie …« Billie bemerkte, wie Adins Hände zu zittern begannen.

»Ganz ruhig, Junge. Sie sind jetzt in Sicherheit«, beruhigte ihn Cooper. »Atmen Sie einfach. Genau so …« Langsam entspannte sich der Junge, und seine Brust hob und senkte sich wieder in normaler Geschwindigkeit. »Würden Sie die Leute wiedererkennen, die Sie angegriffen haben?«

»O ja … Ich glaube, das würde ich. Sie haben sich nicht vor mir versteckt. Sie …« Er verstummte erneut, und plötzlich bildete sich Schweiß auf seiner blassen Stirn, dort, wo kein Verband saß. Er ballte die Hände zu Fäusten und presste sie an die Schläfen. Dann schrie er, was Billie und die anderen Anwesenden im Raum erschreckte.

Eine Sekunde später öffnete sich die Tür, und eine Schwester erschien. »Das reicht für heute«, sagte die Frau und schob Adin sanft auf das Bett zurück. »Sie müssen sich ausruhen.«

Dann scheuchte die Schwester alle aus dem Zimmer, sogar Mr und Mrs Brown. Als sie sich im Gang vor der Tür versammelten, protestierte der Inspector.

»Der Patient braucht Ruhe. Sie haben Ihre Befehle, und ich habe meine. Das hier reicht für einen Tag.« Selbst angesichts von Coopers Autorität gab die Schwester nicht nach.

Billie verließ den kleinen Raum fast wie in Trance. Die Gedanken schwirrten in ihrem Kopf herum, und sie registrierte kaum, dass der Inspector ihr folgte. Sie sah jetzt alles klar vor sich. Der Junge, der fast totgeprügelt, dann in Alkohol getränkt und zum Sterben auf die Bahngleise gelegt worden war. Ein tragischer Unfall, Ende der Geschichte. Wäre er von dem Zug überfahren worden, hätte das die Verletzungen erklärt, die er durch die Prügel bekommen hatte. Wenn überhaupt noch genug von der Leiche für eine Untersuchung übrig geblieben wäre.

Deshalb haben sie ihre Gesichter vor dem Jungen nicht maskiert, dachte Billie. Sie dachten, es spiele keine Rolle mehr, weil sie davon ausgegangen sind, dass er sterben würde.

KAPITEL ACHTUNDZWANZIG

Es war fast fünf Uhr, als Billie wieder zu ihrem Roadster zurückkam und das Verdeck schloss, weil jetzt, am späten Nachmittag, ein starker Sommerwind vom Tal heraufzog. In der Ferne stieg rauchiger Nebel in den Himmel empor und umriss Katoomba in Tönen von Braun über Blau bis Dunkelgrau. Ein schwacher Geruch von Holzfeuer lag in der Luft. An heißen, windigen Tagen waren Buschfeuer eine ständige Gefahr in diesen Gegenden. Es ist wohl etwas zu optimistisch, auf Regen zu hoffen, sagte sie sich, als sie die weißen Wolken bemerkte, die über den blauen Himmel zogen. Das Gras neben der Straße war strohtrocken und wartete förmlich auf einen Funken, der es entzündete. Am Tag zuvor war alles so schnell gegangen, dass sie das kaum wahrgenommen hatte.

Detective Inspector Cooper überquerte die Straße, nachdem er seine Befragung der Hotelangestellten beendet hatte. Ihr fielen sein langer Schritt und seine militärische Haltung auf. Sein Fahrzeug parkte direkt hinter ihrem, und er trat zu ihr, um ihr zu helfen, das Dach ihres Roadsters zu schließen.

»Danke, dass Sie bei unseren Ermittlungen geholfen haben«, ergriff der Inspector als Erster das Wort. Er schob seine Hände in die Taschen seines Trenchcoats.

Es war ein langer, aber sehr ergiebiger Tag für seine aktuelle Ermittlung und ihre abgeschlossenen Untersuchungen gewesen – die Puzzlestücke hatten sich zusammengefügt. Das Auktionshaus war also am Ende doch keine falsche Spur gewesen. Aber wohin hatte man Adin Brown zwischenzeitlich gebracht? Weshalb, und wer steckte dahinter? Moretti selbst? Es war klar, dass Adins Entführer nicht erwartet hatten, dass er diese Tortur überleben würde, und es war ein reiner Glücksfall gewesen, dass diese Wanderer ihn gefunden hatten, bevor er seinen Verletzungen erlag oder an Erschöpfung starb. Der undurchschaubare Inspector wusste mehr, als er Billie erzählte, dessen war sie sich sicher, und sie beobachtete ihn scharf in der Absicht, seine unsichtbare Mauer zu durchstoßen, diese Wand, die selbst beim leisesten Druck sofort hochfuhr.

»Ich glaube, ich brauche noch einen kleinen Imbiss vor dieser langen Rückfahrt«, sagte sie beiläufig und hielt ihren kleinen Hut fest, als der Sommerwind auffrischte. »Würden Sie mir Gesellschaft leisten, Inspector?«

Er trat einen Schritt vor, als wollte er sich an ihr vorbeibeugen und die Fahrertür für sie öffnen oder aber, der Gedanke schoss ihr flüchtig durch den Kopf, sie küssen. Sie rührte sich nicht. Sie blickten sich an, und sie legte den Kopf ein wenig in den Nacken, um ihn ansehen zu können. Seine braunen Augen hatten einen warmen Ausdruck, jedenfalls für einen Moment. Dann waren sie wieder undurchdringlich.

»Ich fahre besser zurück.« Er unterbrach den Blickkontakt und blickte auf seine polierten, abgetragenen Lederschuhe. Nach einem längeren Schweigen setzte er hinzu: »Unter uns gesagt, Ms Walker, Sie haben mir eine Menge Mühe erspart. Die beiden dürften kaum vermisst werden. Und alle im Krankenhaus scheinen den Angriff gesehen zu haben. Wären sie entkommen ...«

»Dann wären sie immer noch eine Bedrohung«, führte sie seinen Satz zu Ende, und er nickte. »Es ist eine sehr lange Fahrt zurück.« Sie wollte es noch einmal versuchen. »Ich kann Sie nicht überreden, vorher einen kleinen Imbiss zu nehmen? Sie müssen sich doch sicher auch irgendwie ernähren.« Sie wollte ihn nicht einfach gehen lassen, wenn sie es verhindern konnte. Jetzt, wo sie ihn endlich einmal von seinem Schreibtisch losgeeist hatte, weg von Kerlen wie Dennison, und wo das Gespräch mit Adin Brown so produktiv gewesen war. Zwischen ihnen entstand allmählich Vertrauen. Wenn sie ihn weiter offen für sich halten konnte ...

»Leider muss ich dieses Angebot ablehnen«, erwiderte er und warf ihr einen Blick zu, den sie nicht deuten konnte. »Danke für Ihre Hilfe heute, vor allem bei dem Jungen.« Er machte eine Pause, aber sie sagte nichts, sondern ließ das Schweigen zwischen ihnen einfach bestehen.

Sie schlug einen Knöchel über den anderen und lehnte sich gegen die Karosserie ihres schwarzen Roadsters.

»Die örtliche Polizei hat schon lange keine solche Aufregung mehr erlebt«, fuhr er schließlich fort. »Einer der Männer wurde schon eindeutig identifiziert. Der andere ist jedoch so übel entstellt, dass eine Bestätigung seiner Identität ein wenig auf sich warten lassen wird.« Das hatte sie tatsächlich nicht gewusst. Sie wartete schweigend, dass er weitersprach. »Aber wir gehen davon aus, dass wir seine Identität ebenfalls kennen, weil die beiden immer zusammengearbeitet haben. Sie sind der Polizei bekannt. Und ja, man wusste, dass sie für Moretti arbeiteten, unter anderem.«

»Aha«, sagte sie schließlich triumphierend und lächelte. Er musste diese Information schon in seinem Büro bekommen haben und hatte sie ihr bisher verschwiegen. Also wollte Vincenzo Moretti oder die Person, für die er arbeitete, nicht, dass Adin Brown redete. Wo war Moretti jetzt? Und wo steckten die beiden anderen Männer aus der Gasse? Jedenfalls nicht auf dem Boden der Schlucht, sondern irgendwo anders und wahrscheinlich immer noch mit dem Auftrag, Adins Erinnerungen an das, was ihm angetan wurde, für immer zu löschen.

»Glauben Sie, dass der Junge jetzt da drinnen in Sicherheit ist?« Billie deutete über die Straße auf das Krankenhaus. »Obwohl Moretti oder jemand anders seinen Tod will?«

»Er wird von der Polizei bewacht«, gab der Inspector zurück.

»Sollte er nicht besser verlegt werden?«, hakte sie nach.

»Vermutlich«, räumte er ein.

»Kann man da etwas tun?«

»Vermutlich«, wiederholte er. »Ich kümmere mich darum.«

»Und das Auktionshaus?«

»Bislang hatte ich es noch nicht auf dem Radar, aber es könnte jetzt durchaus von Interesse sein.« Er blickte wieder auf seine Schuhe, und seine Brust hob sich unter einem tiefen Atemzug. »Ich sollte wirklich zurückfahren. Wenn Sie noch etwas in Erfahrung bringen, dann rufen Sie mich gern an. Das hier ist meine private Nummer.« Er gab ihr eine Visitenkarte. Seine Nummer hatte er mit einem Füller auf die Rückseite geschrieben. Die Schrift war noch ganz frisch und eine Stelle sogar etwas verschmiert.

Billie nahm die Karte. Ihr Instinkt sagte ihr, dass er seine private Telefonnummer keineswegs freizügig herausgab. »Danke, Detective Inspector Cooper«, sagte sie. Der Blick, den sie wechselten, war unerwartet intensiv. Sie hielt ihn so lange, bis er wegsah.

»Und noch einmal danke für Ihre Hilfe heute.« Jetzt klang der Inspector etwas verlegen.

»Das war selbstverständlich. Ich helfe sehr gern. Sie wissen ja, wo Sie mich finden können«, antwortete Billie.

Sie schüttelten sich die Hände, eine herzliche, wenn auch etwas formelle Geste nach der Intimität in Adins winzigem Krankenhauszimmer. Sie öffnete ihre Fahrertür und glitt auf den Sitz. Er schloss die Tür für sie, da sie ihn der Möglichkeit beraubt hatte, sie ihr ritterlich zu öffnen, und ging davon. *Mist!*, dachte sie. Sie hatte gehofft, ihn etwas länger festhalten zu können. Bevor sie den Motor anließ, sah sie ihm nach, als er an ihr vorbeifuhr, in Richtung von Sydneys Central Street und seinem winzigen Büro. Sie lehnte sich auf ihrem roten Ledersitz zurück und seufzte. Cooper hätte ihr vielleicht noch mehr erzählt, wenn sie überzeugend genug gewesen wäre. Sie ließ allmählich nach.

==

Billie hatte viel Zeit, über den Inspector nachzudenken und sich zu überlegen, wie sie sich ihm beim nächsten Treffen am besten näherte. Sie nahm eine leichte Mahlzeit im *Salon du Thé* vom *Hydro Majestic* ein, die ihr von demselben Kellner serviert wurde, der sie am Tag zuvor im *Cat's Alley* bedient hatte. Ganz professionell ließ er sich nicht anmerken, ob er den Artikel über sie in der Zeitung gelesen hatte.

Heute schien mehr Betrieb im Restaurant zu sein. Etliche grauhaarige Männer hatten sich um einen Tisch geschart, nahmen ihren Nachmittagstee ein und schienen über Geschäfte zu diskutieren.

Wie ereignisreich die letzten vierundzwanzig Stunden seit ihrem vorigen Besuch hier gewesen waren! Und sie hatte eine volle Woche vor sich, in der sie nach Shyla suchen wollte, denn jetzt war Adin Brown endlich in guten Händen und unter Polizeibewachung. Aber für heute war die Arbeit erledigt. Es könnte ihr schlechter gehen, als sich an einem wunderschönen Tisch mit Aussicht im *Hydro* zu entspannen, und das an einem Tag, der immer noch einigermaßen klar war, trotz des zunehmenden Dunstes durch den Rauch weiter unten am Berg. Diesmal bestellte sie keinen Champagner, sondern trank lieber einen schwarzen Tee zu ihrer Mahlzeit. Alleine Alkohol zu trinken war für sie ein gefährlicher Abgrund und ein weit verbreiteter Untergang für private Ermittler – das hatte sie oft genug erlebt. Schließlich verließ sie den Salon gestärkt. Der Wind hatte sich noch nicht gelegt, die Sonne stand immer noch hoch am Himmel – seit der Sommersonnenwende waren erst drei Wochen verstrichen. Also würde sie nicht im Dunkeln nach Hause fahren müssen. Sie hatte den Blick auf den Great Western Highway gerichtet, hielt ihren kleinen Hut mit einer Hand fest und dachte über die bevorstehende lange Fahrt zurück nach Cliffside Flats nach, als sie an einem dunklen Wagen vorbeiging, der in der Nähe der geschwungenen Auffahrt des Hotels parkte.

Sie blieb stehen, drehte sich um und erstarrte.

Ein schwarzer Packard stand neben den Arkaden des Haupteingangs des *Hydro Majestic*. Billie blinzelte und verglich das Nummernschild mit dem aus ihrer Erinnerung. Dann sah sie sich nach dem Halter um, konnte aber niemanden entdecken. Sie drehte sich auf dem Absatz um und ging rasch zu ihrem Roadster, der auf dem Great Western Highway parkte. Nachdem sie kurz überlegt hatte, wendete sie und parkte ihn neben dem neuen und beeindruckenden Belgravia-Gebäude. Von dort aus konnte sie hinter dem Steuer den Haupteingang des Hotels beobachten. Sie nahm ihren französischen Lumière-Feldstecher aus dem Handschuhfach und stellte die Linsen ein. Wie sich zeigte, musste sie nicht allzu lange warten.

Da ist er ja.

Selbst aus der Entfernung von etwa einem kurzen Häuserblock fiel ihr die Haltung des Fahrers auf, als er aus dem Hotel trat und von einem uniformierten Angestellten verabschiedet wurde. Durch die runden Linsen ihres Feldstechers sah sie sein schmales Lächeln, bevor er sich umdrehte und zu seinem schönen Fahrzeug ging. Billie wusste schon vorher, dass der Mann, den sie mit ihrem Feldstecher beobachtete, zu diesem Packard gehen würde, zu keinem anderen Fahrzeug, und ihr drehte sich fast der Magen um. Es war ein großer, dünner Kerl in einem blassblauen Anzug, vielleicht aus Leinen, der von der Fahrt etwas zerknittert war. Sein Haar war weiß wie Schnee, hinten und an den Seiten im militärischen Stil kurz geschoren. Über der Stirn hatte er es nach hinten geglättet. Sehr viel mehr konnte sie nicht erkennen, weil sein Gesicht von ihr abgewandt war, zu dem anderen Ende des Hotels und dem Highway dahinter. Er stieg in sein Fahrzeug und fuhr über die Zufahrt des Hotels zur Straße.

Shyla hatte gesagt, der Mann wäre »weiß«, aber das hatte mehr bedeutet, als Billie gedacht hatte. Es war der Mann mit dem schneeweißen Haar. Der Mann mit der Brandwunde. Es war der Mann, der mit Georges Boucher im *The Dancers* an einem Tisch gesessen hatte. Hatte sie nicht auch jemanden mit schneeweißem Haar im Auktionshaus gesehen? Ja, und auch den Packard hatte sie gesehen, bevor man sie in der Gasse überfallen hatte. Was war das doch für ein widerlicher kleiner Zirkel. Es stand völlig außer Frage, dass sie den Packard verfolgen würde. Billie musste einfach wissen, wer dieser Mann war.

Sie ließ den Motor an und folgte ihm mit klopfendem Herzen. Der große Wagen bog nach links auf den Highway in Richtung Blackheath und Lithgow ab. Sie hielt einen Abstand von zwei Fahrzeugen zwischen sich und dem Packard; das war eine gute Entfernung. Es gab keinen Anlass für den Mann, zu vermuten, dass er verfolgt wurde, rief sie sich ins Gedächtnis. Trotzdem war sie dankbar für den Verkehr hier in der Gegend, der ihr half, sich zu verbergen. Sie ging die Szenerie im *Salon du Thé* noch einmal durch. Nein, er war nicht unter den Geschäftsleuten gewesen, die dort gegessen hatten. *Was hatte ihn hierhergeführt?*, überlegte sie. Hatte er ebenfalls ein Interesse an dem isolierten Jungen im Krankenhaus von Katoomba?

Der Packard fuhr über den Highway durch Blackheath und an der Kreuzung vorbei, wo man die Scherben der zerstörten Heckscheibe des unseligen Oldsmobile längst weggefegt hatte. Der Wagen fuhr weiter, ohne langsamer zu werden, vorbei an dem alten Friedhof, durch Busch- und Ackerland, mit den gelegentlichen Gehöften und Holzhäusern. Viele Grundstücke waren bereits überwuchert, was auf einen Boom zwischen den Kriegen hindeutete, der jetzt unter dem Mangel an arbeitsfähigen Männern litt, die das Land hätten bearbeiten können. Den Machthabern war es wirklich hervorragend gelungen, die Generationen zu dezimieren.

Schließlich wurde der Wagen am Mount Victoria langsamer, unmittelbar auf dem Gipfel des Berges. Er verließ den Great Western Highway an der Hauptkreuzung. Billie verlangsamte ihr Fahrzeug und war froh, dass eines der beiden Autos vor ihr ebenfalls abbog. Sie kamen an dem berühmten zweistöckigen *Hotel*

Imperial vorbei, Australiens ältestem Touristenhotel, das weiß und majestätisch an der Ecke thronte. Seine Türmchen waren mit mittelalterlich wirkenden Elementen verziert. Billie hatte dort einmal mit ihren Eltern Tee getrunken, aber es kam ihr vor, als wäre das schon mehrere Zeitalter her. Der blasse Fahrer hielt nicht an, sondern fuhr stattdessen in Richtung Mount Tomah und Bilpin. Ein Landfahrzeug mit einer flachen Pritsche bog vor Billie auf die Straße ein und bildete einen zusätzlichen Puffer zwischen den beiden schwarzen Wagen, ihrem Roadster und dem Packard. Billie folgte dem Packard fast eine Stunde lang. Sie blieb hinter dem Pick-up und den anderen Wagen, gerade so weit entfernt, dass sie nicht auffiel – jedenfalls hoffte sie es. Das hing natürlich von dem Fahrer des Packard ab. Aber Billies Erfahrung nach überprüften die Leute nur selten, ob man ihnen folgte, sogar jene, die es eigentlich besser wissen sollten.

Wer war dieser Frank? War er ein selbstbewusster Mann? Oder ein argwöhnischer?

Die Sonne ging bereits unter, als der große schwarze Wagen schließlich langsamer wurde und vor dem *Kurrajong Heights Hotel* anhielt. Es war ein riesiges Holzgebäude, das, wie Billie vermutete, einen spektakulären Blick über das Tal bot. Sie musste weiterfahren, weil sie wusste, dass es mit Sicherheit die Aufmerksamkeit des Mannes erregen würde, wenn sie plötzlich ebenfalls die Straße verließ und parkte. Also folgte sie dem Pickup weiter, bis das Hotel nicht mehr zu sehen war. Dann wendete sie und schaffte es, über eine zweite Auffahrt vor dem Hotel zu parken, hinter einem großen Lastwagen, der den Roadster vor dem Hoteleingang verbarg. Sie schaltete die Scheinwerfer aus und wartete.

Dann überlegte sie, ob sie aussteigen sollte. Da sie jetzt wusste, dass »Frank« der Mann aus dem *The Dancers* war, war ja auch klar, dass er sie vom Sehen her erkennen könnte, genauso wie sie ihn wiedererkannt hatte. Hatte er angehalten, um etwas zu essen oder zu trinken? Oder wollte er telefonieren? Würde er über Nacht bleiben? Sie dachte über alles nach, was sie über ihn wusste, während sie wartete, und erwog, das Hotel zu betreten oder durch ein Fenster zu blicken, um herauszufinden, was er vorhatte.

Glücklicherweise kam er nur wenige Minuten später zurück zu seinem Wagen. Sein weißes Haar und seine blasse Haut schimmerten gespenstisch in der Dunkelheit und unterstrichen seine Fremdartigkeit fast noch. Hatte er mit jemandem gesprochen? Etwas zugestellt? Seine Stimmung schien sich jedenfalls nicht verändert zu haben – die Körpersprache verriet einen selbstbewussten Mann, einen, der sich den Menschen in seiner Umgebung überlegen fühlte. Er ließ den Motor des Packard an und fuhr weiter, ohne sich auch nur umzusehen. »Er fährt mit einem Auto herum und bringt Sachen nach Sydney«, hatte Shyla gesagt. Was für Sachen? Er besuchte das *Hydro Majestic* und jetzt dieses Hotel, beides Unterkünfte mit einem sehr guten Ruf.

Als die Hecklichter des Packard in der Ferne verschwanden, startete Billie ihren Roadster und folgte ihm erneut. Als er von dieser Straße auf eine kleinere Landstraße abbog, an der ein Wegweiser nach Colo stand, war kein anderes Fahrzeug zwischen ihnen als Puffer, und es war schon fast dunkel. Auf dem Land verrieten einen die Scheinwerfer sofort, sobald die Sonne untergegangen war, aber der Staub der Landstraße verkündete ebenfalls, in welche Richtung man fuhr. Billie konnte dem Packard in seiner Staubwolke leicht in großem Abstand folgen, als der Wagen an vereinzelten Gehöften vorbeifuhr. Irgendwann gab es weder Siedlungen noch Häuser. Ein Känguru hüpfte vor dem Roadster über den Weg, und Billie konnte gerade noch abbremsen. Die anderen Tiere der kleinen Gruppe blinzelten sie in der Dunkelheit unmittelbar neben der Straße an. Sie sah die Scheinwerfer des Packard, als er weit vor ihr hinter der entlegenen Kirche und dem Friedhof rechts abbog.

Billie hatte ihre Fenster heruntergekurbelt und die Scheinwerfer ausgeschaltet, während sie über die schmale, vom Mondlicht erleuchtete Straße fuhr. Sie spürte die Sommerluft und atmete tief den Duft von Eukalyptus, Zitronen und wildem Buschland ein. Sie spürte in der Nähe die Feuchtigkeit von Wasser, dem Colo River, wie sie vermutete. Wahrscheinlich floss er träge und niedrig in der sommerlichen Hitze dahin. In den Lücken zwischen den Bäumen links von ihr sah sie einen silbernen Schimmer. *Meine Güte, ich hoffe sehr, das ist keine Falle*, dachte sie, als die Einsamkeit dieser Landschaft sie überkam. Ihr Colt war an ihrem Schenkel festgeschnallt. Es konnte gut sein, dass sie ihn brauchte.

Als sie langsam um eine von Bäumen gesäumte Kurve bog, kam ein Anwesen neben einer alten Zitronenplantage in Sicht. War das der Ort, den Shyla erwähnt hatte? Es war jedenfalls die einzige Lichtquelle in der ganzen Gegend, abgesehen vom Mond. Billie hielt an und fuhr ein Stück rückwärts, bis sie fast ganz außer Sicht war. Ja, der Packard fuhr zum Hauptgebäude, nachdem er durch ein hölzernes Tor auf das Gelände eingebogen war. Ihre Augen hatten sich an die Dunkelheit gewöhnt, und sie erkannte, dass es sich um ein überraschend großes, einstöckiges Haus im Kolonialstil handelte. Es war auf einem niedrigen Fundament errichtet und hatte eine lange Veranda über die ganze Front. Das Haus wurde von verschiedenen Außengebäuden flankiert, dahinter lag ein zerklüfteter natürlicher Bergzug von beträchtlicher Höhe. Er schützte das Anwesen auf der Rückseite. Aber die Stelle an der Straße, wo Billie angehalten hatte, war zu offen einsehbar, als dass sie hätte hierbleiben können. Also fuhr sie weg, die Scheinwerfer immer noch ausgeschaltet, und blieb erst stehen, als das Buschwerk wieder dichter wurde und sie den Roadster sowohl vor Blicken aus dem Anwesen als auch von der Straße her verbergen konnte.

Sie entschloss sich, sich dem Ort zu Fuß zu nähern und zu sehen, was sie aus der Deckung der Büsche herausfinden konnte, deshalb holte sie ihren Feldstecher und eine zerschrammte Rayovac-Taschenlampe, die aussah, als hätte sie zwei Weltkriege überstanden, nicht nur einen, aus dem Handschuhfach. Überaus vorsichtig wegen des unbekannten Geländes um sie herum und der zunehmenden Dunkelheit stieg Billie auf der unbeleuchteten Landstraße aus dem Roadster, schloss leise die Tür und sah sich wachsam um. Wieder beruhigte sie das Gewicht des kleinen Colts an ihrem Schenkel.

Ihre Mutter hatte immer gesagt, dass man nie wissen könnte, wohin der Tag einen führte. Billies einzige Spuren waren ein vertrautes Gesicht gewesen, ein Autokennzeichen und ein Gespräch mit Shyla, das schon eine Ewigkeit zurückzuliegen schien, und jetzt fand sie sich in einem ruhigen, vom Mondlicht überfluteten Buschland wieder, weit weg von jeder Polizeistation oder einem anderen Haus und ohne die geringste Idee, was sie vorfinden würde – oder auch nur, wonach sie suchte. Was genau war der Grund für die Sorge um die Mädchen, die in dem Haus arbeiteten? Warum hatte niemand etwas von ihnen gehört? Ging es ihnen gut? Und was hatte dieser weißhaarige Mann mit all dem zu tun? War es nur ein Zufall gewesen, dass er im *The Dancers* und im Auktionshaus gewesen war? Ihr Bauchgefühl wusste die Antwort darauf. Hier gab es keine Zufälle, sondern nur einen widerlichen kleinen Zirkel – einen, in den sie immer tiefer hineingezogen wurde.

Billie ging vorsichtig die Straße entlang und versuchte, sich an möglichst viel aus dem Gespräch mit Shyla zu erinnern.

»Ich habe ein schlechtes Gefühl, was ihn angeht. Er hat ein paar von meinen Leuten da oben – vier Mädchen ...«

Billie ließ den Blick nach links und rechts zucken, als sie sich langsam durch die Dunkelheit über die unebene Straße zu dem Holztor bewegte. Sie verließ sich auf das Mondlicht und wagte es nicht, ihre Taschenlampe einzuschalten, weil man sie vom Haus sonst sehen konnte. Sie trug ihre leisen, zuverlässigen Oxfords, die das unebene Gelände fast ohne Schwierigkeiten bewältigten. Sie waren auf den dunklen Steinen und der aufgewühlten Erde, die im Mondlicht tiefbraun schimmerte, kaum zu hören. Dann erreichte sie das überraschend zerfallene Holztor, von dem aus zwei Reifenspuren zu dem Haus führten. Beim Anblick eines riesigen, schädelartigen Gesichts zuckte sie zusammen.

Der Tod.

Billie presste eine Hand auf ihr Herz.

Nein, es war nur eine große, schwarze Eule, die sie anstarrte. Die dunklen und durchdringenden Augen wirkten fast grotesk groß. Wenigstens verzichtete die Eule darauf, eine Bemerkung über Frauen zu machen, die allein im Dunkeln zu sonderbaren Orten spazierten, sondern flog davon und ließ sie allein.

Das Tor war jetzt mit einer Kette und einem Vorhängeschloss gesichert, wie Billie feststellte. Das verkündete mehr als deutlich den Wunsch des Mannes, nicht gestört zu werden, aber der Zaun auf beiden Seiten war so verfallen, dass Billie einfach hindurchgehen konnte. Der große Packard war verschwunden. Zweifellos stand er jetzt in einer der Scheunen.

Ist das eine Falle?, fragte Billie sich erneut. Aber wie hoch war die Chance, dass dieser Mann sie an diesem Tag in den Bergen erwartete? Oder dass er vermutet hatte, dass sie ihm folgte? Andererseits, was glaubte sie an diesem Ort zu finden? Dem Gespenst des Missbrauchs, vor allem von jungen Frauen, wollte Billie nicht noch einmal begegnen, nach allem, was sie im Krieg gesehen hatte. Trotz all des Geredes von Englands »bestem Moment« hatte der Krieg sowohl das Beste als auch das Schlimmste aus der Menschheit herausgekitzelt, und selbst die Alliierten waren in dieser Frage nicht ohne Schuld. Die hilflosen Frauen und Kinder, die man aus den Konzentrationslagern befreit hatte, waren von ihren sowjetischen Befreiern missbraucht worden, hatte Billie gehört. O ja, der Krieg förderte das Schlimmste in den Menschen zutage. Sie hatte genug unnötiges Leiden und Machtmissbrauch gesehen und gehört, dass es für mehrere Leben reichte, und ihr Magen zog sich zusammen bei dem Gedanken, erneut dem Bodensatz der Menschheit zu begegnen. Gleichzeitig schärfte das jedoch auch ihre Konzentration.

Schritt um Schritt ging sie neben der unbefestigten Auffahrt weiter und hielt sich so weit wie möglich im Schatten von Bäumen und Büschen. An beiden Enden des Anwesens brannten Lichter, und als sie näherkam, sah sie, dass die Gebäude alt waren und nicht besonders gepflegt wirkten. Die Veranda war auf einer Seite schief, und die Farbe blätterte ab. Außerdem war sie längst nicht so groß, wie sie zuerst ausgesehen hatte. Das Gelände war ebenfalls vernachlässigt worden, Gebüsch näherte sich von drei Seiten dem Haus.

Näher an dem Gebäude suchte sich Billie ihren Weg um die

Büsche und die Reste eines ehemaligen Gartens. Sie spürte eine Bewegung in einem der Räume und ging in die Hocke. Ihr Mantel schleifte über den Boden, als sie aufmerksam lauschte. Es klang wie Schritte auf einem Holzboden. Ein Paar Schuhe. Sie waren zu leise, als dass sie zu dem großen, weißhaarigen Mann hätten gehören können. Billie bewegte sich ein Stück, um zu sehen, was passierte, aber buschige Zweige umklammerten ihren Mantel und hielten sie fest. Sie drehte sich um und schnitt sich in die Hand. Dann verfluchte sie die sie umgebende *Acacia horrida*. Irgendein Genie hatte sie importiert, offenbar nicht davon überzeugt, dass Australien bereits ausreichend mit Dingen ausgestattet war, die einen stechen, beißen oder an einem zerren konnten. Mit einiger Mühe befreite sie sich und saugte an ihrer leicht blutenden Hand.

Als die Geräusche der Schritte verstummten, richtete Billie sich langsam zu ihrer vollen Größe auf. Ein Fenster gewährte einen Blick in ein Wohnzimmer, das von Kerzen und einer Kerosinlampe erleuchtet war, das daneben zeigte ein Esszimmer, dunkel und leer, in dem sonderbare Formen zu stehen schienen. Seltsam. Billie trat dichter an das Glas und legte ihre Hände um die Augen, um besser sehen zu können. Dann sprang sie hastig zurück, als zwei helle, schräge Augen ihren Blick erwiderten. Wieder legte sie die Hand auf ihr Herz und unterdrückte ein Lachen. Das waren keine lebendigen Augen, sondern Augen, die aus Muscheln geformt worden waren. Irgendwie deplatziert in dieser rustikalen Umgebung sahen ihr zwei beeindruckende, geschnitzte Holzfiguren entgegen. Die eine stand am Fenster direkt gegenüber, die andere war in einem Winkel abgewandt. Sie waren genauso groß wie Billie, und die direkt am Fenster stand ihr beunruhigend nah Auge in Auge gegenüber. Wieder legte sie die Hände an das Glas, um besser sehen zu können. Was waren das für Figuren? Satyre? Nein, es waren Satan und seine Frau, und es waren die mit Muscheln eingelegten Augen von Mrs Satan, die im Mondlicht glitzerten und Billies Bewegungen zu folgen schienen. Das kantige Holzgesicht war nach unten geneigt, und der Mund war zu einem finsteren Grinsen hochgezogen. Billie konnte Satans Gesicht nicht erkennen, aber seine lange Hand war ausgestreckt und trug ein silbernes Tablett, auf das man Visitenkarten legen konnte. Wahrhaftig exquisite, wenn auch höchst verstörende Skulpturen. Und wie sonderbar, ausgerechnet in Upper Colo über sie zu stolpern, in diesem eher heruntergekommenen Anwesen. Sie hatte ein solches Paar einmal in Europa gesehen, und man hatte ihr gesagt, es wären nahezu unbezahlbare Kunstwerke aus Italien.

Neben dem mephistophelischen Paar standen noch andere, kleinere Objekte, die vielleicht einen ähnlichen Wert hatten, wie Billie jetzt bemerkte. Ein goldener Kerzenleuchter, eine Figur aus Porzellan, die eine Frau und ein Rehkitz zeigte, eine kleine, reich verzierte Kiste. Dieses sonderbare Arrangement aus Kostbarkeiten hob sich stark gegen eine Ansammlung von rustikalen, fast schon primitiven Möbelstücken ab. Der Esstisch war zwar mit gutem Silber ausgelegt, aber er schien aus Holz von dem Anwesen zusammengezimmert worden zu sein. Die Oberfläche war uneben. Auf einem Schrank in der Ecke standen noch mehr Figürchen, doch das Möbelstück selbst schien aus einer Küche zu stammen. Die Beine waren abgesägt, und Billie bemerkte kleine Haken an den Regalen, an denen früher einmal Becher oder Teetassen gehangen haben mochten.

Eine Gestalt bewegte sich an der offenen Tür vorbei und riss Billie aus ihren Gedanken. Sie wich wieder in die Dunkelheit zurück und drängte sich vorsichtig durch das Buschwerk. Als scharfe Zweige und Dornen der Vegetation an ihren Strümpfen rissen und ihr die Hände zerkratzten, fluchte sie leise.

Jetzt konnte sie besser in das Wohnzimmer blicken. Es war ein großer Raum mit einem Kamin, in dem Brennholz aufgestapelt war, der aber an diesem Sommerabend nicht entzündet worden war, obwohl sie sich vorstellen konnte, dass die Temperaturen hier in der Nacht dramatisch fielen. Die Gestalt bewegte sich wieder und trat ins Licht. Billie fuhr hoch.

Es war Shyla! Sie war bereits hier! Billie holte tief Luft, bückte sich, hob einen kleinen Kieselstein auf und wollte ihn gegen das Fenster werfen, als sie innehielt. Es war zu riskant, denn im Haus war es zu still. Man könnte sie hören. Vorsichtig ging Billie weiter um den äußeren Rand des Gebäudes. Wo war Frank? Und wo die anderen Mädchen?

Jetzt kam der Packard in Sicht. Sein Kühler lugte hinter einer Scheune hervor und glänzte im Mondlicht. Wollte man einen so teuren Wagen nicht schützen, hier draußen im Busch? Wenn dieses schöne Auto nicht in der Scheune parkte, bedeutete das vermutlich, dass sich etwas anderes darin befand.

Billie hatte ihre Taschenlampe immer noch nicht angeschaltet, warf jetzt einen Blick erst über eine, dann über die andere Schulter und lauschte nach dem leisesten Geräusch. Langsam näherte sie sich der ersten der beiden heruntergekommenen Scheunen. Wie schon das Eingangstor waren auch diese Tore mit einem primitiven Vorhängeschloss gesichert. Es war in England hergestellt worden, und Billie hatte solche Schlösser schon häufig geöffnet. Sie nahm eine lange, spitze Nadel aus ihrem Hut, betrachtete die Schmuckperle am Ende und kam zu dem Schluss, dass sie diese Nadel zu sehr mochte. Also steckte sie sie wieder zurück und wählte eine andere. Dann bog sie sie mit nicht unerheblichem Kraftaufwand, bis das eine Ende ein L formte, etwa von der Tiefe des Schlosses. Sie schob das Ende in das Loch. In der Dunkelheit ging sie rein nach Gefühl vor und lauschte nach dem Hebel im Schloss. *Komm schon ... Ja!* Sie fand den entsprechenden Hebel, und das Schloss öffnete sich. Billie steckte die Hutnadel in die Tasche, mit einem gewissen Bedauern, weil sie wahrscheinlich nie wieder richtig sitzen würde, und zog vorsichtig an der Schuppentür. Dann trat sie in die tiefe Dunkelheit und schloss die Tür hinter sich.

Ein sonderbarer, staubiger Geruch drang ihr in die Nase, und selbst in der Dunkelheit konnte sie erkennen, wie vollgepackt der Schuppen war. Es gab kaum Bewegungsfreiheit. Ihr Schuh prallte gegen eine Kiste oder eine Art Trommel. Sie holte tief Luft und schaltete die Taschenlampe an.

Gemälde?

Billie hatte nicht gewusst, was sie erwarten sollte, aber ganz sicher war es nicht das gewesen: Der Schuppen war mit Ölgemälden vollgestellt. Porträts, Landschaften, und dazu alle möglichen anderen Objekte. Einige waren unter darübergeworfenen Kleidungsstücken verborgen. Manche schienen ziemlich alt zu sein. Sie wusste nicht, ob sie katalogisiert oder in irgendeiner Weise arrangiert worden waren. Sie schienen einfach nur für die Lagerung gestapelt worden zu sein. Billie war zwar keine Kunstsammlerin, aber einige dieser Gemälde sahen ziemlich wertvoll aus. Ein paar Rahmen standen aneinandergelehnt auf einer Ansammlung von Ölfässern neben ihr. Dagegen war sie gestoßen! Die Kombination von Ölfässern und Gemälden fand sie ziemlich sonderbar. Das war nicht gerade eine besonders sichere Mischung ...

Der Strahl von Billies Taschenlampe fiel auf eine überraschende Sammlung von staubigen Objekten aus Porzellan, Bronze und Gold. Putten. Eine Ballerina. Ein prachtvoller Kerzenleuchter. Eine Menora. Wie sonderbar, diese Schätze in einer solchen Scheune zu lassen, dachte sie. Das Spektrum war so beeindruckend, dass Billie sich wunderte, dass die Gemälde und Objekte nicht hinter Glas waren, nicht stolz irgendwelchen neidischen Bekannten präsentiert wurden, die sie bewunderten. Das lenkte ihre Gedanken auf einen anderen Ort: Georges Bouchers Auktionshaus, in dem all diese Kostbarkeiten durch die schweren Vorhänge geschoben wurden, damit Sydneys wohlhabende Gesellschaft sie betrachten, begehren und darauf bieten konnte. Wenn dieser Mann nach dem Krieg nach Australien gekommen war, hatte er ganz schön viel mitgebracht. Das allein war bereits höchst ungewöhnlich. So viele Menschen waren mit kaum mehr als einem Koffer oder auch nur der Kleidung auf ihrem Leib hier angekommen.

Dann wusste sie es. Die kleine Frau in ihrer Magengrube sagte ihr ganz genau, was sie da sah und wie das alles zusammenpasste.

Billie fand ein Brecheisen auf dem Boden neben einem der Fässer. Sie räumte die Rahmen zur Seite und öffnete den Deckel ohne allzu große Mühe. Vermutlich war die Tonne erst vor Kurzem geöffnet worden. Sie war nicht mit Öl gefüllt – oder mit irgendeiner anderen Flüssigkeit. Als der Schein der Taschenlampe den Inhalt enthüllte, war sie nicht einmal überrascht. Ein Gefühl traf sie wie ein Déjà-vu. Das Gefühl eines Alptraums, den sie schon viele Male gehabt hatte.

Gold. Die Mülltonne war mit Gold gefüllt. Sie griff hinein und nahm einen Klumpen heraus. Er hatte etwa die Größe von …

Sie ließ ihn fallen.

Ein Goldzahn.

Billie schluckte. Der Raum schien plötzlich enger zu werden, und die Wände des Schuppens drohten sie zu erdrücken. Das war eine Mülltonne, die mit Goldzähnen und Goldfüllungen vollgestopft war. Billies Magen, der sich bereits umgedreht hatte, als sie begriff, was sie da vor sich hatte, verkrampfte sich noch mehr. Sie würgte trocken und presste die Hand vor den Mund. Rasch schaltete sie ihre Taschenlampe aus und stürmte aus dem Schuppen ins Mondlicht. Die Nachtluft auf ihrem Gesicht war wie eine Erlösung, während eine Welt aus abstrakten Farben hinter ihren fest geschlossenen Augen zu explodieren schien. Sie konnte fast Jacks Hand in ihrer fühlen, spürte die kalte Furcht, die sie an jenem Tag in Wien gepackt hatte, als sie zum ersten Mal mit eigenen Augen gesehen, zum ersten Mal wirklich begriffen hatte, womit sie es zu tun hatten.

Aber jetzt war sie nicht in Wien. Sie war in Australien, und der Krieg war nicht vorbei. Er war ihr gefolgt.

Ein gequältes Schluchzen drang durch die Luft, und Billie versteifte sich, wurde aus ihren Erinnerungen gerissen. Sie hielt den Atem an und lauschte in die Dunkelheit hinein. Hier, an diesem stillen, entlegenen Ort, hatte jemand geweint. Dann, Momente später und ebenso abrupt, wie der Schrei an ihr Ohr gedrungen war, hörte sie Stimmen. Einen Herzschlag später verstummten sie. Die Nacht war wieder still. In der Ferne hörte sie den Ruf der Eule. Wind raschelte in den Büschen. Aber es war nicht ihre Phantasie gewesen, ihre Erinnerung an Wien. Das unverkennbare Schluchzen war aus dem Haus gekommen.

Aus einem Raum, dessen vorhanglose Fenster von außen mit Brettern vernagelt waren.

KAPITEL NEUNUNDZWANZIG

»Cooper«, meldete sich die tiefe Stimme. Ob der Detective Inspector müde war oder geschlafen hatte, war seiner Stimme nicht anzumerken. Es hatte sie eine gefühlte Ewigkeit gekostet, zum *Kurrajong Heights Hotel* zurückzufahren, um das Telefon dort zu benutzen und einen Operator für das Gespräch zu finden. Es war bereits nach dreiundzwanzig Uhr, aber Billie war noch nie in ihrem Leben so wach gewesen.

»Detective Inspector, hier spricht Billie Walker«, erwiderte sie.

»Ms Walker?«

»Danke, dass Sie mir Ihre private Nummer gegeben haben. Allerdings habe ich nicht erwartet, dass ich Sie so schnell anrufen würde – oder zu einer so späten Zeit.« Sie warf einen Blick auf ihre Armbanduhr. »Aber es ist tatsächlich ein Notfall.«

»Wo sind Sie?« Seine Stimme klang klar und sachlich.

»Ich bin im *Kurrajong Heights Hotel*, aber der Notfall hat sich nicht hier ereignet. Es gibt ein entlegenes Gehöft in Upper Colo, in dem Frauen, vielmehr eigentlich noch Mädchen, höchstwahrscheinlich gefangen gehalten werden. Und ich glaube ...« Sie bedachte ihre nächsten Worte sehr sorgfältig. »Ich glaube, dass dort ein Kriegsverbrecher lebt. Ich habe ein Fass voller Gold-

zähne entdeckt und glaube, dieser Mann verkauft die Habseligkeiten von verstorbenen Kriegsgefangenen, von Opfern der Konzentrationslager, und zwar durch das Auktionshaus Georges
Boucher. Vielleicht auch noch durch andere Kanäle. In dem Anwesen und den umliegenden Gebäuden lagern zahllose europäi-
sche Gemälde, Skulpturen und Kunstobjekte. Er muss sehr gute
Kontakte hier und in Europa haben, dass er so viel von dort mit
hierher bringen konnte.« Sie schluckte. »Diese Mädchen ... Ich
glaube, sie schweben dort in ernster Gefahr.«

»Ein Kriegsverbrecher? Sie meinen einen Nazi? Sind Sie sicher?«

Die Nürnberger Prozesse waren erst im Oktober zu Ende gegangen. Mehr als ein Jahr lang hatte Billie in den Zeitungen gelesen, wie den ehemaligen Naziführern vor einem Internationalen
Militärgerichtshof wegen Verbrechen gegen die Menschlichkeit
und anderer Kriegsverbrechen der Prozess gemacht wurde. Die
Beweise gegen sie waren erschütternd. Ein Schlüsselelement
war die widerrechtliche Aneignung des Besitzes von Zivilisten,
vor allem von Juden und anderen Menschen, die als »Staats-
feinde« betrachtet wurden. Silber, Juwelen, Gemälde, alles von
Wert wurde als Kriegsbeute annektiert. Den Toten und den Lebenden wurden Goldzähne entrissen, und selbst ihr Haar wurde
abrasiert und verkauft, um Textilien herzustellen.

Sie holte tief Luft. »Todsicher«, versicherte sie dem Inspector.

»Ein Ölfass voller Goldzähne, sagen Sie? Und es werden dort
Mädchen gefangen gehalten?«

»Ja. Ihre Familien haben sich Sorgen gemacht, weil sie sie
nicht erreichen konnten. Nachdem ich mich auf dem Anwesen
umgesehen habe, schätze ich die Situation noch weit schlimmer
ein, als sie befürchtet haben«, erklärte sie nachdrücklich. »Und

ja, ich habe sogar einige der Goldzähne und Füllungen in der Hand gehabt. Es gibt dort Hunderte davon. Es ist ...« *Grauenhaft.* »Darauf ist Adin Brown zufällig gestoßen, als er die Halskette seiner Großtante erkannte. Es kann kein Zweifel daran bestehen, dass der Junge recht hatte, aber ich glaube nicht, dass er das ganze Ausmaß dessen begriffen hat, was er da entdeckt hatte. Eine Gruppe von Menschen verschifft gestohlenes Eigentum von Kriegsopfern hierher nach Australien, wahrscheinlich über Mittelsmänner im Hafen. Sie lagern es in diesem entlegenen Anwesen, vielleicht noch an anderen Plätzen. Adin ist ihnen bedrohlich nahe gekommen und wurde deswegen beinahe getötet. Bitte vertrauen Sie mir, Inspector. Ich würde Sie nicht um diese Zeit anrufen, wenn ich mir nicht absolut sicher wäre. Ich weiß, dass Sie sich da ziemlich weit aus dem Fenster lehnen müssen, aber Sie wären am Ende an der Festnahme eines Kriegsverbrechers maßgeblich beteiligt.«

Sie hörte nur das Knistern in der Leitung, während der Inspector verarbeitete, was sie ihm da erzählte. Hatten sie wirklich eine Art Vertrauen zueinander entwickelt, war dies der Moment, in dem dessen Tragfähigkeit getestet wurde. Das Schweigen dehnte sich endlos. Billie hatte schon Angst, dass möglicherweise die Leitung unterbrochen worden wäre.

Sie konnte nicht einfach weggehen. Shyla war in dem Haus, und höchstwahrscheinlich hatte sie keine Ahnung, in welcher Gefahr sie schwebte. Es konnte keine andere Erklärung dafür geben, dass ein Mann so weit weg von der Stadt auf einem Anwesen voller Schätze lebte und seine Hausangestellten praktisch gefangen hielt. Er unterhielt seinen aufwendigen Lebensstil, indem er den Besitz ermordeter Juden und politischer Gefangener verschacherte.

»Wie sind Sie dorthin gekommen? Hat man Sie gesehen?«

»Es ist eine lange Geschichte, die ich Ihnen später gern erzähle. Eine Freundin hat mir diesen Tipp gegeben. Und nein, niemand hat mich gesehen.« Sie hielt inne, weil sie Shyla nicht noch tiefer in diese Angelegenheit hineinziehen wollte, als sie es schon getan hatte. *Diese Freundin ist in dem Anwesen, und ich mache mir Sorgen um sie,* hätte sie gerne hinzugefügt. »Ich habe Grund zu der Annahme, dass sich minderjährige Mädchen in diesem Haus aufhalten und dort wahrscheinlich gegen ihren Willen festgehalten werden, obwohl ich sie nicht mit eigenen Augen gesehen habe.« *Noch nicht.*

»Sie haben einen Tipp wegen eines Nazi-Kriegsverbrechers bekommen und sind allein dorthin gefahren?«

»Nicht direkt«, antwortete sie. »Mir war nicht klar, wie ernst die Sache war, bis ich es mit eigenen Augen gesehen habe.« Wussten Shyla oder die anderen Mädchen, was in den Schuppen gelagert wurde? »Ich erkläre es Ihnen, wenn wir uns treffen. Vertrauen Sie mir einfach!«, drängte sie nachdrücklich. Sie hielt den Hörer so fest, dass ihre Knöchel weiß wurden.

»Ich muss erst einen Durchsuchungsbefehl beantragen«, antwortete Cooper nach einem kurzen Moment. Offenbar glaubte er ihr. »Ich werde ein paar Strippen ziehen, aber es wird einige Stunden dauern. Ich könnte in etwa …« Billie rechnete selbst im Kopf die Zeit aus. Von der Stadt bis zu dem Anwesen war es eine Fahrt von etwa zweieinhalb Stunden. Ihr sank der Mut. »Ich könnte etwa um … sagen wir sechs Uhr da sein, kurz nach Sonnenaufgang. Mit einem Durchsuchungsbefehl. Der Richter wird nicht gerade erfreut sein, wenn ich ihn aus dem Bett hole …« Er machte eine kleine Pause. »Aber ich werde da sein.«

Mist!, dachte Billie. Natürlich musste Cooper die Vorschriften einhalten. Sie spielte mit dem Gedanken, Sam als Verstärkung anzurufen. Aber würde das helfen? Konnte er sehr viel schneller hier sein? Und konnten sie beide die Mädchen in Sicherheit bringen? Ihr Bauchgefühl sagte ihr, dass die Situation übel war, sehr übel.

»Die Mädchen sind vielleicht in Gefahr. Ich kenne eine von ihnen. Und ich habe ... ein Schluchzen gehört, das aus einem Raum kam, der von außen verrammelt war.« Eine Gänsehaut lief ihr über die Arme, als sie sich an dieses unheimliche Geräusch erinnerte. »Es gefällt mir nicht, sie bis morgen früh dort zu lassen«, erklärte sie. »Gibt es eine Möglichkeit, schneller an diesen Mann heranzukommen?« Nur um sicherzugehen, dass sie unverletzt sind und er nicht verschwinden kann, sagte sie sich.

Einen Moment herrschte Schweigen in der Leitung. »Es gibt da einen Beamten, dem ich vertraue, in der Polizeiwache von Richmond. Sie ist nur eine knappe Stunde von Ihnen entfernt. Ich rufe dort an und sage ihm, er soll hinfahren und die Mädchen abholen.«

»Nein«, lehnte sie instinktiv ab. Vielleicht schöpfte der Mann Verdacht, und dann konnte plötzlich alles aus dem Ruder laufen. Am Ende würden noch die Mädchen verhaftet und nicht der Mann, der von dem Inhalt dieser schrecklichen Fässer lebte. »Es sind junge Aborigines, Inspector. Soweit ich weiß, wollen sie nichts mit der Polizei zu tun haben, wenn sie es vermeiden können. Können Sie den Mann nicht auf Verdacht hin verhaften und ihn festhalten? Könnte er nicht wegen dem, was sich in den Schuppen befindet, festgesetzt werden?«

»Einen Durchsuchungsbefehl brauche ich trotzdem.«

»Ich habe mir das nicht ausgedacht, Inspector.«

»Ich zweifle auch keineswegs an Ihren Worten, Ms Walker.«

Billie überlegte fieberhaft, doch sie musste wohl oder übel die kleine Frau in ihrer Magengrube zum Schweigen bringen und warten. »Besorgen Sie nur schnell Ihren Durchsuchungsbefehl.«

»Das mache ich, Ms Walker. Ich gebe Ihnen mein Wort.«

»Sie können mich Billie nennen«, sagte sie.

»Billie«, sagte er. »Ich hoffe, Sie wissen, was Sie tun.«

Sie erklärte Cooper den Weg zum Anwesen, gab die Beschreibung des Autos samt Nummernschild durch, und der Inspector legte auf, um die Maschinerie in Bewegung zu setzen. Billie lehnte sich gegen die hölzerne Trennwand der Telefonbox und schloss die Augen.

Sie hoffte auch, dass sie wusste, was sie da tat.

KAPITEL DREISSIG

Kurz nach Mitternacht ging Billie zügig über die Böschung der dunklen Landstraße. Ihren Roadster hatte sie in sicherer Entfernung von dem Anwesen geparkt.

Es ist die Ruhe vor dem Sturm.

Das Haus war in der Nacht deutlich zu erkennen. Billie schluckte. Die Lichter waren immer noch angeschaltet, obwohl es schon so spät war. Sie hoffte auf einen mitfühlenden Richter – und dass den Füßen des Inspectors Flügel wuchsen. Sie hatte die Behörden alarmiert und konnte jetzt nichts mehr tun, aber sie musste sich überzeugen, dass Shyla in Sicherheit war. Und sie musste dort sein, wenn die Polizei eintraf. Shyla vertraute den Beamten nicht, und sie hatte gute Gründe dafür, Gründe, die Billie zu verstehen glaubte. Aber was sollte sie sonst machen? Auf keinen Fall konnte sie diese Sache einfach aussitzen. Billie vertraute Hank Cooper, das war ihr inzwischen klar geworden. Jedenfalls soweit sie einem Cop vertraute, den sie gerade erst kennengelernt hatte. Sie war sicher, dass er kommen würde. Sie glaubte ihm und hoffte bei der Großen Hera, dass sie damit richtiglag – und dass er ihr ebenfalls geglaubt hatte. Sie konnte unmöglich falschliegen bei dem, was sie da gesehen hatte.

Die Obstplantage auf der anderen Straßenseite des Anwesens lag ruhig da. Verfaulende Früchte bedeckten den Boden wie ein Feld von kleinen Kürbisköpfen zu Halloween. Billie schlich vorbei und sah die dunkle Eule, die jetzt auf einem zerbrochenen Zaunstück hockte und sie immer noch mit diesem Totenschädel-Gesicht anstarrte. Diesmal flog sie nicht davon. Sie blieb, um sich die Show anzusehen.

Moment mal!

Das Tor zur Einfahrt war geöffnet worden, nachdem sie weggefahren war. Hatte Cooper doch bei der Polizei in Richmond angerufen? Konnten sie schneller hier gewesen sein als sie? Das kam ihr unwahrscheinlich vor, angesichts der Entfernung nach Richmond und der Stille auf dem Anwesen. Ihr Herzschlag wurde wieder langsamer, als ihr die zweite Möglichkeit einfiel. Hatte Frank das Anwesen wieder verlassen – mit einer weiteren Ladung Kostbarkeiten für Georges Boucher? Konnte sie Shyla und die anderen Mädchen vielleicht in seiner Abwesenheit einfach wegschaffen? Aber als sie sich zu der kleinen Anhöhe vorgearbeitet hatte, um sich aus südlicher Richtung dem Anwesen zu nähern, über den maroden Zaun kletterte und über eine ungenutzte Koppel schlich, sah sie im Mondlicht einen ihr unbekannten Wagen, der neben dem Packard draußen neben dem Schuppen parkte.

Er ist nicht allein.

Aber wer war sein Besucher? Bildete er eine Gefahr für Shyla und die Mädchen? Billie trat einen Schritt zurück in den Schutz eines der Schuppen und wartete. Nachdem sie sich überzeugt hatte, dass niemand in einem der Autos saß oder sich vor dem Haus aufhielt, ging sie um das Fahrzeug herum und notierte sich das Nummernschild. Es hatte einen sehr markanten Kühlergrill.

Ein Daimler? Ja, ein Daimler Light Baujahr Mitte der dreißiger Jahre. Es war ein sehr schönes Auto, genau wie der Packard, und wirkte in dieser primitiv-ländlichen Umgebung ebenso deplatziert.

Plötzlich gab es Bewegung auf der Rückseite des Hauses, in der Nähe der Scheune, und ein Licht flammte auf. Billie blieb in Deckung und rannte geduckt das kurze Stück, um sich unter das erleuchtete Fenster zu drücken. Es gab hier ebenfalls keine Vorhänge, genauso wenig wie vor dem Esszimmerfenster. Auf einem so entlegenen Grundstück fühlte man sich vielleicht sicher und ungestört. Dieser Frank fürchtete nicht, beobachtet zu werden. Schließlich hatte er wohl deshalb so einen einsamen Ort gewählt – um seine Privatsphäre zu haben, seine Freiheit zu sichern.

Schritte näherten sich dem Fenster, und Billie drückte sich fest an die Hauswand. Es klickte ein paarmal, ein Riegel wurde zurückgeschoben, und dann schwang das Fenster auf. Billie hielt den Atem an, als Shylas dunkles, entschlossenes Gesicht auftauchte. Sie blickte in die Nacht hinaus, und das Licht einer Kerosinlampe aus dem Raum umgab sie wie eine Aura.

»Psst, Shyla, ich bin's.«

Das Mädchen keuchte erschrocken. »Sie haben ihn also gefunden«, flüsterte sie.

»Sie haben das ja vor mir geschafft«, antwortete Billie genauso leise. Sie erhob sich, und die beiden Frauen standen sich am Fenster gegenüber, Billie im Dunkeln und Shyla als Silhouette vor dem gedämpften Licht in dem Raum. Billie hatte die Fäuste geballt und entspannte die Finger, als sie es merkte. »Shyla, geht es Ihnen gut? Was ist mit den anderen Mädchen, sind sie hier? Hat Frank ihnen etwas getan? Ist es so, wie Sie befürchtet haben?«

Shyla schien ihre Worte sehr sorgfältig abzuwägen. Es dauerte ein paar Sekunden, bevor sie antwortete, aber es kam Billie sehr viel länger vor, während sie draußen neben dem dunklen Busch am Fenster stand, wachsam, unsicher und vollkommen allein. »Ein Mädchen, Ruthie, genießt etwas mehr Freiheit«, antwortete Shyla dann. »Sie bereitet die Mahlzeiten zu. Sie hat mir dieses Buch gezeigt. Ich habe es sicherheitshalber genommen.«

Die junge Frau griff unter ihre Kleidung und zog etwas heraus. Dann streckte sie ein kleines Notizbuch durch das Fenster nach draußen. Billie nahm es verwirrt entgegen. Dann redete Shyla weiter, sehr leise, nachdem sie vorsichtig über die Schulter geblickt hatte. »Die anderen sind eingesperrt. Es sind zwei Mädchen, fast noch Kinder, sagt Ruthie, und er sperrt sie für die Männer ein, mit denen er Geschäfte macht. Sie sieht sie nie, sondern muss ihnen nur die Mahlzeiten bringen. Ich habe sie auch nicht gesehen, nur die Nachttöpfe geleert.«

Billie schien das Blut in den Adern zu gefrieren. Was Shyla ihr da erzählte, war schwer zu begreifen, und sie brauchte einen Moment, um alles aufzunehmen. Das Schluchzen, das sie gehört hatte, war sicher von einem dieser Mädchen gekommen.

»Wie lange sind Sie schon hier, Shyla?«, fragte sie dann. »Hat er versucht ...« Sie bemühte sich, die Worte auszusprechen.

»Ich bin vor zwei Tagen hierhergekommen, als Haushaltshilfe. Ich habe ihm erzählt, ich wäre zwölf Jahre alt«, antwortete Shyla. »Er hat mich bis jetzt ignoriert.«

»Das hat er Ihnen abgekauft?« Shyla war eindeutig älter, vielleicht achtzehn oder sogar schon Anfang zwanzig.

»Seine Arroganz macht ihn blind«, gab Shyla zurück. Ihre klugen Augen blitzten. »Ich kann mich gut verstellen, jedenfalls vor bestimmten Leuten.«

Wer auch immer dieser Frank war, er war selbstbewusst genug, um zu glauben, er könnte nach Australien kommen und tun, was er wollte, in der Isolation der Wildnis, hier minderjährige Aborigine-Mädchen missbrauchen und sie für seine Zwecke benutzen. Shyla hatte das Haus auf eine Art und Weise infiltriert, wie nur sie es konnte. Aber es war riskant, vor allem, weil sie so weit von jeder Hilfe entfernt war. Billie war zwar beeindruckt, aber auch zutiefst besorgt. Shyla musste die Angst auf ihrem Gesicht erkannt haben, denn sie sprach weiter.

»Meine Leute sind hier. Ich bringe sie weg, mit oder ohne Ihre Hilfe.«

Wenn sie Protest vom Billie erwartet hatte, wurde sie enttäuscht.

»Ich bin auf Ihrer Seite«, flüsterte Billie nachdrücklich. Jetzt war nicht der richtige Moment, um über die schreckliche Bedeutung dessen zu reden, was sich in diesen Scheunen befand. »Ist Frank bewaffnet? Ist er allein, oder sind noch Andere bei ihm? Haben Sie eine Waffe?« Sie sah sich um. Abgesehen von dem leisen Rascheln irgendwelcher kleinen Tiere im Unterholz hinter ihr rührte sich vor dem Haus nichts.

»Er hat eine Pistole«, gab Shyla zurück. »Mindestens eine, aber er trägt sie nicht immer bei sich. Ich habe keine Waffe dabei, aber es ist nicht schwer, hier Dinge zu finden, mit denen ich mich verteidigen könnte. Messer, die schweren Statuen. Und ich glaube, ich könnte mir auch seine Waffe besorgen, wenn es sein müsste.«

Billie grinste unwillkürlich. Frank unterschätzte diese junge Frau ganz offensichtlich vollkommen, und fast hätte sie selbst den gleichen Fehler gemacht. Shyla wusste, wie sie das zu ihrem Vorteil nutzen konnte.

»Die anderen Männer, die hierherkommen, nennen ihn Franz.«

Franz. Ein deutscher Name. »Wo ist er jetzt? Ist er noch wach? Und wem gehört der Daimler hier draußen?«

»Er ist auf der anderen Seite des Hauses mit dem Besucher, einem älteren Mann«, sagte Shyla. »Sie sollten das da behalten.« Sie deutete auf das kleine Buch, das sie Billie gegeben hatte. »Passen Sie gut darauf auf. Er würde es bei mir finden, wenn ich es behielte. Bei Ihnen ist es besser aufgehoben.«

Billie sah sich um. Nachdem sie sich überzeugt hatte, dass niemand sie stören würde, schlug sie das in Leder gebundene Notizbuch auf. Sie wagte nicht, ihre Taschenlampe einzuschalten, sondern hielt es so, dass das Licht des Wohnzimmers auf die Seiten fiel. Es gab etliche Notizen auf Deutsch, aber der Inhalt des kleinen Buchs war nicht codiert. Er war im Gegenteil entsetzlich deutlich. In der oberen linken Ecke stand das Wort »Klient« mit Füller geschrieben, und darunter mit Bleistift der Begriff *»Gin-Jockeys«* in Anführungszeichen, als wäre dieser abwertende Begriff aus der Umgangssprache später als eine Absonderlichkeit der Sprache hinzugefügt worden. Billie drehte sich fast der Magen um. Frauen der Aborigines wurden manchmal abschätzig als »Gins« bezeichnet. Es war ein sexuell demütigender Begriff. Und »Jockeys« waren die Männer, die mit ihnen verkehrten. Dieser Begriff schien ihre Herrschaft über sie wiederzugeben, ihre Überlegenheit. Billies Gesicht glühte. Es war noch schlimmer, als sie es sich vorgestellt hatte. Vielleicht sogar schlimmer, als Shyla anfangs befürchtet hatte. Sie blätterte das Notizbuch durch. Es sah aus, als enthielte es eine Liste von Transaktionen, aber es waren keine Geldbeträge aufgeführt. Nur Namen und Daten standen dort, und unter einigen Namen fanden sich mehrere Einträge. Die meisten der aufgeführten Personen kannte sie nicht, aber »Georges Boucher« fiel ihr sofort ins Auge.

»Ist das ... das, wofür ich es halte?«, fragte Billie. Namen und Daten. Und diese schreckliche Bezeichnung.

»Ich wusste es nicht, bis ich hierhergekommen bin«, sagte Shyla. »Wir müssen die Mädchen hier wegschaffen, Billie. Und jetzt muss ich gehen, sonst schöpft er Verdacht.«

Billie ballte wieder die Fäuste. Die Mädchen waren hierhergeschickt worden, um Hausarbeit zu leisten, wurden aber gegen ihren Willen festgehalten und von dem Besitzer dieses Notizbuchs in einem schrecklichen Machtspiel missbraucht. Sie hoffte, dass seine Notizen gegen ihn verwendet werden konnten.

»Wenn ihm auffällt, dass dieses Buch verschwunden ist, seid ihr alle in Gefahr«, erklärte Billie.

»Das sind wir schon längst«, erwiderte Shyla nüchtern. Das traf die Sache genau. »Behalten Sie das Buch und verwahren Sie es sicher.«

Billie nickte und schob es in eine Innentasche ihres Kurzmantels. Es war ein Beweisstück. »Ja, ich passe darauf auf«, versicherte sie ihrer Freundin. Cooper war vielleicht der richtige Cop für diese Aufgabe. Falls nicht, würde sie das Buch sofort Lillian Armfield übergeben, und wenn das nichts brachte, nun, die Namen würden schon ihren Weg zu jemandem finden, der der Gerechtigkeit Genüge tun würde.

Shyla machte Anstalten, wegzugehen, drehte sich dann jedoch noch einmal herum und deutete auf das Buch. Ihr Gesicht war finster vor Wut. »Das sind keine *Gin Jockeys!*« Sie spie die Worte förmlich heraus. »Es sind einfach nur Vergewaltiger!«

Billie hatte Shyla im Stich gelassen, weil sie den Mann nicht früher gefunden hatte. Drei Tage waren verstrichen, seit Shyla zu Billie gekommen war, aber sie hatte nur so wenige Informationen gehabt, und niemand hätte wissen können, dass die Sache so dringend war. Und jetzt war Shyla selbst in dem Haus, und obwohl Billie ihren Colt hatte, wusste sie nicht, was sie erwarten würde, wenn sie mit gezogener Waffe ins Haus stürmte. Die Mädchen konnten verletzt werden …

Wie lange konnte die Situation noch in der Schwebe bleiben?

»Verdächtigt er Sie?«, flüsterte Billie.

Shyla schüttelte den Kopf. »Ich glaube nicht. Aber ich sollte jetzt zurückgehen«, wiederholte sie und trat vom Fenster weg.

»Warten Sie! Ich habe Hilfe geholt«, gab Billie zu. Sie streckte die Hand aus und berührte die Schulter der jungen Frau. »Ich wollte nicht, dass Ihnen etwas passiert. Die Polizei kommt. Wenn sie eintrifft, halten Sie sich zurück und lassen Sie die Officer den Mann verhaften. Er ist … Er ist ein Kriegsverbrecher.«

»*Gunjies?*«, flüsterte Shyla hitzig. »Sie haben Cops geholt?« Ihre Augen weiteten sich vor Bestürzung – der Ausdruck einer Betrogenen.

»Ich kenne ein paar Cops, denen ich vertraue«, versuchte Billie sie zu beruhigen. Sie dachte an Cooper und auch an Constable Primrose, obwohl die längst nicht so viel Macht besaß. Noch nicht. Diese Sache war zu groß, um sie vor der Polizei geheim zu halten, selbst wenn Billie es gewollt hätte. Sie klopfte auf das Buch mit den Namen in der Innentasche ihres Mantels. »Wir können das nicht allein lösen. Sie sind bereits hierher unterwegs.«

Shyla kniff die Augen zusammen, als würde sie es bereuen, Billie um Hilfe gebeten zu haben.

»Bitte vertrauen Sie mir«, sagte Billie. »Dieses Buch ist sehr wertvoll, und wenn wir es den richtigen Cops geben, können wir ihn hinter Gitter bringen. In den Schuppen gibt es noch viel mehr Beweise gegen ihn, und die Cops brauchen das alles. Es gibt hier kein Telefon, stimmt's?«, fragte sie.

Shyla schüttelte den Kopf. »Aber irgendwo hier in der Gegend. Ich glaube, im Bahnhof von Richmond ist das nächste.«

»Was ist mit dem anderen Mädchen passiert? Sie haben mir in Sydney erzählt, es gäbe vier von ihnen?« Die Frage war Billie gerade noch eingefallen.

»Sie ist weggelaufen.«

Billie nickte. Sie würden versuchen müssen, sie aufzuspüren, damit sie als Zeugin aussagen konnte. »Haben Sie gesehen, was in den Schuppen ist, Shyla?«

»Nein. Er lässt uns nicht in ihre Nähe. Sie sind immer abge-schlossen.«

Das ist kein Wunder, dachte Billie. »Können Sie noch ein paar Stunden durchhalten?«, fragte sie.

»Ich habe schon knapp zwei Tage hier ausgehalten.« Shyla klang fast beleidigt.

»Okay.« Billie fühlte sich zu Recht getadelt. Sie wusste, dass die Cops für Shyla eine sehr zweischneidige Rettung waren. Sie würden diesem Wahnsinn ein Ende bereiten, aber was würden sie ihr noch bringen? »Ich bleibe in der Nähe und beobachte al-les, bis der richtige Moment gekommen ist«, versprach sie. »Ich verstecke mich da draußen im Busch.« Sie zeigte in die Dunkel-heit. »Das mit der Polizei tut mir leid, Shyla, wirklich. Aber es gibt keine andere Möglichkeit.« Sie wich vom Fenster zurück und trat vom Haus weg.

In dem Moment hörte sie ein Geräusch – eine Art Grunzen,

und sie drehte sich wieder um. In dem dunklen Raum bewegten sich Schatten, und Billie rannte hastig zum Fenster zurück.

Man hatte sie entdeckt.

Shyla kämpfte mit jemandem. Einem Mann. Billie konnte seine Silhouette erkennen. Es war nicht der blasse Mann, sondern ein kleinerer, massiger und älter. Georges Boucher? Dann musste das sein Daimler hinter dem Haus sein, und er musste die beiden gehört haben und lautlos durch die Tür gekommen sein, als sie noch redeten. Glücklicherweise hatte Shyla das Fenster noch nicht geschlossen, so dass Billie sich auf das Fensterbrett ziehen konnte. Gerade rechtzeitig, um mitzuerleben, wie der Mann ihrer Freundin mit der Faust ins Gesicht schlug. Shyla brach aber nicht am Boden zusammen, sondern warf sich nach hinten, außerhalb seiner Reichweite. Billie zog ihren Colt, aber Boucher war fuchsteufelswild und stürzte sich auf Shyla. Er packte sie am Hals, während sie ihm eine Hand auf den Mund presste, damit er nicht um Hilfe rufen konnte. Es war zu schwierig, einen sicheren Schuss zu landen. Billie sprang vor, um ihrer Freundin zu helfen, aber in diesem Moment griff Shyla hinter sich und packte etwas. Sie hämmerte es Boucher gegen die Seite seines Kopfs, und der Mann, der sie so brutal angegriffen hatte, zuckte heftig und brach dann auf dem Perserteppich zusammen. Eine Vase mit Blumen auf dem Tisch neben dem Objekt in Shylas Hand schwankte kurz und landete dann ebenfalls krachend auf dem Boden.

Einen atemlosen Moment lang war alles ruhig und still.

Billie ließ ihre Waffe sinken und konzentrierte sich. Ihr Verstand arbeitete kristallklar. Shyla stand ruhig da mit einer kleinen Bronzebüste von Captain James Cook in der Hand. Die Zeit schien stillzustehen. Hatte Franz den Lärm gehört?

»Können wir etwas mehr Licht machen?«, erkundigte sich Billie leise und trat vor, um die Tür des Zimmers vorsichtig zu schließen und den Raum vom Haus abzutrennen. Shyla deutete auf die Kerosinlampe auf dem kleinen Tisch. Kurz danach wurde die ganze gruselige Szene vor ihnen beleuchtet. Beide Frauen standen ruhig da und sagten kein Wort. Georges Boucher lag immer noch auf dem Boden. Seine Brust bewegte sich nicht.

Langsam kniete sich Billie neben Boucher und schob ihre unbenutzte Pistole in den Bund ihres Rocks. Sie suchte einen Puls in Bouchers Handgelenk. Nichts. Dann legte sie ihre Finger an seinen Hals. Er war warm, aber sie spürte keinen Puls. Seine Augen starrten ins Leere. Sie musste seinen Kopf nicht berühren, um zu wissen, dass die Stelle, wo die schwere Bronzebüste seinen Kopf getroffen hatte, warm, nass und weich sein würde. Er war tot.

Billie stand wieder auf und nahm Shyla die Statue behutsam aus der Hand. Dann streifte sie ihren seidenen Halbslip herunter und wischte die Fingerabdrücke ab. Die kleine Stelle mit Blut und Haaren am Fuß der Statue ließ sie aus. Sie stellte sie sorgfältig neben Bouchers Leichnam, trat zurück und betrachtete die Szene. Konnte es nachvollziehbar so aussehen, dass Boucher auf diese Büste gefallen war? Nach einem Moment schob sie den Tisch, auf dem die Büste und die Vase gestanden hatten, ein Stück weiter nach vorn, so dass er dichter an der Leiche stand. Dann zog sie an dem Teppich und machte Wellen in seine Oberfläche. Anschließend betrachtete sie das Arrangement erneut. Es musste genügen.

»Wie sieht es aus?« Shyla war ihre Angst anzuhören.

»Das hängt davon ab, wer es sich ansieht«, flüsterte Billie ehrlich. »Er ist über den Teppich gestolpert und hat sich den

Schädel angeschlagen. Wenn die Polizei fragt, und das wird sie ganz sicher tun, dann werde ich das bezeugen. Ich habe das Anwesen betreten, er hat mich gesehen und ist in Panik geraten, weggelaufen und auf dem Teppich ausgerutscht. Auf der Büste gibt es keine Fingerabdrücke mehr. Also war es ein Unfall.«

Shyla, die normalerweise so beherrscht war, nickte fast hysterisch. »Die Cops werden mir nicht glauben, Billie. Das tun sie nie.«

»Alles wird gut gehen, Shyla«, versuchte Billie sie zu beruhigen und legte der jungen Frau eine Hand auf die Schulter. »Sie sind nicht diejenige, die das erklären muss. Sie waren gar nicht in dem Zimmer, sondern nur ich. Sie haben nicht einmal gesehen, wie es passiert ist«, sagte sie ihr. »Wenn das zu einem blauen Fleck wird«, sagte sie und deutete auf den Hals der jungen Frau, »dann hat Franz das in einem anderen Zimmer gemacht. Oder vielleicht auch Boucher. Aber nicht hier und nicht jetzt.«

Billie spürte plötzlich Blicke, und beide drehten sich um. Ein anderes Mädchen beobachtete sie stumm von der Tür aus, die Hand auf den Mund gelegt. Das musste eines der Mädchen sein, von denen Shyla gesprochen hatte. Vermutlich Ruthie, dachte Billie.

»Er ist gestürzt. Er kann dir jetzt nicht mehr wehtun«, sagte Billie leise zu dem Mädchen. »Mein Name ist Billie. Billie Walker. Aber wir müssen leise sein. Franz ist immer noch wach, stimmt's?«

Das Mädchen nickte. Ihre großen dunklen Augen wurden von dem toten Mann auf dem Boden angezogen, und etwas leuchtete darin auf. Furcht? Erleichterung? Sie sah Shyla an. Nach einer fast unendlichen Pause nickte Shyla, als wollte sie sagen, ja, diese weiße Frau ist in Ordnung, wir können ihr trauen, jedenfalls für den Moment. Billie war erschüttert, wie jung das Mädchen war. All das mitansehen zu müssen, an einem Ort wie diesem gefangen zu sein, und dabei war sie noch so jung …

»Ich bin Ruthie«, sagte das Mädchen schließlich. Sie war winzig, nicht älter als fünfzehn, schätzte Billie. Ihr Haar war zurückgekämmt und unter einer Kappe versteckt, ihr Kleid verschlissen und ihre Wollweste bis oben zugeknöpft. Um ihren Hals hing ein Kreuz, das im Licht der Kerosinlampe leuchtete. Obwohl ihre Augen immer wieder zu Bouchers Leiche glitten, schrie sie nicht und erwähnte es auch mit keinem Wort.

»Können wir die beiden anderen Mädchen hier herausholen?«, fragte Billie. »Mein Wagen steht etwas weiter unten auf der Straße, hinter einer Kurve. Ich kann uns hier wegbringen, in Sicherheit.«

Ruthie sah Billie an. Ihre Augen strahlten plötzlich. »Nein, er hat den Schlüssel immer bei sich«, sagte sie.

Bei diesen Worten erwachte Shyla wieder zum Leben. »Ich wasche mir die Hände in der Küche und sehe nach ihm.«

»Sei vorsichtig. Zieh deine Schuhe aus und mach sie in der Küche sauber, wenn es nötig ist«, instruierte Billie sie leise und ruhig. Gleichzeitig musterte sie die Szenerie distanziert und suchte nach den Beweisen, die auch die Polizei finden würde. Sie war dankbar, dass sie in solchen Momenten so klar war. Erst wenn man zum ersten Mal eine Leiche sieht oder einem eine Kugel unmittelbar am Ohr vorbeifliegt, begreift man, was für ein Mensch man wirklich ist. Die Art Mensch, die in einer Notsituation in Panik gerät, oder die Art, die sonderbar ruhig wird und für die sich alles in eine überrealistische Deutlichkeit verschärft. Sie war sehr erfreut, dass Shyla und Ruthie offenbar beide eine Art von surrealer Ruhe an den Tag legten.

Sie würden hier wegkommen. Ganz bestimmt.

»Wo sind die anderen Mädchen jetzt?«, fragte Billie Ruthie.

»Am Ende des Gangs«, erwiderte Ruthie. Sie trat in den Flur und zeigte auf die Tür. Dann verschränkte sie die Arme und trat zurück. Ganz eindeutig wollte sie Billie nicht begleiten. Der eine Raum, auf den Ruthie gezeigt hatte, schien mit einem Vorhängeschloss gesichert zu sein. Der andere ist möglicherweise nicht verschlossen, dachte Billie hoffnungsvoll.

Sie zog den Colt aus dem Bund ihres Rocks. Ihr Herz schlug ruhig, als sie durch den Flur ging und ihre Waffe vor sich hielt wie eine Taschenlampe, die die Dunkelheit erhellte. Hinter ihr verschwand Ruthie, und Billie war allein.

Sie beschloss, sich erst um die Tür ohne Vorhängeschloss zu kümmern. Wenn sie das Schloss nicht einfach mit einer Hutnadel öffnen konnte, dann musste sie darauf schießen, und das würde Franz alarmieren.

Billie nahm die sonderbarsten Dinge wahr, als sie sich langsam durch die Dunkelheit bewegte. Sie betrachtete das Licht, das unter den beiden geschlossenen Türen herausdrang. *Parfüm. Cologne.* Ja, es roch gut. *Französisch.* Billie mochte französisches Parfüm und hatte in Paris Geschmack daran gefunden. Aber das hier war *Bandit*, nicht gerade ihr bevorzugter Duft. In diesem Kontext wirkte ein eleganter französischer Duft deplatziert. Aber letztlich passte hier nichts zusammen, die Meisterwerke, die rustikalen Möbel, die Eule mit dem Totenkopf und auch das Parfüm. Dieser sonderbare Ort war eine eigene Welt mit ihren eigenen Regeln. Sie hielt ihren Colt mit der rechten Hand und streckte die Linke nach dem Türknauf aus, ganz langsam …

Er drehte sich.

Er drehte sich, bevor sie ihn überhaupt erreicht hatte.

Billie huschte zurück, mit angehaltenem Atem, und presste sich gegen die Wand des Korridors. Die Tür vor ihr öffnete sich knarrend und schirmte sie vor der Person auf der anderen Seite ab. Sie hörte schwere Schritte.

»Georges?«, fragte jemand. Eine männliche Stimme. Er ging durch den Gang zu dem Raum, in dem Bouchers Leiche lag. *Mist!* Billie trat die Tür mit ihrem Absatz zu und schob ihre Waffe vor. Der Lauf berührte seinen Rücken zwischen den Schulterblättern.

»Was soll das?« Der Mann wandte ihr sein blasses Gesicht zu. Er war es tatsächlich, der große, weißhaarige Mann.

»Hände hoch«, sagte Billie. »Zurück in den Raum!«, befahl sie und ließ ihn langsam rückwärts vor sich in den Raum gehen, aus dem er gerade herausgekommen war. Ein Schlafzimmer. Das Bett war mit schönen Laken und Kissen bedeckt, eine Badewanne mit Klauenfüßen stand in einer Ecke des Raums, und eine Metallstange mit einer Kette hing davon herunter. Billie runzelte die Stirn bei diesem sonderbaren Anblick. Unter ihren Füßen lag ein Perserteppich, der etwas von dem unebenen Holzboden bedeckte. Darauf stand ein wundervoll geschnitzter Holzstuhl. Auf einem runden, antiken Tisch produzierte eine Lampe einen Kreis aus weichem Licht, der hübsche Porzellanfiguren und einen Aschenbecher beleuchtete. Die Fenster waren mit Holzbrettern vernagelt. Es war eine luxuriöse Gefängniszelle.

Und die Gefangene war noch da. Sie blickte hoch, ohne zu schreien oder zu weinen.

»Ich will dir helfen. Du bist jetzt in Sicherheit«, sagte Billie.

Das Mädchen war höchstens zwölf Jahre alt. Billie fühlte einen weißglühenden Zorn und schlug dem Mann mit dem Knauf ihrer kleinen Pistole an den Kopf.

»Kannst du mir helfen, ihn zu fesseln?«, fragte Billie. »Oder mir ein Seil bringen?« Das Mädchen beobachtete sie nur, anscheinend unfähig, sich zu bewegen oder zu sprechen. »Der andere Mann ist weg, er kann dir nichts mehr tun«, setzte Billie hinzu. »Kannst du Ruthie und Shyla suchen und sie hierherholen?« Auch diese Bitte zeitigte keinerlei Wirkung. Das Mädchen blieb einfach auf der anderen Seite des Bettes sitzen und beobachtete Billie mit aufgerissenen, leeren Augen.

»Shyla!«, rief Billie. »Ruthie!«

Die beiden Mädchen tauchten in der Tür auf und sahen den Mann mit erhobenen Händen dastehen.

»Helft dem Mädchen«, sagte Billie. »Ich brauche etwas, um diesen Kerl zu fesseln.«

Bei diesen Worten drehte sich der Mann um und starrte sie mit unheimlichen blauen Augen an.

»Für wen halten Sie sich? Glauben Sie, Sie kommen damit durch?« Er hatte einen Akzent, aber sein Englisch war gut.

»Wenn Sie nicht stillhalten, dann erschieße ich Sie«, konterte Billie. »Aus dieser Entfernung schieße ich bestimmt nicht vorbei, und ich habe keinerlei Bedenken, abzudrücken. Sie wären nicht der erste Nazi, den ich erwische.«

Sein Mund zitterte, und er hielt die Hände hoch in die Luft gestreckt. Ruthie lief zu dem jungen Mädchen und lockte sie vom Bett. Die zierliche Gestalt bewegte sich, als wäre sie in Trance. Sie wurde über den knarrenden Boden und aus dem Zimmer geführt. Begleitet von einem Schwall frischer Luft tauchte Shyla mit einem langen, groben Seil auf. Es war an einigen Stellen verfärbt, als hätte man es in seinem früheren Leben für landwirtschaftliche Zwecke benutzt. Es fühlte sich kühl an. Sie hatte es von draußen geholt.

»Auf den Stuhl, Franz!«, befahl Billie. Der Mann trat langsam zu dem geschnitzten Stuhl in der Ecke des stickigen, schwülen Raumes. »Setzen.« Er zögerte. »Setzen!«, fuhr sie ihn an. Nun gehorchte er, und während Billie ihn mit dem Colt in Schach hielt, band Shyla seine Knöchel und Handgelenke zusammen, wickelte dann das Seil um ihn herum und durch die Sprossen des Stuhls, bis er weder stehen noch laufen konnte. Die Lampe beleuchtete eine Seite seines Gesichts, die mit der straffen Haut, wo Brandwunden und andere Verletzungen zu weißen Narben verheilt waren. In dem gedämpften Licht wirkte das Gesicht wie eine Maske, aus der glitzernde, böse Augen starrten. Es sah so anders aus als John Wilson mit seiner Herzlichkeit und seinen ehrenvollen Kriegswunden.

»Hier«, sagte Billie und gab Shyla ihren Colt. »Halt ihn damit in Schach. Ich versuche, das andere Mädchen zu finden.«

Shyla hielt die Waffe bewundernswert ruhig auf den Mann gerichtet.

Das wird interessant, wenn die Cops hier eintreffen, dachte Billie. Aber sie hatte keine Zeit, sich darüber jetzt den Kopf zu zerbrechen. Sie ging wieder in den Korridor zurück und stellte sich vor die verschlossene Tür. Dann kniete sie sich hin, zog ihre verbogene Hutnadel heraus und schob sie in das Vorhängeschloss. Als sie nach dem Hebel tastete, spürte sie plötzlich jemanden hinter der Tür, direkt auf der anderen Seite.

»Wer ist da?«, fragte eine leise Stimme.

»Mein Name ist Billie Walker. Ich hole dich hier raus. Bleib einfach ganz ruhig«, sagte sie zu der Person auf der anderen Seite und machte sich weiter an dem Schloss zu schaffen. *Nun komm schon ... Los!* Das Vorhängeschloss wollte nicht nachgeben. *Mist!* Es war ein komplizierteres Schloss als das am Schuppen. Billie zog die Hutnadel wieder heraus und versuchte, sie anders zu biegen, damit sie besser in das Schloss passte.

»Billie! *Billie!*« Shylas drängende und laute Stimme kam aus dem anderen Raum. Billie schoss hoch.

»Ich bin gleich wieder da«, versprach sie der Gestalt hinter der Tür und rannte in das andere Zimmer, in dem es hell war. Viel zu hell. Billie sah entsetzt, dass die Kerosinlampe auf den Boden gefallen war. Der Tisch neben dem blassen Mann war umgekippt, die Flammen verteilten sich rasend schnell über den Boden, fanden Nahrung im Stoff des Bettes und den Kissen. Innerhalb von ein paar Sekunden brannte bereits eine Seite des Schlafzimmers. Flammen liefen über die Vorhänge vor den Brettern an dem Fenster. Franz lag zappelnd mit dem Gesicht auf dem Boden, immer noch mit den Stricken an den Holzstuhl gefesselt. Er hatte zwar seine Beine befreien können, aber dabei die Kerosinlampe vom Tisch getreten.

Shyla richtete immer noch die Pistole auf ihn. »Ich konnte ihn nicht aufhalten, er war so schnell. Ruthie! Schnell! Wasser!«, schrie sie.

Jetzt fing die andere Seite des Vorhangs Feuer. Das Zimmer würde schnell völlig in Flammen stehen. Das Holz hier war uralt und trocken. Dichter, schwarzer Rauch erfüllte den Raum. Billie ging in die Hocke und zog Shyla mit sich herunter. »Bleib unten und halt dich vom Rauch fern«, sagte sie. Es war in dieser Situation irgendwie selbstverständlich, Shyla zu duzen. Sie blickte zum Korridor, der sich ebenfalls bereits mit Rauch füllte, der dunkel aus dem Zimmer quoll. Das Feuer war erschreckend schnell und kraftvoll.

»Wir müssen hier weg!«, schrie Shyla. »Es ist zu spät für Wasser.«

Billie nickte. Sie hatte recht. »Dieses arme Mädchen ist immer noch in dem anderen Zimmer. Ich konnte das Schloss nicht öffnen.« *Dieses verfluchte Ding!* »Hilf mir hier bei Franz. Ich will nicht, dass er entkommt. Wir müssen dafür sorgen, dass Ruthie und das andere Mädchen das Haus verlassen … Ich weiß nicht einmal ihren Namen. Dann befreien wir die Person, die immer noch dort eingesperrt ist, vielleicht durch das Fenster. Wir haben dafür noch Zeit genug.«

Billie lief zurück zu der Tür des verschlossenen Raumes. »Stopf irgendetwas in den Spalt unter der Tür!«, schrie sie. »Hier brennt es. Du musst den Rauch aussperren. Hab keine Angst, wir holen dich raus. Stopfe etwas unter die Tür und bleib unten. Halt dich von der Tür fern und auch vom Fenster.«

Kein einziges Wort drang aus dem Zimmer, aber Billie hörte eine Bewegung, und dann wurde es unter dem Türschlitz dunkel, als das Mädchen etwas in den Spalt stopfte.

Shyla hatte Franz noch fester gefesselt, sie und Billie zerrten ihn hoch und führten ihn aus dem verräucherten Schlafzimmer durch den Korridor. Seine Arme waren auf dem Rücken gebunden. Sein hochmütiges Verhalten hatte sich angesichts der Katastrophe, die er verschuldet hatte, aufgelöst, das kalkweiße Gesicht war jetzt rot und zu einer Maske der Furcht verzerrt, sein Mund stand offen. Hustend und röchelnd schafften sie es auf das Gras vor dem Haus in der Nähe des Schuppens. Franz sank dort auf die Knie. Shyla lief hinter den Schuppen und tauchte einen Moment später mit einer großen Axt in den Händen wieder auf. Sie packte den Schaft fest mit beiden Händen, obwohl die Axt fast so groß zu sein schien wie sie selbst, und im nächsten Moment hämmerte sie die Axt in die Bretter vor dem Fenster des Raums mit dem zweiten Mädchen. Sie arbeitete wie ein Mann, der doppelt so groß war wie sie, und Glassplitter und Holzspäne flogen durch die Luft.

Billie rannte zur Vorderseite des Hauses, wo sie zu ihrer Erleichterung Ruthie und das junge Mädchen sah. Sie rannten auf die Koppel, und Ruthie hielt das barfüßige Mädchen an der Hand. Die beiden wurden in einen goldgelben Schein getaucht, als das ganze Gebäude Feuer fing. Die Flammen hatten sich bereits mit erschreckender Geschwindigkeit im ganzen Korridor ausgebreitet. Das zweite Schlafzimmer würde trotz der geschlossenen Tür nicht lange verschont bleiben, das war Billie inzwischen klar. Sie lief zurück zum Fenster, wo Shyla verzweifelt mit den Händen an den zertrümmerten Brettern zerrte. In dem Raum war bereits schwarzer Rauch, und die frische Luft entzündete Flammen auf der gegenüberliegenden Seite. Billie zwängte sich durch den scharfen Spalt, spürte, wie ihre Kleidung am Glas hängen blieb und zerriss, und sah, dass sich das Mädchen unter dem Bett versteckt hatte. Es hatte sich in Embryonalstellung zusammengerollt und die Hände über die Ohren gelegt. Billie zog an ihr, zerrte sie heraus und bat sie, sich hinzustellen. Sie wusste nicht genau, ob sie stark genug war, den kleinen, zitternden Körper allein zu tragen.

»Komm jetzt, wir haben dich. Alles wird gut«, sagte sie zu dem Mädchen. Sie zog ihren Mantel aus und wickelte ihn um das Kind. Dann schob sie die Hände unter die Arme des Mädchens, und es gelang ihr, es aufs Bett zu heben. Jetzt musste sie es nur noch durch die zerbrochene Glasscheibe schieben.

»Komm zu uns, es ist okay!«, versicherte Shyla ihr. Billie legte ihr das Mädchen in die Arme, nachdem sie ihm zuerst das Gesicht mit dem Mantel bedeckt hatte. Sie drückte das Kind an dem scharfen Glas und den zerborstenen Brettern vorbei, und dann war es draußen. Hinter Billie fauchten bösartig die Flammen, als wollten sie protestieren. Dann begriff sie, dass sich ihre Lungen mit tödlichen Dünsten gefüllt hatten. Ihr war schwindlig, und ihre Augen brannten.

Raus. Sofort raus, sonst ...!

Billie warf sich durch die Öffnung und landete auf dem Gras. Ihre Lunge brannte vor Schmerz. Helle Flammen leckten an dem Spalt, durch den sie gerade gesprungen war. Das Haus selbst schien jetzt protestierend zu fauchen, weil es seine menschlichen Opfer verloren hatte. Es stöhnte und ächzte in der Dunkelheit.

Billie rappelte sich wieder auf, unsicher, wie schnell die kleine Gruppe sich würde bewegen können. Die Autos? Vielleicht konnte sie einen der Wagen starten und sie alle zusammen hier wegschaffen? Als wollten sie antworten, tanzten die wütenden Flammen über das trockene Gras, leicht, schnell und tödlich. Sie zischten auf die Rückseite der nächsten Scheune zu. Der Scheune, in der sie gewesen war. Sie entflammte wie eine Packung Streichhölzer, als hätte sie nur auf diesen Moment gewartet. Der Packard und der Daimler würden schon bald von Flammen umhüllt sein, lange bevor sie Zeit hatte, die Schlüssel zu finden oder sie kurzzuschließen. Billie beobachtete, wie das Feuer über die Baumwipfel aufloderte und den Hügel hinter dem Anwesen beleuchtete. Ihr eigenes Auto stand weiter entfernt auf der Straße, etwa eine Viertelstunde zu Fuß – aber viel weniger, wenn sie liefen. Wenn die Straße frei blieb, dann konnten sie sie erreichen, aber das Feuer bewegte sich bereits mit einer erschreckenden Geschwindigkeit. Es verzehrte das trockene Sommergras und breitete sich rasend schnell zur Straße hin aus. Sie wog kurz die Chancen ab, wenn sie mit den Mädchen und einem sich wehrenden Franz im Schlepptau flüchtete. *Nicht gut.*

»Zum Fluss!«, rief Shyla. »Das ist unsere einzige Chance!« Sie zeigte die Richtung an.

Zusammen stolperten die fünf Frauen mit Franz als Gefangenem über einen staubigen Fußweg, gebückt und so schnell, wie ihre Füße sie trugen. Billies Lunge protestierte, sie hustete unaufhörlich, aber lief weiter. Ihr Kostüm war schmutzig und zerrissen, ihre Hände und Arme waren zerkratzt und blutig. Hinter ihnen toste das schreckliche Feuer. Der Wind schlug um und wehte stärker, erzeugte ein Fauchen, das Billie nur während der Bombenangriffe im Krieg gehört hatte. Shyla nahm eines der jungen Mädchen in die Arme und trug sie. Sie rannte weiter und bewies eine Kraft, die für jemanden von ihrer Größe unmöglich schien.

»*Feuer, Feuer …!*«, rief jemand auf Deutsch, während sie den Weg zum Fluss entlangstolperten.

Es war Franz, der Mann, der für all das verantwortlich war. Der Mann, der die Mädchen in diese Gefängniszimmer eingesperrt hatte, der den Brand selbst ausgelöst hatte. Er blieb stehen, duckte sich und wimmerte, verängstigt wie ein kleines Kind. Jetzt waren die Rollen umgekehrt. Er wiederholte immer und immer wieder dasselbe Wort auf Deutsch. »*Feuer, Feuer!*«

Billie begriff, dass er Angst vor den Flammen hatte. Sie war sich jetzt sicher, dass er versucht hatte, sich von den Seilen zu befreien, aber nicht damit gerechnet hatte, dass die Lampe zu Boden stürzen würde oder sich das trockene australische Buschwerk bei der kleinsten Gelegenheit entzünden könnte. Er hatte nicht mit dem trockenen, heißen australischen Sommer gerechnet. Das Buschwerk hier liebte es, zu brennen, es war ein Teil seiner Natur, ein Teil des Zyklus von Leben und Tod.

»*Feuer!*«, schrie er erneut. Er jammerte jetzt und versuchte, seinen Kopf zu schützen.

Shyla setzte das Mädchen ab, das sie in den Armen hatte, und sagte zu Billie, sie solle es zum Fluss bringen. Billie nahm die kleine Hand und zog das Kind mit sich. Ruthie und das andere Mädchen rannten vor ihnen. Shyla packte die Seile, mit denen Franz gefesselt war, und zerrte ihn wie einen Bullen weiter. »Du würdest in Darug Country nicht lange durchhalten«, hörte Billie sie sagen.

Sie kämpften sich durch ein Dickicht aus Dornbüschen. Billie riss sich die Hand auf, ihre Strümpfe, ihr Kostüm, dann liefen sie durch eine Umrandung aus Bäumen und sprangen zum Fluss hinunter. Der braune Sand glänzte im Mondlicht. Hier war Wasser, langsam fließendes, träges Wasser, genug, um sie vor den Flammen zu schützen. Sie wateten hinein, bis es ihnen zu den Schenkeln reichte. Die beiden jüngeren Mädchen tauchten bis zur Hüfte darin ein, und Ruthie blieb bei ihnen. Sie war etwas größer und schlang mütterlich ihre Arme um sie. Das Wasser war kühl und einladend, und Billie traten die Tränen in die Augen. Sie hinterließen Spuren auf ihrem verrußten Gesicht. Shyla erreichte sie ebenfalls. Sie zog ihren Gefangenen an seinen Stricken hinter sich her. Er brach auf dem Sand zusammen.

Der Himmel war rot von Flammen, Funken und Glut stoben wie Glühwürmchen durch die Luft und fielen wie schwarzer Schnee herab. Das Feuer tobte jetzt so laut wie Donnergrollen, wie ein Güterzug. Sie hatten den Geschmack von Rauch auf den Zungen, und die ganze Luft schien von fallender Asche erfüllt zu sein.

Ohne ein weiteres Wort öffnete Billie die Arme, und Shyla trat zu ihr. Dann folgten Ruthie und die beiden anderen Mädchen.

Die fünf formten einen Kreis in dem Fluss und verschränkten schützend die Arme miteinander.

»Ich bin Eleanor«, sagte das kleinste Mädchen. Seine Stimme war die eines Kindes, und sie rüttelte an dem Teil in Billie, an dem sie selbst sich gerade noch festklammern konnte.

»Ich bin Ida«, sagte das andere Mädchen.

Die fünf kauerten in dem kühlen Wasser des Colo River, die Köpfe dicht beieinander. Hinter ihnen hatte sich der weißhaarige Mann auf dem Sand des Flussufers zusammengerollt und zitterte, als die Welt um sie herum fauchte und von tanzenden Flammen erfüllt war.

KAPITEL EINUNDDREISSIG

Das Anwesen in Upper Colo bot im frühen Morgenlicht einen wahrhaftig spektakulären Anblick.

Die hölzernen Pfähle, die das Gebäude stützten, waren Opfer der Flammen geworden, und die rußgeschwärzten Wände lagen auf dem verbrannten Gras, als wäre das Haus an den Nähten aufgeplatzt und zerbrochen. Zwei Ziegelschornsteine standen noch an ihren ursprünglichen Plätzen, stolz und intakt. Der gesamte Rest war zusammengestürzt. Wie Wächter aus einer surrealistischen, apokalyptischen Geschichte waren Mr und Mrs Satan nahezu unberührt geblieben. Sie waren geschwärzt und von Ruß überzogen, aber ihre Haltung war unverändert, und ihre glitzernden Muschelaugen sogen die Szenerie förmlich auf.

Mitten in der Nacht war ein verbeulter roter Ford-Pritschenwagen mit einer Pumpe aufgetaucht, die ansässige Feuerwehr war von einem aufmerksamen Farmer in den Hügeln über das wachsende Inferno in Upper Colo alarmiert worden. Es war eine zusammengewürfelte Mannschaft aus tapferen Einheimischen, die mit Feuerwehrtornistern auf dem Rücken aus dem Lastwagen gesprungen waren – insgesamt sechs Männer, die sich ohne zu zögern in den Kampf gegen die tosenden Flammen gestürzt hatten. Die kleine Gruppe von Frauen und den sonderbaren

Mann, der am Ufer des Flusses kauerte, hatten sie zunächst gar nicht bemerkt. Mit so etwas wie Ehrfurcht hatte Billie am Ufer gestanden und beobachtet, wie sie das Feuer nach einer stundenlang andauernden Schlacht unter Kontrolle bekommen hatten. Das Gebiet jenseits der Straße und des Flusses waren gerettet. Das Haus des Bösen jedoch und sein gesamter Inhalt hatten keine Chance gehabt.

Die Feuerwehrleute, allesamt Freiwillige, hatten sogar Inspector Cooper bei diesem Rennen geschlagen. Aber schon um fünf Uhr am Morgen, eine ganze Stunde früher, als er Billie versprochen hatte, waren Cooper und seine Kollegen eingetroffen. Der weißhaarige Mann namens Franz war in Handschellen in das Gefängnis von Richmond verfrachtet worden. Billie, Shyla und den Mädchen hatte man befohlen, zu warten, damit man sie befragen konnte. Es gab kein Auto, das groß genug für sie alle gewesen wäre.

Shyla, Ruthie, Ida und Eleanor hockten jetzt dicht zusammen unter den Wolldecken, die ihnen die Feuerwehrleute gegeben hatten. Sie redeten leise miteinander und nippten aus Bechern von Thermoskannen, die sie untereinander weiterreichten. Billie war aufgefallen, dass die kleine Eleanor immer noch wie in Trance schien, seit sie von Ruthie aus ihrem Gefängnis befreit worden war. Ihre großen, dunklen Augen waren ausdruckslos und leer vor Schock. Sie war wohl die Jüngste, mutmaßte Billie, und es war gut gewesen, sie in ihrem Zustand alle zum Fluss zu bringen. Ida war kaum älter als Eleanor, soweit Billie das erkennen konnte, aber das Mädchen war deutlich lebhafter. Dennoch zeigte es Anzeichen von Schock – es hatte feuchte Hände, und seine Pupillen waren vergrößert. Alle Mädchen brauchten dringend medizinische Behandlung, da war sich Billie sicher.

Sie verließ sie kurz, als der Inspector sie zu sich winkte, aber noch während sie zu ihm ging, beobachtete sie die Gruppe, die in einem Halbkreis dastand mit nassen und zerfetzten Kleidern, und fragte sich, welches Schicksal sie wohl erwartete.

Jetzt stand Detective Inspector Hank Cooper neben Billie Walker, zuverlässig und groß, mit besorgtem Gesicht. »Billie, ich bin so schnell hergekommen, wie ich konnte«, sagte er zu ihr. »Ich hoffe, das ist Ihnen klar.«

Billie war kaum wiederzuerkennen. Sie war mit Ruß beschmiert, ihr Kostüm war schmutzig und ruiniert, sie hatte eine Wolldecke übergeworfen und einen dampfenden Becher schwarzen Tee in der Hand. Ihre schlammigen Oxfords mussten trocknen, deshalb steckten ihre Beine bis zu den Waden in einem Paar viel zu großer Stiefel, die ihr von den Feuerwehrleuten gegeben worden waren. Ihr kleiner, kecker Hut war irgendwo verloren gegangen, wahrscheinlich im Haus, ihre Locken hatten sich aus den Nadeln gelöst und umrahmten ihr schmutziges Gesicht wie eine Mähne. Ihre Augen waren blutunterlaufen und ihre eleganten Hände zerschrammt.

»Das weiß ich, Inspector«, antwortete Billie leise.

Die Feuerwehrleute gingen jetzt über die Wiesen und Koppeln und löschten kleinere Brandherde. Ein Teil des Anwesens schwelte noch, und die knisternden Wände glühten orangefarben. Die Luft war stickig und dunkel, eine Rauchwolke hing über der ganzen Szenerie, gegen die die Morgensonne ankämpfte. Die ewige Schlacht zwischen Nacht und Tag spielte sich hier etwas brutaler ab als gewöhnlich.

»Bitte nennen Sie mich Hank.«

Billie sah zu Cooper hoch und nickte. Er legte ihr einen Arm um die Schultern und schloss die Decke sanft mit seiner anderen breiten Hand um ihren Körper. Sie standen eine Weile schweigend da und beobachteten die Szene.

»Es tut mir leid, dass ich nicht früher hier sein konnte«, sagte er erneut.

Sie hörte auf zu zittern, dabei fiel ihr auf, dass sie gar nicht gemerkt hatte, wie sie bebte. »Ich weiß, Hank«, sagte Billie. »Ich weiß.«

KAPITEL ZWEIUNDDREISSIG

»Da Sie ja so ungern allein trinken …« Sam grinste. Sein Lächeln erstreckte sich bis zu seinen aquamarinblauen Augen, als sie mit ihren Biergläsern anstießen und Billie sein Lächeln über den Tisch hinweg erwiderte. Dann leerte er einen weiteren Krug mit schäumendem Bier.

Es war Freitag, zweieinhalb erschöpfende Tage seit dem Feuer und der Entdeckung in den Schuppen, es wurde Zeit, diese ganze elende Sache zu den Akten zu legen und weiterzumachen. Deshalb waren Billie und ihr Assistent ein paar Stockwerke nach unten gegangen, sie wollten etwas von der Anspannung in den Billardräumen im Untergeschoss von Daking House ablassen – in bester Gesellschaft.

»Dein Vater wäre stolz auf dich«, verkündete Ella van Hooft. Anstatt jedoch ein Glas zu erheben drehte sie sich um und bestellte laut eine Flasche Champagner für den Tisch, zum zweiten Mal. Und erneut wurde ihr mitgeteilt, dass es in den Billardräumen keinen Champagner gab. Ebenso wenig wie einen Kellner.

»Meine Güte, kannst du nicht einfach trinken, was vor dir steht?«, flehte Billie ihre Mutter an. Das hier war zwar nicht *The Dancers*, aber unter den gegebenen Umständen fühlte es sich keineswegs zu schäbig an.

Alma stieß mit Billie an, und sie tranken genüsslich, während Ella sie unter ihren aufgemalten Augenbrauen und den makellos ondulierten Wellen ihres Haares verärgert musterte.

»Ich glaube nicht, dass das Wartezimmer in der nächsten Zeit jemals leer sein wird«, sagte Sam in die Runde. »Die Klienten stehen förmlich Schlange.« Er trank noch einen Schluck.

Das war tatsächlich so. Während Billie mit Inspector Cooper in den Blue Mountains herumkutschiert war, hatte ihr Assistent Anrufer und Besucher abgefertigt. Und in den letzten beiden Tagen hatte die Nachfrage kein bisschen nachgelassen: Die Nachricht von dem spektakulären Feuer und ihrem Erfolg, möglicherweise Nazi-Beute gefunden zu haben, hatte sich herumgesprochen. Das und die Berichterstattung über die Verfolgungsjagd mit dem Auto auf den Titelseiten hatten mittlerweile eine Vielzahl neuer Klienten angezogen. Billie war sich zunächst nicht ganz sicher gewesen, ob diese Publicity die Leute verschrecken oder begeistern würde, aber sie hatte sich als noch besser erwiesen, als einfach nur eine Werbung zu schalten. In gewisser Weise war das merkwürdig. Klienten wollten immer alles möglichst diskret erledigt und unter den Teppich gekehrt haben, aber nach ihrer plötzlichen Berühmtheit hatte sie so viele Fälle, dass sie für Wochen ausgebucht war. Die Wendung der Ereignisse war aus beruflicher Sicht ein Grund zum Feiern, auch wenn sie hoffte, dass sie nicht irgendwann wieder einen ähnlich komplizierten Fall verfolgen musste, damit Sydney auch weiterhin ihre Ermittlungsagentur in Anspruch nahm.

Sie sah sich in der kleinen Gruppe der Feiernden um, die wie die Sardinen in der gemütlichen Nische im Billardtreff des Untergeschosses hockten. Es war eine sehr gemischte Gruppe, die von Shyla und Constable Primrose vervollständigt wurde.

Letztere konsumierte das lizenzierte Bier mindestens genauso schnell wie Sam. Billie vermutete, dass sich eine solche Gruppe höchstwahrscheinlich nie wieder in dieser Zusammensetzung versammeln würde.

Shyla trank keinen Alkohol und prostete ihr höflich mit dem Glas Cheery Cheer zu. »Noch eins?«, fragte Billie, aber sie schüttelte den Kopf. Für eine Person, die einen Vergewaltiger mit einem einzigen Schlag erledigen konnte, war sie sehr still, zumindest in dieser Gesellschaft. Franz und vor allem der verstorbene Georges Boucher hatten sie gewaltig unterschätzt. Vielleicht hatte Billie das auch getan. Das war eine Eigenschaft, die Shyla in diesem Beruf sehr zugutekommen würde, falls es Billie gelang, das Mädchen zu überreden, in ihre Agentur einzusteigen. Bis jetzt hatte Shyla sich geweigert.

In einer Sache jedoch waren sie sich einig, und zwar in ihrer Erleichterung, dass die Nachrichten über die jungen Mädchen nicht von den Zeitungen ausgeschlachtet worden waren – jedenfalls noch nicht. Das Letzte, was die jetzt brauchten, war die Vernichtung ihrer Privatsphäre, die das mit sich bringen würde. Cooper hatte das gut gemacht, falls er wirklich dahintersteckte. Das Feuer in Upper Colo und die Entdeckungen rund um das Haus hatten sehr viele Spekulationen ausgelöst. Ruthie hatte bereits eine neue Stelle gefunden, aber Billie wusste von Ida und Eleanor nur, dass sie wegen ihres Schocks und kleinerer Verletzungen noch im Krankenhaus behandelt wurden. Shyla würde sie auf dem Laufenden halten, sofern sie konnte.

»Auf den Sieg!«, toastete Sam mit ziemlich lauter Stimme. Er erinnerte an den Jubelruf von 1945 und das Ende des Krieges, das noch zu frisch war und doch schon ein ganzes Leben her zu sein schien.

»Auf den Sieg!«, stimmten die anderen in überraschender Harmonie ein. Selbst Shyla machte mit.

Sie stießen erneut klirrend an, und Billie lächelte, sie versuchte, den Moment des Triumphs zu genießen.

Aber dieser Sieg war in Wirklichkeit eine sehr gemischte Angelegenheit. Er war das Ende von etwas, ja, ein Sieg über etwas, aber es war auch eine Zeit, um Inventur zu machen, eine Zeit, um die Toten zu begraben. Wie zum Beispiel Con Zervos, der vielleicht immer noch atmen würde, hätte Billie ihn nicht befragt. Oder zu bedenken, was Adin Brown durchgemacht hatte und was Ida und Eleanor hatten ertragen müssen. All das waren Dinge, die Siegesjubel nicht ausgleichen konnte.

Und die Polizei war auch noch nicht mit ihnen fertig. Noch war die Angelegenheit von Bouchers Tod nicht geklärt, und niemand wusste, wie das ausgehen würde, sobald sich der Staub gelegt hatte. Billie hoffte, man würde es als Panik aufgrund des Feuers auslegen, aber er war ein mächtiger Mann gewesen. Das konnte eine Weile Ärger machen – Ärger, dem sie, wie sie hoffte, gewachsen war. Dann war noch die Frage, wer dieser Franz eigentlich war. Und wer hatte ihm geholfen, so viele Kostbarkeiten zu erwerben und nach Australien zu schaffen, ohne die Aufmerksamkeit der Behörden zu erregen? Und was war mit Moretti? Ja, mit ihm hatte sie auch noch ein Wörtchen zu reden. Hatte Franz ihn bezahlt? Wie viel hatte Moretti gewusst? Billie wollte dafür sorgen, dass er für seine Rolle in dieser ganzen Geschichte zur Rechenschaft gezogen wurde, und wenn es das Letzte war, was sie tat.

»Ich habe etwas für Sie«, sagte Constable Primrose plötzlich und stellte ihr leeres Glas ab.

Billie hob eine Braue. Die Constable drückte ihr ein kleines

Paket in die Hand, auf der das Wort »Tussy« prangte. »Sie haben doch nicht …?«

»O doch. Ich habe einen der letzten Lippenstifte von *Fighting Red* aufgespürt.« Primrose lächelte breit, und ihre Locken hüpften vor Begeisterung.

»Wie haben Sie das bloß geschafft?«

Die Constable lächelte nur geheimnisvoll. Ja, sie war wirklich sehr pfiffig, diese Primrose. Sie hatte auch die Informationen über den Besitzer des Wagens mit dem Kennzeichen XR-001 weitergegeben, wenn auch etwas zu spät, weil sich da das Drama in Upper Colo zu der Zeit bereits abspielte.

»Entschuldige, Billie, ich sollte gehen«, sagte Shyla und riss Billie aus ihren Gedanken.

Billie blickte in die dunklen Augen der jungen Frau, und sie wechselten einen verständnisvollen Blick. »Danke, dass du gekommen bist.« Sie machte eine Pause. »Ich werde bei der Suche nach deinen Brüdern tun, was ich kann.«

Shyla nickte. »Ruthie lässt dich grüßen«, sagte sie ruhig.

Dieses Mädchen war so tapfer gewesen. Franz war bewaffnet gewesen und hatte ihnen zweifellos schlimme Konsequenzen angedroht, wenn sie aus der Reihe tanzten. Hätte Ruthie es nicht geschafft, Shyla zu kontaktieren, wer weiß, wie lange sie da noch gefangen gewesen wären … Man konnte nicht ungeschehen machen, was diese Mädchen hatten durchmachen müssen, aber wenigstens war es jetzt zu Ende. Der dafür Verantwortliche saß in Gewahrsam, und Boucher konnte auch niemanden mehr verletzen. Und der Rest der Männer in diesem Notizbuch? Nun, auch auf die würde noch einiges zukommen.

Constable Primrose machte ebenfalls Anstalten aufzubrechen. Sie lächelte Billie strahlend an. »Viel Spaß mit dem Lippenstift.

Er steht Ihnen gut. Ich habe zwar eigentlich den Rest des Tages frei, aber ich habe das Gefühl, dass Inspector Cooper etwas Hilfe bei diesem riesigen Schlamassel gebrauchen könnte.« Sie sammelte ihre Habseligkeiten ein, drückte Billie herzlich und folgte Shyla die Treppe hoch.

»Moment. Ein *Schlamassel?*« Billie war verwirrt.

Primrose biss sich auf die Unterlippe. »Ich hätte nicht darüber sprechen sollen«, sagte sie. »Aber ich unterhalte mich bald mit Ihnen, da bin ich sicher. Billie, Sie haben das wirklich gut hingekriegt. Ich freue mich so für die Brown-Familie. Geben wir es diesen verdammten Nazi-Bastarden!«, setzte sie begeistert hinzu und stieß ihre Faust in die Luft, so dass ihre blonden Locken wieder tanzten.

»Sicher … Aber was meinten Sie damit, dass es ein riesiger Schlamassel wäre?«, setzte Billie nach. Ein ungutes Gefühl machte sich in ihrer Magengrube breit. Primrose ließ sich jedoch nichts mehr entlocken, verabschiedete sich von ihrer Freundin und polterte die Treppe hoch.

Billie stieß vernehmlich die Luft aus und rückte auf der Bank dichter an ihre Mutter heran. Sie spürte, wie sich die Anspannung der letzten Tage wieder anschlich. Jetzt machte sie sich Sorgen, dass man ihr etwas verschwieg.

»Was haben Sie?«, fragte Sam sie.

Statt zu antworten nahm sie ihr Bierglas, dessen inakzeptable Leere sie mit einer übertrieben gehobenen Braue kommentierte, und ihr Assistent füllte gehorsam auf. Er schien zu spüren, was benötigt wurde – eine weitere Qualität, die ihn für seinen Job perfekt machte. Ella sah Billie an, hob ihre makellos gezeichnete Braue und warf dann Sam einen vielsagenden Blick zu. Alma, die den kurzen Blickwechsel mitbekam, schüttelte bedauernd den

Kopf und stieß mit Billie an, die es vorzog, die unübersehbaren Signale ihrer Mutter zu ignorieren.

»Ich könnte eine ganze Woche schlafen«, erklärte Billie. Sie meinte es ernst.

Die Feier näherte sich dem Ende, als die Tür zur Straße sich erneut öffnete. Billie war überrascht, als Detective Inspector Hank Cooper plötzlich vor ihrem Tisch stand und die rasch schmelzende Gruppe gutmütig, wenn auch etwas zurückhaltend begrüßte.

»Ich hätte nicht gedacht, dass Sie kommen«, rief Billie aus. Das Bier war ihr zu Kopf gestiegen, was aber im Moment gar nicht so schrecklich war. Sie hatte ihre Pläne für den Abend überdacht. Sollte sie nach Hause gehen oder versuchen, den Inspector zu einer gemeinsamen Mahlzeit zu überreden? In den Blue Mountains hatte er ihre Einladung ausgeschlagen, aber vielleicht überlegte er es sich ja jetzt und hier anders.

»Es tut mir leid, aber ich kann nicht bleiben.« Cooper blieb stehen. Billie runzelte die Stirn. Etwas in seiner Miene veranlasste sie, den Tisch zu verlassen und zu ihm zu gehen. Das hier war ganz offensichtlich kein privater Besuch. Vielleicht ging es um den verbrannten Leichnam von Georges Boucher, falls man ihn überhaupt schon identifiziert hatte. Innerlich freute sie sich über Shylas Timing, weil es ihr lieber war, wenn die junge Frau nicht dabei war, wenn dieses Thema angesprochen wurde.

Billie und der Inspector gingen zu einem freien Billardtisch, und sie fischte eine Kugel aus einem Ecknetz. Die 8. »Ich kann mich irren, aber ich habe nach Constable Primroses Verhalten so eine Ahnung, dass irgendetwas nicht in Ordnung ist«, sagte sie so zurückhaltend, wie sie konnte. Sie drehte die schwarze Kugel in der Hand und dachte über ihre Bedeutung nach. Cooper antwortete nicht, was ihr ungutes Gefühl nicht gerade vertrieb.

Stattdessen griff er in seinen Mantel und zog ein Stück Papier mit einem Foto heraus. »Kommt Ihnen dieser Mann bekannt vor?«, fragte er.

Billie betrachtete forschend Coopers zurückhaltende Miene und seine förmliche Haltung, seufzte dann frustriert über diesen Zug seines Charakters und warf einen Blick auf das Papier, das er ihr vor die Nase hielt. Es war ein Foto, oder wahrscheinlich eine Kopie, das einen Mann von vielleicht vierzig Jahren zeigte, vielleicht auch dreißig. Er hatte extrem helles Haar, trug eine makellose Naziuniform und hatte die Mütze leicht schräg auf den Kopf gesetzt. Auf der Mütze sah Billie das Wappen des Adlers über einem Hakenkreuz, darunter den Totenkopf. Dieses Abzeichen wurde von Nazioffizieren der SS getragen. Die Uniform passte zu ihm wie eine schwarze Kapuze zu einem Henker. Die Lippen des Mannes waren dünn und seine Augen sehr hell. Eine Seite seines Gesichts war vernarbt und die Haut straff gespannt.

Billie unterdrückte einen Schauer. »Ja, das ist er. Die Mädchen kannten ihn als Franz oder Frank.«

»Sein Name ist Franz Hessmann«, sagte Cooper leise und steckte das Bild wieder in die Tasche. »Er wurde in Abwesenheit in Hamburg angeklagt, in der Britischen Zone, und zum Tode verurteilt. Angeblich war er ein hochrangiger Offizier im Konzentrationslager Ravensbrück gewesen.«

Billie lief es kalt über den Rücken. Sie hatte über dieses reine Frauenlager gehört, dass es nur sehr wenige Überlebende gegeben hatte. Oft kamen die Frauen dort mit ihren Kindern an, von denen die meisten zusammen mit ihren Müttern verhungerten, dank der immer kleiner werdenden Rationen. Angeblich waren die Bedingungen dort außerordentlich brutal. Die weiblichen SS-Hilfskräfte, die dort als Wachen gearbeitet hatten, waren berüchtigt. Sie hatten die Insassinnen mit ihrer Sklavenarbeit wortwörtlich zu Tode geschunden. Am Ende des Krieges hatte man die Tötung der Gefangenen mit Gaskammern forciert, weil die Wachen niemanden zurücklassen wollten. Sie sollten nicht erzählen können, was sie mit angesehen und ertragen hatten.

Ja, Billie wusste davon.

»Er war doch nicht etwa einer der Ärzte?« Sie war schlagartig nüchtern. Zusätzlich zu den brutalen weiblichen Wachen war dieses Lager auch für die Experimente berüchtigt, die an den Gefangenen vorgenommen wurden – Amputationen, die Entfernung von Knochen und experimentelle Transplantationen. Sie hatten die Frauen verletzt und die Wunden mit Bakterien infiziert, um zu sehen, was passierte, hatten Schmutz und Glas in ihre Körper eingeführt und ihnen Schmerzmedikamente verweigert. Und wenn die Gefangenen schließlich ihren Qualen erlagen, nahmen ihnen die Nazis ab, was übrig war. Ihre Schuhe. Ihre Eheringe. Ihre Goldfüllungen. Hessmann hatte mindestens ein Fass davon besessen.

Cooper schüttelte den Kopf. »Nein, das glaube ich nicht. Er war in der Verwaltung des Lagers tätig, als Major bei der Waffen-SS und später Lagerkommandant.«

Billie fluchte leise. Ein Lagerkommandant der Nazis hier in Australien? Das war wirklich unglaublich.

»Und diese Verbrennungen im Gesicht? Hat er bei der Luftwaffe gedient? Oder war das etwas anderes?« Sie spekulierte, als sie sich an seine Reaktion auf das Feuer erinnerte, an die extreme Furcht bei diesem Mann, der ansonsten überhaupt keine Emotionen zu zeigen schien.

Wieder schüttelte Cooper den Kopf. »Sie meinen seine Narben? Offenbar hat er sich diese Narben im Lager durch die Gefangenen in einer der Fabriken eingehandelt. Saboteurinnen.«

Die Frauen von Ravensbrück mussten unterschiedliche Zwangsarbeiten ausführen, abhängig von ihrer körperlichen Stärke und ihren Fähigkeiten, um der deutschen Kriegsmaschinerie gegen ihren Willen zu helfen. Einige arbeiteten in der Textilabteilung, andere stellten Teile für Daimler-Benz oder elektrische Komponenten für die Elektrosparte des Siemens-Konzerns her, wieder andere waren sogar an dem Bau von Hitlers V2-Rakete beteiligt oder mussten eine riesige Walze ziehen, um Straßen zu asphaltieren. Billie hatte nach der Befreiung ein Foto davon gesehen. Es war ein schreckliches Bild – die Maschine war so groß, dass es aussah, als bräuchte es zwölf Pferde, um sie zu bewegen.

Es gab unglaubliche Geschichten über den Widerstand der Frauen. Selbst diejenigen, die gezwungen wurden, zu nähen oder zu stopfen, und von denen viele alt und gebrechlich waren, flickten die Socken der deutschen Soldaten so, dass sie Blasen bekamen, wie Billie gehört hatte. Tausend kleine Rebellionen im Angesicht von Folter und Tod.

»Eine Gruppe der Frauen hatte einige Raketenteile des Siemens-Konzerns sabotiert, es gab eine Explosion in der Fabrik. Hessmann war zu dieser Zeit in dem Gebäude anwesend und hat es gerade noch mit Verbrennungen im Gesicht herausgeschafft, nehme ich an.«

Wie mutig diese Frauen gewesen waren!, dachte Billie.

»Glauben Sie auch, dass er es ist?«, fragte sie. »Ich denke nicht, dass man ihn verwechseln kann. Allein sein Haar … Ich meine, haben Sie ihn mit eigenen Augen gesehen?« Cooper blickte auf seine Schuhe, und Billie schlug das Herz plötzlich bis zum Hals. Sie hatte das Gefühl, als würde sich etwas auf ihre Brust setzen. »Sagen Sie mir, dass alles in Ordnung ist, Inspector«, verlangte sie. »Constable Primrose hat mir nichts Genaueres erzählt, aber ich hatte das Gefühl … Ich hatte das Gefühl, dass sie nicht nur gute Nachrichten hatte. Was verschweigen Sie mir?«

Cooper holte bei ihren Worten tief Luft. »Es gab so etwas wie … ein Durcheinander«, antwortete er schließlich. »In Richmond hatte ein Constable Dienst, der Hessmann hat gehen lassen.«

Billies Lippen bewegten sich, aber es kam kein Wort aus ihrem Mund. Wie betäubt betrachtete sie Cooper. Sie hatte plötzlich den starken Drang, ihn zu schlagen – aber diese Situation war ja nicht seine Schuld.

»Constable Howard sagte, er hätte es mit einem sehr überzeugenden Anwalt zu tun bekommen, er scheint in Panik geraten zu sein und zugestimmt zu haben, Hessmann freizulassen. Natürlich kannte er die Einzelheiten nicht, sondern wusste nur von den Behauptungen der Aborigine-Mädchen. Er sagte, das wäre nicht genug gewesen, um ihn festzuhalten. Der Sergeant war nicht da. Während seiner Dienstzeit wäre das niemals passiert. Er …« Der Inspector verstummte, als er ihre Miene sah.

Die *Behauptungen* der Mädchen. Behauptungen!

Billie fuhr sich mit der Hand über das Gesicht, über die Augen, die Nase und ließ sie auf ihrem Mund liegen. Der Boden unter ihren Füßen schien sich zu bewegen. »Das ist nicht zufällig ein … schlechter Scherz?«, brachte sie schließlich heraus.

Cooper schüttelte den Kopf.

»Also, wir hatten den Kommandanten des gottverdammten Konzentrationslagers von Ravensbrück in Gewahrsam, der wegen Kriegsverbrechen gesucht wird und hier in Australien Mädchen einsperrt und missbraucht, und jetzt ist er wieder auf freiem Fuß? Wir haben Zeuginnen für das, was er auf dieser Farm gemacht hat, und man hat ihn einfach gehen lassen? Wir haben Adin und die Mädchen und ihre Aussagen …« Sie erschauerte, als sie daran dachte, wie sich Shyla und die Mädchen fühlen würden, wenn sie herausfanden, dass ein Police Officer diesen Mann hatte gehen lassen, obwohl er wusste, dass sie bereit waren, auszusagen. Was für ein Verrat! Was für ein ungeheurer Verrat von einem System, von dem Shyla gesagt hatte, dass sie ihm nicht trauen würde, weil sie schon zuvor von ihm im Stich gelassen worden war. Und Adin hätte ihn identifizieren können. Adin hatte sich bereit erklärt, auszusagen.

»Wir haben Zeugen, Inspector. Wir haben dieses schreckliche Buch mit Daten und Namen. Wir haben die Ölfässer in diesem Schuppen.« Zwei Leute an den Billardtischen sahen in ihre Richtung, und ein Spiel auf der anderen Seite des Raums wurde unterbrochen. Sie schien lauter gesprochen zu haben, als ihr klar gewesen war.

»Ja, ich glaube, dass wir ihn identifiziert haben«, sagte der Inspector zurückhaltend. »Und wir untersuchen immer noch das, was das Feuer überstanden hat. Ich versuche, meine Vorgesetzten zu überzeugen …«

»Ihre Vorgesetzten sind immer noch nicht überzeugt?« Sie schlug mit der Faust auf den Billardtisch. Es tat weh, wo ihre Haut aufgescheuert und aufgeplatzt war.

Cooper antwortete nicht. Billie fragte sich, wo Hessmann jetzt wohl steckte. Wohin würde er gehen? Hatte er genug Beziehungen, um flüchten zu können? Aber wie lange? Konnte er vielleicht sogar unbemerkt das Land verlassen?

»Inspector, was soll ich Shyla, Ruthie, Eleanor und Ida sagen? Und Adin? Oder Adins Familie?« Sie sprach jetzt leiser.

Cooper legte seine Hand sanft auf ihre. Billie sah hinab und entschloss sich zu ihrer eigenen Überraschung, ihre nicht wegzuziehen. Neben der großen Männerhand wirkte die ihre winzig und zierlich. Sie hob den Blick, sah ihm ins Gesicht und wartete.

»Bitte nennen Sie mich Hank«, wiederholte er trotz ihres scharfen Blicks, und obwohl er seine Hand nun wegnahm, löste sich diese undurchdringliche Formalität auf, in die er so oft zu verfallen schien. Das konnte sie sehen. Er schob die Hände in die Taschen. »Ich kann nicht …«, begann er. »Billie, ich kann Ihnen nicht einmal annähernd beschreiben, wie enttäuscht ich bin. Ich glaube, dass noch viel mehr hinter dieser Sache steckt, als wir sehen. Hessmann hatte Hilfe, so viel ist sicher. Selbstverständlich besteht meine oberste Priorität darin, ihn und seine Kumpane aufzuspüren und jeden der Männer zu durchleuchten, die in diesem Buch aufgeführt sind. Ich gebe Ihnen mein Wort.«

Billie wartete ab.

»Er kann nicht weit kommen«, fuhr Cooper fort. »Er wird versuchen, in einen anderen Staat zu fliehen, wahrscheinlich sogar in ein anderes Land. Er hat vielleicht Beziehungen, aber wir werden ihn nicht entkommen lassen.«

Wie schwierig musste es sein, so ein Gesicht zu verstecken? Wie es aussah, hatte er es nicht einmal versucht. Er musste geglaubt haben, dass Australien für Leute wie ihn ein sicherer Hafen wäre. Und das war es sicher auch, bis Ruthie, Shyla und Adin gekommen waren.

Billie dachte über die traurige Gewissheit nach, dass Adins Großtante unter unaussprechlich unmenschlichen Bedingungen in Ravensbrück gestorben war, eine von der großen Mehrheit der Frauen, die das Lager nicht überlebt hatten. Und ihre Halskette war zusammen mit dem Lagerkommandanten nach Australien gekommen, wo sie in einer Auktion verkauft wurde, um sein Leben auf der Flucht vor dem Kriegsverbrechertribunal zu finanzieren. Margarethe war die Verbindung, der Grund, dass ihr Großneffe nach den Leuten gesucht hatte, die mit dem Auktionshaus zusammenarbeiteten, das die Halskette, die er erkannt und an die er sich erinnert hatte, verkauft hatte. Sie mochte vielleicht gestorben sein, aber sie und ihr Großneffe hatten geholfen, mit dem Finger auf einen flüchtigen Kriegsverbrecher zu zeigen. Sie waren ihm nahe gekommen, so nah, dass sie letztendlich der Grund für seine Ergreifung geworden waren.

»Der Constable in Richmond ist freiwillig von seinem Posten zurückgetreten«, sagte Cooper. »Und der Sergeant möchte sich persönlich bei Ihnen entschuldigen.«

»Was nützt das schon?« Billie verschränkte die Arme. »Hat der Constable vielleicht eine Verbindung zu diesem Hessmann? Wäre das möglich? Was ist mit dem Mann, der geholfen hat, ihn freizubekommen? Dieser Anwalt?«

Der Inspector schüttelte niedergeschlagen den Kopf. »Wir sind nicht einmal sicher, ob er überhaupt ein Anwalt war. Die persönlichen Informationen, die er uns gegeben hat, waren falsch. Ich habe bereits jeden Hafen alarmiert.« Er senkte die Stimme und sah sie an. »Wir glauben, dass Hessmann nicht allein gehandelt hat – ich meine, noch zusätzlich zu den Mitarbeitern des Auktionshauses und diesem angeblichen Anwalt. Es hat bereits Ermittlungen bezüglich möglicher Naziaktivitäten in Australien nach dem Krieg gegeben, aber sie wurden …«

»Nicht sehr ernst genommen?«

»Ganz genau.«

»Und jetzt haben Sie ein abgebranntes Haus voller Beweise.«

»Stimmt. Jedenfalls, was davon übrig ist.«

»Haben Sie die Namen in dem Buch dahingehend überprüft, wer möglicherweise in Richmond geholfen haben könnte?«, erkundigte sie sich.

»Wir arbeiten daran. Hessmann scheint dieses Buch für Erpressungen genutzt zu haben, weil er sämtliche Einzelheiten von den Männern aufgeschrieben hat, die ...« Er unterbrach sich und schien nach den richtigen Worten zu suchen.

»Ich weiß, was sie getan haben«, erlöste sie ihn. Hessmann hatte seine gestohlenen Güter nach Australien verschifft, wo er glaubte, damit durchkommen zu können, und verkaufte sie jetzt eines nach dem anderen. Er lebte von den letzten Stücken der zerstörten Leben der Frauen und Kinder, bei deren Ermordung er mitgeholfen hatte. Und er hatte die Mädchen in seinem Anwesen benutzt, um Bouchers Loyalität zu festigen und die Loyalität all jener Personen, die sonst noch in diesem Buch aufgeführt waren. Es war ein Protokoll von Erpressungen und Missbrauch und würde kein gutes Licht auf die wohlhabenden Klienten werfen, die die Waren erworben hatten, die Hessmann verkauft hatte.

»Hessmann war offenbar für diese Art von Erpressungen bekannt. In Berlin hatte das sehr gut für ihn funktioniert. Eine der Möglichkeiten, mit der er sich der Loyalität von Menschen versicherte, war es, ihnen ... Zugang zu gewissen Gefangenen zu versprechen, und dann behielt er die Beweise. Die Männer, die daran beteiligt waren, wollten natürlich nicht, dass ihre Ehefrauen davon erfuhren. Er hatte auch noch andere Dokumente unter Verschluss, ebenso ein Tagebuch. Einige Fragmente haben die Flammen überstanden. Sie werden im Moment übersetzt, was etwas Zeit in Anspruch nehmen wird, aber es scheint, dass sein Tagebuch etliche Spuren enthält und …« Wieder zögerte der Inspector. »… Details schildert«, beendete er schließlich den Satz.

»Das muss eine hübsche Bettlektüre sein«, erwiderte Billie düster. »Ihre Vorgesetzten können doch unmöglich seine Identität weiter anzweifeln?«

»Die offizielle Haltung lautet, dass seine Identität noch bestätigt werden muss.«

Billie leckte sich die Lippen. Ihr Mund war plötzlich trocken, und in ihr machte sich ein ungesunder Ärger breit, eine kochende Wut, von der sie eigentlich gedacht hatte, dass sie sie in Europa zurückgelassen hatte. »Haben Sie eine Zigarette?« Ihre Stimme zitterte etwas.

Cooper reagierte sofort auf ihre Bitte. Er zog ein Päckchen Tabak aus seiner Manteltasche, drehte eine Zigarette mit der schnellen Präzision eines Soldaten, der dasselbe Ritual in unzähligen Schützengräben und an den Fenstern von verlassenen, ausgebombten Gebäuden in den langen Nächten auf Wache vollzogen hatte. »Ich hätte nicht gedacht, dass Sie rauchen«, sagte er schließlich und gab Billie die Zigarette. Sie schob sie sich zwischen ihre roten Lippen, und er beugte sich vor, um sie mit einem zerschrammten Ronson-Feuerzeug anzuzünden. Ihr Blick fiel auf etwas, was in der Seite eingekratzt war, aber sie konnte es nicht erkennen, bevor er es wieder in die Tasche steckte.

»Heute ist Rauchtag«, antwortete Billie schlicht und nahm einen tiefen Zug. Sie unterdrückte ein Husten. Ihre Lunge war immer noch vom Qualm des Feuers irritiert. »Lassen Sie mich das noch einmal ganz klar formulieren: Ihre Vorgesetzten wollen nicht so aussehen, als hätten sie einen Nazi laufen lassen. Und zwar einen, der in der Befehlshierarchie sehr weit oben stand. Ist das richtig?«

»Ohne sein Erpresser-Buch und seine Beute hat er jetzt nicht mehr so viel Macht«, wich Cooper ihrer Frage aus.

Nur bedeutete das nicht notwendigerweise, dass Hessmann jetzt auf sich allein gestellt war, nicht, falls es ein Netzwerk gab, dessen er sich bedienen konnte. Und das schien nahezuliegen. Hatte er sogar Zugang zu Mitteln, die ihn außer Landes bringen konnten, vielleicht auf einem der Schiffe, die schon bald ablegten? Denn so musste er seine Nazi-Beute ja überhaupt nach Australien gebracht haben – durch hilfreiche Kontakte im Hafen. Er konnte möglicherweise irgendwo als blinder Passagier mitfahren, wenn er keine offizielle Passage riskieren wollte. Er würde wieder in irgendwelchen Löchern verschwinden, um wo herauszukommen? Südamerika? Hongkong? Kanada? Er hatte einen großen Teil seiner Kriegsbeute im australischen Busch verloren, aber niemand konnte wissen, wie viel mehr er noch zur Seite geschafft hatte.

»Ich wollte Ihnen sagen, dass wir Vincenzo Moretti zu einem Verhör vorgeladen haben, und zwar gerade jetzt im Moment«, fuhr Cooper fort. »Aber wir haben zurzeit keine Beweise gegen ihn, und er behauptet, er wüsste nichts von alldem.«

»Natürlich behauptet er so etwas!«, konterte Billie. Sie lachte bitter. »Das hätte ich Ihnen auch vorher sagen können.« Sie zog erneut an der Zigarette, spürte den beißenden Rauch in ihrer Lunge. »Er ist an der ganzen Sache beteiligt, daran habe ich nicht den Hauch eines Zweifels.«

Aber für Moretti war noch Zeit genug. Er steckte bis zum Hals in dieser Sache drin, und sie würde ihn nach allem, was passiert war, nicht davonkommen lassen. »Wenn Sie Hilfe bei dem Verhör haben wollen, dann hätte ich auch noch ein oder zwei Dinge zu erzählen«, erklärte sie düster.

»Nur eines noch«, fuhr Cooper fort.

»Und das wäre?«

»Auf dem Anwesen in Colo wurden menschliche Überreste gefunden. Aufgrund eines Fahrzeuges, das dort ebenfalls gefunden wurde, scheint es die Leiche eines gewissen Georges Boucher zu sein, der ursprünglich aus Vichy in Frankreich stammt.«

Wie passend, dachte Billie. Das Vichy-Regime war eine autoritäre Verwaltung aus berüchtigten Nazi-Kollaborateuren und Unterstützern gewesen.

»Ich glaube, ihm gehört das Auktionshaus, wo Hessmann seine kostbaren Güter verkauft hat. Scheint ein nettes Geschäft zu sein.« Billies Stimme klang schneidend.

»Sie wissen nicht zufällig, was mit Boucher passiert ist, oder? Er ist an den … Aktivitäten beteiligt, die in Hessmanns Notizbuch aufgezeichnet sind.«

»Eine wirklich unangenehme Person«, sagte Billie, als wäre das für sie neu. »Ich kann Sie zwar nicht über sein Dahinscheiden erhellen, aber das Feuer brach ziemlich plötzlich aus und hat sich schnell verbreitet. Es ist ein Wunder, dass überhaupt einer von uns dort herausgekommen ist.«

»Also Tod durch einen weiteren Unglücksfall?«, schlug der Inspector vor.

»Feuer können schrecklich tödlich sein.«

»Ebenso Straßen.«

»Allerdings«, sagte sie und sah ihn an. Sollte er es doch wagen, sie zu beschuldigen!

384

Cooper beobachtete sie sorgfältig. Seine Miene war ruhig, und er sagte nichts.

»Danke, dass Sie mich über Hessmann informiert haben«, sagte Billie schließlich. Sie wusste sehr gut, dass er das nicht hätte tun müssen, und wechselte dann schnell das Thema. Sie wollte verdammt sein, wenn sie zuließ, dass Shyla oder diese missbrauchten Mädchen irgendwelche Konsequenzen tragen mussten, nach dem, was ihnen widerfahren war. »Und danke für die Zigarette.«

»Sie würden doch dasselbe tun, wenn Sie etwas herausfänden?«, fragte Cooper. »Ich meine, Sie würden mich informieren?«

»Das wissen Sie doch, Hank«, antwortete Billie, obwohl sie innerlich noch kochte. »Ich habe Ihnen in Ihrem Büro gesagt, dass wir uns gegenseitig besser behilflich sein können, wenn wir Informationen teilen. Das habe ich auch so gemeint.«

Sie schüttelten sich die Hände, so wie sie das in den Bergen getan hatten. Es war eine formelle Geste, vielleicht übertrieben formell angesichts der Ereignisse der letzten Woche. Er hatte sie immerhin in den Armen gehalten, nass, zitternd und erschöpft, als sie die Ruinen des Anwesens in Upper Colo überlebt hatte. Damals hatte sie sich verletzlich gefühlt, doch jetzt machte die Wut sie stärker. Als sie sich wieder losließen, wechselten sie einen stummen Blick des Einverständnisses. Er dauerte nur ein paar Sekunden, fühlte sich aber deutlich länger an, und die Luft um sie herum knisterte aufgeladen von etwas Ungreifbarem, aber sehr Mächtigem. So etwas hatte sie seit Europa nicht mehr gefühlt. Ja, Jack Rake, wo immer er sein mochte, würde billigen, was sich ereignet hatte, zumindest ihren Anteil daran. Und er würde auch ihre Entschlossenheit billigen, jetzt nicht nachzulassen, nicht, dass sie seine Zustimmung gebraucht hätte oder die irgendeines anderen Mannes, sei er nun lebendig oder tot. Das war noch nicht das Ende der Geschichte.

Jeder Mann in diesem Buch hatte einen scharfen Blick des Auges des Gesetzes verdient, und sie konnte nur hoffen, dass Hessmann noch nicht weit gekommen war. Sie würde sich an die Zeitungen wenden, wenn es nicht anders ging. Jeder sollte dieses Gesicht kennen.

»Ich muss wieder zurück«, sagte Cooper. Die dunklen Ringe unter seinen Augen kündeten von schlaflosen Nächten, und er würde wohl nicht so bald einen freien Tag haben. »Entschuldigen Sie, dass ich Ihre Party gestört habe«, setzte er hinzu. Jetzt erst bemerkte sie, dass Sam, Ella und Alma aufgestanden waren und eine junge Frau neben Sam stand, die an seiner Hand zog. Ah, das musste Eunice sein. Billie war so in ihr Gespräch mit Cooper vertieft gewesen, dass sie sie nicht hatte hereinkommen sehen. Aber die Feier, so kurz sie auch gewesen war, war jetzt in der Tat vorbei.

»Danke, dass Sie es mir gesagt haben«, wiederholte Billie. Cooper entfernte sich und blieb auf der Treppe einmal kurz stehen, um ihr zuzunicken. Sie erwiderte die Geste, und kurz danach trat er durch die Tür auf den Rawson Place. Der Lärm des Verkehrs draußen erfüllte das Untergeschoss und wurde wieder leiser, als sich die Tür hinter ihm schloss.

»Ms Walker, das ist Eunice.« Sams Stimme holte sie wieder in die Gegenwart zurück. Er stand neben einer blonden Frau von ungefähr zwanzig Jahren. Sie war hübsch und adrett und hatte die Lippen fest zusammengepresst.

»Ich freue mich, Sie endlich kennenzulernen«, sagte Billie zu ihr. Eunice nickte etwas verlegen.

»Wir müssen gehen«, sagte Sam zögernd.

»Selbstverständlich«, antwortete Billie. »Bis morgen im Büro?«

»Natürlich.« Er nickte ihr zu.

Die beiden verschwanden, und Billie drehte sich zu Ella und Alma herum.

»Kommst du mit nach Hause?«, schlug Alma vor, aber Billie schüttelte den Kopf.

»Ich glaube, ich gehe noch ein oder zwei Stunden nach oben. Die Agentur läuft nicht von allein.« In Wahrheit jedoch konnte sie sich noch nicht entspannen. Wenn sie jetzt nach Hause in ihre leere Wohnung ging, würde sie noch verrückt werden. Sie musste sich an den Schreibtisch ihres Vaters setzen und nachdenken. Und vielleicht ihre Regel brechen, dass sie nie allein trank.

KAPITEL DREIUNDDREISSIG

Aufgewühlt vor Ärger marschierte Billie Walker durch die Türen des Daking House. Ihr letzter Fall war abgeschlossen. Die Browns hatten ihren Jungen zurück, und sie hoffte, dass sie auch schon bald Margarethes Halskette wiederbekamen. Billie hatte zum ersten Mal seit langer Zeit eine ganze Reihe von Klienten. Und sie hatte das Gefühl, dass etwas Bedeutungsvolles zu tun nicht mehr nur ihrer Vergangenheit angehörte. Sie war zum ersten Mal seit Monaten wirklich optimistisch – jedenfalls war sie das gewesen, bevor Detective Inspector Cooper ihr schlechte Neuigkeiten gebracht hatte. Es gab immer noch genug offene Fragen, die sie noch mehrere Monate beschäftigen würden. Sie würde, so gut sie konnte, bei der Jagd auf Hessmann und seine Geschäftspartner helfen, und sie war fest entschlossen, Moretti zur Strecke zu bringen, koste es, was es wolle. Er musste für Hessmann gearbeitet haben, oder vielleicht für Boucher, wie sie am Anfang angenommen hatte.

Ja, es gab noch genug zu tun.

»John, warten Sie mit dem Aufzug auf mich?«, rief Billie und beschleunigte ihre Schritte, als sie das Foyer durchquerte.

Der Fahrstuhlführer lächelte auf seine schiefe Art durch das Gitter der Außentür und öffnete es. Seine beiden anderen Fahrgäste, zwei Männer, mussten warten. »Selbstverständlich, Ms Walker«, sagte er zuvorkommend.

Billie betrat den Aufzug und stellte fest, dass einer der beiden Männer ihr bekannt vorkam. Es war ein älterer Mann mit einer Brille und von Tinte beschmierten Fingern in einem gestreiften Anzug. Einer der Buchhalter. Ein angenehmer Kerl. Er tippte mit dem Finger zum Gruß an seinen Hut. Der zweite Mann war größer und hatte schlecht gefärbtes, braunes Haar, das unter einem Fedora hervorlugte. John Wilson schloss die zweite Tür und betätigte den Hebel. Der Aufzug setzte sich ruckelnd und brummend in Bewegung.

»Zweiter Stock, Mr Peters«, verkündete er. Der Buchhalter bedankte sich lächelnd und verließ den Aufzug.

Wilson schloss die Tür erneut und aktivierte den Aufzug. »Beide nach Stockwerk sechs.«

Billie schluckte. Die kleine Frau in ihrer Magengrube sagte ihr, dass hier irgendetwas ganz und gar nicht stimmte. Einen Herzschlag später stand der Mann mit dem Fedora hinter ihrer linken Schulter. Sie spürte die scharfe Spitze eines Messers in ihrem Kreuz. Es drückte direkt über ihrer Niere gegen ihr Hemdblusenkleid.

»Wie läuft die Arbeit, Ms Walker?«, fragte Wilson, der ihnen den Rücken zukehrte, während er die Kontrollen des Aufzugs im Auge behielt.

Billie holte tief Luft und rührte sich nicht. Ihre Stimme war ganz ruhig. »Es ist viel zu tun«, antwortete sie. Sie spannte sich trotz ihrer Bemühungen an. »Wie geht es Ihrer entzückenden Frau Wendy? Ihr Zustand hatte sich doch so plötzlich verändert, stimmt's, nach diesem Anfall von … was war das noch gleich?«

Das Messer grub sich unmerklich tiefer in ihren Rücken.

»Ach, es war nur eine Erkältung, mehr nicht«, antwortete Wilson nach einer fast unmerklichen Pause. Billies Zuversicht stieg einen Hauch.

»Wir sind da«, sagte der Fahrstuhlführer, als der Fahrkorb langsamer wurde. »Sechster Stock.«

Billie bereitete sich auf das vor, was, wie sie hoffte, als Nächstes passieren würde. Sie spannte sich an und drückte die Füße fest auf den Boden. Als Wilson den Kontrollhebel plötzlich zurückschob und dann abrupt losließ, schaltete sich der Totmannschalter ein. Der Fahrkorb fiel einen Moment schwerelos hinab, bevor er mit einem heftigen Ruck bremste. Billie warf sich nach vorn, von dem Messer weg, ließ sich absichtlich auf ihre wunden Handflächen fallen und trat wie ein Esel nach hinten aus. Sie wuchtete dem Mann die Absätze ihrer Oxfords in den Bauch. Er brach an der Wand zusammen, das Messer fiel ihm aus der Hand, und bevor sich Billie aufrichten konnte, hielt Wilson, unbewaffnet und mit nur einem Arm, den Mann mit beiden Knien am Boden fest.

»Lieber Gott, ich habe es also richtig verstanden!«, stieß er etwas atemlos hervor. »Als Sie June mit dem falschen Namen nannten, war mir klar, dass das irgendeine Art von Code sein musste.«

»Ja, John«, erwiderte Billie. »Das haben Sie gut gemacht, verdammt gut.« Sekunden später hielt sie ihren Colt in der Hand. Sie packte die Waffe mit beiden Händen und schwankte noch etwas, weil alles so schnell gegangen war.

»Mir kam das schon irgendwie verdächtig vor, als ich ihn fragte, wo er gedient hatte, und er mir nicht antwortete. Diese Kriegsverletzung.«

Es war eine Verletzung, die man mit der Wunde eines Fliegers hätte verwechseln können, wie John sie hatte, aber das war sie nicht. Diese Verbrennung hatten die Opfer des Mannes ihm in einem letzten mutigen Akt der Rebellion zugefügt.

Wilson ließ den Mann los und stand auf. Er zog seine Uniformjacke und seinen leeren rechten Ärmel glatt. Dann fuhr er mit dem Lift weiter hoch und hielt ihn an, als sie den sechsten Stock erreicht hatten.

»Danke. Öffnen Sie die Türen, bitte, John«, sagte Billie und ignorierte Hessmanns wütendes Gemurmel.

Wilson öffnete die innere Tür und schob das Gitter vor dem Ausgang zum sechsten Stock zurück.

»Ich danke Ihnen noch einmal«, sagte Billie. »Ich schulde Ihnen etwas und erkläre Ihnen später alles.« Sie schob ihren Gefangenen aus dem Aufzug. »Rufen Sie bitte die Polizei, John, wenn Sie so nett sind. Fragen Sie nach Detective Inspector Cooper. Er sitzt in Central, direkt nebenan. Und Constable Primrose. Sagen Sie ihnen, dass ich Franz Hessmann habe. Sie sollen so viel Verstärkung mitbringen, wie sie wollen, und sich beeilen, wenn sie wollen, dass ich den Kerl am Leben lasse. Meine Geduld ist nicht mehr das, was sie einmal war.«

KAPITEL VIERUNDDREISSIG

In das Gesicht eines Massenmörders zu starren ist eine höchst erhellende Erfahrung, stellte Billie Walker fest.

Der Eindruck, der sich ihr am stärksten aufdrängte, war die schlichte Gewöhnlichkeit dieses brutalen Mörders. Der Mann, der gefoltert, entstellt, vergewaltigt und getötet hatte, hatte Gesichtszüge, war aus Fleisch und Blut und hatte menschliche Eigenschaften wie jede beliebige andere Person. Er hatte Wimpern. Zähne. Durch seine Adern floss wahrscheinlich Blut, wie bei allen. Er war einmal ein Baby gewesen, der Spross irgendeiner ahnungslosen Vereinigung. Ein Puls schlug unter seiner Haut, genauso wie bei Billie. Tatsache war, dass sie ihn in einer Menschenmenge nicht wahrgenommen hätte. Sie konnte nicht wirklich behaupten, dass sie ihn im *The Dancers* gesehen und gedacht hätte: *Der da. Das ist ein Mörder von Tausenden, Abertausenden.*

Und doch stand dieser Franz Hessmann vor ihr. Hat er sich das weiße Haar im Krieg verdient?, spekulierte sie. Oder in dem Feuer, das ihm diese Narben hinterlassen hat? Oder ist es schon immer weiß gewesen? Nun wenigstens hatte er versucht, es zu verstecken. Offenbar zweifelte er inzwischen an seiner Fähigkeit, sich vor aller Augen in der Oberschicht von Sydney zu verbergen, umringt von einer Gruppe von Leuten, deren Unterstützung er sich so erfolgreich verschafft hatte, durch Wohlstand, kostbare Kunst und die niederste Form von Erpressung. Sein Haaransatz sah künstlich aus und hob sich deutlich von seiner blassen Haut ab. Die Farbe wirkte irgendwie fremdartig. Sie hatte es auf den ersten Blick bemerkt, aber es hatte ein paar Augenblicke gedauert, bis sie begriff, was es bedeutete.

Es waren nur wenige Sekunden gewesen, aber das hätte fast gereicht – wären da nicht John und seine schnelle Auffassungsgabe gewesen. Hessmann war zu ihrem Büro unterwegs gewesen, um sie zu töten. Das verdeutlichte wohl seine persönliche Abneigung ihr gegenüber – es wäre sicherer für ihn gewesen, sich von ihr fernzuhalten, zu verschwinden und verschwunden zu bleiben. Aber jetzt saß er auf dem knarrenden Holzstuhl ihres Vaters in dem ehemaligen Büro ihres Vaters, Billie hatte einen geladenen Colt 1908 auf seinen Kopf gerichtet, und es juckte ziemlich in ihrem Zeigefinger.

»Wer hat Ihnen geholfen, aus Richmond zu entkommen, Hessmann? Es muss eine sehr überzeugende Person gewesen sein.«

Er hielt seine dünnen Lippen fest geschlossen.

»Was haben Sie noch mal so gern gemacht, um Leute zum Reden zu bringen? Irgendwas mit einer Badewanne, habe ich gehört. War das Ihr Ding? Würde ich etwas von Ihren Techniken beherrschen, würden Sie mir jetzt vielleicht auch ein paar Informationen geben.«

Wieder antwortete er nicht.

Wut loderte in Billie, eine beherrschte, aber sehr ungesunde Wut, die sich von innen gegen ihre Haut zu pressen schien. Was hätte sie getan, wenn das alles achtzehn Monate früher passiert wäre? Hätte sie darauf gewartet, bis die Kavallerie eintraf? Sie hatte noch nie einen Mann getötet, jedenfalls nicht von Angesicht zu Angesicht, in dem Punkt hatte sie geblufft, aber es gab für alles ein erstes Mal.

»Ich habe gehört, wie diese Frauen Sie in dem Lager erwischt haben. Sie haben sich Ihre Verbrennungen wirklich verdient.« Sie deutete auf sein Gesicht. »Aber es ist wohl kaum eine ehrliche Kriegsverletzung, im Gegensatz zu vielen anderen. Es muss Sie wirklich mitgenommen haben, dass Sie die ganze Zeit mit dem Beweis des Sieges dieser Frauen auf Ihrem Gesicht herumschleichen mussten.«

Ah, jetzt ging sie ihm langsam unter die Haut. Sein kalkweißes Gesicht bekam ein bisschen Farbe.

»Ja, sie haben Sie echt übel erwischt«, fuhr Billie fort. »Und der Junge hier in Sydney hat es herausgefunden, oder? Wussten Sie, wer der Junge war? Wie wichtig er war?«

»*Judensau!*«, stieß er kochend vor Zorn hervor. Billies Wut flammte hoch.

Es ist verlockend, aber nein, nein, ermahnte sie sich. Er war besser im Knast hier in Sydney oder in Deutschland aufgehoben, wo er sich seinen tapferen Opfern stellen musste, als durchlöchert in ihrem hübschen Büro, in das sie jeden Tag zurückkehren würde und sich dann an ihn erinnern oder zumindest die Flecken sehen würde, die er hinterließ.

»Ich halte nicht viel von Ihnen, Hessmann. Sie und Ihresgleichen sind den Teppich nicht wert, auf dem ich stehe. Das ist der einzige Grund, warum ich davon absehe, abzudrücken. Aber bitte, wenn Sie meine Meinung tatsächlich ändern wollen, dann machen Sie nur so weiter!«, provozierte sie ihn.

»*Verräterische Hure!*«, stieß er wieder auf Deutsch hervor und spuckte auf den Teppich ihres Vaters. Billie verstand auch das.

Sie trat einen Schritt zurück, um sich zusammenzureißen. *Warte auf die Cops. Hank wird nicht mehr lange brauchen,* dachte sie. *Aber das hat dir letztes Mal auch nicht viel genützt,* ergänzte sie diesen Gedanken. Ihr Blick fiel auf Jacks Foto, auf dieses etwas verschwommene, offene Grinsen.

In dem Moment spürte sie den Luftzug, und ein leises Geräusch alarmierte sie. Hessmann stürzte auf den kleinen Balkon, dessen Tür offen stand, um den Wind hereinzulassen. Ja, er flüchtete dorthin, wo sie so oft die untergehende Sonne beobachtet hatte oder an den Rauchtagen eine Lucky Strike gequalmt hatte. Das war sonderbar, weil er von dort nicht entkommen konnte. Sie reagierte ebenfalls schnell, war nur einen Herzschlag hinter ihm. Gerade als sie dachte, dass er jetzt in der Klemme saß, war Hessmann über den Rand gesprungen. Billie wartete auf Schreie von der Straße und das Geräusch, wie sein Körper auf den Bürgersteig aufschlug. Ein weiterer Nazi, der der Gerechtigkeit durch seine eigene Hand entkommen war, wie der Führer in seinem Bunker.

Aber nein.

Billie beugte sich über das Geländer des Balkons. Hessmann stand auf einem Vorsprung und klammerte sich an das Gebäude, weit über dem Eingang zu den Billardräumen, wo Billie eben noch gefeiert hatte. Eine Feuertreppe, die aus einer schmalen Metallbrücke bestand, verband Daking House mit dem benachbarten Bahnhofsgebäude. Sie lag hoch oben über dem Gässchen, und Billie war sich bewusst, dass sie in früheren Jahren von den Arbeitern aus den oberen Stockwerken der angrenzenden Gebäude benutzt worden war, wenn ein Feuer ausgebrochen war. Die Metallbrücke war alt und galt als unsicher. Aber Hessmann schob sich langsam darauf zu und würde sie bald erreichen.

Billie zielte mit ihrem Colt auf ihn. »Halt!«, schrie sie und beugte sich über den Balkon. Sie hielt sich an einer der dicken Säulen fest, und als er nicht stehen blieb, nicht einmal innehielt, feuerte sie ihre Waffe ab. Die Kugel prallte vom Metall der Feuerleiter ab. Sie hörte ein lautes Keuchen von unten, als käme es von einem anderen Ort, über eine Telefonleitung oder aus einem Film. Sie konzentrierte sich jedoch ausschließlich auf Hessmann, und kurz danach hatte er die schmale Feuertreppe erreicht und hockte dort, geduckt wie eine Spinne. Dann schob er sich über das Gitter zum anderen Gebäude hinüber. Sie schoss erneut, zielte auf seinen Unterkörper, weil der Rest von dem Gitter geschützt wurde. Diesmal hielt er inne, aber nur kurz. Ihr war klar, dass sie ihn nicht verfehlt hatte, weil sie die Blutspur sah, die er hinterließ, als er sich weiterzog. Jetzt war das Metallgitter einem sauberen Schuss im Weg.

»Mist! Verdammter Mist!« Niemand unter ihr konnte ihr helfen, und sie konnte niemanden im Bahnhofsgebäude sehen. Die Cops waren noch nicht eingetroffen. Die Fenster des Gebäudes waren jetzt im Sommer geöffnet. Es würde ein Kinderspiel für ihn sein, durch eines dieser Fenster zu verschwinden. Billie schob den Colt in ihren Gürtel um die geraffte Taille ihres Kleides und kletterte nach kurzem Zögern über das Balkongeländer. Die Simse waren gerade breit genug, um darauf stehen zu können, aber es war sehr gefährlich. Sie rutschte ab und warf sich zur Seite, erwischte mit beiden Händen den Rand der Brücke und konnte sich mit Mühe hochziehen. Dann war sie auf der Feuertreppe, Hessmann nur wenige Schritte vor ihr. Aber das Geländer war nicht sehr solide, die Brücke schwankte, und sie kroch weiter nach vorn. Dann erwischte sie Hessmanns Knöchel.

»*Hure!*«, verfluchte er sie zum zweiten Mal und versuchte sie abzuschütteln.

»Ich bin niemandes Hure, vielen Dank«, konterte Billie mit eisiger Höflichkeit und drückte ruhig die Mündung ihres Colts in die Schusswunde an seinem Bein. Er schrie und hörte auf weiterzukriechen. Als er still liegen blieb, verringerte sie den Druck. »Ich empfehle Ihnen, sich nicht zu rühren, Hessmann«, sagte sie. »Es sei denn, Sie wollen mehr Schmerz.« Er blutete aus der Schusswunde. Jetzt konnte er nicht mehr weglaufen, nicht mit diesem Bein. Er bewegte sich nicht, ebenso wenig wie sie. Sie hatte ihn endlich! Jetzt würde sie Hessmann nicht mehr aus den Augen lassen, für niemanden.

»Nicht bewegen!«, rief jemand von unten. Eine unerwartete Spiegelung ihrer Empfindung. Sie blickte über den Rand der schmalen Feuerbrücke hinunter und erkannte Hank Coopers Gesicht, das zu ihr emporsah. »Die Feuerwehr kommt. Sie haben ein Fangnetz!« Seine Stimme klang ungewöhnlich angespannt.

Erst jetzt bemerkte Billie, dass sie eine ziemliche Menschenmenge angelockt hatten. Sie hockte dort oben auf der Feuerbrücke, etliche Stockwerke über dem kalten, harten Bürgersteig. Die Pendler, die nach ihrer Arbeit zur Central Station und den Trams unterwegs waren, waren stehen geblieben und starrten herauf. Constable Primrose stand neben Hank Cooper und John Wilson. Er sah so bleich aus wie ein Gespenst. Unmittelbar vor ihnen auf dem Dach tauchten zwei Police Officer in dem Fenster auf. Das Glas reflektierte auf surreale Weise Billies gefährliche Position. Jemand in Klerikerkleidung tauchte im Laufschritt auf der Rawson Lane auf, bekreuzigte sich und begann zu beten.

Hessmann musste wissen, dass er umzingelt war, dass er keine Chance auf eine Flucht hatte. Diesmal nicht.

»*Für das Tausendjährige Reich!*«, schrie er plötzlich auf Deutsch und warf sich nach vorn. Seine Beine rutschten zuerst von der Brücke und zogen langsam seinen Oberkörper hinab. Billie griff nach ihm, ließ ihn jedoch los, als sie begriff, dass sie keinen festen Halt auf der Brücke hatte. Sie krabbelte im Sitzen auf Händen und Füßen rückwärts, um sich vor seinem Griff in Sicherheit zu bringen, als er nach einem Halt suchte. Entweder, um sie mit sich zu reißen, oder in einem letzten instinktiven Versuch des Überlebens. Die Brücke schwankte, und die rostigen Schrauben brachen. Eine weiße Hand griff nach ihrem rechten Knöchel und packte ihn. Sein Griff war so fest wie die Umschlingung einer Kobra und zog Billie mit einem Ruck zur Seite. Die Brücke erzitterte erneut und machte dabei schrecklichen Lärm. Billie rutschte hilflos an den Rand. Ihre Bewegung wurde von einem kollektiven Schrei von unten akzentuiert. Sie fand einen schmalen Halt für ihren linken Schuh und schob die Finger einer Hand durch das Metallgitter. Jetzt hingen sie da, Billie, die sich an der Brücke festklammerte, und Hessmann, dessen ganzes Gewicht an ihrem rechten Knöchel hing. Die Schreie von unten klangen sonderbar fern in Billies Ohren, weil das Adrenalin in ihrem Schädel rauschte und pochte. Ihr verdrehtes Bein schmerzte höllisch, aber sie gab keinen Mucks von sich, sondern bog sich mit aller Kraft zurück.

Billies schöne Strümpfe waren glatt und rutschig, und sie spürte, wie Hessmanns Hand immer weiter hinabrutschte, als sie sich unter dem Gewicht seines Körpers dehnten. Schließlich hing er nur noch an der Spitze ihres Oxford-Schuhs, und sie verdrehte den Fuß. Der Schnürsenkel ihres Schuhs löste sich allmählich, die Hacke schob sich von ihrem Fuß, Zentimeter um Zentimeter. Die Zeit schien sich zu dehnen, wie in der letzten

Minute eines Soldaten. Jede Handlung, jeder Atemzug dehnte sich aus, es gab nichts davor und nichts danach, nur dieser Moment zählte. Noch einen Atemzug, dann noch einer, dann löste sich ihr Oxford von ihrem Fuß.

Und mit ihm Franz Hessmann.

Ohne das zusätzliche Gewicht zog Billie ihr rechtes Bein hoch und erhaschte einen Blick auf das weiße Gesicht. Es war eine verzerrte Maske aus Wut und Furcht, die unter ihr kleiner wurde, immer kleiner. Die Augen waren rund vor Panik und starrten sie geradewegs an, während der Mann immer noch eine Hand nach ihr ausstreckte, als griffe er nach ihr. Sie schloss die Augen und hörte das grausame Geräusch, als er auf dem Boden landete. Ihr Schuh fiel leiser kurz nach ihm auf den Asphalt. Die Brücke schwankte erneut und kam dann zur Ruhe. Alles verstummte. Selbst das Hämmern von Billies Herz setzte einen Moment aus.

Dann ertönte in der Ferne eine Sirene.

Die Feuerwehr kam mit ihrem Fangnetz.

DANKSAGUNGEN

Dieser Roman ist eine fiktionale Erzählung und spielt in einer historischen Periode, die in der Erinnerung von zunehmend weniger Menschen lebt. Es war eine Zeit von großer persönlicher Bedeutung für meine Familie und für viele andere. Billie und ihre Geschichte wurden aus einer Mischung des echten Lebens und meiner Phantasie geboren, aus Familiengeschichten aus dem Zweiten Weltkrieg, meiner Faszination für die vierziger Jahre des 20. Jahrhunderts und der Nachkriegsgeschichte der Frauen, meiner Liebe zu den harten Krimis noirs aus dieser Zeit, meiner Liebe zu Action und zu den großen Frauen, die dieser Zeit ihren Stempel aufgedrückt haben. Es ist unmöglich, den Heldinnen dieser Periode gänzlich gerecht zu werden.

Die Jägerin hat zwei Jahre Recherche und Schreiben gekostet und erheblich mehr Jahre, um es zu konzipieren, da ich mich gleichzeitig mit Nonfiction-Schreibprojekten beschäftigt habe. Während dieser Zeit hat meine Familie unglaubliche Geduld aufgebracht, ebenso wie meine Herausgeber. Ich stehe tief in ihrer Schuld. Mein aufrichtiger Dank geht an HarperCollins für zwanzig Jahre Unterstützung über mehrere Genres hinweg, seit ich 1999 meinen ersten Roman bei ihnen veröffentlicht habe. Insbesondere möchte ich Anna Valdinger, Katherine Hassett, Nicola

Robinson, Rachel Dennis, Alice Wood und der Lektorin Amanda O'Connell danken. Ebenso gebührt mein Dank meiner australischen Agentin Selwa Anthony für ihre unaufhörliche Unterstützung, Freundschaft und Anleitung. Sie war von Anfang an dabei und ist ein großartiges Beispiel für die starken und fähigen Frauen, die meine fiktiven Charaktere so oft inspirieren.

Ich schulde meiner Rechercheurin Chrys Stevenson großen Dank für ihre unermüdliche Hilfe, als ich mich vor über zwei Jahren in den Kaninchenbau der Einzelheiten dieser historischen Periode gewagt habe. Sie hat jeden Aufzug, jede Straße und jedes Gebäude im Sydney der vierziger Jahre überprüft. Der Australian Sewing Guild danke ich für alles, was sie mich als Stammkundin und Studentin und dadurch die fiktive Billie gelehrt haben, was ihre Fähigkeiten, zu nähen und zu flicken angeht. Den Modehistorikerinnen Hilary Davidson und Nicole Jenkins danke ich für ihre Kompetenz, der Beraterin Dr Sandra Phillips, Professor Larissa Behrendt und Raema Behrendt für ihr Wissen und ihre Unterstützung bei der Recherche über die Erfahrungen von Aborigine-Frauen in Australien während der letzten Jahrzehnte. Daking House YHA danke ich für den Zugang zum Gebäude und ihren historischen Plänen. Joe Abboud für Informationen über den historischen Apartmentblock, den ich für dieses Buch in Cliffside umbenannt habe. Bob Waddilove für sein Wissen über den Willis 77 Roadster und dem ehemaligen Police Prosecutor Sergeant Patrick Schmidt für seine Hilfe.

Die Charaktere in diesem Buch sind fiktiv, mit Ausnahme von Special Sergeant (First Class) Lillian Armfield. Ich hoffe, dass sie ihre kurzen Gastspiele billigt. Mit dieser Methode lenkt eine Krimiautorin Aufmerksamkeit auf ihre Pionierarbeit bei der Polizei.

Der verwerfliche Franz Hessmann ist ein fiktiver Charakter, obwohl das Konzentrationslager Ravensbrück ein realer Ort war, wo etwa 132 000 Frauen und Kinder unter extremen Bedingungen eingekerkert waren. Sie litten unter Hunger, Sklavenarbeit (ja, die privaten Firmen, die in dem Buch erwähnt worden sind, waren in die Beschäftigung dieser Arbeiterinnen verwickelt), unmenschliche medizinische Experimente und Sterilisationen wurden gegen ihren Willen vorgenommen. Nur sehr wenige überlebten. Einige spezielle Elemente des Romans wurden von dem mutigen Zeugnis der Holocaust-Überlebenden inspiriert, einschließlich Simone Lagrange, die gegen den Nazi Klaus Barbie über ihre Folterung 1944 im Alter von dreizehn Jahren in einer Badewanne ausgesagt hat. Angeblich haben die Frauen, die in Ravensbrück Zwangsarbeit leisten mussten, um zum Beispiel Strümpfe für die Soldaten herzustellen, ihre Fähigkeiten zum Nähen tatsächlich dazu genutzt, die Maschinen so zu manipulieren, dass der Stoff am Absatz und an den Zehen ziemlich dünn wurde. Dadurch verschlissen die Socken schnell, wenn die deutschen Soldaten marschierten, und die bekamen daraufhin wunde Füße. Diese Geschichte scheint wahr zu sein, und es gab auch noch andere Saboteurinnen in der Raketenfabrik. Frauen, die alles riskierten, um zu rebellieren und ihren Mut unter diesen unaussprechlichen, grausamen und unmenschlichen Bedingungen zu behalten. Ich bin bei meinem Großvater aufgewachsen, dem dieses Buch zusammen mit meiner Großmutter gewidmet ist. Ich erinnere mich an Geschichten von seiner Flucht, von der Sabotage an Bomben in den Munitionsfabriken in Berlin, in denen er zur Zwangsarbeit gezwungen wurde, zusammen mit vielen anderen körperlich gesunden Holländern während der Besetzung der Niederlande.

Ich benutze in diesem Buch den Begriff »Entstellung« als derzeit angemessene korrekte Terminologie, was Unterschiede des Aussehens des Gesichts angeht. Das war eine besondere Herausforderung für eine erheblich größere Anzahl von Soldaten, die aus den Schlachten nach dem Ersten Weltkrieg zurückkehrten. Die Waffentechnik wurde immer fortschrittlicher, aber ebenso die medizinische Versorgung auf dem Schlachtfeld und die plastische Chirurgie. Ich habe mich bemüht, die Elemente in diesem Buch ihrer Epoche gemäß so genau wie möglich zu schildern, einschließlich des entkommenen Zirkuskrokodils aus dem Jahre 1946. Die Zeitschiene ist für die Zwecke dieses Romans nur ein paar Wochen vorverlegt, ebenso wie die australische Premiere des Films *Rächer der Unterwelt*. Im Fall von *The Dancers* werden die Historiker bemerken, dass der Club erfunden ist. Besonders hartgesottene Fans werden den Namen als eine Hommage an Raymond Chandlers L. A. und sein Buch *Der lange Abschied* erkennen. Allerdings hat der weißhaarige Mann in diesem Fall alles andere als eine ehrenvolle Kriegsverletzung.

Ich danke meiner Familie für ihre Liebe und Unterstützung, vor allem Berndt und Sapphira, Jackie, Wayne, Annelies, Dad und Lou, Nik und Dorothy, Auntie Linda und meinen lieben Freunden, die mit mir durch dick und dünn gegangen sind.

Auf die Tausenden von mutigen Rebellionen von ganz normalen Menschen!

LESEPROBE

2. KAPITEL

ELEANOR

London, 1943

Gregory Winslow, Direktor der Special Operations Executive, kurz SOE, war außer sich, sein Gesicht vor Wut rot angelaufen. Als er mit der Faust auf den Konferenztisch schlug, klapperten die Tassen, und das Stimmengemurmel im Raum brach ab.

»Schon wieder zwei Agenten gefasst?« Seine Stimme war so laut, dass eine Stenotypistin draußen auf dem Gang stehen blieb und erschrocken in den Konferenzraum spähte, bevor sie weiterlief.

Eleanor stand auf und schloss die Tür. Auf dem Weg zurück zu ihrem Platz versuchte sie, den Zigarettenrauch fortzuwedeln, der wie eine Dunstglocke über den Versammelten hing.

»Ja, Sir«, stammelte Captain Michaels, Attaché der Royal Air Force. »Sie wurden nur wenige Stunden nach der Landung in Marseille festgenommen. Seitdem haben wir nichts mehr von ihnen gehört. Wir befürchten das Schlimmste.«

»Wer waren die beiden?« Winslow, der in der Regel nur als »Direktor« bezeichnet wurde, war ein hochdekorierter

Oberst a. D. des britischen Heeres, der seine Auszeichnungen aufgrund seiner Verdienste im Großen Krieg erhalten hatte. Er war eine imposante Gestalt, sein Alter von neunundfünfzig Jahren sah man ihm nicht an.

Michaels schien die Frage zu verwirren. Er gehörte zu den Männern, die im Hauptquartier arbeiteten. Die Agenten, die im Ausland eingesetzt wurden, waren für ihn und seine Kollegen nur namenlose Schachfiguren.

Eleanor hatte eine andere Einstellung. »Es waren James, Harry, gebürtiger Kanadier und Absolvent des Magdalen College, Oxford, und Peterson, Ewan, vormals Mitglied der Royal Air Force.« Sie kannte die Daten der Männer, die sie hinter die feindlichen Linien schickten, auswendig.

»Das wäre dann bereits die zweite Festnahme in diesem Monat, oder?« Der Direktor steckte seine Pfeife in den Mund und kaute verärgert auf dem Mundstück herum.

»Die dritte«, sagte Eleanor leise. Sie wollte Winslow nicht noch mehr aufbringen, aber sie mochte ihn auch nicht belügen.

Churchill hatte die SOE vor drei Jahren ins Leben gerufen und dieser Einheit den Auftrag erteilt, das von den Deutschen besetzte Europa durch Sabotageakte und Attentate »in Brand zu stecken«. Seitdem hatten knapp dreihundert Agenten auf feindlichem Gebiet Rüstungsbetriebe, Brücken und Eisenbahngleise gesprengt und die Partisanen mit Waffen versorgt. Die Einsätze fanden überwiegend im besetzten Frankreich statt und wurden von der sogenannten Sektion F durchgeführt. Das Ziel war, die Versorgungswege der deutschen Besatzer zu unterbrechen und die französischen Partisanen noch vor der Invasion der Alliierten, von der man bereits munkelte, in großem Umfang zu bewaffnen.

Außerhalb des Hauptquartiers wurde die SOE jedoch mit Skepsis betrachtet. Die klassischen Geheimdienste der britischen Regierung – unter ihnen der MI6 – nannten die Sabotageakte der SOE dilettantisch und klagten, dass die SOE-Agenten ihren eigenen Leuten in die Quere kämen. Tatsächlich war der Erfolg der SOE schwer einzuschätzen. Ihr Vorgehen war geheim, und inwieweit es das Kriegsgeschehen beeinflusste, vermochte kaum jemand zu bestimmen. Hinzu kam, dass die Einheit seit Kurzem Misserfolge zu verzeichnen hatte und eine zunehmende Anzahl ihrer Agenten gefasst wurde. Niemand wusste, ob es an schlechter Planung lag, der gesamte Apparat zu schwerfällig geworden war oder ein Fehler im Getriebe steckte, den sie nicht erkannten.

Winslow wandte sich Eleanor zu. »Was zum Teufel ist da los, Trigg? Sind die Leute nicht richtig ausgebildet oder machen sie etwas falsch?«

Eleanor wunderte sich, dass er ausgerechnet sie ansprach. Sie hatte in der SOE kurz nach deren Gründung als Sekretärin angefangen und, da sie Polin und überdies Jüdin war, um diesen Posten kämpfen müssen. Manchmal fragte sie sich sogar selbst, wie sie es aus einem Schtetl in der Nähe von Pinsk in das SOE-Hauptquartier in der Londoner Baker Street 64 geschafft hatte. Einiges davon verdankte sie dem Direktor, der gewillt gewesen war, ihr eine Chance zu geben, das meiste jedoch ihren Fähigkeiten –

ihrem Fleiß, ihrem hervorragenden Gedächtnis und ihrer Zuverlässigkeit.

Inzwischen besaß sie das uneingeschränkte Vertrauen des Direktors und war zu seiner Ratgeberin avanciert, auch wenn sie offiziell noch immer als Sekretärin geführt und auch so bezahlt wurde. Auf sein Geheiß saß sie nun am Konferenztisch an seiner Seite. Aber vielleicht war das auch nur so, weil Winslow auf einem Ohr taub war, was in der SOE außer ihm nur noch sie wusste. Nach jeder Sitzung gingen sie das, was besprochen worden war, noch einmal durch, um sicherzugehen, dass er nichts überhört hatte.

Doch noch nie hatte er sie vor Anderen nach ihrer Meinung gefragt. »Es liegt weder an der Ausbildung, Sir, noch an der Durchführung.«

Alle Augen richteten sich auf Eleanor. Sie gehörte zu den Menschen, die sich lieber im Hintergrund hielten – doch nun war es zu spät, die Männer rund um den Tisch betrachteten sie mit hochgezogenen Brauen.

Auch der Direktor schaute sie an und wirkte noch ungeduldiger als sonst. »An was denn dann?«

»Daran, dass sie Männer sind.« Eleanor zwang sich, ihre Worte mit Sorgfalt zu wählen und sich nicht verwirren zu lassen. Sie musste sich klar und deutlich ausdrücken, ohne jemanden zu beleidigen. »In den französischen Städten und Dörfern gibt es kaum noch junge Männer. Einige wurden gezwungen, für die Vichy-Regierung zu arbeiten, andere sind in der Miliz oder sitzen im Gefängnis, weil sie den Dienst verweigert haben. Wieder andere wurden gefangengenommen und als Zwangsarbeiter nach Deutschland geschickt. Unsere Agenten fallen zu sehr auf.«

»Und was bedeutet das? Sollen sie alle untertauchen?«

Eleanor schüttelte den Kopf. Untertauchen war keine Lösung, die Agenten mussten mit den Einheimischen reden können. Sie brauchten die Kellnerin in Lautrec, die mitbekam, worüber französische Kollaborateure mit den Deutschen sprachen, wenn sie zu viel getrunken hatten, ebenso wie die Bäuerin, der auffiel, ob sich die Anzahl der Züge, die an ihren Feldern entlang Richtung Deutschland fuhren oder von dort kamen, erhöhte oder verringerte. Jede kleine Beobachtung konnte ihnen von Nutzen sein. Auch das Netzwerk der französischen Widerstandsgruppen musste ihnen zugänglich sein, wenn sie die Partisanen unterstützen wollten. Folglich war es undenkbar, dass sich die Agenten der Sektion F verbargen.

Der Direktor runzelte die Stirn. »Was denn nun, Trigg?«

»Es gibt eine Möglichkeit ...« Eleanors Stimme verebbte.

Normalerweise war sie nicht um Worte verlegen, doch das, was sie vorschlagen wollte, war so kühn, dass sie es kaum über die Lippen brachte. Dann gab sie sich einen Ruck und sagte: »Wir sollten Frauen schicken.«

»Frauen? Welche Frauen?«

Die Idee war Eleanor gekommen, als sie in der Funkzentrale beobachtet hatte, wie rasch und gekonnt eine der jungen Frauen dort eine Nachricht aus Frankreich entschlüsselt hatte. *Wir verschwenden ihre Fähigkeiten*, dachte sie, *diese Frau sollte draußen im Einsatz sein, dort, wo es darauf ankommt.*

Im ersten Moment war der Gedanke selbst Eleanor so verrückt erschienen, dass sie eine Weile gebraucht hatte, bis sie erkannte, wie sinnvoll er war. Allerdings hatte sie nicht vorgehabt, ihn in dieser Runde auszusprechen, vielleicht sogar nie. Und nun konnte sie nicht mehr zurück.

»Ich spreche von Agentinnen.« Eleanor hatte von solchen Frauen gehört. Sie operierten allein, überwiegend im besetzten Osten Europas, schmuggelten Nachrichten und verhalfen Kriegsgefangenen zur Flucht. Auch im Großen Krieg hatte es Agentinnen gegeben, wahrscheinlich mehr, als man gemeinhin annahm. Doch ein Programm ins Leben zu rufen, um Frauen offiziell zu Agentinnen auszubilden, dürfte um einiges schwieriger sein.

»Und was genau sollen diese Frauen tun?«, fragte der Direktor.

»Das Gleiche wie die Männer«, antwortete Eleanor und wurde ungehalten, weil sie etwas so Naheliegendes erklären musste. »Kurierdienste, Funkverkehr, Bewaffnung der Partisanen, Brücken sprengen.«

Auch an der Heimatfront hatten Frauen Männerrollen übernommen. Sie waren nicht mehr nur Krankenschwestern oder strickten für die Männer an der Front Socken und Pullover, sondern bedienten Fliegerabwehrkanonen, einige flogen sogar Militärflugzeuge. Warum also sollten Frauen nicht auch Agentinnen werden können, was war daran so schwer zu verstehen?

»Einen Sektor nur für Frauen?«, fragte Michaels – seine Skepsis war nicht zu überhören.

Eleanor ignorierte ihn und sah den Direktor an. »Warum

denn nicht?«, sagte sie. »In Frankreich findet man zwar kaum noch junge Männer, aber die Frauen sind überall – auf der Straße, in den Läden und in den Cafés –, unsere Agentinnen könnten sich problemlos unter sie mischen. Allerdings würden wir keine der Frauen nehmen, die schon bei uns tätig sind.« Eleanor stockte und dachte an die Funkerinnen, die Tag und Nacht für die SOE arbeiteten. Einerseits waren sie ideal: intelligent, erfahren und der Sache ergeben. Andererseits machte gerade ihre Erfahrung sie als Agentinnen untauglich. Sie wussten zu viel, als dass man ihre Gefangennahme und Verhöre riskieren konnte. »Die Frauen müssten neu angeworben werden.«

»Und wo würden wir sie finden?«, fragte der Direktor, der sich für die Idee zu erwärmen schien.

»Da, wo wir auch die Männer finden. In den Dienststuben der Armee, in Universitäten und Büros, in den Fabriken und auf der Straße. Und in den Sanitätseinheiten der FANY, in der bekanntlich nur Frauen sind.«

Es gab keine Schule, auf der Agenten ausgebildet wurden, auch kein Diplom, das man erwerben konnte.

»Die Frauen müssten der gleiche Typus wie die Männer sein, clever und anpassungsfähig, und sie müssten Französisch sprechen können.«

»Zunächst einmal müssten sie ausgebildet werden«, sagte Michaels, als wäre es ein unüberwindbares Hindernis.

»Genau wie die Männer«, entgegnete Eleanor. »Niemand wird als Agent oder Agentin geboren.«